实例11　实例12　实例13　实例14　实例15　实例16　实例17　实例18　实例19　实例20　实例21　实例22　实例23　实例24　实例25　实例26　实例27　实例28　实例29　实例30　实例31　实例32　实例33　实例34　实例35　实例36　实例37

U0105948

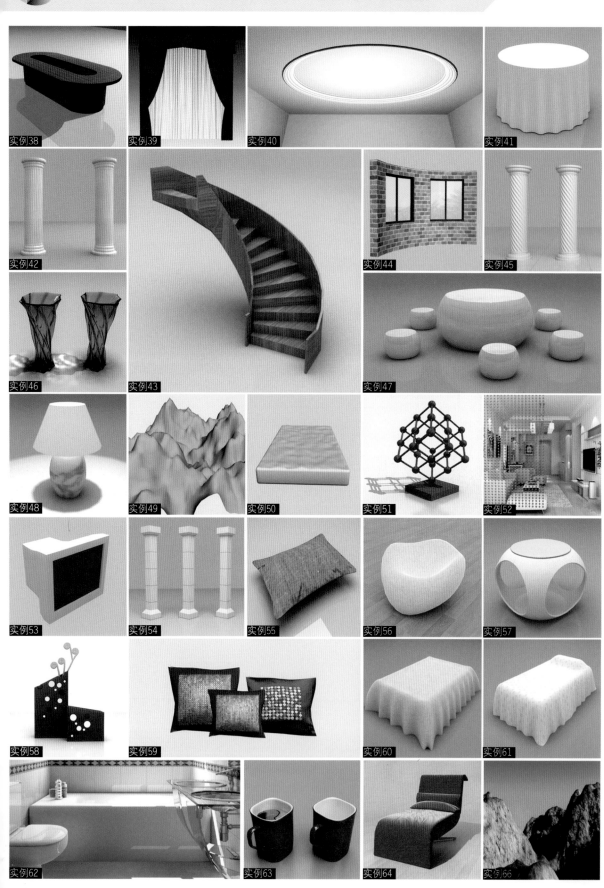

实例38
实例39
实例40
实例41
实例42
实例44
实例45
实例46
实例43
实例47
实例48
实例49
实例50
实例51
实例52
实例53
实例54
实例55
实例56
实例57
实例58
实例59
实例60
实例61
实例62
实例63
实例64
实例66

实例67

实例68

实例69

实例70

实例72

实例73

实例71

实例74

实例75

实例76

实例77

实例78

白色乳胶漆

黄色乳胶漆

实例80

实例81

实例79

实例82

实例83

实例84

实例85

实例86

实例87

实例88

实例89

实例90

实例113
实例114
实例115
实例116
实例118
实例119
实例117
实例120
实例121
实例122
实例123
实例124
实例125
实例126
实例127
实例128
实例129
实例132
实例133
实例134
实例135
实例131
实例130
实例136
实例137
实例138
实例139

实例140
实例141
实例142
实例144
实例143
实例145
实例146
实例147
实例148
实例149
实例154
实例159
实例150
实例164
实例155
实例160
实例165
实例151
实例156
实例161
实例166
实例152
实例157
实例162

实例153

实例158

实例163

实例167

实例169

实例170

实例171

实例168

实例172

实例173

实例174

实例176

实例175

实例177

实例178

实例179

实例180

实例181

实例182
实例183
实例184
实例185
实例186
实例187
实例188
实例189
实例190
实例191
实例195
实例192
实例193
实例196
实例194
实例199
实例197
实例198
实例200

设计师梦工厂

3ds Max 2009
效果图制作 中文版
从入门到精通

新视角文化行 王玉梅 姜杰 编著

200个
案例的场景文件、
贴图文件和
3ds Max源文件

多媒体语音
视频教学
20
多个小时

光盘中附赠
200个
模型素材文件和
3200
多张贴图

人民邮电出版社
北京

图书在版编目（CIP）数据

3ds Max 2009中文版效果图制作从入门到精通 / 王
玉梅，姜杰编著. -- 北京：人民邮电出版社，2010.4
　（设计师梦工厂. 从入门到精通）
ISBN 978-7-115-22076-9

Ⅰ. ①3… Ⅱ. ①王… ②姜… Ⅲ. ①建筑设计：计算
机辅助设计－图形软件，3DS MAX 2009 Ⅳ. ①TU201.4

中国版本图书馆CIP数据核字(2010)第012261号

内 容 提 要

　　本书是"从入门到精通"系列书中的一本。本书根据使用 3ds Max 2009 进行三维效果图制作的特点，精心设计了 200 个实例，循序渐进地讲解了使用 3ds Max 2009 制作专业效果图作品所需要的全部知识。全书共分为 24 章，依次介绍了 3ds Max 2009 的基础操作、标准基本体的应用、扩展基本体的应用、二维线形的应用、二维线形转三维物体的应用、三维物体修改命令的应用、高级建模的应用、材质及贴图的应用、材质表现的应用、3ds Max 的默认灯光、真实灯光的表现、摄影机的应用、室内装饰物的制作、室内各种灯具的制作、室内各种家具的制作、室内各种墙体的制作、室内各种门窗的制作、室内各种天花的制作、室内效果图的制作、室外建筑环境的制作、室外效果图的制作、室内效果图的后期处理、室外效果图的后期处理及效果图漫游动画的设置等内容。附带的 2 张 DVD 视频教学光盘包含了书中 200 个案例的多媒体视频教学文件、源文件、素材文件、光域网和最终渲染输出文件，并且赠送专业的材质贴图库。

　　本书采用"完全案例"的编写形式，兼具技术手册和应用技巧参考手册的特点，技术实用、讲解清晰，不仅可以作为室内外效果图制作初、中级读者的学习用书，而且也可以作为大、中专院校相关专业及效果图培训班的教材。

设计师梦工厂·从入门到精通

3ds Max 2009 中文版效果图制作从入门到精通

◆ 编　　著　新视角文化行　王玉梅　姜　杰
　　责任编辑　郭发明

◆ 人民邮电出版社出版发行　　北京市崇文区夕照寺街 14 号
　　邮编　100061　电子函件　315@ptpress.com.cn
　　网址　http://www.ptpress.com.cn
　　北京昌平百善印刷厂印刷

◆ 开本：787×1092　1/16
　　印张：23.75　　　　　　　　　　彩插：4
　　字数：741 千字　　　　　　　　　2010 年 4 月第 1 版
　　印数：1－4 000 册　　　　　　　　2010 年 4 月北京第 1 次印刷

ISBN 978-7-115-22076-9

定价：58.00 元（附 2 张 DVD）

读者服务热线：**(010)67132692**　印装质量热线：**(010)67129223**
反盗版热线：**(010)67171154**

前 言
Preface

关于本系列图书

感谢您翻开本系列图书。在茫茫的书海中，或许您曾经为寻找一本技术全面、案例丰富的计算机图书而苦恼，或许您为担心自己是否能做出书中的案例效果而犹豫，或许您为了自己应该买一本入门教材而仔细挑选，或许您正在为自己进步太慢而缺少信心……

现在，我们就为您奉献一套优秀的学习用书——"从入门到精通"系列，它采用完全适合自学的"教程+案例"和"完全案例"两种形式编写，兼具技术手册和应用技巧参考手册的特点，随书附带的 DVD 多媒体教学光盘包含书中所有案例的视频教程、源文件和素材文件。希望通过本系列书能够帮助您解决学习中的难题，提高技术水平，快速成为高手。

■ 自学教程。书中设计了大量案例，由浅入深、从易到难，可以让您在实战中循序渐进地学习到相应的软件知识和操作技巧，同时掌握相应的行业应用知识。

■ 技术手册。一方面，书中的每一章都是一个小专题，不仅可以让您充分掌握该专题中提到的知识和技巧，而且举一反三，掌握实现同样效果的更多方法。

■ 应用技巧参考手册。书中把许多大的案例化整为零，让您在不知不觉中学习到专业应用案例的制作方法和流程，书中还设计了许多技巧提示，恰到好处地对您进行点拨，到了一定程度后，您就可以自己动手，自由发挥，制作出相应的专业案例效果。

■ 老师讲解。每本书都附带了 CD 或 DVD 多媒体教学光盘，每个案例都有详细的语音视频讲解，就像有一位专业的老师在您旁边一样，您不仅可以通过本系列图书研究每一个操作细节，而且还可以通过多媒体教学领悟到更多的技巧。

本系列书近期已推出以下品种。

Photoshop CS4 平面设计实战从入门到精通	Flash CS3 动画制作实战从入门到精通
Photoshop CS3 图像处理实战从入门到精通	InDesign CS3 从入门到精通
Photoshop CS4 数码照片处理从入门到精通	3ds Max/VRay 三维模型与动画制作实战从入门到精通
Photoshop CS3 平面设计实战从入门到精通	3ds Max 2009 从入门到精通
3ds Max 2009/VRay 建筑动画制作实战从入门到精通	会声会影 X2 从入门到精通
Photoshop CS4 从入门到精通	AutoCAD 2009 辅助设计从入门到精通
会声会影 X2 实战从入门到精通	AutoCAD 2009 机械设计实战从入门到精通
3ds Max + VRay 效果图制作从入门到精通	Photoshop CS4 图像处理实战从入门到精通

关于本书

本书首先讲解了 3ds Max 2009 的基本技术，包括基本操作、标准基本体建模、扩展基本体建模、二维线形建模、二维转三维建模的基本操作、使用三维物体修改命令进行建模的操作方法、高级建模的应用、材质及贴图的应用、材质表现的应用、灯光和摄影机的应用；然后从提升效果图制作技能的角度出发，逐渐深入讲解，内容包括室内装饰物的制作、室内各种灯具的制作、室内各种家具的制作、室内各种墙体的制作、室内各种门窗的制作、室内各种天花的制作；最后通过综合应用案例的实战练习，学习专业效果图的制作，包括室内效果图的制作、室外建筑环境的制作、室外效果图的制作、室内及室外效果图的后期处理和效果图漫游动画的设置等内容。

本书具有以下特点。

1. 专业设计师讲解。本书由具有丰富教学经验的老师编写而成，从效果图的制作流程入手，逐步引导读者系统地掌握软件和效果图制作的各种技能。

2. 语言通俗，标注明了。全书语言浅显易懂，除了本书配合多媒体讲解外，我们对书中的配图也做了详细、清晰的标注，让读者学习起来更加轻松，阅读更加容易。

3. 案例丰富专业，技巧全面实用。200 个实例和大量的应用技巧，二者相辅相成，形成了立体化教学的全新思路。

4. 超大容量光盘，学习轻松方便。本书配有两张海量信息的 DVD 光盘，包含 200 个实例的多媒体语音教学文件、案例源文件和素材文件，为读者扫清了可能的学习障碍。

本书由新视角文化行总策划，由制作公司和一线专业教师编写，在成书的过程中，得到了杜昌国、邹庆俊、易兵、宋国庆、汪建强、信士常、罗丙太、王泉宏、李晓杰、王大勇、王日东、高立平、杨新颖、李洪辉、邹焦平、张立峰、邢金辉、王艾琴、吴晓光、崔洪禹、田成立、梁静、任宏、吴井云、艾宏伟、张华、张平、孙宝莱、孙朝明、任嘉敏、钟丽、尹志宏、蔡增起、段群兴、郭兵、杜昌丽等人的大力帮助和支持，在此表示感谢。

由于作者知识水平有限，书中难免有错误和疏漏之处，恳请广大读者批评、指正。读者在学习的过程中，如果遇到问题，可以联系作者（网站 www.visualbooks.cn 或者电子邮件 nvangle@163.com），也可以与本书策划编辑郭发明联系交流（guofaming@ptpress.com.cn）。

新视角文化行

2010 年 2 月

目　录
Contents

3ds Max 2009 中文版效果图制作从入门到精通

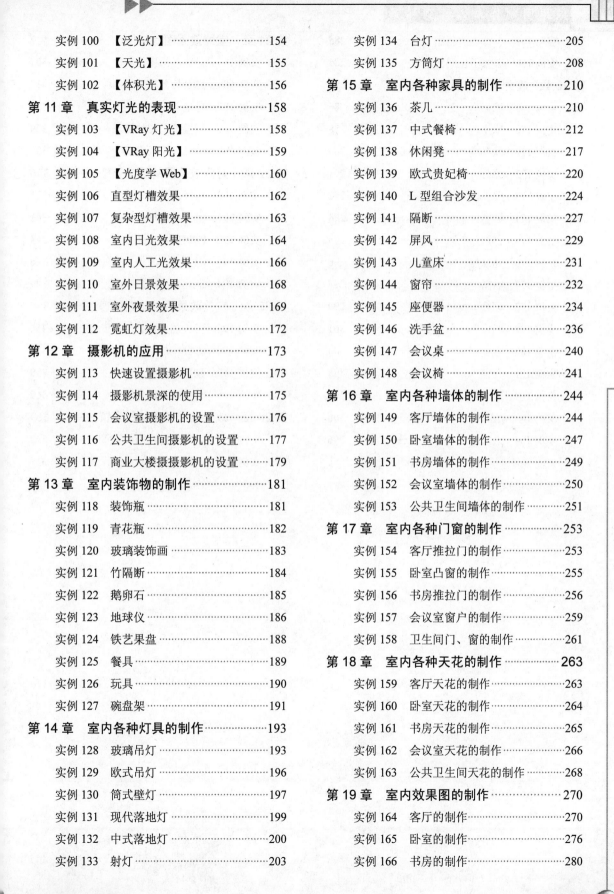

第1章   3ds Max 2009 的基本操作

■ **本章内容**

➢ 认识用户界面
➢ 定义自己的菜单
➢ 设置及调用命令面板
➢ 设置单位

➢ 设置个性化界面
➢ 自定义工具栏按钮
➢ 设置界面颜色

➢ 自定义视图布局
➢ 设置右键菜单
➢ 设置快捷键

本章主要讲解 3ds Max 2009 中文版的界面及基本操作，例如，认识用户界面、设置个性化界面、自定义视图布局、自定义菜单及工具栏等。目的是为后面的知识讲解做好充分的基本工作。为了方便学习，我们在编写本书的时候，采用的是中文版。只有掌握了这些基本的知识，才能熟练地运用该软件制作出室内外效果图。

Example 实例 **1**   认识用户界面

实例目的
通过启动 3ds Max 2009 中文版软件来熟悉 3ds Max 2009 界面的组成部分。
实例要点
■ 启动 3ds Max 2009 中文版。
■ 了解 3ds Max 2009 每一部分的名称及功能。

操 作 步 骤

步骤 **①** 双击桌面上的 ⑥ 按钮，启动 3ds Max 2009 中文版，此时等待 5～10 秒，就可以看到 3ds Max 2009 中文版的界面了，如图 1-1 所示。

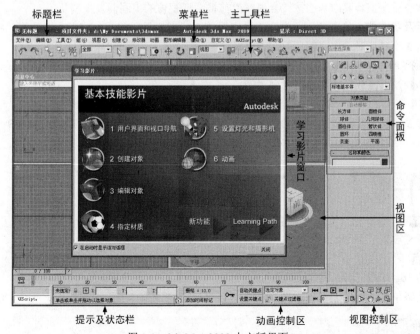

图 1-1   3ds Max 2009 中文版界面

技巧 有很多种方法可以启动 3ds Max，第一种方法是双击 🔘 按钮进行启动，第二种方法是单击【开始】/【程序】/【discreet】/【3ds Max 2009】选项，第三种方法是双击带有 ".max" 格式的文件即可启动。

步骤 ② 大家可以看到与以往版本有所区别的是增加了一个【学习影片】窗口，如果你的电脑安装了 QuickTime 播放器，可以单击不同的按钮，来观看技能影片。如果将该窗口关闭，单击 ▭关闭▭ 按钮就可以了。整个界面我们可以分为 8 部分：标题栏、菜单栏、工具栏、视图区、命令面板、视图控制区、提示及状态栏、动画控制区。

下面对 3ds Max 2009 工作界面的每一部分做简单的介绍。

- **标题栏**：最顶部的一行是系统的"标题栏"。标题栏最左侧是 3ds Max 2009 的程序图标，单击它可打开一个图标菜单，双击它可关闭当前的应用程序；紧随其后的是文件名和软件名；标题栏最右侧是 Windows 的 3 个基本控制按钮：最小化、最大化、关闭。
- **菜单栏**：标题栏下面的一行是菜单栏。它与标准的 Windows 文件菜单模式及使用方法基本相同。菜单栏为用户提供了一个用于文件的管理、编辑、渲染及寻找帮助的用户接口。
- **工具栏**：工具栏中汇集了我们经常用到的命令，它以工具按钮的形式放在不同的位置，在应用程序中可以最简单、最方便地使用工具。
- **视图区**：系统默认的视图区模式分为顶视图、前视图、左视图和透视图。这四个视图区是用户进行操作的主要工作区域，当然它还可以通过设定转换成为其他的视图区，视图区的转化设置可以通过在视图区上部的名称上单击鼠标右键，从弹出的菜单中选择视图。
- **命令面板**：命令面板包括 6 大部分，分别为 ▸（创建）命令面板、🖍（修改）命令面板、🔣（层级）命令面板、⊗（运动）命令面板、🖳（显示）命令面板和 ⊤（工具）命令面板。
- **视图控制区**：在屏幕右下角有 8 个图标按钮，它们是当前激活视图的控制工具，主要用于调整视图显示的大小和方位，它们还可以对视图进行缩放、局部放大、满屏显示、旋转及平移等显示状态的调整。其中有些按钮会根据当前被激活视窗的不同而发生变化。
- **提示及状态栏**：状态栏用于设定多种点模式，状态栏显示的是一些基本的数据。状态栏主要用于在建模时，对造型空间位置的提示及说明。
- **动画控制区**：动画控制区位于屏幕的下方，此区域的按钮主要用于制作动画时，记录动画、选择动画帧、播放动画及控制动画时间。

实例总结

本实例通过认识 3ds Max 2009 软件的工作界面，让读者快速理解和掌握 3ds Max 2009 软件界面的各部分功能。

Example 实例 **2** 设置个性化界面

实例目的

本实例通过设置一个个性化的界面，来学习 3ds Max 2009 中文版界面的设置方法。

实例要点

- 启动 3ds Max 2009 中文版。
- 使用菜单栏中的【加载自定义 UI 方案】命令设置个性化界面。

操 作 步 骤

步骤 ① 双击桌面上的 🔘 按钮，快速启动 3ds Max 2009 中文版。

步骤 2　单击菜单栏中的【自定义】/【加载自定义 UI 方案】命令，在弹出的【加载自定义 UI 方案】
对话框中选择 3ds Max 安装路径下的 UI 文件夹，选择【discreet-dark.ui】选项，单击 打开(O)
按钮，如图 1-2 所示。

步骤 3　此时，3ds Max 即以【discreet-dark.ui】系统界面显示，我们可以选择一种【ame-dark.ui】界
面显示，如图 1-3 所示。

图 1-2　【加载自定义 UI 方案】对话框

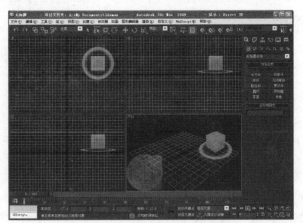

图 1-3　设置个性化界面后的效果

> **技巧**　读者如果不喜欢这个界面，可以再重新加载一个 UI 菜单，3ds Max 给我们提供了 4 个界面，
> DefaultUI.ui 是默认设置的。

实例总结

本例通过一个实例，对怎样设置 3ds Max 个性化界面做了详细的讲述。

Example 实例 **3**　自定义视图布局

实例目的

本实例通过【视口配置】命令，来学习怎样定义一个自己喜欢的视图布局及调整视图。

实例要点

■　启动 3ds Max 2009 中文版。

■　使用菜单栏中的【视口配置】命令设置自定义视图布局。

操 作 步 骤

步骤 1　启动 3ds Max 2009 中文版。

步骤 2　在视图区中将光标放在任意视图的文字上，单击鼠标右键，从弹出的右键
菜单中选择【配置...】选项，如图 1-4 所示。

步骤 3　此时会弹出【视口配置】对话框，激活【布局】选项卡，在中间选择一个
自己喜欢的视图布局，然后单击 确定 按钮，如图 1-5 所示。

图 1-4　右键菜单

> **技巧**　读者可以将鼠标指针放在中间的分割线上，当鼠标指针变成双向箭头的时候，可以移动视图的
> 大小及位置。

步骤 ④ 修改后的视图布局如图 1-6 所示。

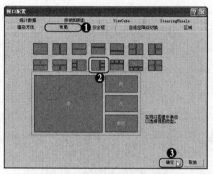

图 1-5 【视口配置】对话框

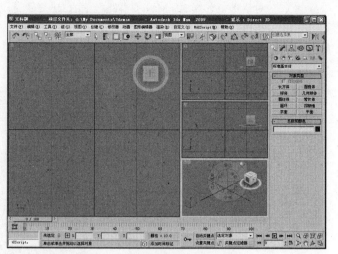

图 1-6 修改视图布局后的效果

> **技巧** 读者如果不喜欢这个界面，可以重新选择一种布局方式，3ds Max 给我们提供了 14 种布局方式，右下角的布局模式是系统默认的视图方式。

实例总结

本实例通过设置视图布局，学习了怎样使用【视口配置】命令来设置 3ds Max 的视图布局。

Example 实例 **4** 自定义菜单

实例目的

本实例来学习怎样自定义菜单。

实例要点

- 启动 3ds Max 2009 中文版。
- 使用菜单栏中的【自定义用户界面】命令定义自己的菜单。

操作步骤

步骤 ① 启动 3ds Max 2009 中文版。

步骤 ② 单击菜单栏中的【自定义】/【自定义用户界面】命令，在弹出的【自定义用户界面】对话框中选择【菜单】选项卡，单击 新建... 按钮，弹出【新建菜单】对话框，在此可以输入名称，然后单击 确定 按钮，如图 1-7 所示。

此时在左下方的窗口中会出现一个"常用命令"菜单，我们可以将它拖到右面的主菜单栏窗口中。

步骤 ③ 在左面下方的窗口中选择【常用命令】菜单，然后按住鼠标左键，拖动到右面窗口的下方，如图 1-8 所示。

> **技巧** 我们可以将建模过程中经常使用的命令设置为固定的快捷键，便于在操作中快捷、准确地制作效果图。

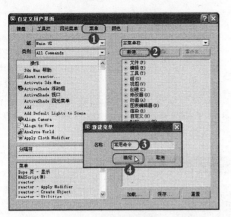

图 1-7　【自定义用户界面】对话框 1　　　　　　图 1-8　【自定义用户界面】对话框 2

步骤 ④ 在【类别】右侧的窗口中选择 Modifiers（修改），选择【FFD 长方体修改器】，拖动到"常用命令"的下方，如图 1-9 所示。

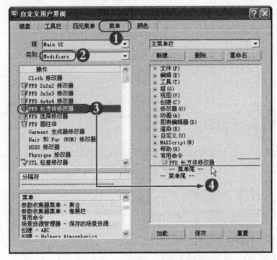

图 1-9　拖动所需要的命令

步骤 ⑤ 使用同样的方法将所需要的命令拖动到"常用命令"的下方。

技巧　我们可以将这个菜单栏保存起来，如果不喜欢这个设置的话，可以单击 **重置** 按钮取消设置，重新定义。

实例总结

本实例详细地讲述了菜单栏的设置方法。

Example 实例 5　自定义工具栏按钮

实例目的

本实例通过为工具栏自定义按钮，来学习怎样添加及设置工具栏上的命令按钮。我们可以使用此方法将自己常用的命令按钮设置于工具栏上，以便于操作。

实例要点

■　启动 3ds Max 2009 中文版。

■ 使用菜单栏中的【自定义用户界面】命令自定义工具栏按钮。

操 作 步 骤

步骤 ① 启动 3ds Max 2009 中文版。

步骤 ② 单击菜单栏中的【自定义】/【自定义用户界面】命令，在弹出的【自定义用户界面】对话框中选择【工具栏】选项卡，在下面的窗口中选择【图层管理】，然后拖动到主工具栏的位置，此时在工具栏上会出现 ⬛ （图层管理）按钮，如图 1-10 所示。

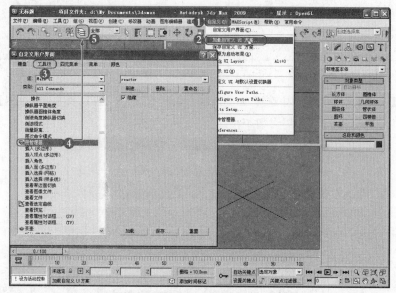

图 1-10 将【图层管理】按钮定义到工具栏上

步骤 ③ 使用同样的方法可以将所需要的命令添加到主工具栏上，关闭【自定义用户界面】对话框。

> **技巧** 凡是工具栏按钮右下方带有小黑三角样式的，表示其按钮下还隐藏了其他按钮，用鼠标左键按住此按钮不放，可显示出隐藏的其他按钮。

步骤 ④ 将鼠标指针放在主工具栏的上方，当其变为 ✋ 状时，单击鼠标右键会弹出右键菜单，选择【附加】，此时在窗口中出现了一个【附加】工具栏。

步骤 ⑤ 如果我们要将 ⬛ （阵列）按钮设置到主工具栏上，直接按住 ⬛ （阵列）按钮往主工具栏上拖动是无效的，这时需要按住键盘上的 Alt 键，然后再向主工具栏上拖动就可以了，如图 1-11 所示。

步骤 ⑥ 如果我们要删除工具栏中多余的按钮，按住键盘上的 Alt 键，在视图中拖动不想要的按钮，此时弹出【确认】对话框，单击 ⬛ 按钮即可将主工具栏上定义的按钮删除，如图 1-12 所示。

图 1-11 定义按钮

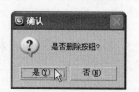

图 1-12 删除按钮

技巧　我们可以根据实际工作的需要，在工具栏中保留常用工具按钮，将不常用的工具按钮删除，便可增大工作界面。

实例总结

本实例详细讲解了如何在工具栏上添加或删除按钮。

Example 实例 6 设置右键菜单

实例目的

本实例我们来学习怎样为 3ds Max 2009 设置右键菜单。

实例要点

- 启动 3ds Max 2009 中文版。
- 使用菜单栏中的【自定义用户界面】对话框自定义工具栏按钮。

操作步骤

步骤① 启动 3ds Max 2009 中文版。

步骤② 单击菜单栏中的【自定义】/【自定义用户界面】命令，在弹出的【自定义用户界面】对话框中，选择【四元菜单】选项卡，在下面的窗口中选择【阵列】项，然后将其拖动到右侧的窗口中，如图 1-13 所示。

步骤③ 此时我们已经将【阵列】命令设置为右键菜单，如图 1-14 所示。

技巧　我们可以按照上述方法将常用的命令设置到右键菜单中，以便在工作时能够提高作图效率。

实例总结

本实例通过将【阵列】设置为右键菜单，详细地讲述了设置命令到右键菜单中的操作过程。

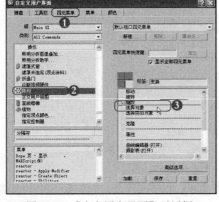

图 1-13　【定义用户界面】对话框

图 1-14　菜单设置前后的效果

Example 实例 7 设置及调用命令面板

实例目的

本实例我们来讲述一下命令面板的设置及调用。

实例要点

- 启动 3ds Max 2009 中文版。
- 使用【配置修改器集】设置一个命令面板。
- 将设置好的命令面板保存起来。

操 作 步 骤

步骤 ① 启动 3ds Max 2009 中文版。

步骤 ② 单击命令面板中的 ✐（修改）按钮，再单击 🖼（配置修改器集）按钮，在弹出的菜单中选择【显示按钮】选项，如图 1-15 所示。

步骤 ③ 此时在修改命令面板中会出现一个默认的命令面板，如图 1-16 所示。

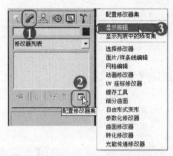

图 1-15　修改命令面板

图 1-16　命令面板

　　这个修改命令面板中提供的是系统默认的一些修改命令，一般情况下是用不到的，下面我们来将常用的修改命令设置为一个面板。例如：【挤出】、【车削】、【倒角】、【弯曲】、【锥化】、【晶格】、【编辑网格】、【FFD 长方体】等。

步骤 ④ 单击 🖼（配置修改器集）按钮，在弹出的菜单中选择【配置修改器集】选项，此时弹出【配置修改器集】窗口，在【修改器】下面的窗口中选择所需要的命令，然后按住鼠标左键将其拖动到右面的按钮上，如图 1-17 所示。

步骤 ⑤ 使用同样的方法将所需要的命令拖过去，按钮显示的个数也可以进行设置，设置完成后可以将这个命令面板保存起来，如图 1-18 所示。

图 1-17　【配置修改器集】窗口

图 1-18　设置的命令面板

> **技巧**　通常，专业的设计师或绘图员，都会设置一个自己喜欢的命令面板，这样会非常方便地找到所需要的修改命令，而不需要再到【修改器列表】中进行寻找了。

实例总结

　　本实例我们学习了如何设置一个命令面板，希望读者能够独立设置一个自己的修改命令面板，练习该功能在 3ds Max 中的调用方法。

Example 实例 **8**　设置界面颜色

实例目的

本实例我们来学习 3ds Max 颜色的设置方法。

实例要点

- 启动 3ds Max 2009 中文版。
- 使用菜单栏中的【自定义用户界面】改变颜色。

操 作 步 骤

步骤 ① 启动 3ds Max 2009 中文版。

步骤 ② 单击菜单栏中的【自定义】/【自定义用户界面】命令，在弹出的【自定义用户界面】对话框中，选择【颜色】选项卡，在【元素】右侧的下拉列表中选择【视口】项，在下面的下拉列表中选择【视口背景】，然后单击颜色右面的色块，如图 1-19（左）所示。

步骤 ③ 此时弹出【颜色选择器】对话框，读者可以将红、绿、蓝色值分别调整为 230、100、50（即橘红色），如图 1-19（右）所示。

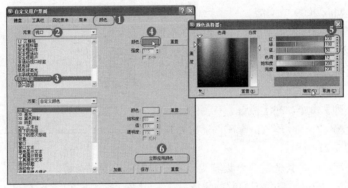

图 1-19　改变视图区的颜色

步骤 ④ 在【自定义用户界面】对话框中单击 立即应用颜色 按钮，此时视口背景的颜色就变为我们所设置的颜色了，如图 1-20 所示。

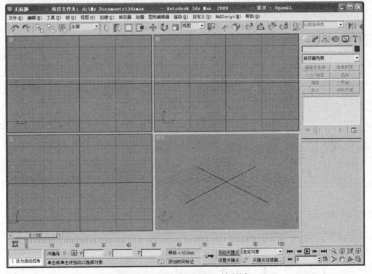

图 1-20　改变视图区的颜色

技巧 我们可以把一些不便于观察的颜色进行调整，例如如果【冻结】后的物体与【视图】及【网格】的颜色过于接近，就会影响观察效果，我们可以改变一下【冻结】后的物体颜色。

实例总结

本实例通过为视图区设置颜色，讲述了 3ds Max 界面颜色的设置。

Example 实例 **9** 设置快捷键

实例目的

本实例我们来学习怎样为 3ds Max 的一些常用命令设置快捷键。

实例要点

- 启动 3ds Max 2009 中文版。
- 使用菜单栏中的【自定义用户界面】设置快捷键。

操 作 步 骤

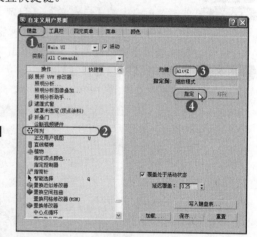

步骤 ① 启动 3ds Max 2009 中文版。

步骤 ② 单击菜单栏中的【自定义】/【自定义用户界面】命令，此时将弹出【自定义用户界面】对话框，我们将【阵列】命令的快捷键设置置为 Alt+Z。

步骤 ③ 在【自定义用户界面】对话框中的下拉列表中选择【阵列】命令，在【热键】右侧的输入框中输入 "Alt+Z" 键，单击 指定 下拉列表按钮。如图 1-21 所示。

图 1-21 自定义用户界面对话框

按照上面的方法，可以将其他的命令设置为读者所习惯使用的快捷键。

步骤 ④ 单击 保存... 按钮，将我们设置的快捷键保存起来，它的扩展名为 .Kbd。

技巧 设置的快捷键在其他计算机中也可以使用，需要将文件复制到 3ds Max 类下的 UI 文件夹类下，在【自定义用户界面】对话框中单击 加载... 按钮，将先前保存的快捷键文件加载到当前的文件中即可使用。

实例总结

本实例通过设置操作命令的快捷键，初步学习了 3ds Max 的快捷键设置方法，我们后续再通过实际工作中的操作应用进一步熟练掌握。

Example 实例 **10** 设置单位

实例目的

本实例通过将 3ds Max 的单位设置为毫米，来详细地讲述单位的具体设置方法。

实例要点

- 启动 3ds Max 2009 中文版。
- 使用菜单栏中的【单位设置】命令来改变 3ds Max 中的单位。

操 作 步 骤

步骤 ① 启动 3ds Max 2009 中文版。

步骤 ② 单击菜单栏中的【自定义】/【Units Setup】（单位设置）命令，此时将弹出【单位设置】对话框。

步骤 ③ 在【单位设置】对话框中勾选【公制】选项，在下面的【选择单位】列表中选择【毫米】选项，再单击【单位设置】对话框中的 ▢系统单位设置▢ 按钮，如图 1-22 所示。

步骤 ④ 此时将弹出【系统单位设置】对话框，在【系统单位比例】下方的列表中选择【毫米】选项，单击 ▢确定▢ 按钮，如图 1-23 所示。

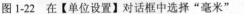

图 1-22　在【单位设置】对话框中选择"毫米"

图 1-23　在【系统单位设置】对话框中选择"毫米"

> **技巧** 我们也可以将单位设置为【厘米】，这样在建模过程中可以少输入一个"0"，具体情况也可根据公司整体的实际要求来确定。

步骤 ⑤ 回到【单位设置】对话框中单击 ▢确定▢ 按钮。

此时单位的设置已完成，大家可以按照上面的操作步骤设置一遍，在后面制作造型时我们使用的单位全部为【毫米】。

实例总结

本实例通过为 3ds Max 设置单位，详细地讲述了如何将单位设置为【毫米】的操作方法。

第 2 章　标准基本体的应用

■　**本章内容**

- ➢ 玻璃茶几
- ➢ 餐桌
- ➢ 吊灯
- ➢ 高脚凳
- ➢ 电脑桌
- ➢ 吸顶灯
- ➢ 液晶电视
- ➢ 电脑
- ➢ 筒灯
- ➢ 电视柜

3ds Max 2009 中文版中提供了非常容易使用的【标准基本体】建模工具，只需拖动鼠标，即可创建一个几何体，也就是【标准基本体】。这些基本体是靠参数来改变其形态的，使用这些【标准基本体】只能制作一些简单的造型，真正想制作出更精致的造型，还需要施加一些修改命令或者使用其他高级建模方式来完成。

Example 实例 **11**　玻璃茶几

实例目的

本实例通过制作一个简单的现代茶几造型，来学习【长方体】、【圆柱体】的创建方法，以及相关参数的精确修改。茶几的效果如图 2-1 所示。

实例要点

- ■　【长方体】、【圆柱体】的创建。
- ■　使用【复制】命令的具体操作。
- ■　使用【保存】命令将文件保存起来。

操 作 步 骤

步骤 ① 启动 3ds Max 2009 中文版，将单位设置为毫米。

步骤 ② 单击 （创建）/ （几何体）/ 长方体 按钮，在顶视图单击并拖动鼠标创建了出一个长方体，作为"茶几面"。

图 2-1　茶几的效果

> **技巧** 一个好的操作习惯是创建完物体之后就为物体重命名，这样在后面就可以很轻松地按名称进行选择。

步骤 ③ 单击 （修改）进入【修改】面板，修改【长度】为 800，【宽度】为 1 200，【高度】为 10，再单击视图控制区中的 （所有视图最大化显示）按钮，效果如图 2-2 所示。

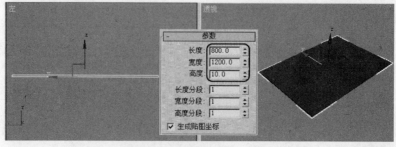

图 2-2　长方体的形态及参数

技巧　在执行 🔲 （所有视图最大化显示）命令时，建议读者尝试使用快捷键，按一下键盘中的 Z 键，就可以将选择的物体进行最大化显示。

步骤 ④ 单击 🔧 （创建）/ 🔵 （几何体）/ 圆柱体 按钮，在顶视图拖动鼠标创建一个圆柱体。单击 📝 （修改）进入【修改】面板，修改圆柱体的【半径】为 25，【高度】为 480，作为"茶几腿"，如图 2-3 所示。

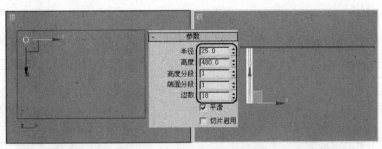

图 2-3　圆柱体的位置及参数

技巧　设置分段值一般是为了后续修改方便，如果在修改命令中使用不到分段，就可以不设置分段了，因为分段数越多面数就越多，占用系统资源越大，机器运行起来就会越慢。

步骤 ⑤ 激活顶视图，按一下 Alt + W 键，将顶视图最大化显示。

步骤 ⑥ 选择圆柱体，单击工具栏中的 ✛ （选择并移动）按钮，按住键盘上的 Shift 键，沿 x 轴拖动到合适位置松开鼠标，会弹出【克隆选项】对话框，勾选【实例】项，然后单击 确定 按钮，如图 2-4 所示。

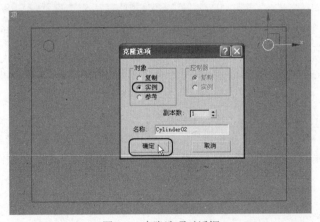

图 2-4　克隆选项对话框

技巧　在进行复制时，按下键盘中的 Alt+W 键，可以将顶视图最大化显示，这样在复制物体时位置及操作就轻松多了。

步骤 ⑦ 在顶视图中同时选择两个圆柱体，沿 y 轴复制一组，位置如图 2-5 所示。

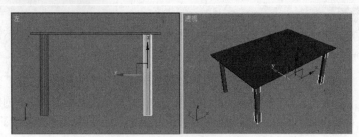

图 2-5　复制两个圆柱体的位置

步骤 8 在顶视图选择长方体，在前视图沿 y 轴向下复制一个，作为"搁板"。单击 ✎（修改）标签进入修改面板，修改【长度】值为 600，【宽度】为 1 000，高度不变，位置如图 2-6 所示。

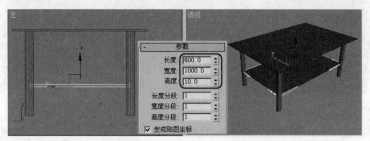

图 2-6　复制后"搁板"的位置及参数

技巧 选择【实例】选项，可以复制一个新的三维模型，如果修改其中的一个，其他模型会跟随改变，当我们想要复制的造型完全一样时，一定选择此选项；当我们想要复制的造型不完全一样，需要进行修改时，应选择【复制】选项。

步骤 9 单击菜单栏中的【文件】/【保存】命令，将此造型保存为"实例 11.max"文件。

技巧 如果是第一次保存文件，可以按下 Ctrl+S 键，进行快速保存，此时会弹出【文件另存为】对话框，首先选定一个合适的路径，然后给文件命名。

实例总结

本实例通过制作一个茶几造型，学习了【长方体】及【圆柱体】的创建及修改，在制作茶几的过程中主要掌握了【复制】命令的使用，在想要物体完全相同时一定选择【实例】选项，在需要修改时一定选择【复制】选项，通过这个茶几的制作，希望读者对作图的基本思路有一个大体的了解。

Example 实例 **12** 电脑桌

实例目的

本实例通过制作一个简单的电脑桌造型来学习【长方体】、【圆柱体】的创建方法，以及相关参数的精确修改，电脑桌的最终效果如图 2-7 所示。

实例要点

- 创建【长方体】作为桌面。
- 在不同的视图中创建【长方体】。
- 使用【对齐】命令快速将两个物体对齐。

■ 使用【保存】命令将文件保存起来。

操 作 步 骤

步骤 ① 启动 3ds Max 2009 中文版，将单位设置为毫米。

步骤 ② 单击 （创建）/ （几何体）/ 长方体 按钮，在顶视图中单击并拖动鼠标创建一个长方体，作为"桌面"，修改其相关参数，如图 2-8 所示。

图 2-7　电脑桌的效果

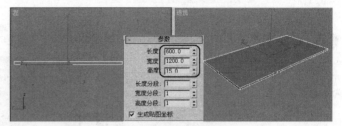
图 2-8　长方体的形态及参数

> **技巧** 创建完物体之后，在透视图中读者可以按下键盘中的 F4 键，此时创建的物体将会显示出它的结构线框，这样可以清楚地观看物体的结构形态。

步骤 ③ 在左视图用移动复制的方式复制一个长方体，作为"收口边"，修改参数，放在合适的位置，如图 2-9 所示。

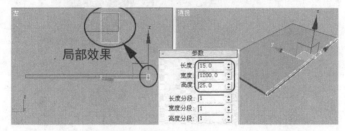
图 2-9　长方体的位置及参数

> **技巧** 当我们创建完物体之后，在透视图中物体的边缘会显示出白色支架，这样会影响观察物体的形态，可以按下"J"进行取消。

步骤 ④ 在左视图中创建一个 700×500×15 的长方体，作为"桌腿"，形态及参数如图 2-10 所示。

步骤 ⑤ 确认"桌腿"处于选择状态，单击工具栏中的 （对齐）命令，在左视图桌面的位置单击一下（当鼠标指针变为对齐光标时单击鼠标左键），在弹出的【对齐】对话框中设置选项，然后单击 确定 按钮，如图 2-11 所示。

> **技巧** 在使用任何命令时，最好使用快捷键，【对齐】命令的快捷键默认为 Alt+A 组合键，在第 1 章中我们也详细讲述了快捷键的设置方法。

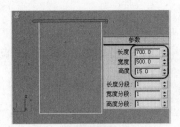

图 2-10 长方体的参数

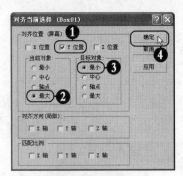

图 2-11 对齐对话框

步骤 6 在前视图中用实例方式复制两个桌腿，位置如图 2-12 所示。

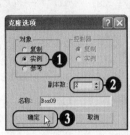

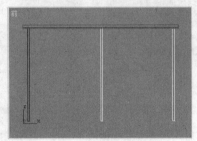

图 2-12 复制后的桌腿

步骤 7 将桌面及收口边各复制一个，作为"键盘架"，参数及位置如图 2-13 所示。

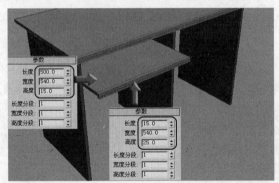

图 2-13 制作的键盘架

步骤 8 在前视图中创建一个 120×540×500 的长方体，作为"抽屉"，如图 2-14 所示。

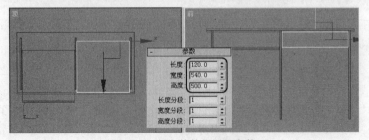

图 2-14 长方体的位置及参数

步骤 9 在前视图抽屉的中间创建一个【半径】为 12，【高度】为 10 的圆柱体，作为"抽屉锁"。

步骤 10 单击菜单栏中的【文件】/【保存】命令，将此造型保存为"实例 12.max"文件。

实例总结

本实例通过制作一个现代简单的电脑桌，使用了【长方体】及【圆柱体】工具，主要了解在不同的视图创建物体，它的参数是不一样的。了解【对齐】命令在制作造型时的重要性，希望读者在制作完这个电脑桌之后，能够熟练掌握所学习的命令。

Example 实例 **13** 电脑

实例目的

本实例我们来学习【管状体】、【圆锥体】和【球体】的创建方法以及【半球】参数的调整，创建出的电脑效果如图 2-15 所示。

实例要点

- 【管状体】、【圆锥体】和【球体】的创建。
- 使用【旋转变换输入】窗口准确【旋转】物体。
- 使用【捕捉】命令准确创建物体。
- 使用【镜像】命令快速制作出对称的物体。
- 使用【合并】命令将另外一个文件整合到一起。
- 使用【保存】命令将文件保存起来。

图 2-15　电脑的效果

操 作 步 骤

步骤 ① 启动 3ds Max 2009 中文版，将单位设置为"毫米"。

步骤 ② 单击 （创建）/ （几何体）/ 管状体 按钮，在【顶】视图中单击并拖动鼠标创建一个管状体，作为显示器的"外壳"，修改参数，如图 2-16 所示。

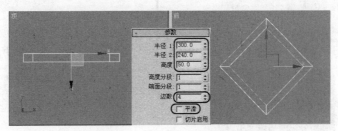

图 2-16　管状体的形态及参数

步骤 ③ 确认物体处于被选择状态，激活【前】视图，单击工具栏中的 （选择并旋转）按钮，将鼠标指针放在其上方，单击鼠标右键，在弹出的【旋转变换输入】窗口中设置屏幕的 z 轴偏移值为：45，按下 Enter 键，关闭该窗口，如图 2-17 所示。

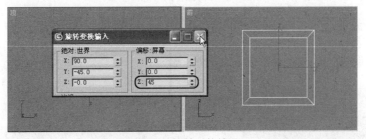

图 2-17　旋转后的效果

> **技巧** 通过【旋转变换输入】对话框对物体进行旋转是一种很准确的调整方法，读者也可以用这种方法对物体进行移动、缩放等操作。

步骤 4 单击工具栏中的 ⚫（捕捉）按钮，打开捕捉命令，将鼠标指针放在该按钮的上方，单击鼠标右键，此时会弹出【栅格和捕捉设置】窗口，勾选【顶点】项，如图 2-18 所示。

步骤 5 在【前】视图使用捕捉工具创建一个【长方体】作为"显示器屏幕"，设置高度为 45，将其放置在合适的位置，如图 2-19 所示。

技巧 我们可以通过按键盘上的 S 键，快速激活捕捉命令，捕捉模式可以使用【栅格和捕捉设置】窗口中的【捕捉】标签来设置。

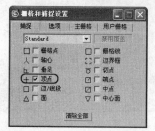

图 2-18 【栅格和捕捉设置】窗口

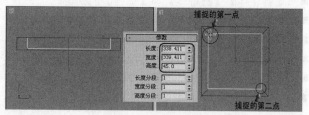

图 2-19 创建长方体

注意 我们在作图时，使用的是"顶点"捕捉模式，这样可以准确捕捉到物体上方的任意顶点，【栅格点】也是作图时经常使用的一种捕捉方式，但是栅格点捕捉仅会对视图中的栅格点起作用。

步骤 6 单击 ⚫（创建）/ ⚫（几何体）/ 圆锥体 按钮，在【前】视图中创建一个圆锥体，作为显示器的"后壳"，然后对它沿 z 轴旋转 45°，形态及参数如图 2-20 所示。

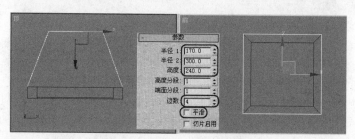

图 2-20 圆锥体的形态及参数

步骤 7 复制一个圆锥体，修改参数并将其移动到后面（在移动时启用捕捉工具），位置及参数如图 2-21 所示。

步骤 8 在【顶】视图中创建一个半球体，作为"底座"，位置及参数设置如图 2-22 所示。

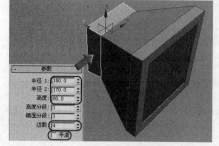

图 2-21 圆锥体的形态及参数

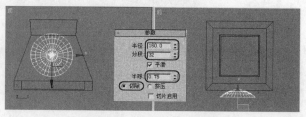

图 2-22 球体的形态及参数

> 如果调整球体的【半球】参数，调整完成后它的轴心还是在原球体的中心，对它进行移动、旋转、镜像操作时都不方便，读者可以改变其轴心到半球体的中间，单击命令面板中的 ☰（层级）按钮，再单击　仅影响轴　按钮，然后单击　居中到对象　按钮，此时轴心就会移动到半球体的中间。

步骤 ⑨ 激活【左】视图，单击工具栏中的 ⋈（镜像）命令，在弹出的【镜像】对话框中设置参数，如图 2-23 所示。

步骤 ⑩ 使用工具栏中的 ↻（选择并旋转）工具对镜像后的半球进行旋转，调整后的效果如图 2-24 所示。

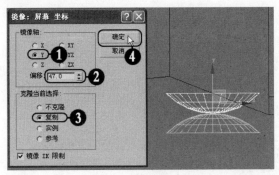

图 2-23　【镜像】对话框

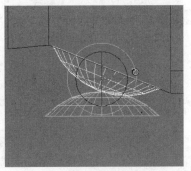

图 2-24　旋转后的效果

步骤 ⑪ 单击菜单栏中的【文件】/【合并】命令，在弹出的【合并文件】对话框中选择上面制作的"实例 12.max"文件，然后单击　打开⑩　按钮。

步骤 ⑫ 在弹出的【合并-电脑桌.max】对话框中单击　全部⑷　按钮，再单击　确定　按钮，此时制作的"电脑桌.max"文件就合并到视图中了，调整一下位置即可。

步骤 ⑬ 使用【保存】命令，将文件存储为"实例 13.max"文件。

实例总结

本实例通过制作一个简单的电脑，主要使用了【管状体】工具来生成显示器的外壳，然后使用【旋转变换输入】窗口进行准确的旋转。接下来使用【捕捉】命令创建【长方体】来生成屏幕，创建【圆锥体】设置参数作为后壳，然后创建【球体】调整【半球】参数作为底座，最后使用【合并】命令将"电脑桌.max"文件合并到当前的场景中。

Example 实例 **14** 餐桌

实例目的

本实例通过制作一个简洁的餐桌造型来学习【长方体】、【管状体】、【茶壶】的创建方法，以及相关参数的精确修改，台灯的效果如图 2-25 所示。

实例要点

■ 创建【管状体】、【长方体】的方法。

■ 创建【茶壶】调整参数生成茶壶及茶杯。

■ 使用【保存】命令将文件保存。

操 作 步 骤

图 2-25　餐桌的效果

步骤 ❶ 启动 3ds Max 2009 中文版，将单位设置为"毫米"。

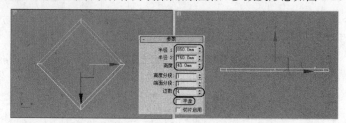

步骤② 在【顶】视图创建一个管状体作为餐桌面的框架，参数及形态如图 2-26 所示。

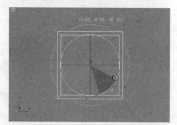

图 2-26　管状体的形态及参数

步骤③ 单击工具栏中的 🔄（选择并旋转）按钮，按一下 A 键，启用【角度捕捉】，在顶视图沿 z 轴旋转 45°，效果如图 2-27 所示。

步骤④ 在【顶】视图用捕捉工具创建一个长方体，作为"玻璃面"，形态及参数如图 2-28 所示。

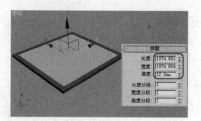

图 2-27　对管状体进行旋转　　　　图 2-28　长方体的参数及位置

步骤⑤ 在顶视图用捕捉方式在管状体的角上创建一个长方体作为"桌腿"，并将其移动到桌面的下面，位置及参数如图 2-29 所示。

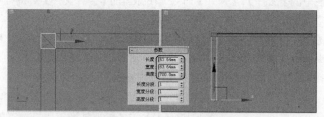

图 2-29　长方体的参数及位置

步骤⑥ 在顶视图用捕捉模式将"桌腿"以实例方式复制 3 条，位置如图 2-30 所示。

步骤⑦ 单击 茶壶 按钮，在顶视图拖动鼠标创建一个【半径】为 120 的茶壶，再复制一个，修改其【半径】值为 60，将【壶嘴】、【壶盖】取消，然后再实例复制 3 个，效果如图 2-31 所示。

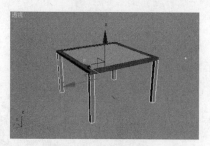
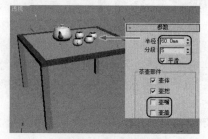

图 2-30　复制的桌腿　　　　　　　图 2-31　创建的茶壶

步骤⑧ 将文件进行保存，命名为"实例 14.max"。

实例总结

本实例通过制作简单的餐桌主要学习了【长方体】、【管状体】、【茶壶】的创建及修改方法，以及如何灵活使用简单的三维物体生成复杂造型。

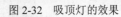

Example 实例 **15** 吸顶灯

实例目的

本实例通过制作一个现代简单的吸顶灯造型来学习【圆环】、【球体】的创建方法，以及参数的精确修改。吸顶灯的效果如图 2-32 所示。

实例要点

■ 创建【圆环】、【球体】及【半球】的方法。

■ 【镜像】及【缩放】命令的使用。

■ 使用【保存】命令将文件保存。

图 2-32 吸顶灯的效果

操 作 步 骤

步骤 ① 启动 3ds Max 2009 中文版，将单位设置为毫米。

步骤 ② 单击 （创建）/ （几何体）/ 圆环 按钮，在顶视图单击并拖动鼠标创建一个圆环，作为"灯架"，形态及参数如图 2-33 所示。

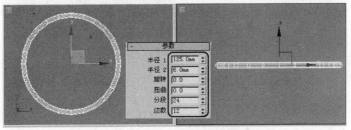

图 2-33 圆环的形态及参数

步骤 ③ 在顶视图创建一个球体，作为"灯罩"，位置及参数设置如图 2-34 所示。

> **技巧** 球体的【半球】参数可控制对球体进行切除，取值范围在 0～1 之间，默认值为 0 时是一个完整的球体，将数值设置为 0.5 时将显示为半球体，将数值设置为 1 时球体不可见。

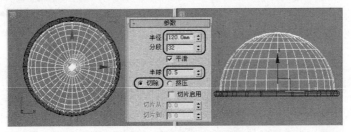

图 2-34 球体的形态及参数

步骤 ④ 激活前视图，单击工具栏中的 （镜像）命令，在弹出的【镜像】对话框中设置参数，如图 2-35 所示。

步骤 ⑤ 镜像后的效果如图 2-36 所示。

> **技巧** 我们也可以使用旋转命令在前视图或左视图沿 z 轴旋转 180°，如果想快速准确地进行旋转，必须开启【角度捕捉】。

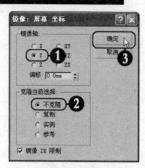

图 2-35　【镜像】对话框

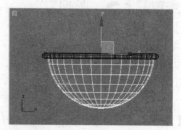

图 2-36　镜像后的形态

步骤 6　确认前视图处于激活状态，在工具栏中的 ▣ （选择并均匀缩放）按钮上方单击鼠标右键，此时会弹出【缩放变换输入】窗口，设置 z 的数值为-60，按下 Enter 键关闭该窗口，效果如图 2-37 所示。

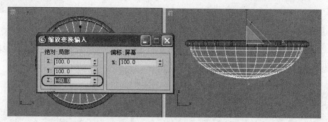

图 2-37　球体进行缩放后的效果

步骤 7　将文件保存，命名为"实例 15.max"。

实例总结

本实例制作了一个简单的现代吸顶灯，其中包括创建【圆环】生成"灯架"，创建【球体】调整【半球】生成"灯罩"，用【缩放变换输入】窗口对物体进行准确的缩放。

Example 实例 **16** 筒灯

实例目的

本实例通过制作筒灯造型来学习【圆环】、【圆柱体】的创建方法，以及参数的精确修改。筒灯的效果如图 2-38 所示。

实例要点

- 创建【圆环】作为灯壳。
- 创建【圆柱体】设置合理参数作为灯壳。
- 使用【保存】命令将文件保存。

操 作 步 骤

步骤 1　启动 3ds Max 2009 中文版，将单位设置为毫米。

步骤 2　单击 ❖ （创建）/ ◉ （几何体）/ ▭ 圆环 ▭ 按钮，

图 2-38　筒灯的效果

在顶视图单击并拖动鼠标创建一个圆环，作为"灯壳"，形态及参数如图 2-39 所示。

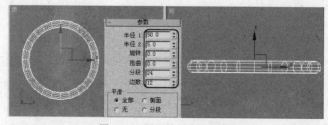

图 2-39　圆环的形态及参数

技巧　在制作筒灯灯壳时，读者也可以使用【管状体】，进行创建，这样创建后的缺点是在后面表现金属材质时不是很理想。

步骤 3 在顶视图创建一个圆柱体，作为"发光"，位置及参数设置如图 2-40 所示。

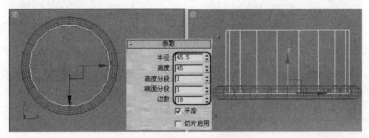

图 2-40　圆柱体的形态及参数

步骤 4 将文件进行保存，命名为"实例 16.max"。

实例总结

本实例通过制作现代简单的筒灯，学习了【圆环】、【圆柱体】工具的创建及修改，对移动复制的操作进行了详细讲述。

Example 实例 **17** 吊灯

实例目的

本实例通过制作古典的中式吊灯造型来学习【管状体】和【圆柱体】的创建方法，以及参数的精确修改。吊灯的效果如图 2-41 所示。

实例要点

- 创建【管状体】作为吊灯布。
- 使用【复制】方式修改生成金属圈。
- 使用【保存】命令将文件保存。

操 作 步 骤

步骤 1 启动 3ds Max 2009 中文版，将单位设置为毫米。

步骤 2 单击 （创建）/ （几何体）/ 管状体 按钮，在

图 2-41　吊灯的效果

顶视图单击并拖动鼠标创建一个管状体，作为"吊灯布"，修改参数如图 2-42 所示。

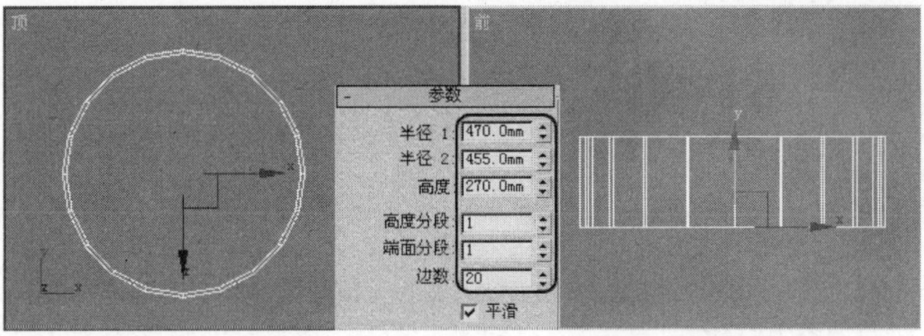

图 2-42　管状体的形态及参数

步骤 3 在前视图移动复制一个管状体，作为吊灯的"金属圈"，位置及参数如图 2-43 所示。

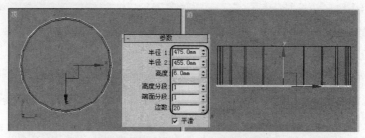

图 2-43 复制的管状体的参数及位置

> **技巧** 在移动复制物体时，位置最好不要移动，按住 Shift 键，直接在移动工具上单击鼠标左键，就可以在源位置复制一个物体。

步骤 4 使用同样的方法制作出里面的灯布，参数及位置如图 2-44 所示。

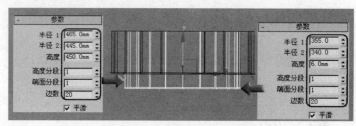

图 2-44 管状体的参数及位置

步骤 5 使用同样的方法在内部再制作两组灯布，形态如图 2-45 所示。

步骤 6 在顶视图创建一个圆柱体，将吊灯的上方盖住，再创建一个圆柱体，作为"灯杆"，位置及参数如图 2-46 所示。

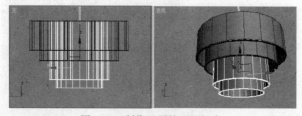

图 2-45 制作里面的两组灯布

图 2-46 制作的灯杆

步骤 7 将文件进行保存，命名为"实例 17.max"。

实例总结

本实例通过制作一个古典的中式吊灯来学习【管状体】、【圆柱体】的创建与使用，并且对移动复制的操作方法进行了详细讲述。

Example **实例** **18** 液晶电视

实例目的

本实例通过制作一个现代的液晶电视造型来学习【长方体】、【球体】的创建方法，以及参数的精确修改。液晶电视效果如图 2-47 所示。

实例要点

- 创建【长方体】作为电视机壳。

- 使用【复制】方式生成电视的黑边。
- 创建小的【长方体】及【球体】制作按钮。
- 使用【保存】命令将文件保存。

图 2-47 液晶电视的效果

步骤① 启动 3ds Max 2009 中文版，将单位设置为毫米。

步骤② 在前视图创建一个 820×1 300×60 的长方体作为"电视机壳"，形态及参数如图 2-48 所示。

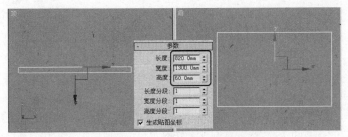

图 2-48 长方体的形态及参数

步骤③ 在前视图使用移动复制的方式复制一个长方体，作为"电视的黑边"，修改参数为 750×1 150×10，参数及位置如图 2-49 所示。

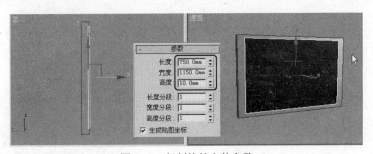

图 2-49 复制的长方体参数

技巧 再创建第 2 个长方体时，直接将创建出的第 1 个长方体复制一个并修改参数就可以了。

步骤④ 在前视图再复制一个长方体，作为"电视的屏幕"，修改参数为 700×1 100×2，参数及位置如图 2-50 所示。

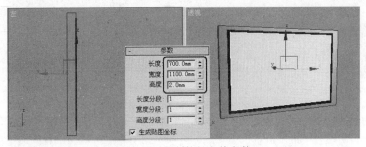

图 2-50 复制的长方体参数

步骤 5 在前视图创建一个 10×80×2 的长方体，再参照长方体的比例创建 3 个半球代表电视上的按钮，位置如图 2-51 所示。

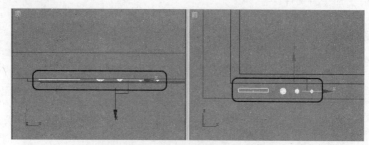

图 2-51　用长方体及球体制作的按钮

步骤 6 将文件进行保存，命名为"实例 18.max"。

实例总结

本实例通过制作一个现代简单的液晶电视造型，主要学习了【长方体】、【球体】的创建及修改，首先创建【长方体】作为"电视机壳"，然后复制一个修改参数，生成电视的黑边，最后创建大小不等的【长方体】及【球体】生成按钮。

Example 实例 **19** 电视柜

实例目的

本实例通过制作一个电视柜造型来学习【长方体】的创建方法，以及参数的精确修改。电视柜的效果如图 2-52 所示。

实例要点

- 创建大小不同的【长方体】。
- 生成电视柜的每一部分。
- 使用【保存】命令将文件保存。

图 2-52　电视柜的效果

操 作 步 骤

步骤 1 启动 3ds Max 2009 中文版，将单位设置为毫米。

步骤 2 单击 （创建）/ （几何体）/ 长方体 按钮，在顶视图单击并拖动鼠标创建一个长方体，作为"柜架"，修改参数如图 2-53 所示。

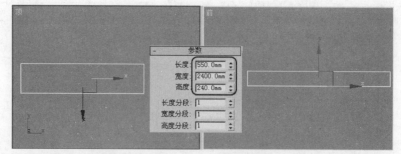

图 2-53　长方体的形态及参数

步骤 3 在前视图创建两个长方体，作为"柜门"及"把手"，参数及位置如图 2-54 所示。

步骤 4 将制作的柜门及把手复制两组，位置及形态如图 2-55 所示。

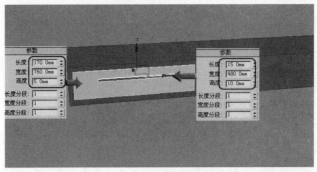

图 2-54　制作的柜门及把手

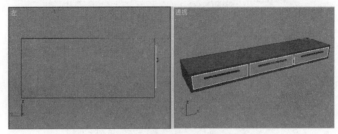

图 2-55　电视柜的最终效果

> **技巧** 制作完一个完整的造型后，最好将所有的物体结合为一组，这样便于管理，首先选择要成为一组的物体，执行菜单栏中的【组】/【成组】命令就可以将所有选择的物体成组，如果想改变其中组成物体的参数，执行【组】/【打开】命令即可。

步骤⑤ 将文件进行保存，命名为"实例 19.max"。

实例总结

本实例制作了一个简单的电视柜，主要运用了【长方体】工具，通过这个实例读者应该对作图的基本方法有一个大体的了解。

Example 实例 **20** 高脚凳

实例目的

本实例通过制作一个现代高脚凳造型来学习【圆锥体】、【圆环】、【圆环】的创建方法，以及相关参数的精确修改，高脚凳的效果如图 2-56 所示。

实例要点

- 创建【圆锥体】作为凳座。
- 创建两个【圆环】作为凳装饰线。
- 创建【圆柱体】及【圆环】生成支架。
- 使用【角度捕捉】来对物体进行准确地旋转复制。
- 使用【保存】命令将文件保存。

图 2-56　高脚凳的效果

操作步骤

步骤① 启动 3ds Max 2009 中文版，将单位设置为毫米。

步骤② 单击 （创建）/ （几何体）/ 圆锥体 按钮，在顶视图单击并拖动鼠标创建一个圆锥体，作为"凳座"，形态及参数如图2-57所示。

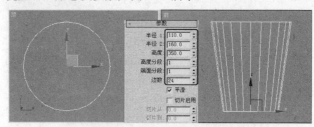

图2-57 锥体的形态及参数

步骤 3 在顶视图创建两个圆环，作为"装饰线"，形态及参数如图2-58所示。

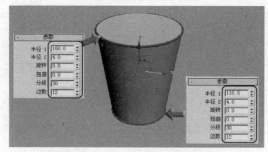

图2-58 两个圆环的参数及位置

步骤 4 在顶视图创建一个圆柱体作为"支架"，形态及参数如图2-59所示。

步骤 5 将我们在上面步骤中创建的圆环复制两个，参数及位置如图2-60所示。

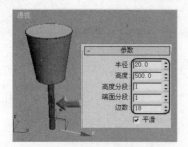

图2-59 圆柱体的参数及位置

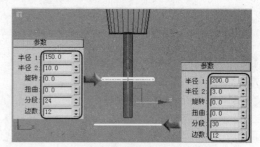

图2-60 两个圆环的参数及位置

步骤 6 在顶视图创建一个圆锥体作为"底座"，形态及参数如图2-61所示。

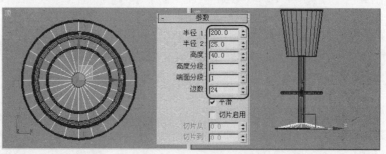

图2-61 锥体的形态及参数

步骤 7 在前视图创建一个圆柱体作为"支架"，形态及参数如图2-62所示。

步骤 8 在左视图对圆柱体进行旋转，效果如图2-63所示。

步骤 9 激活工具栏中的 △ （角度捕捉切换）按钮，将光标放在该按钮的上方，单击鼠标右键，此时会弹出【栅格和捕捉设置】窗口，设置【角度】为 120°，如图 2-64 所示。

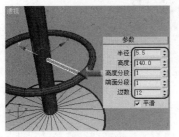
图 2-62 圆柱体的参数及位置

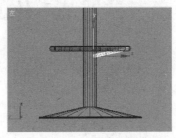
图 2-63 对圆柱体进行旋转

图 2-64 【栅格和捕捉设置】窗口

> **技巧** 在激活 △（角度捕捉切换）命令时，建议读者习惯使用快捷键来完成，按一下 A 键，就可以激活【角度捕捉】命令。

步骤 ⑩ 单击工具栏中的 ↻（选择并旋转）按钮，按住键盘中的 Shift 键，在顶视图沿 z 轴旋转一下（120°），在弹出的【克隆选项】对话框中勾选【实例】项，然后单击 确定 按钮，如图 2-65 所示。

此时的支架旋转复制了 3 个，位置可能有点不太理想，使用移动工具调整一下就可以了，最终效果如图 2-66 所示。

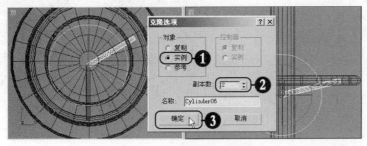
图 2-65 对支架进行旋转复制

图 2-66 高脚凳的最终效果

> **技巧** 读者也可以使用 ❖（阵列）命令来完成这一步操作，但是相对于上面的方法要麻烦一些，【阵列】命令的详细操作步骤将在实例 28 中讲述。

步骤 ⑪ 将文件保存，命名为"实例 20.max"。

实例总结

本实例通过制作现代的高脚凳造型，主要学习了【圆锥体】、【圆柱体】、【圆环】的创建与修改，以及旋转复制的操作方法，还包括了怎样准确地对物体角度进行旋转。

第3章　扩展基本体的应用

■　**本章内容**
➢　单人沙发　　　　　➢　装饰柱　　　　　　➢　木制餐桌
➢　艺术茶几　　　　　➢　简易消防栓

　　上一章我们带领大家用【标准几何体】工具制作了很多简单的家具，如果想要制作一些带有圆倒角或特殊形状的物体它们就无能为力了，这时我们可以通过【扩展基本体】工具来完成，它与【标准基本体】相比造型要复杂一些，但这仍属于相对简单的几何体建模方式。

Example 实例 21　单人沙发

实例目的
　　本实例通过制作简单的单人沙发造型来学习【切角长方体】的创建方法。单人沙发的效果如图 3-1 所示。

实例要点
■　在不同的视图创建【切角长方体】。
■　操作【复制】及【对齐】命令。
■　使用【保存】命令将文件存盘。

图 3-1　单人沙发的效果

操 作 步 骤

步骤 ①　启动 3ds Max 2009 中文版，将单位设置为毫米。

步骤 ②　单击 （创建）/ （几何体）/ 切角长方体 按钮，如图 3-2 所示。

步骤 ③　在顶视图单击并拖动鼠标创建一个切角长方体作为"沙发底座"，如图 3-3 所示。

步骤 ④　单击 （修改）进入修改面板，修改【长度】为 600，【宽度】为 600，【高度】为 130，【圆角】为 20，【圆角分段】为 3，如图 3-4 所示。

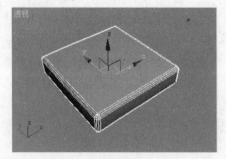

图 3-2　激活"切角长方体"按钮　　　图 3-3　创建的切角长方体　　　图 3-4　参数的设置

> **技巧**　【切角长方体】的创建与【长方体】的创建基本相同，唯一的区别是前者需要 3 步才能创建完成，多了的两项参数分别是【圆角】和【圆角分段】。

步骤 ⑤　在前视图中，使用移动复制的方式将切角长方体沿 y 轴向上复制一个，将【圆角】修改为 30，作为"沙发座"，如图 3-5 所示。

步骤 ⑥　确认复制的切角长方体处于选择状态，按下组合键 Alt+A，激活【对齐】命令，在前视图中单击下面的切角长方体，设置参数如图 3-6 所示。

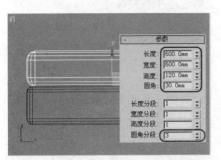

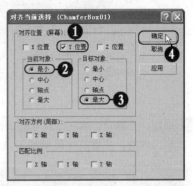

图 3-5　参数及形态　　　　　　　图 3-6　"对齐当前选择"对话框的设置

步骤 ⑦　在前视图中创建一个【长度】为 450，【宽度】为 720，【高度】为 120，【圆角】为 20，【圆角分段】为 3 的切角长方体，作为"扶手"造型，位置及参数如图 3-7 所示。

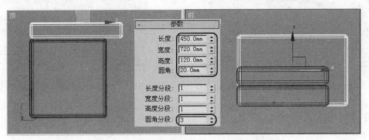

图 3-7　"扶手支架"造型的位置及参数

步骤 ⑧　在顶视图"扶手支架"的下面创建一个 40×40×100 的长方体作为"沙发腿"，再复制另一条沙发腿，位置及参数如图 3-8 所示。

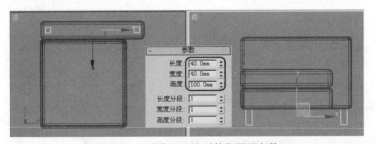

图 3-8　"沙发腿"造型的位置及参数

技巧　使用【长方体】来制作沙发腿，要比使用【切角长方体】的面数少 17 倍，所以一定要合理控制物体的面片数量。

步骤 ⑨　在顶视图中框选"扶手"、"沙发腿"造型，用实例复制的方式复制一组，位置如图 3-9 所示。

步骤 ⑩　在左视图中创建一个【长度】为 450，【宽度】为 600，【高度】为 100，【圆角】为 15，【圆角分段】为 3 的切角长方体，作为沙发"靠背"造型，位置及参数如图 3-10 所示。

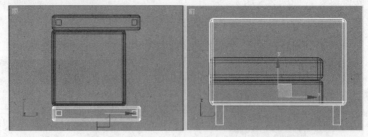

图 3-9　复制后的形态

步骤⑪ 复制一个靠背，放在沙发座的上面，调整参数，再用工具栏中的 ↻（旋转）命令在前视图中旋转靠背，位置及参数如图 3-11 所示。

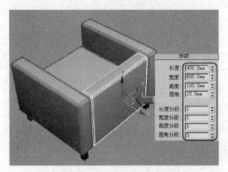

图 3-10　"靠背"的位置及参数

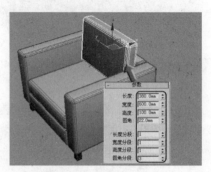

图 3-11　复制的"靠背"

步骤⑫ 将文件进行保存，将其命名为"实例 21.max"。

实例总结

本实例通过制作简单的沙发学习了【切角长方体】的创建方法，首先在不同的视图创建【切角长方体】，然后用复制方式生成其他的部分，再用【对齐】命令将它们对齐，最后创建【长方体】生成"沙发腿"。

Example 实例 **22** 装饰柱

实例目的

本实例通过制作一个简单的装饰柱造型来学习【软管】的创建方法，以及相关参数的精确修改，装饰柱的效果如图 3-12 所示。

实例要点

■　创建【软管】，然后修改各项参数生成装饰柱。

■　使用【保存】命令将文件存盘。

操 作 步 骤

步骤❶ 启动 3ds Max 2009 中文版，将单位设置为毫米。

步骤❷ 单击 （创建）/ ○（几何体）/ ▭软管▭ 按钮，在顶视图中单击并拖动鼠标创建一个软管，作为"装饰柱"，如图 3-13 所示。

图 3-12　装饰柱的效果

步骤❸ 单击 ⟋（修改）按钮，进入修改面板，对软管的参数进行修改，如图 3-14 所示。此时软管的形态如图 3-15 所示。

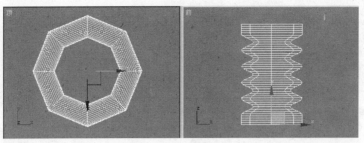

图 3-13　创建的软管

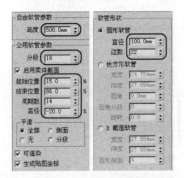

图 3-14　软管的参数

图 3-15　软管的形态

> **技巧** 读者可以通过调整各项参数来得到意想不到的造型，其中相关的参数不能靠死记硬背，而需要经常使用来灵活掌握。

步骤 ④ 将文件进行保存，命名为"实例 22.max"。

实例总结

本实例通过制作一个简单的装饰柱主要学习了【软管】的创建及修改方法，通过这个例子的学习，希望读者能够通过简单的物体来生成复杂造型。

Example 实例 23　木制餐桌

实例目的

本实例通过制作一个木制餐桌造型来学习【切角圆柱体】的创建方法，以及配合【切角长方体】和【管状体】制作出餐桌的造型，木制餐桌的效果如图 3-16 所示。

实例要点

- 创建【切角圆柱体】生成桌面。
- 使用【切角长方体】生成桌腿。
- 使用【管状体】生成挡板。
- 使用【保存】命令将文件存盘。

操作步骤

步骤 ① 启动 3ds Max 2009 中文版，将单位设置为毫米。

步骤 ② 单击 （创建）/ （几何体）/ 切角圆柱体 按钮，在顶视图中单击并拖动鼠标创建一个切角圆柱体作为"桌面"，参数及形态如图 3-17 所示。

图 3-16 餐桌的效果

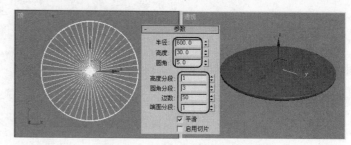

图 3-17 创建的切角圆柱体及参数

> **技巧** 我们将【边数】设置为 50 是为了得到圆滑的桌面,在后面制作整体的效果图时,千万不要将【边数】设置得太多,这样会增加面数,影响计算机的运行速度。

步骤③ 在顶视图创建一个切角长方体作为"桌腿",然后用实例方式复制 3 条桌腿,位置及参数如图 3-18 所示。

步骤④ 在顶视图中创建一个管状体,作为餐桌的"挡板",使用【旋转变换输入】窗口将管状体旋转 45°,位置及参数如图 3-19 所示。

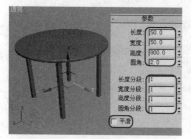

图 3-18 制作的桌腿

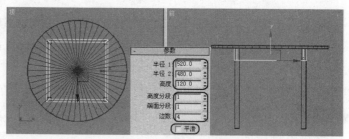

图 3-19 制作的挡板

> **技巧** 读者在旋转物体时,可以使用角度捕捉进行旋转,这样非常准确、快速,首先将光标放在 △(角度捕捉)按钮上方,单击鼠标右键,会弹出【栅格和捕捉设置】对话框,将【角度】设置为所需要的度数,然后激活 △(角度捕捉)按钮,这样再进行旋转就很准确了。

步骤⑤ 在前视图复制一个管状体,修改高度为 40 作为"桌撑",位置如图 3-20 所示。

步骤⑥ 选择所有造型,给它们赋予一个统一的颜色,效果如图 3-21 所示。

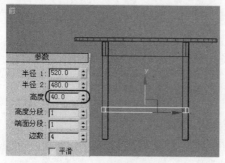

图 3-20 复制的管状体

图 3-21 最终效果

步骤 **7** 将文件进行保存，命名为"实例 23.max"。

实例总结

本实例通过制作一个简单的木质餐桌学习了【切角圆柱体】的创建方法，其中包括创建切角圆柱体生成"桌面"，创建【切角长方体】生成"桌腿"，创建管状体生成"挡板"。

Example 实例 **24** 艺术茶几

实例目的

本实例通过制作一个艺术茶几造型来学习【环形结】、【切角圆柱体】的创建方法，以及相关参数的精确修改。艺术茶几的效果如图 3-22 所示。

实例要点

- 【环形结】及【切角圆柱体】的创建及修改。
- 使用【保存】命令将文件存盘。

操 作 步 骤

步骤 **1** 启动 3ds Max 2009 中文版，将单位设置为毫米。

步骤 **2** 单击 (创建)/ (几何体)/ 环形结 按钮，在顶视图中单击并拖动鼠标创建一个环形结作为"支架"，参数及形态如图 3-23 所示。

图 3-22　艺术茶几的效果

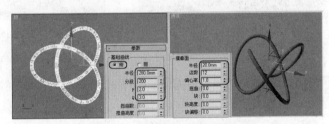

图 3-23　创建的环形结及参数

步骤 **3** 单击 (创建)/ (几何体)/ 切角圆柱体 按钮，在顶视图单击并拖动鼠标创建一个切角圆柱体，作为"茶几面"，参数及形态如图 3-24 所示。

步骤 **4** 在顶视图创建几个茶壶作为装饰，效果如图 3-25 所示。

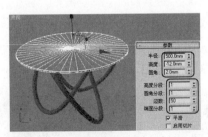

图 3-24　创建的【切角圆柱体】及参数

图 3-25　制作的最终效果

步骤 **5** 将文件进行保存，命名为"实例 24.max"。

实例总结

本实例通过制作一个简单的艺术茶几，主要学习了【环形结】、【切角圆柱体】的创建方法，其中包括创建环形结生成"支架"，创建切角圆柱体生成"茶几面"，最后创建几个茶壶作为装饰。

Example 实例 25　简易消防栓

实例目的

本实例通过制作一个简易消防栓造型来学习【球体】、【圆柱体】、【切角圆柱体】的创建方法，以及相关参数的精确修改。简易消防栓的效果如图 3-26 所示。

实例要点

- 【球体】、【圆柱体】、【切角圆柱体】的创建及修改。
- 使用【保存】命令将文件存盘。

操作步骤

步骤 ① 启动 3ds Max 2009 中文版，将单位设置为毫米。

步骤 ② 在顶视图中创建一个半球体作为消防栓的"盖"，形态及参数如图 3-27 所示。

图 3-26　简易消防栓的效果

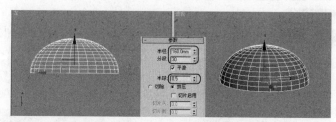

图 3-27　球体的形态及参数

> **技巧** 如果想压扁球体，可以采用工具栏中的 ⬚（选择并均匀缩放）命令进行操作，在缩放的时候要沿 y 轴进行。

步骤 ③ 在顶视图创建两个圆柱体，参数及位置如图 2-28 所示。

步骤 ④ 单击 ⬚（创建）/ ⬚（几何体）/ **切角圆柱体** 按钮，在前视图单击并拖动鼠标创建一个切角圆柱体，再复制一个修改参数，两个切角圆柱体的参数及位置如图 3-29 所示。

步骤 ⑤ 在左视图同样创建两个切角圆柱体，位置及参数如图 3-30 所示。

步骤 ⑥ 将文件进行保存，命名为"实例 25.max"。

实例总结

本实例通过制作一个简易的消防栓主要学习了【球体】、【圆柱体】、【切角圆柱体】的创建方法，其中包括创建【球体】生成"盖"，创建【圆柱体】及【切角圆柱体】生成"螺丝"。

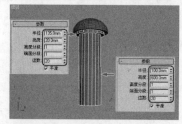

图 3-28　圆柱体的位置及参数

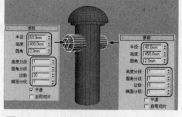

图 3-29　切角圆柱体的位置及参数

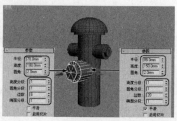

图 3-30　切角圆柱体的位置及参数

第4章　二维线形的应用

■ **本章内容**

- ➤ 铁艺圆凳
- ➤ 楼梯扶手
- ➤ 铁艺
- ➤ 搁物架
- ➤ 垃圾筒

在上一章中，我们讲解过如何创建标准基本体和扩展几何体，但是在制作效果图时，经常会遇到更为复杂的造型，所以仅用标准基本体和扩展几何体往往无法满足制作效果图的需要。

二维图形工具在效果图的建模中起着非常重要的作用，通常我们建立的三维模型大都是先创建二维线形，然后添加相应的修改器来完成的，二维图形也可以直接在建模中使用，可以说是效果图制作过程中使用频率最多的一部分。3ds Max 的二维图形有两类，分别是样条曲线和 NURBS 曲线，两者都可以作为三维建模的基础路径或者作为控制器的路径，但它们在计算、生成三维物体的方法上有着本质的区别。NURBS 的算法比较繁琐，但是可以非常灵活地控制最后生成的曲线，常用于制作一些复杂的曲面造型。

在本章中，我们将着重向大家讲述二维线形的创建以及编辑、修改的方法。

Example 实例 **26** 铁艺圆凳

实例目的

本实例通过制作铁艺圆凳造型来学习【圆】及【线】的绘制与修改方法，铁艺圆凳的最终效果如图 4-1 所示。

实例要点

- ■ 创建【切角圆柱体】生成"凳座"。
- ■ 绘制【圆】及【线】生成"支架"。
- ■ 使用【渲染】类下的参数让线形产生厚度。
- ■ 使用【保存】命令将文件存盘。

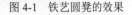

图 4-1　铁艺圆凳的效果

操 作 步 骤

步骤 ① 启动 3ds Max 2009 中文版，将单位设置为毫米。

步骤 ② 单击 （创建）/ （几何体）/ 切角圆柱体 按钮，在顶视图单击并拖动鼠标创建一个切角圆柱体作为"凳座"，参数及形态如图 4-2 所示。

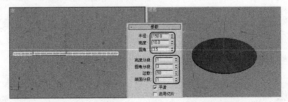

图 4-2　创建的【切角圆柱体】及参数

步骤 ③ 单击 （创建）/ （线形）/ 圆 按钮，在顶视图绘制一个【半径】为 150 的圆，然后设置【渲染】类下的参数，如图 4-3 所示。

 技巧　在缺省状态下，二维线形在渲染时是看不见的，必须勾选【渲染】类下的【在渲染中启用】选项，二维线形才可以在渲染时显示出来。调整【厚度】可改变线形的粗细，勾选【在视口中启用】项，可以在视图中观察到渲染后的粗细。

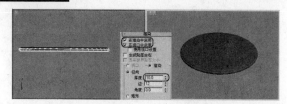

图4-3 【圆】的位置及【渲染】参数

步骤 4 在前视图中沿 y 轴复制一个，修改【半径】为 180，两个【圆】的距离约 450 左右，也就是圆凳的高度，效果如图 4-4 所示。

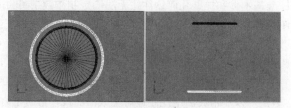

图4-4 复制后【圆】的位置

步骤 5 单击 （创建）/ （线形）/ 线 按钮。在前视图绘制一条线，然后进入修改面板，设置【渲染】类下的参数，形态及参数如图 4-5 所示。

> 技巧 在绘制线形时，按住键盘上的 Shift 键，可以绘制水平或垂直的直线。

步骤 6 按下键盘中的 1 键，进入 （顶点）层级子物体，选择上面 4 个顶点，对它们执行值约 20 的圆角，如图 4-6 所示。

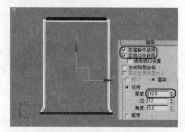

图4-5 绘制的折线形态

图4-6 对顶点进行【圆角】设置

步骤 7 单击工具栏中的 （选择并旋转）按钮，按 A 键，打开【角度捕捉】，在顶视图中按住 Shift 键沿 z 轴旋转 45°，进行旋转复制一个，效果如图 4-7 所示。

步骤 8 铁艺圆凳的最终效果如图 4-8 所示。

图4-7 旋转复制

图4-8 制作的铁艺圆凳

步骤 9 按下键盘上的 Ctrl+S 键，将制作的线架保存为"实例 26.max"。

实例总结

本实例通过制作一个铁艺圆凳造型，掌握【圆】及【线】的绘制与修改方法，重点掌握【渲染】类下各项参数的功能，使绘制的线形产生立体的三维效果。

 **27** 楼梯扶手

实例目的

本实例通过制作带有花饰的铁艺楼梯扶手造型来学习线的绘制及修改，以及相关参数的调整。楼梯扶手的效果如图 4-9 所示。

实例要点

- 绘制线形。
- 使用【渲染】类下的参数计线形产生厚度。
- 使用【保存】命令将文件存盘。

操 作 步 骤

步骤 ① 启动 3ds Max 2009 中文版，将单位设置为毫米。

步骤 ② 单击 （创建）/ （线形）/ 线 按钮。在前视图中单击鼠标左键，绘制一条斜线，如图 4-10 所示。

步骤 ③ 进入修改面板，设置【渲染】类下的参数，如图 4-11 所示。

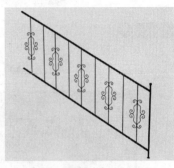

图 4-9　楼体扶手的效果

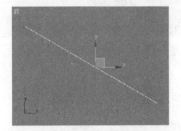

图 4-10　绘制的折线形态

图 4-11　设置【渲染】的参数

步骤 ④ 在前视图用移动复制的方法复制线形，如图 4-12 所示。

步骤 ⑤ 在前视图中绘制立式的线形，设置【渲染】卷展栏下的【厚度】为 2，形态如图 4-13 所示。

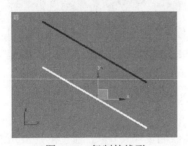

图 4-12　复制的线形

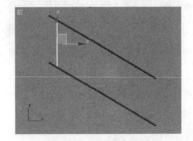

图 4-13　绘制的立式线形

步骤 ⑥ 在前视图用线命令绘制出铁艺的花饰，我们可以先以直线的形式进行绘制并且只绘制四分之一就可以了，如图 4-14 所示。

步骤 ⑦ 按下 1 键，进入 （顶点）层级，选中所有的顶点右击鼠标，在弹出的右键菜单中单击【平滑】选项，将顶点模式改为平滑，从而得到过渡平滑的线形，如图 6-15 所示。

步骤 ⑧ 如果有个别的顶点没有修改到位，也可以单独选中该顶点，右击鼠标选择【Bezier】模式，通过调整 Bezier 点的控制杆来修改曲线的造型，如图 4-16 所示。

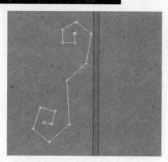

图 4-14　绘制的直线花饰

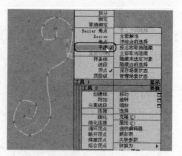

图 4-15　修改顶点为【平滑】

步骤 9 调整完成后，关闭 ∷（顶点）层级，单击工具栏中的 ⋈（镜像）命令，在弹出的【镜像：屏幕坐标】对话框中，选择【镜像轴】为 x 轴，【偏移】设置为 25.5，选择【克隆当前选择】为【实例】，单击 确定 按钮，如图 4-17 所示。

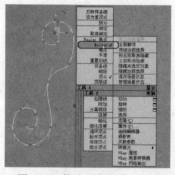

图 4-16　修改顶点为【Bezier】

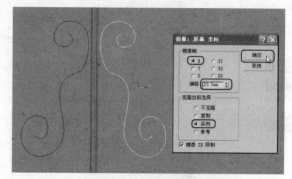

图 4-17　沿 x 轴镜像

步骤 10 同时选择两个线形，沿 y 轴镜像一组，如图 4-18 所示。

步骤 11 用复制的方式生成其他的铁艺，如图 4-19 所示。

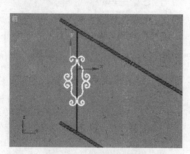

图 4-18　沿 y 轴镜像

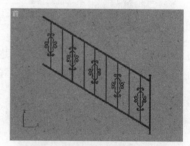

图 4-19　制作完成的楼梯扶手

步骤 12 按下键盘上的 Ctrl+S 键，将制作的线架保存为"实例 27.max"。

实例总结

本实例通过制作一个楼梯扶手造型来掌握线形的基本绘制及修改方法，通过按住 Shift 键可以绘制水平或垂直的直线，重点掌握了【渲染】卷展栏下各项参数的功能。

Example 实例 28 铁艺

实例目的

本实例通过制作方形的铁艺造型来学习以【键盘输入】的方法来创建矩形，并设置【可渲染】选项使其可以进行渲染，以得到需要的造型。铁艺的效果如图 4-20 所示。

实例要点

- 用【键盘输入】绘制两个矩形。
- 使用【编辑样条线】将两个矩形附加为一体。
- 使用样条线类下的【修剪】将多余的线形修剪掉。
- 使用【保存】命令将文件存盘。

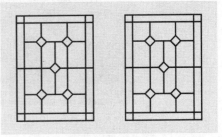

图 4-20　铁艺的效果

操作步骤

步骤① 启动 3ds Max 2009 中文版，将单位设置为毫米。

步骤② 确认前视图处于激活状态。

步骤③ 单击 （创建）/ （线形）/ 矩形 按钮，打开【键盘输入】选项，设置其参数，单击 创建 按钮，生成一个矩形，再次修改参数，单击 创建 按钮，生成两个矩形，如图 4-21 所示。

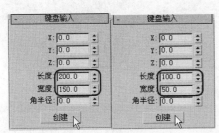
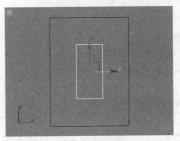

图 4-21　创建的两个矩形

步骤④ 选择外面的大矩形，在 修改器列表 中执行【编辑样条线】命令，单击 附加 按钮，然后在视图中单击两个小矩形，将它们连接为一体，如图 4-22 所示。

> **技巧** 场景中如果有两个以上的线形，可以单击 附加多个 按钮，在弹出的【附加多个】对话框中，单击 全部(A) 按钮，再单击 附加 按钮，此时即可将全部线形合为一体。

步骤⑤ 按下 2 键，进入 （线段）子对象层级，在前视图中选择外面的线段进行复制，如图 4-23 所示。

步骤⑥ 用同样的方法复制出中间水平和垂直的线段，如图 4-24 所示。

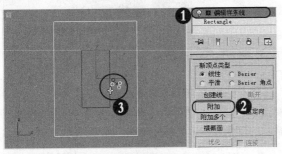

图 4-22　将矩形附加为一体

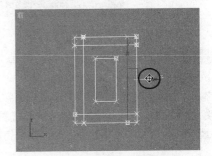

图 4-23　复制四周点的线段

步骤⑦ 单击 （创建）/ （线形）/ 圆 按钮，在前视图绘制 5 个【半径】为 12 的圆，如图 4-25 所示。

步骤⑧ 选择矩形，将绘制的圆附加为一体，按下 1 键，激活 （顶点）按钮，选择所有的顶点，然后右击鼠标，选择【角点】，形态如图 4-26 所示。

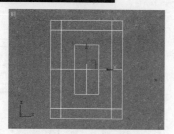

图 4-24　复制的中间的线段

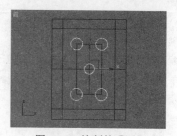

图 4-25　绘制的【圆】

步骤 ⑨ 按下 3 键，进入 ⚊（样条线）子对象层级，单击 ▢修剪▢ 按钮，将多余的线形修剪掉，如图 4-27 所示。

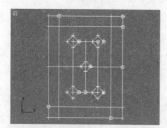

图 4-26　改变【顶点】后的形态

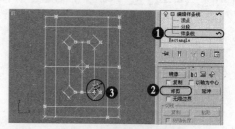

图 4-27　对样条线进行修剪

> **技巧** 在使用【样条线】类下的【修剪】命令时，线形必须是相交的，否则修剪不出来我们所需要的效果。

步骤 ⑩ 使用同样的方法将所有的线形绘制出来，然后进行修剪，效果如图 4-28 所示。

步骤 ⑪ 进入修改命令面板，修改【渲染】类下的参数，如图 4-29 所示。

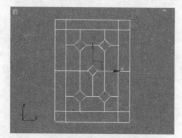

图 4-28　绘制的线形

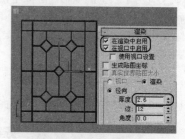

图 4-29　调整渲染参数

步骤 ⑫ 按下键盘上的 Ctrl+S 键，将制作的线架保存为"实例 28.max"。

实例总结

本实例通过制作一个方形铁艺造型来学习二维线形的绘制与编辑方法，首先通过【键盘输入】来准确地绘制【矩形】，使用【编辑样条线】将两个矩形附加为一体，以及掌握样条线类下【修剪】命令的使用，最后通过设置【渲染】类下的参数来完成铁艺的制作。

Example 实例 **29** 搁物架

实例目的

本实例通过制作搁物架造型来学习【线】的绘制与修改方法，配合前面学习的三维物体制作出实用的物体，搁物架的效果如图 4-30 所示。

实例要点

- 【线】的绘制。
- 【复制】命令的具体操作。
- 熟悉作图的思路和方法。
- 使用【保存】命令将文件存盘。

图 4-30   搁物架的效果

操 作 步 骤

步骤 ① 启动 3ds Max 2009 中文版，将单位设置为毫米。

步骤 ② 单击 （创建）/ （线形）/ 矩形 按钮，在顶视图绘制一个 350×500 的矩形，进入修改面板，设置【渲染】类下的参数，如图 4-31 所示。

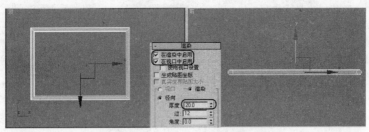

图 4-31   矩形的形态及【渲染】参数

步骤 ③ 在左视图用【线】绘制出侧面的形态，如图 4-32 所示。

> **技巧** 在绘制比较复杂的线形过程中，我们可先以容易控制的直线形态进行绘制，然后通过圆角进行调整、修改，得到圆滑的线形。

步骤 ④ 按下键盘中的 1 键，进入 （顶点）子对象层级，选择上面的两个顶点，对它们执行数值为 80 的圆角，如图 4-33 所示。

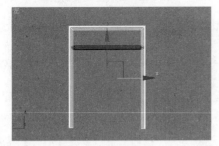

图 4-32   绘制的线形

图 4-33   执行圆角

步骤 ⑤ 在顶视图复制一个放在另一侧，位置如图 4-34 所示。

> **技巧** 在绘制比较对称的线形过程中，我们可以先绘制其中的一部分，然后通过复制或者镜像来得到另外的部分，从而得到一致的线形。

步骤 ⑥ 在前视图中绘制一条直线，然后在顶视图复制 条，设置【渲染】卷展栏下的参数，如图 4 35 所示。

图 4-34　复制后的位置

图 4-35　绘制的线形

步骤 7 在左视图绘制线形，然后对其进行圆角处理，最后设置【渲染】卷展栏下的参数，复制 8 个后附加为一体，如图 4-36 所示。

步骤 8 在顶视图中用旋转复制的方式复制一组线形，如图 4-37 所示。

图 4-36　绘制的线形

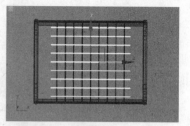

图 4-37　旋转复制后的效果

步骤 9 在两端绘制两条直线，效果如图 4-38 所示。

步骤 10 在前视图沿 *y* 轴向下方复制一排，效果如图 4-39 所示。

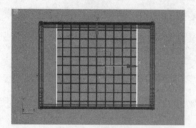

图 4-38　绘制直线形

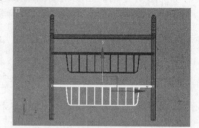

图 4-39　旋转复制后的效果

步骤 11 在前视图中创建一个圆环作为轮子，在左视图用缩放沿 *x* 轴放大一些，复制 4 个，效果如图 4-40 所示。

步骤 12 将所有的造型赋予一种黑色，在顶视图创建一个 350×500×8 的长方体（作为玻璃隔板），最终效果如图 4-41 所示

步骤 13 按下键盘上的 Ctrl+S 键，将制作的线架保存为"实例 29.max"。

实例总结

本实例通过制作一个搁物架造型，掌握线形的基本绘制与修改技巧，重点掌握【渲染】卷展栏下各项参数的功能。

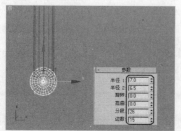

图 4-40　圆环的位置及参数

图 4-41　搁物架的最终效果

Example 实例 **30** 垃圾筒

实例目的

本实例通过制作工装效果图中用到的垃圾筒造型来学习线的绘制与编辑修改，以及配合【阵列】工具来制作相关的造型，垃圾筒的效果如图 4-42 所示。

实例要点

- 绘制外围的线形。
- 创建圆环。
- 【阵列】的具体操作。
- 使用【保存】命令将文件存盘。

操 作 步 骤

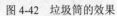

图 4-42　垃圾筒的效果

步骤 ① 启动 3ds Max 2009 中文版，将单位设置为毫米。

步骤 ② 激活顶视图，绘制一个半径为 350 的圆，设置【可渲染】卷展栏下的厚度为 25，在前视图绘制如图 4-43 所示的线形，设置【可渲染】卷展栏下的厚度为 8，将其调整至合适的位置。

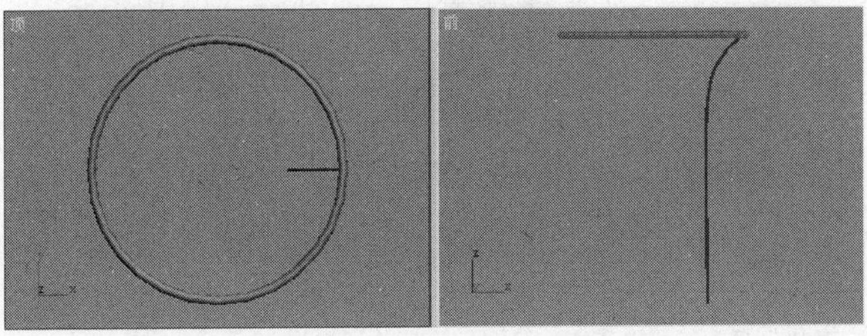

图 4-43　绘制的圆和曲线

要想将绘制的线形组合成垃圾筒的外壳，就需要用到【阵列】工具，下面我们就来学习它的使用方法。

步骤 ③ 将绘制的线形处于选择状态，在工具栏【视图】下方选择【拾取】，如图 4-44 所示。

步骤 ④ 在顶视图单击绘制的圆，此时的【视图】窗口即可变为 Circle01 的坐标窗口了，然后选择　下的　按钮，如图 4-45 所示。

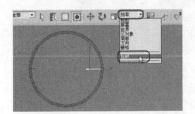

图 4-44　选择【拾取】

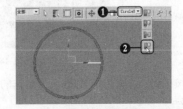

图 4-45　选择【使用变换坐标中心】为轴心

此时我们选择了　按钮，就是以当前坐标系统的中心为轴心，那么当前的坐标系统是什么呢？就是我们刚才在视图中拾取圆的圆心。

步骤 ⑤ 确认绘制的线形处于选择状态，单击菜单栏中的【工具】/【阵列】命令，在弹出的对话框中设置参数，如图 4-46 所示。

步骤 ⑥ 按下阵列对话框中的 [　预览　] 按钮，在设置完参数后先单击浏览，观看效果，再单击 [　确定　] 按钮，生成所需要的阵列效果。

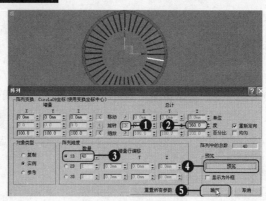

图4-46 执行阵列操作

> **技巧** 【阵列】工具可以让物体沿指定的轴心进行环形复制，熟练运用此工具，可以快速地进行环形建模。

步骤 ⑦ 激活顶视图，在阵列后的线形内部创建一个管状体，具体的数值和位置如图4-47所示。

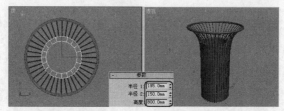

图4-47 创建的管状体

步骤 ⑧ 激活前视图，沿 y 轴向下复制一个管状体，修改其参数，半径1为280，半径2为50，高度为15，作为垃圾筒的"底座"。

步骤 ⑨ 在顶视图绘制半径为205，修改其可渲染的厚度为10，然后进行复制并调整至合适的位置，如图4-48所示。

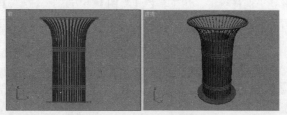

图4-48 绘制并复制的圆

步骤 ⑩ 按下键盘上的 Ctrl+S 键，将制作的线架保存为"实例30.max"。

实例总结

本实例通过制作一个垃圾筒造型，掌握了线形的基本绘制与修改技巧，重点掌握了【阵列】工具的使用方法。

第 5 章　二维线形转三维物体的应用

- ■ 本章内容
- ➢ 【挤出】——墙体　　　➢ 【倒角】——休闲沙发　　　➢ 【放样】——窗帘
- ➢ 【挤出】——窗格　　　➢ 【倒角】——方格木门　　　➢ 【放样】——石膏线
- ➢ 【车削】——果盘　　　➢ 【倒角剖面】——门套　　　➢ 【多截面放样】——圆桌布
- ➢ 【车削】——异形天花　➢ 【倒角剖面】——会议桌　➢ 【多截面放样】——欧式柱

在前面的过程中，我们学习了二维线形的绘制和修改方法，但只学习了创建一些简单的二维线形，要想使用二维线形来绘制复杂的造型，就必须为线形添加适当的编辑修改命令从而一步步绘制出复杂的结构造型。下面我们来学习如何通过【挤出】、【车削】、【倒角】、【倒角轮廓】、【放样】等修改命令将二维线形转为三维物体。

Example 实例 **31** 【挤出】——墙体

实例目的
本实例通过导入 CAD 图纸并使用【挤出】命令来制作一套二双厅的墙体。墙体的效果如图 5-1 所示。

实例要点
- ■ 将 CAD 图纸【导入】到场景中。
- ■ 使用【捕捉】命令用【线】绘制墙体。
- ■ 使用【挤出】命令生成墙体。
- ■ 使用【保存】命令将文件存盘。

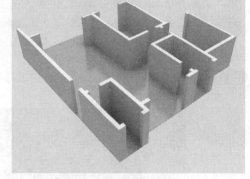

图 5-1　墙体的效果

操 作 步 骤

步骤 ① 启动 3ds Max 2009 中文版，将单位设置为毫米。

步骤 ② 单击菜单栏中的【文件】/【Import】（导入）命令，在弹出的【选择要导入的文件】对话框中，选择随书光盘中的"源文件素材"/"第 5 章"文件夹类下的"套二双厅.dwg"文件，单击 打开(O) 按钮，如图 5-2 所示。

> **技巧** 对于复杂的场景，最好的方法是将 AutoCAD 绘制的图纸导入到 3ds Max 中，这样可以很清楚地看到户型的结构、门窗的位置，便于建立模型。

步骤 ③ 在弹出的【AutoCAD DWG/DXF 导入选项】对话框中单击 确定 按钮，如图 5-3 所示。

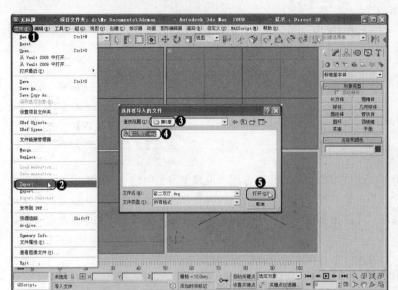

图 5-2 【导入】套二双厅 CAD 图纸 　　　　图 5-3 【导入 AutoCAD DWG/DXF 文件】对话框

技巧 在这个【AutoCAD DWG/DXF 导入选项】对话框中不要勾选其他的选项，如果勾选了会导致导入时间成倍的增加。尤其对于大场景来说更加明显。

步骤④ 此时套二双厅的 AutoCAD 图纸就导入到了 3ds Max 中，效果如图 5-4 所示。

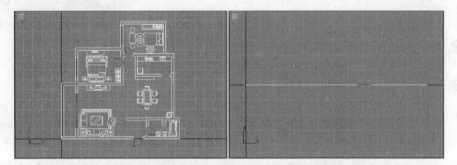

图 5-4 导入到 3ds Max 中的 CAD 文件

技巧 我们在使用 AutoCAD 绘制的图纸进行建模时，可以先将平面图移动到原点（0，0）的位置，这样便于在 3ds Max 中控制建模位置，以提高建模速度。

　　我们导入平面图的目的是起到一个参照的作用，为建立模型时提供方便，这样能够更清楚地理解这个户型的结构。

步骤⑤ 按一下 Ctrl+A 键，选择所有线形，为线形指定一个便于观察的颜色，如图 5-5 所示。

步骤⑥ 单击菜单栏的【组】/【成组】命令，在弹出的对话框中单击 确定 按钮，如图 5-6 所示。

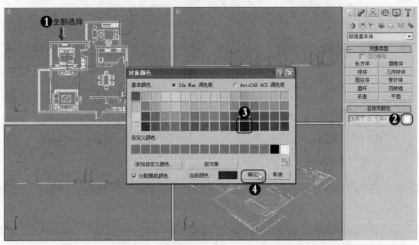

图 5-5　为图纸指定一个统一的颜色

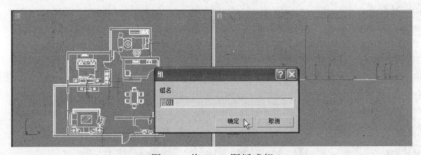

图 5-6　将 CAD 图纸成组

技巧 成组的目的是后面选择时比较方便，一般情况下，我们可以为成组后的 AutoCAD 图纸指定为浅黄色，以便观察图纸。

步骤 7 激活顶视图，按一下 Alt+W 键，将视图最大化显示。

步骤 8 按下 S 键将捕捉打开，捕捉模式采用 2.5 维捕捉，将鼠标指针放在按钮上方，单击鼠标右键，在弹出的【栅格和捕捉】窗口中对【捕捉】及【选项】进行设置，如图 5-7 所示。

步骤 9 单击 （创建）/ （线形）/ 线 按钮，在顶视图绘制墙体的内部封闭线形，如图 5-8 所示。

图 5-7　设置捕捉模式

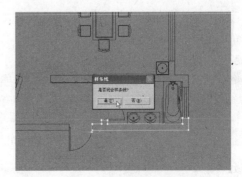

图 5-8　绘制的封闭线形

步骤 10 在命名面板中将 开始新图形 取消勾选，这样绘制出的线形是一体的，如图 5-9 所示。

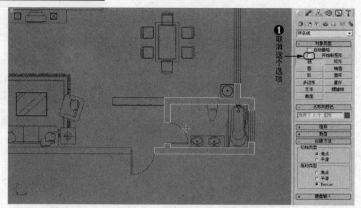

图 5-9 绘制的封闭线形

技巧 在绘制线形时，取消勾选 ☐ 开始新图形 是一种非常好的绘制方法，无论绘制什么样的线形，它们都会附加为一体，

步骤 ⑪ 用同样的方法将其他房间的墙体绘制出来，最终效果如图 5-10 所示。

步骤 ⑫ 单击 ⚙ （修改）按钮进入修改面板，在修改器窗口中为绘制的线形添加一个【挤出】修改器命令，将【数量】设置为 2800（即房间的层高为 2.8 米），如图 5-11 所示。

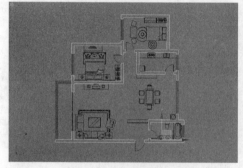
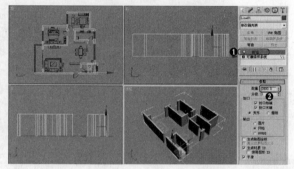

图 5-10 绘制的线形　　　　　　　　图 5-11 线形执行挤出修改命令后的效果

技巧 【挤出】是在效果图制作过程中，使用率相对较多的一个修改命令，在执行【挤出】之前，线形必须是封闭的，否则挤出后的物体是空的。

步骤 ⑬ 将文件进行保存，命名为"实例 31.max"。

实例总结

【挤出】是在制作效果图的过程中使用到最多的命令，本实例通过制作一套二双厅的墙体，学习了【挤出】修改命令的使用，其实制作关键是对线形的掌握，如果熟练掌握线形的编辑，那么在制作墙体时应该与比较轻松。

Example 实例 32 【挤出】——窗格

实例目的

本实例通过制作窗格造型来熟练操作【矩形】的绘制与【挤出】修改命令的使用，窗格的效果如图 5-12 所示。

实例要点

- 绘制 4 个矩形。
- 使用【编辑样条线】命令将它们附加为一体。
- 使用【挤出】命令生成隔断。
- 绘制多个矩形附加为一体生成窗格。
- 使用【保存】命令将文件存盘。

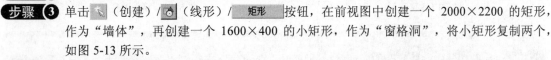

图 5-12 窗格的效果

操 作 步 骤

步骤① 启动 3ds Max 2009 中文版，将单位设置为毫米。

步骤② 激活捕捉命令，选择网格点捕捉。

步骤③ 单击 ▧（创建）/ ▧（线形）/ ▧矩形▧ 按钮，在前视图中创建一个 2000×2200 的矩形，作为"墙体"，再创建一个 1600×400 的小矩形，作为"窗格洞"，将小矩形复制两个，如图 5-13 所示。

步骤④ 执行【编辑样条线】命令，然后将它们附加为一体，再添加【挤出】命令，将数量设置为100，即隔断厚度为 100 毫米，效果如图 5-14 所示。

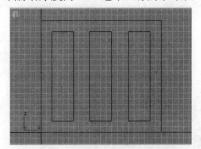

图 5-13 绘制的 3 个矩形

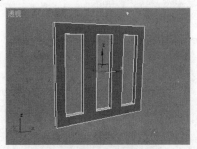

图 5-14 【挤出】后的隔断造型

> **技巧** 在复制多个线形时，如果后面想将它们附加为一体，复制时一定要采用【复制】方式，若采用【实例】方式，后面将无法执行附加操作。

下面我们来制作里面的窗格造型。

步骤⑤ 在前视图中用捕捉方式绘制一个 1 600×400 的矩形，如图 5-15 所示，然后在上面的位置绘制13 个小矩形，位置及尺寸如图 5-16 所示。

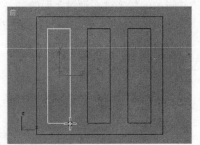

图 5-15 绘制的矩形

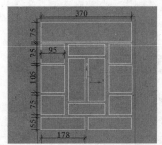

图 5-16 绘制的 13 个小矩形

> **技巧** 熟练使用【捕捉】命令，可以大大提高作图的质量和速度，一般情况下我们使用【栅格点】和【顶点】捕捉。

步骤 6 选择下面的 12 个小矩形，在前视图复制 3 组，如图 5-17 所示，将顶部的矩形再复制一个放在下面，如图 5-18 所示。

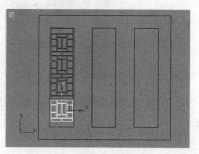

图 5-17　复制后的形态

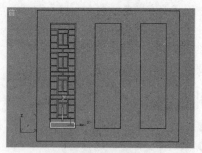

图 5-18　复制的位置

技巧　通常我们在制作比较复杂的模型时，最好使用 AutoCAD 来绘制截面，然后使用【导入】命令在 3ds Max 中建立模型，这样可以大大提高作图的质量与速度。

步骤 7 选择其中的一个模型，执行【编辑样条线】命令，再将它们附加为一体，然后添加【挤出】命令，将数量设置为 15（即窗格厚度为 15 毫米），在前视图中启用捕捉工具复制 3 个，效果如图 5-19 所示。

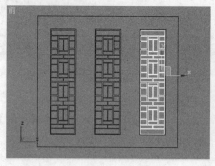

图 5-19　复制的窗格

步骤 8 将文件进行保存，命名为"实例 32.max"。

实例总结

本实例通过制作一个窗格造型，进一步学习了二维线形的编辑方法，通过上面的这 3 个例子，希望读者对【挤出】命令有一个更好的认识。

Example 实例 **33** 【车削】——果盘

实例目的

本实例通过制作果盘及果盘中的苹果造型来学习【车削】命令的使用与修改方法，果盘的效果如图 5-20 所示。

实例要点

- 用【线】命令绘制出盘子的剖面线。
- 使用【车削】命令生成盘子及苹果造型。
- 使用【保存】命令将文件存盘。

图 5-20　果盘的效果

操 作 步 骤

步骤 ① 启动 3ds Max 2009 中文版，将单位设置为毫米。

步骤 ② 单击 ✎（创建）/ ☉（线形）/ 　线　 按钮，在前视图中用线命令绘制出盘子的剖面线，如图 5-21 所示。

步骤 ③ 单击 ✐（修改）进入修改面板，再进入 〰（样条线）层级，为绘制的线型添加一个轮廓，大小比例控制得合适就可以了，效果如图 5-22 所示。

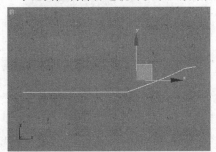

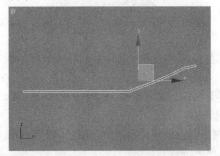

图 5-21　绘制的线型　　　　　　　　　　　　　图 5-22　施加轮廓后的效果

技巧　在绘制线形时，为了将整体的形态控制好，首先使用【角点】的方式绘制出来，然后再进行修改。

步骤 ④ 进入 ⁘（顶点）层级，选择右面的两个顶点，单击 切角 按钮，在前视图拖动鼠标，此时的直角就会变为圆角，效果如图 5-23 所示。

技巧　在激活 ⁘（顶点）、╱（线段）、〰（样条线）层级时，建议读者使用快捷键，它们分别是：1、2、3。

步骤 ⑤ 调整完成之后，在 修改器列表 ▼ 中执行【车削】命令，勾选【焊接内核】选项。为了让盘子更圆滑一些，将【分段】设置为 30，单击【对齐】项下的 最小 按钮，如图 5-24 所示。

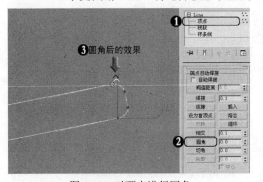

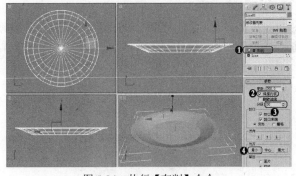

图 5-23　对顶点进行圆角　　　　　　　　　　　图 5-24　执行【车削】命令

技巧　在执行【车削】命令时，通过单击【对齐】类下的 最小、中心、最大 按钮，可以得到不同造型。

步骤 **6** 在前视图中用线命令绘制出苹果的剖面线，形态效果如图 5-25 所示。

步骤 **7** 在 修改器列表 ▼ 中执行【车削】命令，单击【对齐】类下的 最小 按钮，效果如图 5-26 所示。

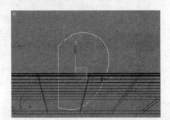

图 5-25 绘制的剖面线

图 5-26 执行【车削】后的效果

步骤 **8** 将制作的苹果复制多个，大小与形状可以进行修改，最终的效果如图 5-27 所示。

步骤 **9** 将文件进行保存，命名为"实例 33.max"。

实例总结

【车削】修改命令是很简单、很实用的建模命令，但是我们必须有对线形熟悉操作与修改的能力。本例在制作果盘造型的同时，应该对【车削】命令有一个清楚的了解，其实操作重点不是【车削】命令的使用，而是对线形制作的掌握，通过绘制标准的线型，并配合适当的命令，可以制作出逼真的三维模型。

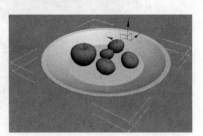

图 5-27 制作的水果与盘子

Example 实例 **34** 【车削】——异形天花

实例目的

本实例通过制作异形天花造型来继续学习【车削】命令的使用与修改，异形天花的效果如图 5-28 所示。

实例要点

- 在前视图绘制出异形天花的剖面线。
- 设置【车削】项下的【分段】为 4。
- 使用【车削】项下的【轴】调整天花的形态。
- 使用【保存】命令将文件存盘。

操 作 步 骤

步骤 **1** 启动 3ds Max 2009 中文版，将单位设置为毫米。

步骤 **2** 使用线命令在前视图绘制出异形天花的截面，高度为 80，长度为 220，形态如图 5-29 所示。

图 5-28 异形天花的效果

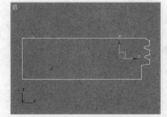

图 5-29 绘制的截面

技巧 在绘制有数值的线形时，可以先在视图中绘制一个【矩形】做参照，绘制完线形后将矩形删除，这样就不会出现比例失调的现象。

步骤 ③ 确认绘制的线形处于被选择状态，为它添加一个【车削】修改命令，将车削前面的 ⊞ 图标点开，并激活轴，在顶视图可以移动异形天花的形态，设置【分段】为 4，将【平滑】选项取消，如图 5-30 所示。

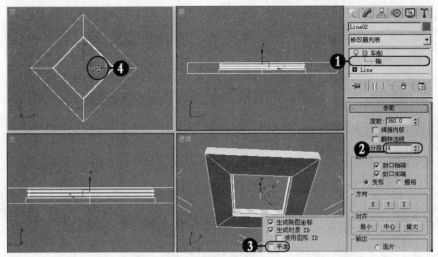

图 5-30　制作的异形天花

技巧　移动【轴】可以改变天花的大小。读者一定要在旋转天花之前，调整好天花的大小，如果旋转之后，再调整轴向，将会出现错误的造型。

步骤 ④ 将文件进行保存，命名为"实例 34.max"。

实例总结

本实例通过制作一个异形天花造型，主要学习了【车削】修改命令的使用，在参数类下用到了【分段】以及【平滑】选项，通过移动轴来改变天花的形态，通过这个异形天花的练习，希望读者能够熟练掌握【车削】修改命令。

Example 实例 35　【倒角】——休闲沙发

实例目的

本实例通过制作休闲沙发造型来学习在已经绘制的【文本】基础上，通过添加【编辑样条线】命令修改得到特殊的造型，再配合【倒角】修改命令的使用，制作出逼真的沙发造型。休闲沙发的效果如图 5-31 所示。

实例要点

- 绘制一个文本。
- 使用【编辑样条线】命令调整形态。
- 使用【倒角】命令生成三维物体。
- 使用【保存】命令将文件存盘。

操　作　步　骤

步骤 ① 启动 3ds Max 2009 中文版，将单位设置为毫米。

步骤 ② 单击 （创建）/ （线形）/ 文本 按钮，在参数下面的窗口中输入@符号，按键盘上

的 Shift+ ② 组合键，选择一种字体，【大小】设置为 1 000，如图 5-32 所示。

> **技 巧** 通过二维线形中的【文本】工具，再配合适当的命令，可以制作出场景中需要的各种效果的文字内容。

步骤 ③ 在前视图拖出文本，效果如图 5-33 所示。

图 5-31 休闲沙发的效果

图 5-32 设置文本的参数

图 5-33 拖出文字

步骤 ④ 选择文本，在 修改器列表 中执行【编辑样条线】命令，按下 1 键，激活 ··（顶点）子对象，用 优化 命令加入多个顶点，然后用移动工具调整形态，最终效果如图 5-34 所示。

步骤 ⑤ 确认文本处于被选择状态，在 修改器列表 中执行【倒角】命令，调整倒角参数如图 5-35 所示。生成的造型如图 5-36 所示。

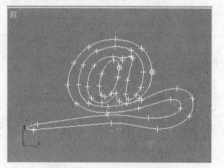

图 5-34 对文本进行编辑

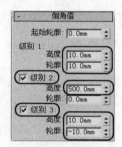

图 5-35 设置倒角参数

> **技 巧** 在使用【倒角】命令的过程中，绘制的二维线形之间必须有足够的距离，否则调整下面的【倒角参数】时，若数值过大会得到很乱的造型。

步骤 ⑥ 在修改器列表中，回到【Text】级别，调整【步数】为 2，如图 5-37 所示。

图 5-36 生成的造型

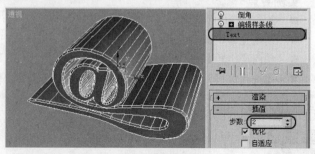

图 5-37 调整步数后的效果

技巧 从上图中我们可以看到，物体的面片数量太多会直接影响计算机的运行速度，所以调整【步数】的数值就可以改变物体的面片数量。

步骤 7 将文件进行保存，命名为"实例 35.max"。

实例总结

本实例通过【文本】工具来制作一个造型新颖的休闲沙发，在绘制文本之后重点是怎样使用【编辑样条线】命令进行修改，在 ∵（顶点）子对象下用到了 [优化] 命令，最终调整成我们所需要的线形效果，接下来为文本添加【倒角】修改命令，调整参数生成休闲沙发造型。

Example 实例 36　【倒角】——方格木门

实例目的

本实例通过制作一个方格木门造型来学习【倒角】修改命令的使用，再通过绘制矩形，配合【挤出】修改命令，得到木门的其他部分完成整个方格木门的制作。方格木门的效果如图 5-38 所示。

实例要点

■ 在前视图绘制两个矩形。

■ 使用【编辑样条线】命令附加为一体。

■ 使用【保存】命令将文件存盘。

图 5-38　方格木门的效果

步骤 1 启动 3ds Max 2009 中文版，将单位设置为毫米。

步骤 2 在前视图创建两个矩形，大矩形为 2000×800，小矩形为 1600×600。选择其中的一个，执行【编辑样条线】命令，将它们附加为一体，然后添加一个【倒角】修改命令，调整参数如图 5-39 所示。

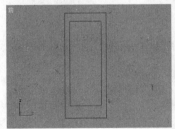
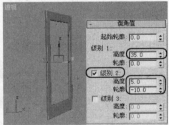

图 5-39　设置倒角的参数

步骤 3 在小矩形的位置启用捕捉工具创建一个 1600×600 的矩形，然后执行【挤出】修改命令，数量设置为 20，位置如图 5-40 所示。

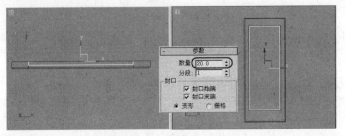

图 5-40　制作的门板

步骤 ④ 在前视图中创建一个 280×170 的矩形，再将矩形复制 14 个，如图 5-41 所示。

步骤 ⑤ 在前视图再创建一个 30×600 的矩形，并复制 3 个，如图 5-42 所示，再创建一个 1600×30 的矩形，并复制一个，如图 5-43 所示。

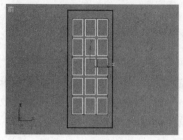
图 5-41 创建的矩形

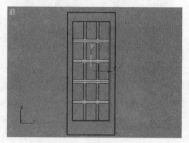
图 5-42 水平的矩形

图 5-43 垂直的矩形

步骤 ⑥ 将所有的矩形附加为一体，然后执行【倒角】修改命令，调整参数如图 5-44 所示。

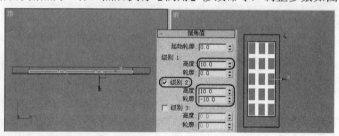
图 5-44 制作的方格

步骤 ⑦ 用线命令绘制出把手的外轮廓，然后执行【倒角】修改命令，形态如图 5-45 所示。

步骤 ⑧ 激活透视图，按一下 Shift+Q 键，快速渲染透视图，效果如图 5-46 所示。

图 5-45 制作的把手

图 5-46 渲染效果

步骤 ⑨ 将文件进行保存，命名为"实例 36.max"。

技巧 我们使用【倒角】命令可以制作一些带有倒角的物体，例如：倒角字、家具的边缘等。总之，熟练掌握【倒角值】参数的调整，会制作出很好的造型。

实例总结

本实例通过制作一个方格木门，讲述了如何将多个矩形附加为一体，然后执行【倒角】命令，调整级别 1、级别 2 的参数，就可以得到我们所需要的造型。

Example 实例 37 【倒角剖面】——门套

实例目的

本实例通过制作门套造型来学习【倒角剖面】命令的具体操作方法。门套的效果如图 5-47 所示。

实例要点

- 使用打开命令打开方格木门。
- 用线命令绘制出截面和剖面线。
- 使用【倒角剖面】命令生成三维物体。
- 使用【保存】命令将文件存盘。

图 5-47　门套的效果

步骤 1 启动 3ds Max 2009 中文版，将单位设置为毫米。

步骤 2 打开前面制作的"方格木门.max"文件。

步骤 3 在前视图用线命令绘制出门框的形态，作为【倒角剖面】的"截面"，形状如图 5-48 所示。

步骤 4 在顶视图中用线命令绘制出门套的剖面线，效果如图 5-49 所示。

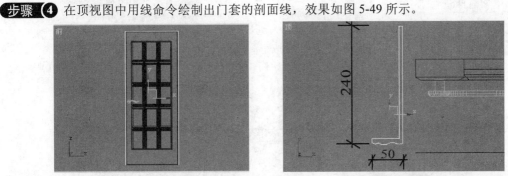

图 5-48　绘制的路径　　　　　　　　　　　图 5-49　绘制的剖面线

步骤 5 确认路径处于被选择状态，在修改器窗口中执行【倒角剖面】命令，单击 拾取剖面 按钮，在前视图单击"剖面线"，此时门套形成。

步骤 6 如果感觉门套的大小与门不匹配，可以回到修改器列表中激活顶点，将 Ⅱ （显示最终结果）激活，在前视图中调整顶点的位置，直到效果合适为止，如图 5-50 所示。门套的最终效果如图 5-51 所示。

> **技巧** 如果读者发现制作的门套是翻转的，可以选择【剖面线】，然后进入 ⌒（样条线）子层级，单击下方的 镜像 按钮就可以调整过来。

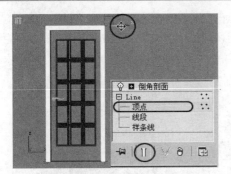

图 5-50　调整门套的形状

图 5-51　制作的门套

步骤 7 我们还可以再绘制线形添加【挤出】修改命令，制作出墙体与门及门套进行组合。

步骤 8 将文件进行保存，命名为"实例 37.max"。

实例总结

本实例制作了一个门套造型，在前视图用【线】命令绘制出路径，然后在顶视图按照尺寸绘制出剖面线，最后用【倒角剖面】修改命令来生成门套造型。

Example 实例 **38**　　【倒角剖面】——会议桌

实例目的

本实例通过制作会议桌造型来学习【倒角剖面】修改命令的具体操作方法。会议桌的效果如图 5-52 所示。

实例要点

- 在顶视图创建矩形作为截面。
- 绘制线形作为剖面线。
- 使用【倒角剖面】命令生成三维物体。
- 使用【保存】命令将文件存盘。

图 5-52　会议桌的效果

操 作 步 骤

步骤 ① 启动 3ds max 2009 中文版,将单位设置为毫米。

步骤 ② 单击 （创建）/ （线形）/ 矩形 按钮,在顶视

图创建一个 2500×600×260 的矩形,作为【倒角剖面】命令中的"截面",如图 5-53 所示。

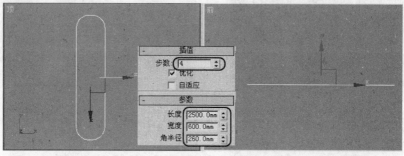

图 5-53　创建的矩形及其参数

> **技巧** 我们将【步数】设置为 4 的目的是优化物体的面片数量,加快计算机的运行速度,在后面制作整体效果图时这一步是很重要的。

步骤 ③ 在前视图中创建一个 900×650 的矩形,创建这个矩形的目的主要用来做参照尺寸,再以矩形的大小为参照,用【线】命令绘制一个封闭线形,作为会议桌的"剖面线",将矩形删除,线型的形态如图 5-54 所示。

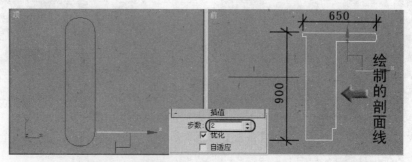

图 5-54　绘制的剖面线

步骤 ④ 在视图中选择矩形（"截面"）,在修改器窗口中执行【倒角剖面】修改命令,单击 拾取剖面 按钮,在前视图点击"剖面线",此时会议桌效果形成,如图 5-55 所示。

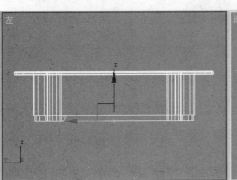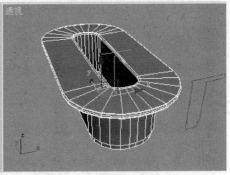

图 5-55　制作的会议桌

技巧　我们可在修改器窗口中将【倒角剖面】的【子对象】展开，在视图中移动黄色的线框，根据自己的需要来调整会议桌的造型。

步骤 5　将文件进行保存，命名为"实例 38.max"。

实例总结

本实例制作了一个会议桌造型，在顶视图创建【矩形】，调整【矩形】类下【角半径】参数来得到一个圆角的矩形，作为会议桌的截面，然后在前视图中按照尺寸绘制出剖面线，最后用【倒角剖面】修改命令生成会议桌造型。

Example 实例 **39** 　【放样】——窗帘

实例目的

本实例通过制作窗帘造型来学习【放样】命令的使用方法，以及相关参数的精确修改。窗帘的效果如图 5-56 所示。

实例要点

- 在顶视图绘制曲线作为截面。
- 在前视图创建一条直线，作为路径。
- 使用【放样】命令来生成窗帘。
- 将制作的窗帘使用【保存】命令进行存盘。

操 作 步 骤

步骤 1　启动 3ds Max 2009 中文版，将单位设置为毫米。

步骤 2　在顶视图中绘制一条曲线，作为放样的截面线，在前视图中绘制一条直线，作为放样的路径，形态如图 5-57 所示。

图 5-56　窗帘的效果

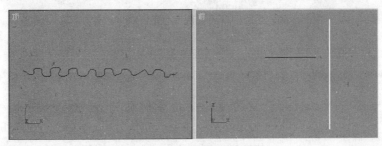

图 5-57　绘制的截面线与路径

我们在制作效果图时，应按照实际尺寸来绘制截面线与路径，也就是按照房间的高度与窗的宽度。现在练习时可以随意绘制，但是它们的比例不能相差太大。

步骤 3 在前视图中选择绘制的直线，单击 （创建） （几何体）按钮，在 标准基本体 选项窗口类下选择 复合对象 选项，单击 放样 按钮，再单击 获取图形 按钮，在顶视图中单击曲线，生成放样物体。

步骤 4 单击 （修改）按钮，进入修改命令面板，将【图形步数】修改为1，再单击修改命令面板下端的 变形 类下的 缩放 按钮，可以弹出【缩放变形】窗口。在控制线上添加一个点，调整它的形态，如图 5-58 所示。

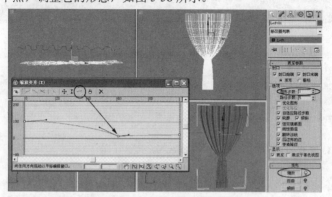

图 5-58 对窗帘进行缩放修改

技巧 对话框中的角点形态，要耐心地逐一调整，最好的调整结果与上图中的形态相似，因为只有这样才能出现我们想要的效果。读者朋友也可以自行调整出其他形态，以观察生成的不同造型。

经过【缩放】修改后，我们发现窗帘是对称的，下面我们来调整它的形态。

步骤 5 形态调整完成后将【缩放】关闭，在修改器窗口中将【图形】激活，在前视图框选创建的窗帘，在修改器堆栈中选择放样类下的"图形"子对象，然后在视图中选择曲线，再单击 左 或 右 按钮，目的是让路径偏离形体一端，这样就会不对称了，其形态如图 5-59 所示。

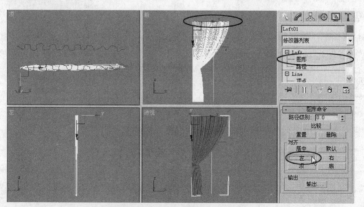

图 5-59 选择对齐类下的左边

技巧 改变对齐时读者可以进行手工调整，用工具栏中的 （移动）工具进行调整，可以更好地控制对齐的位置。

步骤 ❻ 关闭【图形】命令，单击工具栏中的 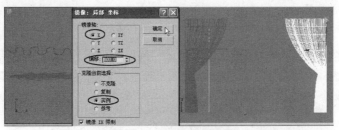（镜像）按钮，此时弹出【镜像】对话框，选择 x 轴，将【偏移】设置为 800，在【克隆当前选择】项下选择【实例】，然后单击 ▢确定▢ 按钮，如图 5-60 所示。

图 5-60 镜像另一侧的窗帘

> **技巧** 如果感觉窗帘的高度不够，可以选择路径，进入 ⋮⋮（顶点）子对象层级，进行调整；如果对于褶皱效果不满意，可以选择截面，进入 ⋮⋮（顶点）子对象层级进行修改。

步骤 ❼ 将制作的模型保存起来，文件名为"实例 39.max"。

实例总结

本实例通过制作一个窗帘，主要学习了【放样】命令的操作，包括了解【截面】与【路径】之间的关系，掌握【变形】项下的 ▢缩放▢ 命令的使用，在使用【放样】命令时，【缩放】是放样中用到最多的一个命令。

Example 实例 **40** 【放样】——石膏线

实例目的

本实例通过制作天花上的石膏线造型来学习【放样】命令的使用方法，以及对放样后对象的修改，石膏线的效果如图 5-61 所示。

实例要点

- 在场景中制作一个 5 000×4 000×2 700 的房间。
- 制作一个圆形的天花。
- 在顶视图绘制一个【半径】为 1250 的线形作为"路径"。
- 在前视图用线绘制出石膏线的剖面（150×150）。
- 使用【放样】命令来生成"石膏线"。
- 将制作的窗帘使用【保存】命令进行存盘。

操 作 步 骤

步骤 ❶ 启动 3ds Max 2009 中文版，将单位设置为毫米。

步骤 ❷ 打开随书光盘"源文件素材/第 5 章/房间.max"文件。

步骤 ❸ 在顶视图绘制一个【半径】为 1250 的圆，作为放样的"路径"，在前视图中绘制一条线形（150×150），作为放样的"截面"，形态如图 5-62 所示。

图 5-61 石膏线的效果

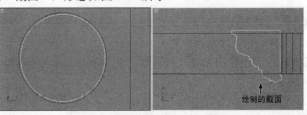

图 5-62 绘制的截面线与路径

> 在制作石膏线时，一定要将它的结构绘制出来，如果结构绘制的不好看，制作出来的石膏线就不理想，所以平时要注意观察一些造型的形态。

步骤④ 在顶视图选择绘制的圆，单击 （创建）/ （几何体）按钮，在 标准基本体 选项窗口项下选择 复合对象 选项，单击 放样 按钮，再单击 获取图形 按钮，在顶视图中单击"截面"，生成放样物体，形态如图5-63所示。

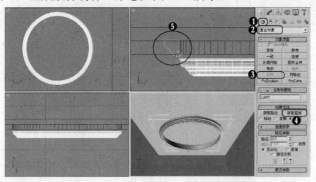

图5-63 放样后的"石膏线"造型

此时我们可以发现，【放样】后的"石膏线"是反的，那么怎样才能得到正确的形态呢？我们必须修改截面。

步骤⑤ 在前视图选择"截面"，按一下3键进入 （样条线）子对象级别，单击【几何体】项下的 镜像 按钮，效果如图5-64所示。

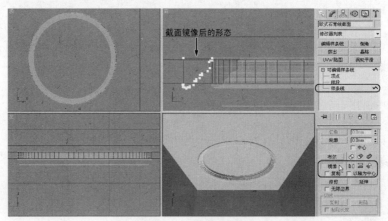

图5-64 对截面进行镜像

> 在用【放样】制作一些装饰线时，经常会遇到放样后的造型方向不对，所以就要进行修改，可以使用【几何体】项下的 镜像 进行调整，也可以进入 （样条线）子对象级别后用旋转沿 z 轴进行修改。

步骤⑥ 为了得到合理的形态，如果感觉石膏线不够圆滑，可以修改【蒙皮参数】项下的【图形步数】为2，修改【路径步数】为12左右。这样的效果就比较理想了。

步骤⑦ 单击菜单栏中【文件】/【另存为】命令，将此线架保存为"实例40.max"文件。

实例总结

本实例通过制作一个石膏线，主要学习了【放样】命令的操作，了解【截面】与【路径】之间的关系，掌握怎样对【放样】后的物体进行修改。

Example 实例 **41**　【多截面放样】——圆桌布

实例目的

本实例通过制作圆桌布造型来学习【多截面放样】命令的操作，以及根据实际的造型状态来进行精确修改。窗帘的效果如图 5-65 所示。

实例要点

- 在顶视图中创建圆形作为第 1 个截面。
- 在顶视图中创建星形作为第 2 个截面。
- 在前视图中创建一条直线，作为路径。
- 执行多截面放样的操作。
- 使用变形类下的 倒角 进行调整桌布的边缘。
- 使用【保存】命令将文件存盘。

图 5-65　圆桌布的效果

操 作 步 骤

步骤 ① 启动 3ds Max 2009 中文版，将单位设置为毫米。

步骤 ② 在顶视图绘制一个【半径】值为 100 的圆形，再绘制一个【半径 1】为 105，【半径 2】为 98，【点】为 22、【圆角半径 1】为 5，【圆角半径 2】为 5 的星形。在前视图绘制一条直线，控制其长度约 80，形态如图 5-66 所示。

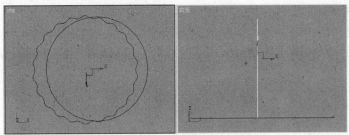

图 5-66　创建的两个截面和一条路径

步骤 ③ 在前视图中选择直线，单击 （创建）/ （几何体）按钮，在 标准基本体 选项窗口项下选择 复合对象 选项，单击 放样 按钮，再单击 获取图形 按钮，在顶视图中单击圆，此时生成放样物体。

步骤 ④ 在【路径参数】项下的【路径】右侧窗口中输入参数为 100，再次单击 获取图形 按钮，在顶视图单击星形，生成的"桌布"造型的形态如图 5-67 所示。

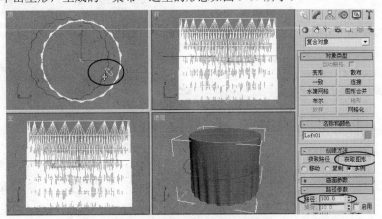

图 5-67　放样后的"桌布"造型

技
巧
桌布的拐角地方应该圆滑一点，这时就应该用【变形】卷展栏类下的【倒角】修改命令来完成。

步骤 5 单击修改命令面板下端的【变形】卷展栏下的【倒角】按钮，弹出【倒角变形】窗口。在控制线上加一个点，调整形态，如图 5-68 所示。

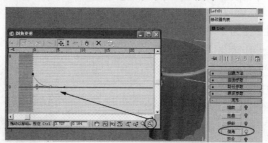

图 5-68 调整【倒角】命令

技
巧
读者如果感觉桌布下方的褶皱不太理想，可以选择【星形】，然后添加一个【编辑样条线】命令，进入∴∴（顶点）子对象层级进行调整，此时【放样】物体会跟随改变。

步骤 6 将制作的模型保存起来，文件名为"实例 41.max"。

【放样】工具是建模工具中的重要组成部分，通过放样可以制作出复杂的模型，重要的是放样工具提供了很多控制选项，较三维建模有更强的控制力，尤其是【缩放】，在制作复杂造型时使用的频率是最多的。

实例总结

本实例通过制作一个圆桌布，主要学习了多截面放样的操作，了解【路径】参数的作用，在进行多个截面放样时一定要合理地设置这个参数，还需要掌握变形类下【倒角】命令的使用。

Example 实例 **42** 【多截面放样】——欧式柱

实例目的

本实例通过制作欧式柱造型来学习【多截面放样】命令的操作方法及如何根据实际的造型状态进行精确修改。欧式柱的效果如图 5-69 所示。

实例要点

- 在顶视图创建圆形作为第 1 个截面。
- 在顶视图创建星形作为第 2 个截面。
- 在前视图创建一条直线，作为路径。
- 执行多截面放样的操作。
- 调整【缩放】制作出欧式柱的底座和柱帽。
- 使用【保存】命令将文件存盘。

图 5-69 欧式柱的效果

操 作 步 骤

步骤 1 启动 3ds Max 2009 中文版，将单位设置为毫米。

步骤 2 在顶视图中绘制一个【半径】值为 200 的圆形，再绘制一个【半径 1】为 200，【半径 2】为 190，【点】为 30，【圆角半径 1】为 6，【圆角半径 2】为 6 的星形。在前视图绘制一条直线，控制其长度约 2000，形态如图 5-70 所示。

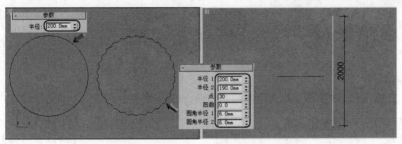

图 5-70　创建的两个截面和一条路径

步骤 ③ 在前视图中选择直线，单击 ⚒ （创建）/ ⚪ （几何体）按钮，在 标准基本体 ▼ 选项窗口项下选择 复合对象 ▼ 选项，单击 放样 按钮，再单击 获取图形 按钮，在顶视图中单击圆，此时就生成了放样物体。

步骤 ④ 在【路径参数】项下的【路径】右侧窗口中输入参数 10，再次单击 获取图形 按钮，在顶视图中再单击圆形，确保位于柱子 10％的位置是圆形，再输入 12，获取星形，造型的形态如图 5-71 所示。

步骤 ⑤ 再次输入 88，获取星形，确保位于柱子 88％的位置是星形，最后输入 90，获取圆形，生成的造型如图 5-72 所示。

步骤 ⑥ 单击修改命令面板下端 ＋ 变形 卷展栏下的 缩放 按钮，弹出【缩放变形】窗口。在控制线的左端添加 6 个点，调整它的形态，在右面再添加 6 个点，调整形态，最终效果如图 5-73 所示。

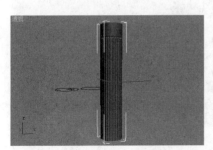

图 5-71　获取星形后的效果

图 5-72　生成的造型

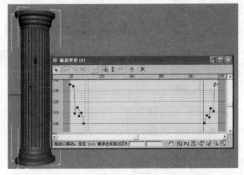

图 5-73　调整【缩放变形】命令

技巧　如果想让两边的点数完全一样，除了调整之外，还可以在【缩放变形】窗口下方的两个窗口中输入数值，第 1 个窗口代表 x 轴，第 2 个窗口代表 y 轴。

步骤 ⑦ 将制作的模型保存起来，文件名为"实例 42.max"。

实例总结

本实例通过制作一个欧式柱造型，重点掌握多截面放样的操作方法，学习如何修改多截面放样得到的物体，从而可以在其基础上制作出更丰富的造型。

第6章　三维物体修改命令的应用

■　本章内容

- ➤ 【弯曲】——旋转楼梯
- ➤ 【弯曲】——弧形墙
- ➤ 【扭曲】——装饰柱
- ➤ 【扭曲】——花瓶
- ➤ 【锥化】——石桌石凳

- ➤ 【锥化】——台灯
- ➤ 【噪波】——山形
- ➤ 【噪波】——床垫
- ➤ 【晶格】——装饰摆件
- ➤ 【晶格】——珠帘

- ➤ 【编辑网格】——显示器
- ➤ 【编辑多边形】——方形装饰柱
- ➤ 【FFD 长方体】——枕头
- ➤ 【FFD 长方体】——休闲沙发

本章将讲述三维物体的常用修改命令。在 3ds Max 的修改工具中有大量的三维修改命令，通过使用这些命令可以对三维对象进行一些复杂的变形和编辑操作，可以快捷地创建一些精度要求很高的复杂三维造型。在本章中我们将主要介绍【弯曲】、【扭曲】、【锥化】、【噪波】、【晶格】、【编辑网格】、【FFD 长方体】等修改命令。

Example 实例 **43**　【弯曲】——旋转楼梯

实例目的

本实例通过制作旋转楼梯来学习【弯曲】命令的使用。旋转楼梯的效果如图 6-1 所示。

实例要点

- 用【线】命令绘制楼梯的截面线。
- 用 ✎（线段）子对象层级下的【拆分】命令添加顶点。
- 使用【挤出】命令生成三维物体。
- 使用【弯曲】命令生成旋转楼梯。
- 使用【保存】命令将文件存盘。

图 6-1　旋转楼梯的效果

操　作　步　骤

步骤 ① 启动 3ds Max 2009 中文版，将单位设置为毫米。

步骤 ② 单击工具栏中的 ❸（捕捉）按钮，将鼠标指针放在上面单击鼠标右键，弹出【栅格和捕捉设置】对话框，点选【栅格点】选项。

步骤 ③ 将前视图最大化显示，快捷键为 Alt+W。

步骤 ④ 单击 ⬚（创建）/ ⭘（线形）/ ▭线▭ 按钮，在前视图绘制如图 6-2 所示的线形，控制踏步的数值为：水平三个栅格、垂直两个栅格。

步骤 ⑤ 按下 2 键，进入 ✎（线段）子对象层级，在前视图选择下面的线段，然后在【拆分】右侧的窗口中输入 10，再单击 ▭拆分▭ 按钮，此时选择的线段添加了 10 个顶点，如图 6-3 所示。

 在对 ✎（线段）进行【拆分】的过程中，⋮⋮（顶点）的类型必须是【角点】方式，否则它不是等分的。

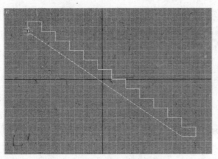

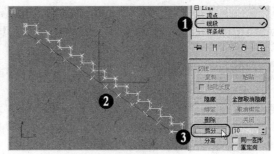

图 6-2 绘制的楼梯截面线　　　　　　　　　图 6-3 为线段加点

步骤 6 为绘制的线形添加【挤出】命令，数量设置为 120，效果如图 6-4 所示。

> **技巧** 为 ∧（线段）增加 ⋯（顶点）的目的是为后面进行【弯曲】时达到好的效果，如果不增加顶点，就不能进行弯曲。

步骤 7 使用同样的方法在前视图中绘制出楼梯档板的截面，然后为其增加 12 个顶点，效果如图 6-5 所示。

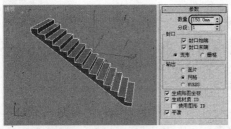

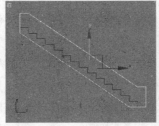

图 6-4 添加【挤出】命令　　　　　　　　　图 6-5 绘制出档板的截面

步骤 8 在命令面板中执行【挤出】命令，数量设置为 2。

步骤 9 在顶视图中沿 y 轴往下复制一个，然后用对齐命令进行对齐。

步骤 10 在修改器列表中执行【弯曲】修改命令，将【角度】设置为 90，勾选 x 轴，其效果如图 6-6 所示。

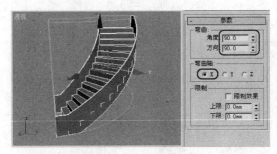

图 6-6 制作的旋转楼梯

步骤 11 将文件进行保存，命名为"实例 43.max"。

> **技巧** 在使用【弯曲】修改命令时，可以勾选【限制效果】，然后调整【上限】的参数，在修改器列表中打开 ▣，激活 ⌐中心 子对象层级，然后用工具栏中的移动工具改变弯曲的位置。

实例总结

本实例通过制作一个旋转楼梯造型，主要学习了线形的绘制与修改，使用 ∧（线段）子对象层级下

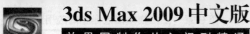
的【拆分】命令为线形合理地增加顶点，使用【挤出】修改命令让线形生成三维物体，然后使用【弯曲】修改命令将楼梯变成旋转楼梯，最重要的是掌握【弯曲】修改命令的使用及相关参数的作用 。

Example 实例 **44** 【弯曲】——弧形墙

实例目的

本实例通过制作弧形墙造型来学习【弯曲】修改命令的使用，以及学习在使用该命令时出现错误时应如何进行修改，弧形墙的效果如图 6-7 所示。

实例要点

■ 使用【打开】命令打开前面制作的墙体文件。
■ 使用 ✓（线段）子对象层级下的【拆分】命令添加顶点。
■ 使用【首顶点】及【挤出】项下的【栅格】选项修改。
■ 使用【弯曲】修改命令生成弧形墙。
■ 使用【另存为】命令将文件重新存盘。

操 作 步 骤

步骤 ① 启动 3ds Max 2009 中文版，将单位设置为毫米。

步骤 ② 单击【文件】/【打开】命令，打开第 5 章实例 29 制作的 "墙体.max" 文件，如图 6-8 所示。

图 6-7　弧形墙的效果

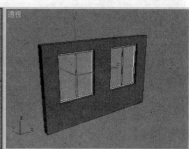
图 6-8　打开的 "墙体.max" 文件

步骤 ③ 将玻璃删除，选择墙体，在修改器列表中回到 "线段" 级别，为它增加顶点，如图 6-9 所示。

步骤 ④ 使用同样的方法为窗框增加顶点，如图 6-10 所示。

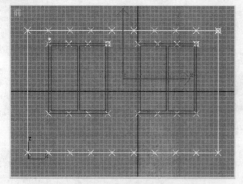
图 6-9　为墙体增加顶点

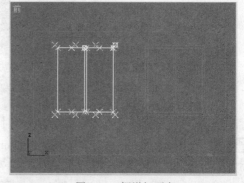
图 6-10　框增加顶点

| 注意 | 因为我们是采用实例方式复制的，所以只对一个窗框进行修改就可以了。 |

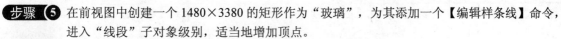
步骤 ⑤ 在前视图中创建一个 1480×3380 的矩形作为"玻璃",为其添加一个【编辑样条线】命令,进入"线段"子对象级别,适当地增加顶点。

步骤 ⑥ 右击鼠标,选择转换为【可编辑多边形】命令。

步骤 ⑦ 选择所有物体,为其添加一个【弯曲】命令,调整各项参数,如图 6-11 所示。

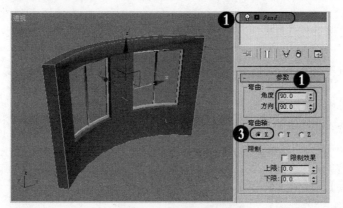

图 6-11 弯曲参数

> **技巧** 在使用修改命令时,必须先确定场景中的物体处于被选择状态,否则【修改器列表】中的命令将不可以使用。

从上面的效果来看,墙体及窗框虽然已经弯曲了,但是存在很多问题,上面有很明显的黑斑及连线,下面我们就针对这些问题进行调整。

步骤 ⑧ 选择墙体,在修改器面板中回到【编辑样条线】项下的 ┉ (顶点)级别,在前视图中选择左下方的顶点,单击 设为首顶点 按钮,将当前的顶点变为首顶点,如图 6-12 所示。

步骤 ⑨ 再回到【挤出】命令,勾选【栅格】选项,如图 6-13 所示。

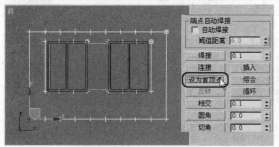

图 6-12 变顶点

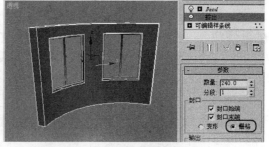

图 6-13 调整【挤出】项下的参数

> **技巧** 当我们发现【挤出】的墙体有黑斑或者连线时,有两种方法可以进行修改:方法一是改变线形的首顶点,方法二是选择【挤出】下方的【栅格】选项。

步骤 ⑩ 使用同样的方法,将窗框进行【弯曲】。

步骤 ⑪ 将文件进行保存,命名为"实例 44.max"。

实例总结

本实例通过制作一个弧形墙造型,重点学习怎样编辑【弯曲】后出现的错误,首先打开前面制作的墙体,然后为墙体及窗框增加顶点,目的是为了达到弯曲的效果,接下来为墙体、窗框添加【弯曲】修改命

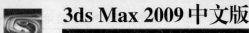
令，然后在修改器窗口中改变墙体的【首项点】，在【挤出】命令项下勾选【栅格】，最终弧形墙制作完成。

Example 实例 **45** 【扭曲】——装饰柱

实例目的

本实例通过制作装饰柱造型来学习【扭曲】修改命令的使用与相关参数的修改方法，首先绘制【星形】，执行【挤出】修改命令生成柱子，然后执行【扭曲】修改命令制作出扭曲的效果，最后用【车削】命令制作出柱头及柱座。装饰柱的效果如图 6-14 所示。

实例要点

- 【星形】的绘制。
- 【挤出】命令的使用。
- 【扭曲】命令的使用。
- 【车削】命令的使用。
- 使用【保存】命令将文件存盘。

操 作 步 骤

步骤 ❶ 启动 3ds Max 2009 中文版，将单位设置为毫米。

步骤 ❷ 单击 （创建）/ （线形）/ **星形** 按钮，在顶视图绘制一个星形，参数及形态如图 6-15 所示。

图 6-14　装饰柱的效果

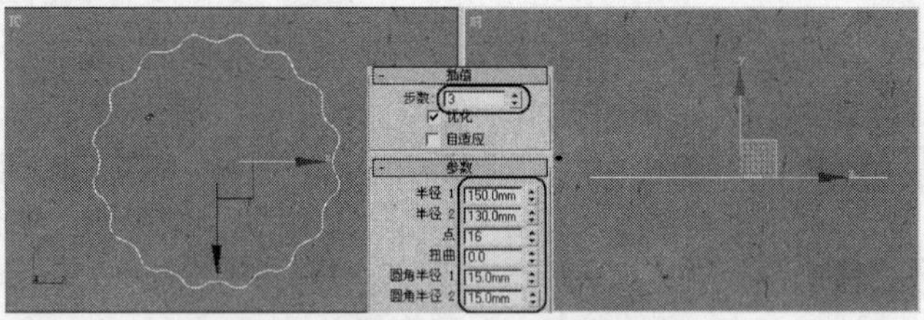

图 6-15　【星形】的参数及形态

步骤 ❸ 为星形执行【挤出】修改命令，设置【数量】为 1200，【段数】为 20，效果如图 6-16 所示。

图 6-16　执行【挤出】

> 技巧　我们在为三维物体进行形态修改时，物体必须有足够的段数，否则达不到我们所需的形态，设置【段数】的目的就是要让柱子出现扭曲形态。

步骤 ❹ 为其添加一个【扭曲】修改命令，调整各项参数，如图 6-17 所示。

步骤 ❺ 为这个柱子用【车削】修改命令制作出柱头及柱座，效果如图 6-18 所示。

步骤 ❻ 将修改的文件进行另存，命名为"实例 45.max"。

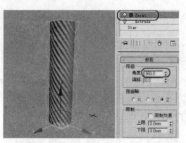

图 6-17 执行【扭曲】命令

图 6-18 制作的柱头及柱座

实例总结

本实例通过制作一个装饰柱造型来学习如何使用【挤出】命令生成三维物体，然后配合【扭曲】命令制作出扭曲的效果。

Example **实例** **46** 【扭曲】——花瓶

实例目的

本实例通过制作花瓶造型来深入学习【扭曲】命令的使用与参数的修改方法，花瓶的效果如图 6-19 所示。

实例要点

- 绘制【星形】执行【挤出】生成柱体。
- 使用【扭曲】命令让柱体产生扭曲效果。
- 使用【车削】命令生成柱头及柱座。
- 使用【保存】命令将文件存盘。

操 作 步 骤

步骤 ① 启动 3ds Max 2009 中文版，将单位设置为毫米。

步骤 ② 单击 （创建）/ （线形）/ 星形 按钮，在顶视图中绘制一个星形，参数及形态如图 6-20 所示。

图 6-19 花瓶的效果

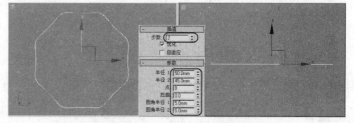

图 6-20 【星形】的参数及形态

步骤 ③ 为星形添加【编辑样条线】命令，按下 3 键进入 （样条线）子对象层级，为绘制的线形添加一个轮廓，执行【挤出】修改命令，设置【数量】为 300，【段数】为 20，效果如图 6-21 所示。

图 6-21 执行【挤出】

技巧 设置【段数】为20，目的是在后面添加【锥化】及【扭曲】命令后能达到我们做需要的效果。

步骤 4 为【挤出】后的星形添加【锥化】命令，设置参数如图6-22所示。

步骤 5 添加【扭曲】命令，调整一下参数，参数的设置及形态如图6-23所示。

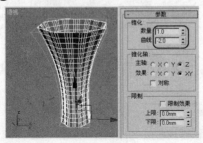
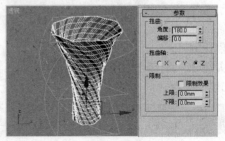

图6-22 执行【锥化】命令　　　　图6-23 执行【扭曲】命令

步骤 6 用【挤出】修改命令制作一个底放在下面。

步骤 7 将修改的文件进行另存，命名为"实例46.max"。

实例总结

本实例通过制作一个花瓶造型来学习如何使用【挤出】及【锥化】命令生成三维物体，然后配合【扭曲】命令制作出扭曲效果的花瓶。

Example 实例 47 【锥化】——石桌石凳

实例目的

本实例通过制作一组石桌石凳造型来学习【锥化】命令的使用方法，石桌石凳的效果如图6-24所示。

实例要点

- 创建【切角圆柱体】。
- 使用【锥化】命令生成石桌。
- 使用复制的方式来制作石凳。
- 使用【保存】命令将文件存盘。

操 作 步 骤

步骤 1 启动3ds Max 2009中文版，将单位设置为毫米。

步骤 2 单击 （创建）/ （几何体）/ 切角圆柱体 按钮，在顶视图单击并拖动鼠标创建一个切角圆柱体作为"石桌"，参数及形态如图6-25所示。

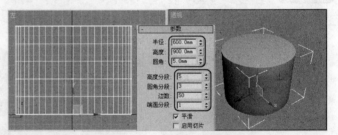

图6-24 石桌石凳的效果　　　　图6-25 创建的切角圆柱体及参数

步骤 3 在修改命令面板中执行【锥化】修改命令，将【弯曲】参数设置为1.0，效果如图6-26所示。

> **技巧** 在使用【锥化】修改命令时，可以勾选【限制效果】，然后在【上限】右侧的窗口中输入合适的数值，在修改器列表中将 **+** 打开，激活 **└─中心** 层级，用工具栏中的移动工具进行调整。

步骤 4 在顶视图复制一个当前模型，修改【半径】为 200，【高度】为 400，如图 6-27 所示。

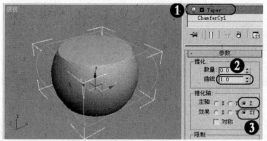

图 6-26　调整【锥化】项下的参数

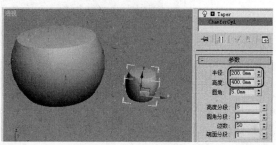

图 6-27　制作的石凳

步骤 5 在顶视图中用阵列或者旋转复制的方法来生成多个石凳。

步骤 6 将文件进行保存，命名为"实例 47.max"。

实例总结

本实例制作了一个石桌造型，通过石桌石凳的练习，重点掌握了【锥化】修改命令类下【曲线】及【锥化轴】参数的作用，运用移动复制的方式，复制一个并调整参数后作为石凳造型。

Example 实例 **48** 【锥化】——台灯

实例目的

本实例通过制作台灯造型来深入学习【锥化】命令的使用与参数的修改方法，台灯的效果如图 6-28 所示。

实例要点

- 创建管状体执行【锥化】命令生成灯罩。
- 创建圆柱体执行【锥化】命令生成灯座。
- 使用【保存】命令将文件存盘。

操 作 步 骤

步骤 1 启动 3ds Max 2009 中文版，将单位设置为毫米。

步骤 2 单击 ⚒（创建）/ ◯（几何体）/ **管状体** 按钮，在顶视图中单击并拖动鼠标创建一个管状体，作为台灯的"灯罩"，修改参数如图 6-29 所示。

图 6-28　台灯的效果

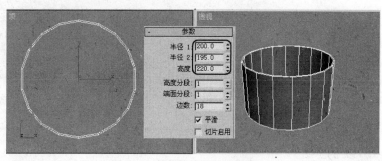

图 6-29　管状体的形态及参数

步骤 3 在修改命令面板中执行【锥化】修改命令，将【数量】设置为-0.5，效果如图 6-30 所示。

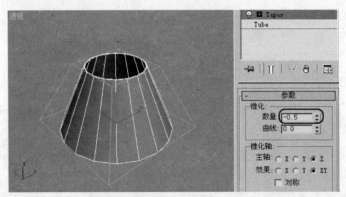

图 6-30 调整【锥化】类下的参数

步骤 4 单击 （创建）/ （几何体）/ 圆柱体 按钮，在顶视图中拖动鼠标创建一个圆柱体（作为台灯的"底座"），位置及参数如图 6-31 所示。

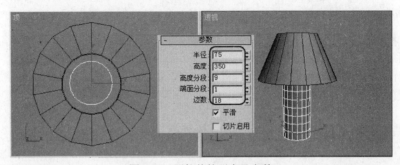

图 6-31 圆柱体的形态及参数

技巧 设置【圆柱体】的【边数】目的是为了在施加【锥化】修改命令时，调整【弯曲】参数时达到圆滑的效果。

步骤 5 在修改命令面板中执行【锥化】修改命令，将【数量】设置为-0.5，将【弯曲】设置为 4.0，效果如图 6-32 所示。

图 6-32 调整【锥化】类下的参数

步骤 6 将文件进行保存，命名为"实例 48.max"。

实例总结

本实例通过制作一个台灯造型，重点掌握【锥化】修改命令类下【数量】、【曲线】及【锥化轴】参数的作用，通过创建【标准基本体】添加【锥化】修改命令生成台灯。

Example 实例 49　【噪波】——山形

实例目的

本实例通过制作山形造型来学习【噪波】命令的使用方法，以及在使用过程中，我们所需要注意的事项，制作完成后山形的效果如图 6-33 所示。

实例要点

- 创建【平面】物体。
- 使用【噪波】命令产生起伏效果。
- 使用【保存】命令将文件存盘。

操 作 步 骤

步骤① 启动 3ds Max 2009 中文版，将单位设置为毫米。

步骤② 单击 （创建）/ （几何体）/ 平面 按钮，在顶视图中单击并拖动鼠标创建一个平面，参数及形态如图 6-34 所示。

图 6-33　山形的效果

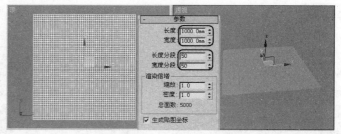

图 6-34　创建的平面及参数

> **技巧** 我们必须设置足够的段数，才能达到好的效果，段数越多，出现的凹凸效果越圆滑，如果段数比较少，出现的效果会很生硬。

步骤③ 在修改命令面板中执行【噪波】修改命令，将【比例】设置为 300，勾选【分形】，设置【迭代次数】为 10，调整【强度】类下的 z 轴为 400，效果如图 6-35 所示。

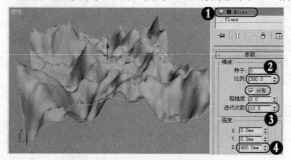

图 6-35　调整【噪波】类下的参数

> **技巧** 如果想改变"山形"的形态，可以调整【种子】的数值，这样又会得到另一种新的形态。

步骤 ④ 将文件进行保存，命名为"实例 49.max"。

实例总结

本实例制作了一个山形造型，首先创建平面物体，然后设置好各项参数，主要学习了【噪波】命令的使用，然后为它添加一个【噪波】修改命令，调整各项参数，生成山形造型。

Example **实例** **50** 【噪波】——床垫

实例目的

本实例通过制作床垫造型来学习【噪波】命令的使用，床垫的效果如图 6-36 所示。

实例要点

- 创建一个【切角长方体】。
- 使用【编辑多边形】命令进行局部【噪波】。
- 使用【保存】命令将文件存盘。

操 作 步 骤

步骤 ① 启动 3ds Max 2009 中文版，将单位设置为毫米。

步骤 ② 单击 （创建）/ （几何体）/ 切角长方体 按钮，在顶视图中单击并拖动鼠标创建一个切角长方体，参数及形态如图 6-37 所示。

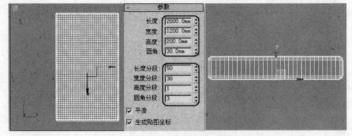

图 6-36 床垫的效果　　　　　　　　图 6-37 切角长方体的参数

步骤 ③ 在修改命令面板中执行【编辑多边形】命令，按下 4 键，进入 （多边形）子对象层级，用工具栏中的 （选择对象）命令在顶视图选择上面的表面，如图 6-38 所示。

步骤 ④ 按住键盘上的 Alt 键，在前视图中将下面的多边形减选掉，如图 6-39 所示。

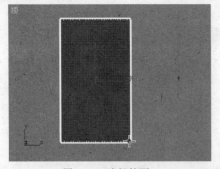
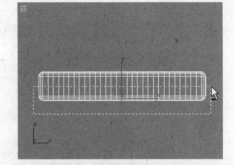

图 6-38 选择的面　　　　　　　　图 6-39 将下面的面减选掉

技巧 在选择多边形时，一定要用 （选择对象）命令进行，如果用 （移动）进行选择，就会让面移动到一边，从而出现错误的效果。

步骤 5 在修改命令面板中执行【噪波】修改命令，将【比例】设置为 100，勾选【分形】，设置【迭代次数】为 10，再调整【强度】类下的 z 轴为 20，效果如图 6-40 所示。

步骤 6 将文件进行保存，命名为"实例 50.max"。

实例总结

本实例制作了一个床垫造型，首先创建出【建切角长方体】，设置各项参数然后用【编辑多边形】命令进行局部选择面，最后使用【噪波】命令表现出凹凸不平的效果。

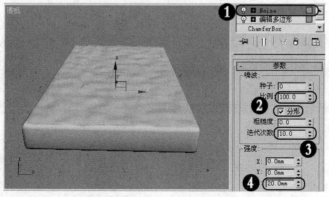

图 6-40　调整【噪波】类下的参数

Example **实例** **51**　**【晶格】——装饰摆件**

实例目的

本实例通过制作装饰摆件造型来学习【晶格】命令的使用方法，希望大家通过学习而了解到，通过修改【晶格】的参数可以得到不同的造型效果。装饰摆件的效果如图 6-41 所示。

实例要点

■　创建【长方体】。

■　使用【晶格】命令生成装饰摆件的主体。

■　创建圆柱体和切角长方体作为摆件的支架和底座。

■　使用【保存】命令将文件存盘。

操作步骤

步骤 1 启动 3ds Max 2009 中文版，将单位设置为毫米。

步骤 2 单击 （创建）/ ○（几何体）/ 长方体 按钮，在前视图中单击并拖动鼠标创建一个长方体，修改参数如图 6-42 所示。

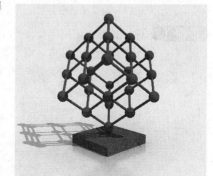

图 6-41　装饰摆件的效果

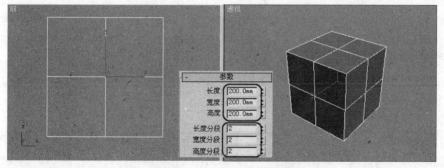

图 6-42　长方体的形态及参数

步骤 3 激活主工具栏中的 ⟳ （旋转）按钮并在其上面单击鼠标右键，在弹出的【旋转变换输入】对话框中设置 x、y、z 的数值，得到效果如图 6-43 所示效果。

步骤 4 为旋转后的长方体添加【晶格】修改命令，然后调整各项参数，如图 6-44 所示。此时的效果如图 6-45 所示。

图 6-43　旋转长方体

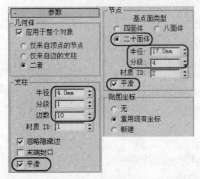

图 6-44　调整【晶格】类下的参数

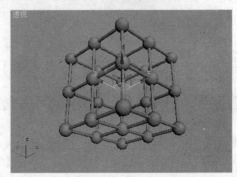

图 6-45　摆件主体的效果

步骤 5 在顶视图中创建半径为 6，高度为 12 的圆柱体和长度为 180，宽度为 180，高度为 30，圆角为 1 的切角长方体，调整其位置如图 6-46 所示，作为装饰摆件的支架和底座。

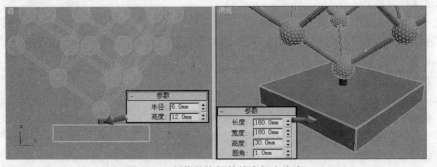

图 6-46　制作装饰摆件的支架和底座

技巧　【晶格】修改命令与其他的命令有所不同，它可分别用在三维物体和二维线形上。

步骤 6 将文件进行保存，命名为"实例 51.max"。

实例总结

　　本实例通过制作装饰摆件造型来重点学习【晶格】命令的使用。在练习的过程中我们要注意参与造型的物体参数与最终效果是有直接关系的，因此，在开始制作前我们要明确相关物体的参数及形态。

Example 实例 **52**　【晶格】——珠帘

实例目的

本实例通过制作一个现代的珠帘来学习【Lattice】（晶格）命令的使用方法，通过设置不同的选项，来制作出不同效果的造型珠帘，效果如图 6-47 所示。

实例要点

- 创建【平面】设置合理的参数。
- 使用【晶格】命令生成珠帘。
- 使用【保存】命令将文件存盘。

操 作 步 骤

步骤 ① 启动 3ds Max 2009 中文版，将单位设置为毫米。

步骤 ② 单击 （创建）/ （几何体）/ 平面 按钮，在顶视图单击并拖动鼠标创建一个平面，修改参数如图 6-48 所示。

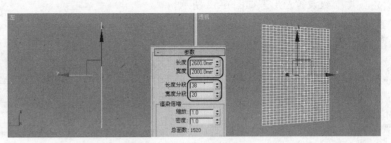

图 6-47　珠帘的效果　　　　　　　　　图 6-48　平面的形态及参数

技巧　调整分段数就是来设置珠帘的数量，这要根据实际的情况进行调整。

步骤 ③ 在修改命令面板中添加一个【晶格】修改命令，调整各项参数，如图 6-49 所示，此时长方体的效果如图 6-50 所示。

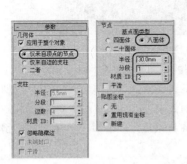
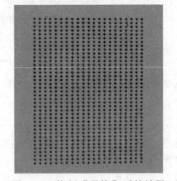

图 6-49　调整【晶格】类下的参数　　　　图 6-50　执行【晶格】后的效果

步骤 ④ 将文件进行保存，命名为"实例 52.max"。

实例总结

本实例制作了一个简易的珠帘造型。首先创建了一个【平面】造型，为了得到合理的结构，设置了各项【分段】数，然后为弧添加一个【晶格】修改命令调整各项参数生成珠帘。

Example 实例 **53** 【编辑网格】——显示器

实例目的

本实例通过制作电脑的显示器造型，来学习【编辑网格】命令在效果图建模过程中的使用方法与技巧，显示器的效果如图 6-51 所示。

实例要点

- 创建一个【切角长方体】。
- 为长方体添加【编辑网格】命令。
- 使用■（多边形）及∴（顶点）调整生成显示器。
- 使用【保存】命令将文件存盘。

操 作 步 骤

步骤 **1** 启动 3ds Max 2009 中文版，将单位设置为毫米。

步骤 **2** 在前视图中创建一个 360×400×400×2 的切角长方体，段数分别设置为 3×3×6×3，其参数设置及形态如图 6-52 所示。

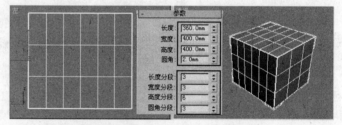

图 6-51　显示器的效果　　　　　图 6-52　创建的切角长方体形态及参数

步骤 **3** 确认切角长方体处于选择状态，单击命令面板中的 （修改）按钮，在修改命令面板中执行【编辑网格】命令。激活∴（顶点）按钮，在前视图中选择中间的两排顶点，分别向四周移动，制作出显示器屏幕的外框，如图 6-53 所示。

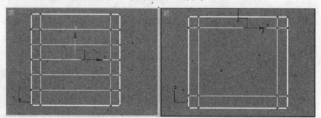

图 6-53　创建的切角长方体形态及参数

步骤 **4** 激活■（多边形）按钮，在前视图中选择中间的多边形，单击"编辑几何体"项下的 倒角 按钮后，将光标放在激活的视图中，向下拖动鼠标指针，挤出斜面的厚度，松开鼠标后再向下拖动，制作出斜面的倾斜度，挤出和倒角的大小可以在透视图中观察，如图 6-54 所示。

步骤 **5** 激活∴（顶点）按钮，在顶视图选择后面的 4 排顶点，单击 （选择并均匀缩放）按钮，向下拖动鼠标，缩放后的形态如图 6-55 所示。

步骤 **6** 将制作的模型进行保存起来，文件名为"实例 53.max"。

技巧　如果想将显示器制作得很漂亮，可以用工具栏中的 （移动）工具在各个视图中仔细地调整才能制作出比较理想的造型。

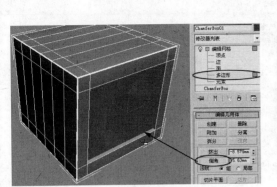

图 6-54 执行倒角命令后的形态

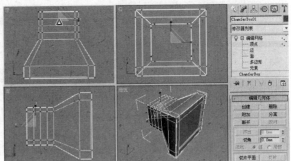

图 6-55 顶点被比例缩放后的效果

实例总结

木实例制作了一个显示器造型。首先创建一个切角长方体，设置好合理的参数，然后为它添加一个【编辑网格】修改命令，进入 ■（多边形）及 ⋯（顶点）层级调整形态，最终生成显示器模型。

Example 实例 **54** 【编辑网格】——方形装饰柱

实例目的

本实例通过制作工程装修中常用到的装饰柱造型，来学习【编辑多边形】命令的强大的编辑修改功能，装饰柱的效果如图 6-56 所示。

实例要点

- 创建一个【长方体】。
- 为长方体添加【编辑多边形】命令。
- 使用 ■（多边形）项下的【倒角】生成装饰柱。
- 使用【保存】命令将文件存盘。

操 作 步 骤

步骤 **1** 启动 3ds Max 2009 中文版，将单位设置为毫米。

步骤 **2** 在顶视图创建一个 200 × 200 × 80 的长方体，形态及参数如图 6-57 所示。

图 6-56 装饰柱的效果

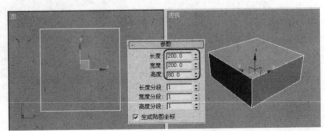

图 6-57 长方体的形态及参数

步骤 **3** 在修改命令面板中执行【编辑网格形】命令，按下 4 键，进入 ■（多边形）子对象层级，在透视图中选择上面的表面，在 挤出 右侧的窗口中输入 50，按下 Enter 键，如图 6-58 所示。

步骤 **4** 在 倒角 右侧的窗口中输入-40，按下 Enter 键，生成柱座，效果如图 6-59 所示。

步骤 **5** 此时再【挤出】1000，按下 Enter 键，生成柱子的高度，设置【挤出】为 50，再设置【倒角】为 40，最后设置【挤出】为 80，生成装饰柱，最终的效果如图 6-60 所示。

步骤 **6** 将文件进行保存，命名为"实例 54.max"。

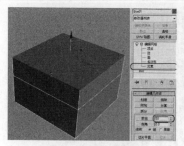

图 6-58　执行【挤出】

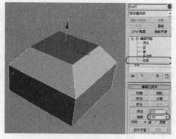

图 6-59　执行【倒角】

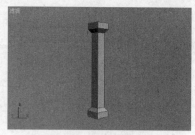

图 6-60　制作的装饰柱

实例总结

本实例制作了一个装饰柱造型。首先创建了一个长方体，然后设置各项的段数，使用【编辑网格】命令。接下来激活■（多边形）子对象层级，然后运用【挤出】及【倒角】命令制作出装饰柱。

Example 实例 **55**　　【FFD 长方体】——枕头

实例目的

本实例通过制作枕头造型来学习【FFD 长方体】命令的使用方法，通过制作没有规律的造型，来熟练掌握该命令的技巧。枕头的效果如图 6-61 所示。

实例要点

- 创建一个【倒角长方体】。
- 使用【FFD 长方体】命令生成枕头的形态。
- 使用【保存】命令将文件存盘。

操作步骤

步骤 **1**　启动 3ds Max 2009 中文版，将单位设置为毫米。

步骤 **2**　单击 （创建）/ （几何体）/ 切角长方体 按钮，在顶视图中单击并拖动鼠标创建一个切角长方体，参数及形态如图 6-62 所示。

图 6-61　枕头的效果

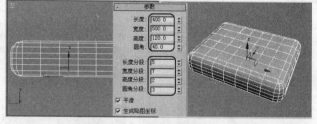

图 6-62　切角长方体的参数

步骤 **3**　在修改命令面板中执行【FFD 长方体】命令，单击 设置点数 按钮，在弹出的【设置 FFD 尺寸】对话框中设置【长度】和【宽度】为 5，【高度】为 3，然后单击 确定 按钮，如图 6-63 所示。

技巧　【FFD（长方体）】命令是一个功能很强的三维修改命令，在执行命令之前，物体必须有足够的段数，否则，即使调整控制点，物体的形态也不会跟随改变。

步骤 **4**　按下 1 键，进入 控制点 子层级，在顶视图选择四周的控制点，然后在前视图中用工具栏中的 （选择并均匀缩放）沿 y 轴进行缩放，效果如图 6-64 所示。

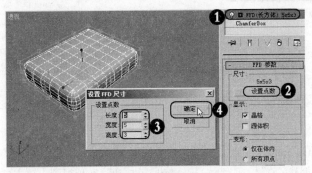

图 6-63 设置点数

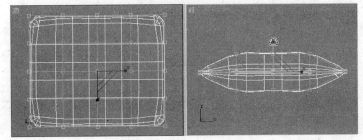

图 6-64 对控制点进行缩放

步骤 ⑤ 在不同的视图中可以单独选择控制点进行调整，直到满意为至，最终效果如图 6-65 所示。

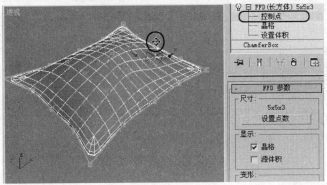

图 6-65 枕头的最终效果

> **技巧** 如果想得到更多的控制点来方便地进行调整，在【设置 FFD 尺寸】对话框中可以将数值设置得多一些。

步骤 ⑥ 将文件进行保存，命名为"实例 55.max"。

实例总结

本实例制作了一个枕头造型，首先创建了一个【切角长方体】，然后合理地设置各项参数，接下来添加【FFD 长方体】命令，然后设置控制点数，再进入控制点层级，使用□（缩放）及✛（移动）命令来制作出枕头的形态，最终完成枕头的制作。

Example 实例 **56** 【FFD 长方体】——休闲沙发

实例目的

本实例通过制作休闲沙发造型来学习【FFD 长方体】命令的使用方法，通过制作没有规律的造型来熟练掌握该命令的技巧。枕头的效果如图 6-66 所示。

实例要点

- 创建一个【球体】。
- 使用【FFD 长方体】命令制作沙发的形态。
- 使用【保存】命令将文件存盘。

操 作 步 骤

步骤① 启动 3ds Max 2009 中文版，将单位设置为毫米。

步骤② 单击 ![] （创建）/ ![] （几何体）/ [球体] 按钮，在顶视图中单击并拖动鼠标创建一个球体，参数及形态如图 6-67 所示。

图 6-66　休闲沙发的效果

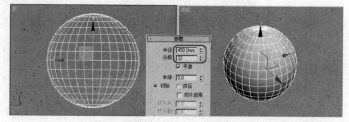

图 6-67　球体的参数

步骤③ 在修改命令面板中执行【FFD 长方体】命令，单击 [设置点数] 按钮，然后在弹出的【设置 FFD 尺寸】对话框中，设置【长度】和【宽度】为 4，【高度】为 2，单击 [确定] 按钮，如图 6-68 所示。

> **技巧** 在选择控制点时，可以进行框选，同时将中间的 4 个控制点选中，但是这样下面的控制点也会被选择，此时，可以按住 Alt 键将下面的控制点减选。

步骤④ 按下 1 键，进入 [控制点] 子层级，在顶视图选择中间的 4 个控制点，在前视图用移动工具沿 y 轴往下方移动，进行缩放，效果如图 6-69 所示。

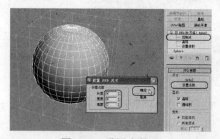

图 6-68　设置点数

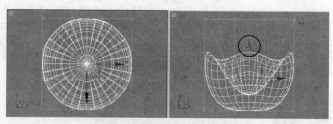

图 6-69　对控制点进行移动

步骤⑤ 在不同的视图可以单独选择控制点进行调整，直到满意为至。

步骤⑥ 将文件进行保存，命名为"实例 56.max"。

实例总结

本实例制作了一个枕头造型。首先创建【球体】，然后添加【FFD 长方体】命令，再设置控制点数，进入"控制点"层级，使用 ![] （移动）命令来制作出休闲沙发的形态。

第7章 高级建模的应用

- **本章内容**
- ➤ 【布尔】——时尚凳
- ➤ 【ProBoolean】（超级布尔）——水晶花瓶
- ➤ 【网格平滑】——靠垫
- ➤ 【NURBS 曲面】——双人床罩
- ➤ 【面片栅格】——单人床
- ➤ 【编辑多边形】——方形浴缸
- ➤ 【编辑多边形】——咖啡杯
- ➤ 【编辑多边形】——休闲躺椅

高级建模方式可以制作出一些曲面的、复杂的造型，相对于我们在前面讲述的一些命令要复杂得多，而且功能强大。本章通过制作一些比较复杂的造型来讲述高级建模的方法及制作思路。

Example 实例 57 【布尔】——时尚凳

实例目的

本实例通过制作时尚凳来学习【布尔】运算命令的使用方法，以及参加【布尔】命令所必须的条件，时尚凳的效果如图 7-1 所示。

实例要点

- 绘制线形施加轮廓。
- 添加【车削】命令生成三维物体。
- 创建【球体】作为时尚凳的布尔运算物体。
- 使用【布尔】运算命令制作出圆洞。
- 使用【保存】命令将文件存盘。

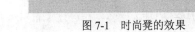

图 7-1 时尚凳的效果

操作步骤

步骤 ① 启动 3ds Max 2009 中文版，将单位设置为毫米。

步骤 ② 使用线命令在前视图中绘制出 600×400 的线形，如图 7-2 所示。

步骤 ③ 按下 3 键，进入 （样条线）子对象层级，然后为线形施加轮廓，效果如图 7-3 所示。

步骤 ④ 确认绘制的线形处于选择状态，在 修改器列表 ▼ 中执行【车削】修改命令，勾选【参数】类下的【焊接内核】选项，再单击【对齐】项下的 最小 按钮。

步骤 ⑤ 在前视图中创建一个球体，位置及参数如图 7-4 所示。

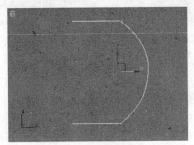

图 7-2 绘制的线形

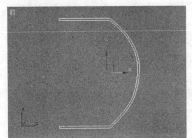

图 7-3 为线形施加轮廓

> 技巧 为了准确地控制好线形的尺寸，我们在绘制线形时，可以先绘制一个矩形作为参照，再绘制线形就能很好地控制好尺寸了。

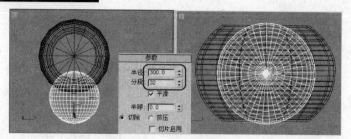

图 7-4 创建的球体

技巧　参与【布尔】命令的物体必须有相交的部分，如果没有相交，在执行【交集】和【差集】时，将不会出现运算结果。

步骤 ⑥ 在顶视图复制一个球体，放在对面，然后用旋转工具复制一组，如图 7-5 所示。

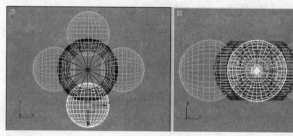

图 7-5 复制的球体

步骤 ⑦ 选择其中的一个球体，然后执行【编辑网格】命令，在单击【编辑几何体】项下的 附加 按钮，单击视图中的另外 3 个球体，将它们附加为一体。

技巧　将球体附加为一体，在进行【布尔运算】时可以一次性地将要减掉的物体进行布尔。

步骤 ⑧ 选择执行【车削】的线形，然后单击 （创建）/ （几何体），在 标准基本体 项下选择 复合对象 选项，然后单击 布尔 按钮，再单击 拾取操作对象 B 按钮，如图 7-6 所示。

步骤 ⑨ 在视图中单击附加为一体的球体，效果如图 7-7 所示。

图 7-6 选择【布尔】运算命令

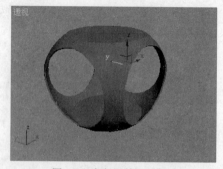

图 7-7 布尔运算后的效果

技巧　布尔运算命令最好执行一次，如果执行第二次会经常出错或出现一些乱线。最好将想要布尔的物体一次执行完成。

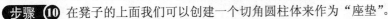

步骤 ⑩ 在凳子的上面我们可以创建一个切角圆柱体来作为"座垫"。

步骤 ⑪ 将文件进行保存，命名为"实例 57.max"。

实例总结

本实例制作了一个时尚凳造型，主要学习了【布尔运算】命令的使用，通过线形的绘制及为线形施加轮廓，制作出了参加运算的物体，并重点学习了怎样将多个物体一次进行【布尔运算】命令操作。

Example 实例 **58**　【ProBoolean】（超级布尔）——水晶花瓶

实例目的

本实例通过制作水晶花瓶来学习【ProBoolean】（超级布尔）运算命令的使用方法。水晶花瓶的效果如图 7-8 所示。

实例要点

- 绘制【矩形】，使用【挤出】命令生成三维造型。
- 【超级布尔】、【壳】命令的使用。
- 使用【保存】命令将文件存盘。

操 作 步 骤

步骤 ① 启动 3ds Max 2009 中文版，将单位设置为毫米。

步骤 ② 单击 （创建）/ （线形）/ 矩形 按钮，在顶视图中创建一个 85×260×5 的矩形，【差值】项下的【步数】设置为 2，如图 7-9 所示。

图 7-8　水晶花瓶的效果

步骤 ③ 添加【挤出】修改命令，将数量设置为 100，即隔断厚度为 100 毫米，效果如图 7-10 所示。

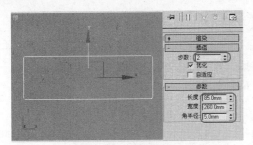

图 7-9　绘制的矩形

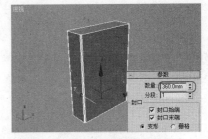

图 7-10　执行【挤出】修改命令

步骤 ④ 在前视图中创建一个【长方体】，旋转一下角度，位置及大小如图 7-11 所示。

步骤 ⑤ 选择挤出的矩形，执行【ProBoolean】（超级布尔）命令，单击 开始拾取 按钮，在视图中单击长方体，如图 7-12 所示。

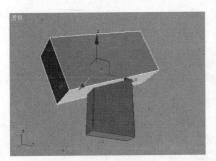

图 7-11　绘制的矩形

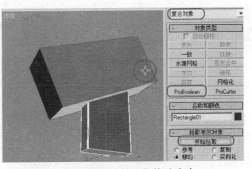

图 7-12　执行【挤出】修改命令

步骤 ⑥ 此时经过【超级布尔】运算的造型如图 7-13 所示。

步骤 ⑦ 将【超级布尔】运算后的物体转换为【可编辑多边形】命令，将上面的面删除，如图 7-14 所示。

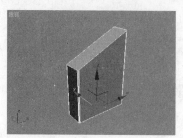

图 7-13　布尔后的形态

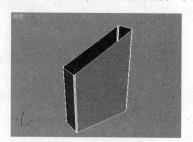

图 7-14　删除的面

步骤 ⑧ 此时来看是单面，添加一个【壳】修改命令，设置【内部量】为 3，产生一个厚度，如图 7-15 所示。

步骤 ⑨ 在前视图中创建几个【圆柱体】，位置如图 7-16 所示。

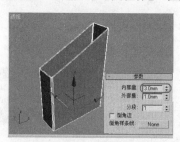

图 7-15　执行【壳】修改命令

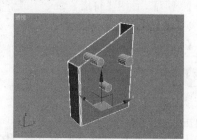

图 7-16　圆柱体的位置

技巧　【超级布尔】运算命令可以执行多次，比【布尔】运算命令要好用得多，不会出现一些乱线。

步骤 ⑩ 用【超级布尔】运算将几个圆柱体布尔掉，效果如图 7-17 所示。

步骤 ⑪ 用线形绘制出装饰花的形态，设置【渲染】参数即可，形态如图 7-18 所示。

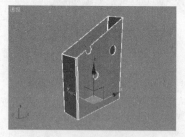

图 7-17　执行【壳】命令

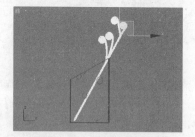

图 7-18　圆柱体的位置

步骤 ⑫ 中间可以创建一些圆柱体作为装饰，再制作一个，最终的效果如图 7-19 所示。

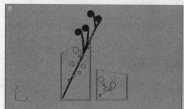

图 7-19　制作的水晶花瓶

步骤 ⑬ 将文件进行保存，命名为"实例 58.max"。

实例总结

本实例通过制作一个水晶花瓶造型，主要学习了【超级布尔运算】命令的使用，通过二维线形【挤出】产生三维造型，然后使用了【壳】修改命令产生厚度。

Example 实例 **59** 【网格平滑】——靠垫

实例目的

本实例通过制作沙发靠垫造型来学习【网格平滑】命令的使用与参数设置，靠垫的效果如图 7-20 所示。

实例要点

- 创建【长方体】设置合理的各项段数。
- 使用【网格平滑】命令制作出靠垫。
- 使用【保存】命令将文件存盘。

操 作 步 骤

图 7-20　靠垫的效果

步骤 ① 启动 3ds Max 2009 中文版，将单位设置为毫米。

步骤 ② 在前视图中创建一个长方体，参数及形态如图 7-21 所示。

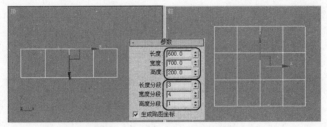

图 7-21　创建的长方体及参数

步骤 ③ 在修改命令面板中执行【网格平滑】命令。将【迭代次数】设置为 1，勾选【显示控制网格】选项。激活 （顶点）按钮，在前视图选择四周的顶点，如图 7-22 所示。

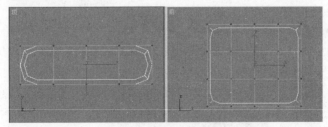

图 7-22　选择周围的顶点

> 技巧　【迭代次数】用来设置对表面进行重复平滑的次数。每增加一次，表面的复杂程度会提至原来的 4 倍。平滑效果会提高，但计算速度会大大降低。如果运算不过来，可以按 Ese 键返回前一次的设置。

步骤 ④ 在顶视图用工具栏中的 （缩放）沿 *y* 轴向下拖动，形态如图 7-23 所示。

步骤 ⑤ 如果感觉控制点太少了，可以在【控制级别】窗口中输入 1，此时控制点就会增多了，读者可以更精细地对靠垫进行调整，调整的形态如图 7-24 所示。

步骤 ⑥ 将文件进行保存，命名为"实例 59.max"。

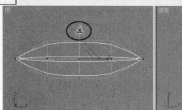 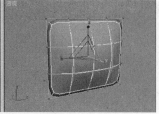 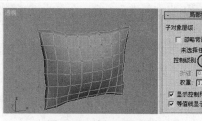

图 7-23　将周围的顶点进行缩放　　　　　　　　图 7-24　精细调整后的形态

> **技巧**　如果想更好地表现靠垫的造型，平时必须多观察现实生活中靠垫的形态，还要靠材质及灯光表现真实的纹理效果。

实例总结

本实例制作了一个靠垫造型，首先创建了一个长方体，然后设置各项的段数，再使用【网格平滑】命令，激活⊡（顶点）子层级，然后使用⊡（缩放）及✛（移动）命令进行调整，最终生成靠垫。

Example 实例 **60**　【NURBS 曲面】——双人床罩

实例目的

本实例通过制作双人床罩造型来学习如何使用【NURBS 曲面】命令制作逼真的床罩及床罩的褶皱造型，双人床罩的效果如图 7-25 所示。

实例要点

- 创建【点曲面】设置各项参数。
- 使用移动及缩放制作出褶皱效果。
- 使用【保存】命令将文件存盘。

操作步骤

步骤①　启动 3ds Max 2009 中文版，将单位设置为毫米。

步骤②　单击三维命令面板中 标准基本体▼ 右面的▼
按钮，在弹出的下拉列表中选择【NURBS 曲面】，
再单击 点曲面 按钮，如图 7-26 所示。

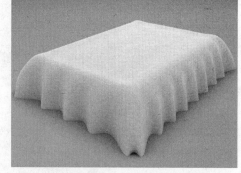

图 7-25　双人床罩的效果

步骤③　在顶视图中创建【长度】为 2 000，【宽度】为 1 500，【长度点数】为 11，【宽度点数】为 19，效果如图 7-27 所示。

  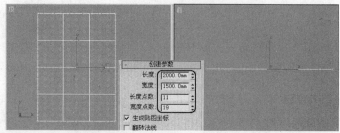

图 7-26　执行【NURBS 曲面】命令　　　　　图 7-27　创建的点曲面及参数

> **技巧**　我们设置【NURBS 曲面】的长度点数和【宽度点数】值为奇数，是为了在制作床罩均匀的褶皱形态时，恰到好处地每间隔一个点数选择一个控制点。

步骤 ④ 在修改器列表窗口中，将【NURBS 曲面】前面的 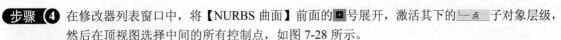 号展开，激活其下的  子对象层级，然后在顶视图选择中间的所有控制点，如图 7-28 所示。

步骤 ⑤ 在前视图用工具栏中的移动工具沿 y 轴向上移动 4 个网格，在视图中生成的形态如图 7-29 所示。

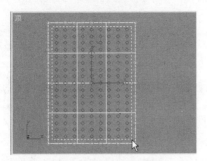
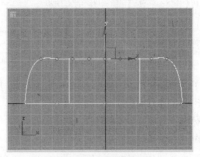

图 7-28　选择中间的控制点　　　　　　　图 7-29　移动控制点

步骤 ⑥ 在顶视图中按住键盘上的 Ctrl 键，选择四周的控制点（每间隔一个控制点选择一个），如图 7-30 所示。

步骤 ⑦ 用工具栏中的 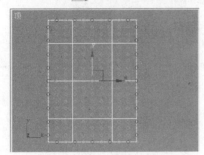（选择并均匀缩放）沿 xy 轴进行缩放，效果如图 7-31 所示。

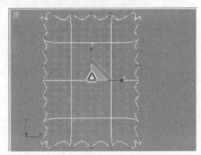

图 7-30　选择的点　　　　　　　　　　图 7-31　进行缩放

步骤 ⑧ 可以在透视图中进行单独调整，最终效果如图 7-32 所示。

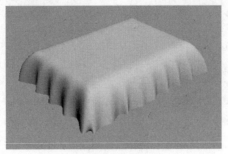

图 7-32　制作的床罩

步骤 ⑨ 将文件进行保存，命名为"实例 60.max"。

实例总结

本实例制作了一个双人床罩造型。主要学习了【NURBS 曲面】命令面板项下的【点曲面】命令的创建及修改，通过 ▢（缩放）及 ✛（移动）工具来制作出褶皱，最终完成床罩的制作。

Example 实例 **61** 【面片栅格】——单人床

实例目的

本实例通过制作单人床造型来学习【面片栅格】面板中的【四边形面片】创建与修改方法，配合【网格平滑】命令制作出单人床造型，效果如图 7-33 所示。

实例要点

- 创建【四边形面片】设置各项参数。
- 使用【网格平滑】命令生成褶皱。
- 使用【保存】命令将文件存盘。

操 作 步 骤

步骤① 启动 3ds Max 2009 中文版，将单位设置为毫米。

步骤② 单击三维命令面板中 标准基本体 ▼ 右面的 ▼ 按钮，在弹出的下拉列表中选择【面片栅格】，单击 四边形面片 按钮。

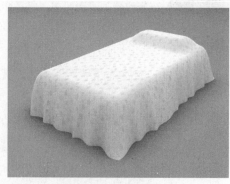

图 7-33　单人床的效果

步骤③ 在顶视图中创建【长度】为 2 000，【宽度】为 1 200，【长度分段】为 3，【宽度分段】为 2 的平面，效果如图 7-34 所示。

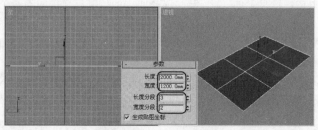

图 7-34　创建的四边形面片

步骤④ 在修改命令面板中执行【网格平滑】命令，按下 1 键，进入 ⋮ （顶点）子对象层级，然后在顶视图中选择中间所有的顶点，如图 7-35 所示。

步骤⑤ 在前视图中用工具栏中的移动工具沿 y 轴向上移动 4 个网格，在视图中生成的形态如图 7-36 所示。

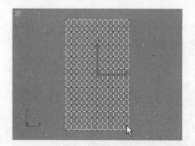

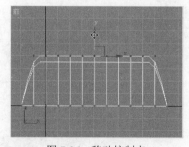

图 7-35　选择中间的控制点　　　　图 7-36　移动控制点

步骤⑥ 在顶视图中按住键盘上的 Ctrl 键，选择四周的顶点（每间隔一个顶点选择一个），如图 7-37 所示。

步骤⑦ 使用工具栏中的 ▣ （选择并均匀缩放）工具沿 xy 轴进行缩放，效果如图 7-38 所示。

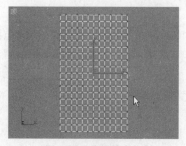

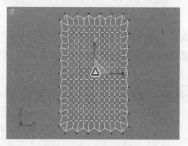

图 7-37　选择的点　　　　图 7-38　进行缩放

技巧 在每间隔一个顶点进行选择时，可以在前视图和左视图进行框选选择，这样会同时选择两边的顶点。

步骤 8 在顶视图中选择上面的一些顶点，在前视图中沿 y 轴往上移动，作为"枕头"，如图 7-39 所示。

步骤 9 读者可以在透视图中单独选择不同的顶点进行调整，最终效果如图 7-40 所示。

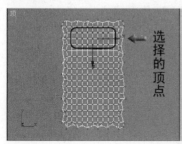
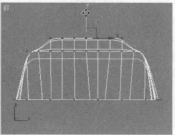

图 7-39　制作的枕头

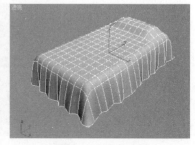

图 7-40　制作的床罩

步骤 10 将文件进行保存，命名为"实例 61.max"。

实例总结

本实例制作了一个单人床垫造型，主要学习了【四边形面片】的创建以及配合【网格平滑】编辑命令使用，然后用【网格平滑】命令项下的 （顶点）子对象层级来制作出褶皱效果。

Example 实例 62　【编辑多边形】——方形浴缸

实例目的

本实例通过制作方形浴缸造型来学习将三维物体转换为【可编辑多边形】命令，然后再通过其内部的编辑命令制作出需要的造型。浴缸的效果如图 7-41 所示。

实例要点

- 创建【长方体】设置合理的各项段数。
- 将长方体转换为【可编辑多边形】命令。
- 使用 （顶点） （多边形）子对象层级进行调整。
- 使用【保存】命令将文件存盘。

操 作 步 骤

步骤 1 启动 3ds Max 2009 中文版，将单位设置为毫米。

步骤 2 单击 （创建）/ （几何体）/ 长方体 按钮，在顶视图中创建一个 1 500 × 700 × 380 的方体，段数分别设置为 6 × 4 × 2，如图 7-42 所示。

图 7-41　方形浴缸的效果

步骤 3 在透视图中单击鼠标右键，选择【转换为】/【转换为可编辑多边形】命令，将长方体转换为可编辑多边形。

步骤 4 按下 1 键，进入 （顶点）子对象层级，在顶视图中选择不同的顶点进行移动，效果如图 7-43 所示。

步骤 5 按下 4 键，进入 （多边形）子对象层级，在透视图中选择中间上面的 4 个大面，单击 倒角 右面的 按钮，在弹出的对话框中设置参数，单击两次 应用 按钮，再单击 确定 按钮，如图 7-44 所示。

图 7-42　创建的方体及参数

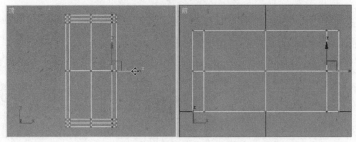

图 7-43　调整顶点的位置

> 技巧　想激活 ⋮ （顶点）、◁ （边）、◞ （边界）、■ （多边形）、◈ （元素）层级时，建议读者使用
> 快捷键，它们分别是：1、2、3、4、5 键，这样可以大大提高作图速度。

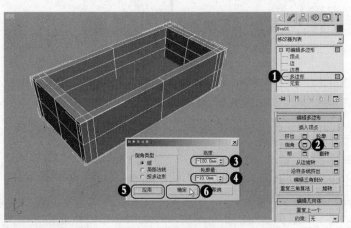

图 7-44　倒角生成的面

步骤⑥ 关闭 ■（多边形）子对象层级，退出【可编辑多边形】命令。

步骤⑦ 在修改面板中勾选【细分曲面】项下的【使用 Norbs 细分】选项，修改【迭代次数】值为 2，
使面光滑。如果数值设置为 3 或 4，则面片数量太多，影响机器的运行速度，因此只设置为 2
就可以了，效果如图 7-45 所示。

> 技巧　【迭代次数】的功能是使面光滑，如果设置为 2 会更圆滑，但是面片数量太多，会影响机器的运
> 行速度，因此设置为 1 就可以了。

　　如果读者感觉浴盆的边缘太圆滑了，可以再将侧面的面挤出一部分，挤出之后就会增加段数，有了

合适的段数，边缘就不会那么圆滑了，还可以进入顶点子层级进行调整。

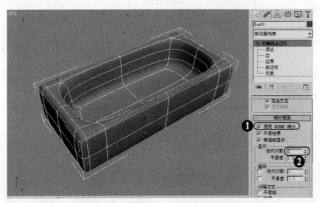

图 7-45　设置重复项下的数值

技巧　按下 4 键，进入 ■（多边形）子对象层级，在前视图或左视图中选择下面的面删除，这样做的
目的是为了让下部的边不出现圆滑的效果。

步骤 8　将制作的模型保存起来，文件名为"实例 62.max"。

实例总结

本实例制作了一个方形浴缸造型。首先创建了一个长方体，然后设置各项的段数，将长方体转换为
【可编辑多边形】，接下来使用 ⋰（顶点）和 ■（多边形）子对象层级进行调整，最终生成浴缸。

Example 实例 63　【编辑多边形】——咖啡杯

实例目的

本实例通过制作咖啡杯造型来学习【可编辑多边形】命令的使用方法，实例的目的是让读者掌握【可
编辑多边形】项下的【桥】、【封口】的使用方法，还要了解【涡轮平滑】命令的使用方法。最终的咖啡
杯效果如图 7-46 所示。

实例要点

- 创建一个【长方体】设置合理的各项段数。
- 使用【可编辑多边形】命令生成大体形态。
- 使用【涡轮平滑】命令生成平滑效果。
- 使用【保存】命令将文件存盘。

操作步骤

步骤 1　启动 3ds Max 2009 中文版，将单位设置为毫米。

步骤 2　在顶视图中创建一个长方体，参数及形态如图 7-47 所示。

图 7-46　咖啡杯的效果

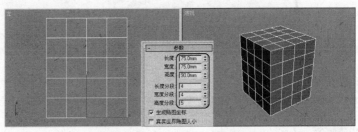

图 7-47　【长方体】的形态及参数

> 技巧 在制作这样类似的造型时，也可以创建【圆柱体】来制作，但是也必须合理控制好段数，然后使用【可编辑多边形】进行修改。

步骤 ③ 将长方体转换为【可编辑多边形】，按下 1 键，进入 ⠿（顶点）子对象层级，用工具栏中的移动工具进行调整，效果如图 7-48 所示。

步骤 ④ 按下 2 键，进入 ◁（边）子对象层级，在前视图中选择如图 7-49 所示的两条边。

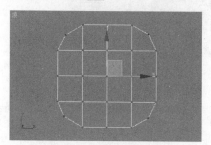
图 7-48　调整后的形态

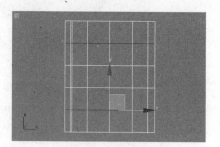
图 7-49　选择的边

步骤 ⑤ 单击 切角 右面的小按钮，设置【切角数量】为 8，单击 确定 按钮，如图 7-50 所示。

步骤 ⑥ 使用同样的方法为中间水平的边进行切角，效果如图 7-51 所示。

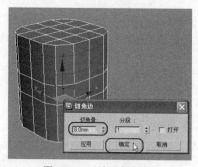
图 7-50　对边进行切角

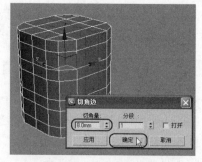
图 7-51　对边进行切角

下面我们来制作杯把。

步骤 ⑦ 用线命令在前视图中绘制出杯把的形态，如图 7-52 所示。

步骤 ⑧ 选择长方体，按下 4 键，进入 ■（多边形）子对象层级，选择如图 7-53 所示的面。

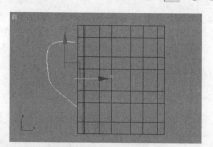
图 7-52　绘制的线形

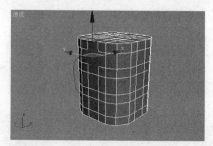
图 7-53　选择的面

步骤 ⑨ 单击 沿样条线挤出 右面的小按钮，在弹出的【沿样条线挤出多边形】对话框中单击 拾取样条线 按钮，在前视图中拾取绘制的线形，设置一下分段，单击 确定 按钮，效果如图 7-54 所示。

步骤 ⑩ 选择下方的面，挤出两次，效果如图 7-55 所示。

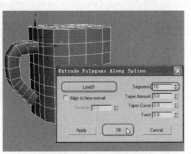

图 7-54 拾取样条线

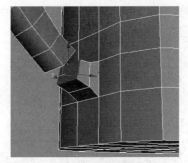

图 7-55 挤出的面

步骤 ⑪ 选择如图 7-56 所示的两个面，单击 桥 按钮，此时的两个面就焊接为一体了。

选择的两个面

执行桥后的效果

图 7-56 执行桥操作

> **技巧** 在使用【桥】命令时，可以单击右面的小按钮，在弹出的【跨越多边形】对话框中可以设置【分段】、【锥化】、【偏移】、【平滑】等参数。

步骤 ⑫ 按下 1 键，进入 ⸬ （顶点）子对象层级，使用移动工具进行调整，直到满意为止，效果如图 7-57 所示。

步骤 ⑬ 按下 4 键，进入 ■ （多边形）子对象层级，在前视图中选择上面的面全部删除，效果如图 7-58 所示。

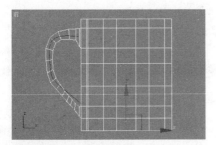

图 7-57 调整后的形态

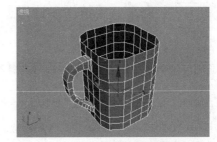

图 7-58 删除上面的面

步骤 ⑭ 按下 3 键，进入 ⟲ （边界）子对象层级，选择上面的边界，单击 封口 按钮，如图 7-59 所示。

步骤 ⑮ 按下 4 键，进入 ■ （多边形）子对象层级，选择上面的面，使用 倒角 命令制作出咖啡杯的深度，效果如图 7-60 所示。

> **技巧** 在执行【倒角】命令时，最好在透视图中查看一下【倒角】的效果，一定要根据实际情况进行操作。

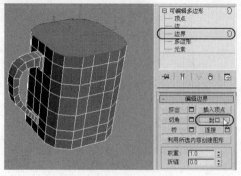

图 7-59　进行【封口】

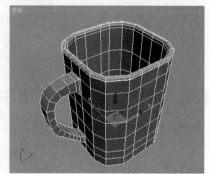

图 7-60　使用【倒角】制作

步骤⑯ 按下 1 键，进入 (顶点) 子对象层级，对咖啡杯的的形态进行细致调整，最终的效果如图 7-61 所示。

步骤⑰ 在修改器列表中执行【涡轮平滑】修改命令，效果如图 7-62 所示。

图 7-61　调整后的形态

图 7-62　施加【涡轮平滑】修改命令

步骤⑱ 将制作的模型保存起来，文件名为"实例 63.max"。

实例总结

本实例通过制作咖啡杯造型读者应该对【可编辑多边形】命令更加了解，需要配合【涡轮平滑】修改命令制作出更为复杂的造型。

Example **实例** **64** 【编辑多边形】——休闲躺椅

实例目的

本实例通过制作一个休闲躺椅造型来进一步深入学习【可编辑多边形】命令的使用与修改方法。最终的休闲躺椅效果如图 7-63 所示。

实例要点

- 创建一个【长方体】设置合理的各项段数。
- 使用【可编辑多边形】命令生成大体形态。
- 使用【涡轮平滑】修改命令生成平滑效果。
- 使用【保存】命令将文件存盘。

操 作 步 骤

步骤❶ 启动 3ds Max 2009 中文版，将单位设置为毫米。

步骤❷ 在顶视图中创建一个长方体,参数及形态如图7-64所示。

步骤❸ 将长方体转换为【可编辑多边形】，按下 4 键，进入

图 7-63　休闲躺椅的效果

（多边形）子对象层级，选择右面的面进行多次挤出，然后旋转一下角度，再调整一下顶点，效果如图 7-65 所示。

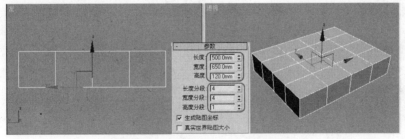

图 7-64　【长方体】的形态及参数

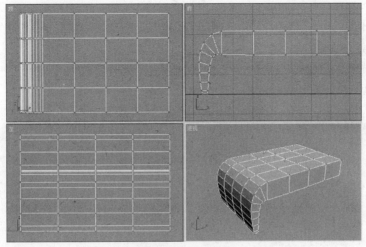

图 7-65　调整后的形态

技巧 在制作下面拐角部分造型时，读者可以绘制一条曲线，使用【沿样条线挤出】命令制作，再进行移动修改，这种方法与制作咖啡杯把是一样的。

步骤 ④ 为长方体增加几个段数，效果如图 7-66 所示。

步骤 ⑤ 按下 4 键，进入 ■（多边形）子对象层级，单击 切割 按钮，在拐角的地方增加段数，用来模拟褶皱效果，效果如图 7-67 所示。

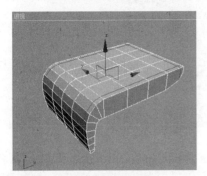

图 7-66　增加的段数

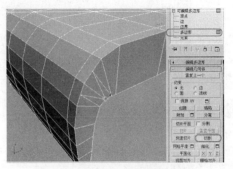

图 7-67　使用【切割】增加段数

步骤 ⑥ 按下 1 键，进入 ∴（顶点）子对象层级，使用移动工具进行调整形态，效果如图 7-68 所示。

步骤 7 在修改器列表中执行【涡轮平滑】修改命令，效果如图 7-69 所示。

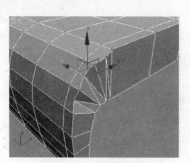

图 7-68 调整后的形态

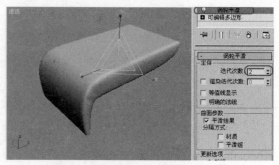

图 7-69 【涡轮平滑】修改命令

> **技巧** 其实我们在制作这样的造型时，可以制作一半，然后另一半直接用镜像来完成就可以了，这样可以大大提高作图的速度及质量。

步骤 8 使用同样的方法制作出靠背，效果如图 7-70 所示。

步骤 9 在上面再制作一个靠垫，最后使用【FFD 长方体】调整一下形态，效果如图 7-71 所示。

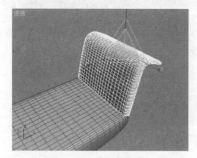

图 7-70 制作的靠背

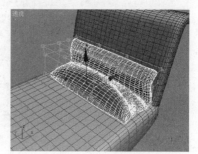

图 7-71 制作的靠垫

步骤 10 最后用【圆柱体】及【长方体】制作出椅子腿，用【可编辑多边形】命令修改一下，形态如图 7-72 所示。

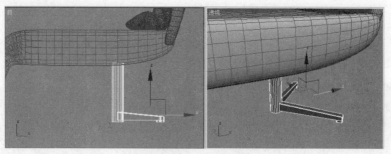

图 7-72 制作的椅子腿

步骤 11 将制作的模型保存起来，文件名为"实例 64.max"。

实例总结

本实例通过制作休闲躺椅造型，读者应该对【可编辑多边形】命令更加了解，我们需要配合【涡轮平滑】修改命令制作出更为复杂的造型。

第8章 材质及贴图的应用

■ **本章内容**

➢ 认识材质编辑器	➢ 【位图】贴图	➢ 【噪波】贴图
➢ 【混合】材质	➢ 【光线跟踪】贴图	➢ 【衰减】贴图
➢ 【多维/子对象】材质	➢ 【平面镜】贴图	➢ 【细胞】贴图
➢ 【双面】材质	➢ 【棋盘格】贴图	➢ 【渐变】贴图
➢ 【光线跟踪】材质	➢ 【平铺】贴图	

在效果图制作中，我们使用"材质"来模拟真实材料的视觉效果。因为在 3ds Max 中所创建的三维对象本身不具备任何表面特征，如果要让它生成与实际建筑装潢材料完全相同的视觉效果，必须通过赋予材质的方式，才可以使制作的物体看上去像是真实世界中的物体。只有对场景中的物体都赋予合适的材质，才能使场景中的对象呈现出具有真实质感的视觉特征。

3ds Max 中的【材质】和【贴图】种类有很多，本章我们就来讲述一下其中常用的种类，这些都是在制作效果图时很实用的【材质】及【贴图】类型。

Example 实例 **65** 认识材质编辑器

实例目的

本实例我们主要来了解一下【材质编辑器】窗口中各部分的名称及功能，为后面学习材质及贴图打好基础。

实例要点

■ 快速打开【材质编辑器】窗口。

■ 了解窗口中各部分的名称及功能。

操 作 步 骤

步骤 **①** 启动 3ds Max 2009 中文版。

步骤 **②** 单击工具栏中的 ⬚⬚（材质编辑器）按钮，打开【材质编辑器】窗口，如图 8-1 所示。

> **技巧** 读者可以通过按下键盘上的 M 键快速打开【材质编辑器】窗口。

材质编辑器的窗口可以分为 4 大部分：材质球、工具按钮、着色模式及材质类型参数控制区。

■ **材质球**：示例窗中包含了 24 个材质球，材质球用于显示材质编辑的结果，一个材质球对应一种材质。在修改材质的参数时，修改后的效果会马上显示在材质球上，这使我们在制作过程中能够很方便地观察材质效果。系统默认材质球的个数为 6 个，其显示的个数与大小可以调整。移动鼠标指针在任意一个材质球上单击鼠标右键，会弹出一个如图 8-2 所示的菜单，如果勾选【5×3示例窗】或【6×4示例窗】，示例窗就会显示出 15 个或者 24 个材质球，便于根据材质使用数量的多少进行适当调整，更利于观察材质的纹理显示情况。

■ **工具按钮**：工具行中的工具主要用来调整材质在示例球中的显示效果，以便于我们更好地观察材质的颜色与纹理，下面的按钮主要用于获取材质、显示贴图纹理以及将制作好的材质赋予场景中的物体等功能。

■ **着色模式**：对于不同的明暗类型，我们可以在此选择不同的材质渲染明暗类型，也就是确定材质的基本性质。

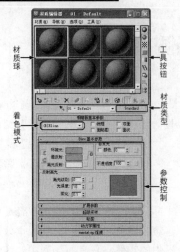

图8-1 【材质编辑器】窗口

图8-2 在材质球上单击鼠标右键弹出的菜单

- **材质类型：** 单击 [Standard] （标准）按钮，会弹出【材质/贴图浏览器】窗口，在此可以选择所需要的材质类型。

- **参数控制：** 在材质编辑器窗口中，工具按钮下面的部分内容繁多，包括 7 部分的展卷栏，由于材质编辑器窗口大小的限制，有一部分内容不能全部显示出来，我们可以将光标放置到展卷栏的空白处，当光标变成 的形状时，按住鼠标左键上下拖曳，可以推动卷展栏，以观察全部内容。材质编辑器窗口的参数控制区在不同的材质设置时会发生不同的变化，一种材质的初始设置是【标准】材质，其他材质类型的参数与标准材质大同小异。

实例总结

本实例通过打开【材质编辑器】窗口熟悉了材质编辑器窗口的组成部分及其基本操作。

Example 实例 66 【混合】材质

实例目的

本实例通过为山形调制草地及土材质来详细地讲述【混合】材质的使用方法。山形赋予材质后的效果如图 8-3 所示。

实例要点

- 选择一个未使用的材质球。
- 使用【混合】材质生成草地及土的混合效果。

操 作 步 骤

步骤 ① 启动 3ds Max 2009 中文版，将单位设置为毫米。

步骤 ② 打开随书光盘"源文件素材/第 8 章/山形.max"文件，这个场景是前面我们带领大家使用【噪波】制作的山形。

图8-3 用【混合】材质表现的山

步骤 ③ 按下 M 键，快速打开【材质编辑器】窗口，激活第 1 个材质球，单击 [Standard] （标准）按钮，在弹出的【材质/贴图浏览器】对话框中选择【混合】材质，单击 [确定] 按钮，在弹出的【替换材质】对话框中单击 [确定] 按钮，如图 8-4 所示。

步骤 ④ 在【混合材质面板】中单击【材质1】右面的按钮，此时回到【标准】材质界面中，单击【漫反射】右侧的 小按钮，在弹出的【材质/贴图浏览器】窗口中选择【位图】项，单击 [确定] 按钮，如图 8-5 所示。

图 8-4　选择【混合】材质　　　　　　　　　　　　图 8-5　选择【位图】

步骤 ⑤ 在弹出的【选择位图图像文件】对话框中选择随书光盘"源文件素材/第 8 章/贴图"目录下的
"草地.jpg"文件，单击 打开(O) 按钮，如图 8-6 所示。

步骤 ⑥ 单击 🔼 （转到父对象）按钮，返回到上一层级，在【贴图】卷展栏下将【漫反射】中的位图
复制到【凹凸】中，将【数量】修改为 100，如图 8-7 所示。

图 8-6　选择"草地.jpg"文件

图 8-7　为草地增加凹凸

步骤 ⑦ 单击 🔼 （转到父对象）按钮，返回到【混合】材质层级，单击【材质 2】右面的按钮，调整
【漫反射】的颜色为土的颜色，然后在【贴图】卷展栏下为【凹凸】通道添加【噪波】贴图，
调整一下参数，如图 8-8 所示。

步骤 ⑧ 单击两次 🔼 （转到父对象）按钮，返回到【混合】材质层级，为【Mask】（遮罩）添加【衰
减】贴图，选择【衰减方向】为【世界 Z 轴】，如图 8-9 所示。

图 8-8　调整【材质 2】的材质

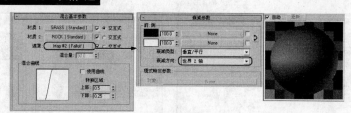

图 8-9　为【遮罩】添加【衰减】贴图

技巧　读者可以勾选【使用曲线】选项，通过调整混合曲线，可以更好地控制草地及土所占的百分比。

步骤 ⑨　将调制好的材质赋予山形，渲染一下透视图观看效果。

步骤 ⑩　单击菜单栏【文件】/【另存为】命令，将此场景保存为"实例 66.max"文件。

实例总结

本实例通过调制山上的土及草地，详细讲述了【混合】材质的使用方法，我们还学习了【位图】贴图、【噪波】贴图、【衰减】贴图的使用方法。

Example 实例 **67**　【多维/子对象】材质

实例目的

本实例通过为台灯调制两种材质来详细讲述【多维/子对象】材质的使用方法。台灯赋予材质后的效果如图 8-10 所示。

实例要点

- 选择一个未使用的材质球。
- 使用【多维/子对象】材质在一个物体上赋予多种颜色。

操 作 步 骤

步骤 ①　启动 3ds Max 2009 中文版，将单位设置为毫米。

步骤 ②　打开随书光盘"源文件素材/第 8 章/茶杯.max"文件，这个场景是前面我们带领大家使用【编辑多边形】制作的。

步骤 ③　按下 M 键，快速打开【材质编辑器】窗口，激活第 1 个材质球，单击 Standard （标准）按钮，在弹出的【材质/贴图浏览器】对话框中选择【多维/子对象】材质，最后单击 确定 按钮，如图 8-11 所示。

图 8-10　【多维/子对象】材质的效果

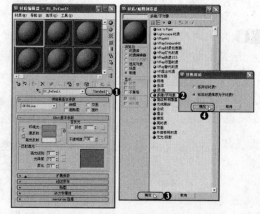

图 8-11　选择【多维/子对象】材质

步骤 4 此时的面板就是【多维/子对象】材质了，默认下是 10 种材质，单击 设置数量 按钮，在弹出的【设置材质数量】对话框中单击 确定 按钮，再单击 01_Default（Standard） 按钮，在标准材质界面中设置颜色为白色，如图 8-12 所示。

步骤 5 用同样的方法将第 2 种材质调整为一种红色，效果如图 8-13 所示。

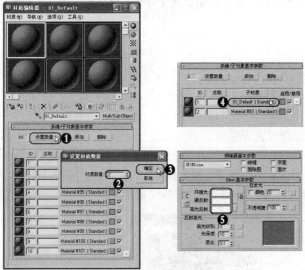
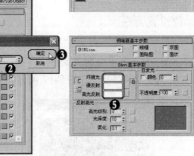

图 8-12　调整第 1 种材质

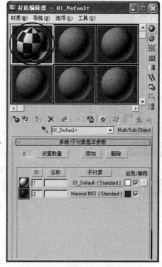

图 8-13　两种材质的效果

步骤 6 在修改器窗口中，回到【编辑多边形】级别，按下■（多边形）按钮，在透视图中选择里面的面，然后在【设置 ID】右侧的窗口中输入 1，按下 Enter 键，效果如图 8-14 所示。

步骤 7 按下 Ctrl＋I 键进行反选，在【设置 ID】右侧的窗口中输入 2，按下 Enter 键，单击■（多边形）按钮退出，将调制的材质赋予台灯，效果如图 8-15 所示。

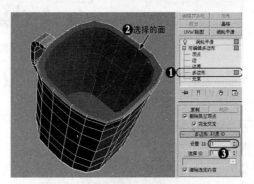

图 8-14　为物体进行划分材质 ID 号

图 8-15　为茶杯赋予材质的效果

> **技巧** 将要赋予材质的物体转换为【可编辑多边形】，然后进入■（多边形）子对象层级，直接将一个默认的材质赋予它就可以了，然后再选择其他的多边形，重新选择一种材质赋予它，如果使用✎（吸管）吸到材质球上，会自动变成【多维/子对象】材质。

步骤 8 单击菜单栏【文件】/【另存为】命令，将此场景保存为"实例 67.max"文件。

由于现在我们还没有学习各种材质的调制，所以就用一种颜色来替代，目的是学会怎样使用【多维/子对象】材质。

实例总结

本实例通过调制一个两种材质的台灯，主要学习了【多维/子对象】材质的使用。

Example 实例 **68** 【双面】材质

实例目的

本实例通过为一个没有盖的茶壶调制两种材质，来详细的讲述【双面】材质的使用。茶壶赋予材质后的效果如图 8-16 所示。

实例要点

- 选择一个未使用的材质球。
- 使用【双面】材质在一个物体上赋予内外不同的颜色。

操 作 步 骤

步骤 ① 启动 3ds Max 2009 中文版，将单位设置为毫米。

步骤 ② 按下 M 键，快速打开【材质编辑器】窗口，激活第 1 个材质球，单击 Standard （标准）按钮，在弹出的【材质/贴图浏览器】对话框中选择【双面】材质，最后单击 确定 按钮。

步骤 ③ 调整【正面材质】为红色，【背面材质】为蓝色，如图 8-17 所示。

图 8-16 【双面】材质的效果

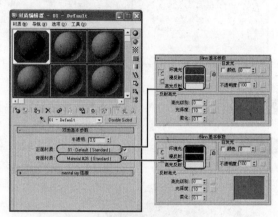

图 8-17 调整【双面】材质

步骤 ④ 在顶视图创建一个茶壶物体，然后将茶壶盖隐藏起来，将调制好的【双面】材质赋予茶壶，效果如图 8-18 所示。

图 8-18 为茶壶赋予材质

现在视图中看不见材质的效果，如果想查看效果，必须渲染一下才能看到。

技巧　在执行快速渲染时，可以按下键盘上的 Shift+Q 组合键或 F9 键，进行快速渲染，观看效果。

步骤 5 将文件进行保存，命名为"实例 68.max"。

实例总结

本实例通过为茶壶的里面与外面赋予两种不同的材质，主要学习了【双面】材质的使用方法。

Example 实例 69 【光线跟踪】材质

实例目的

本实例通过表现一种亮光不锈钢材质来详细讲述【光线跟踪】材质的使用方法。不锈钢材质表现的效果如图 8-19 所示。

实例要点

- 选择一个未使用的材质球。
- 使用【光线跟踪】材质模拟真实的反射效果。

操作步骤

步骤 1 启动 3ds Max 2009 中文版，将单位设置为毫米。

步骤 2 打开随书光盘"源文件素材/第 8 章/几何体.max"文件。

这个场景中我们创建了几个简单的三维基本体，场景设置了摄影机及简单的灯光，使用默认扫描线进行渲染。

步骤 3 按下 M 键，快速打开【材质编辑器】窗口，选择一个未使用的材质球，单击 Standard （标准）按钮，在弹出的【材质/贴图浏览器】对话框中选择【光线跟踪】材质，然后单击 确定 按钮。

步骤 4 调整【明暗处理】为【金属】，调整【漫反射】为深灰色，【反射】为 80，最后再调整一下【反射高光】，如图 8-20 所示。

图 8-19　用【光线跟踪】材质表现的不锈钢

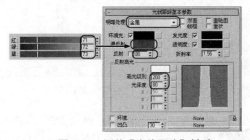

图 8-20　调整【光线跟踪】材质

步骤 5 将调制好的【光线跟踪】材质赋予场景中的 3 个物体，进行渲染观看效果。

步骤 6 单击菜单栏中的【文件】/【另存为】命令，将此场景保存为"实例 69.max"文件。

实例总结

本实例通过一个简单的场景调制亮光不锈钢材质，主要学习了【光线跟踪】材质的使用方法。

Example 实例 70 【位图】贴图

实例概述

本实例通过调制一幅装饰油画效果来学习【位图】贴图的使用方法。实例的目的是让读者了解赋予

材质的方法，还有通过【纹理】命令将物体的纹理显示出来。装饰画的效果如图 8-21 所示。

实例要点

- 打开【材质编辑器】窗口。
- 使用【位图】贴图生成真实的油画。

制作步骤

步骤 ① 启动 3ds Max 2009 中文版，将单位设置为毫米。

步骤 ② 按下 M 键，快速打开【材质编辑器】窗口，选择一个材质球，单击【漫反射】右侧的 ■ 小按钮，在弹出的【材质/贴图浏览器】对话框中选择【位图】，单击 确定 按钮，如图 8-22 所示。

图 8-21　用【位图】表现的油画

> **技巧** 在选择好位图之后，一般的操作步骤是单击 确定 按钮，完成操作设置。读者也可以双击【位图】，功能与单击 确定 按钮是一样的。

步骤 ③ 在弹出的【选择位图图像文件】对话框中选择随书光盘"源文件素材/第 8 章/贴图"目录下的"油画.jpg"文件，单击 打开(O) 按钮，如图 8-23 所示。

图 8-22　选择【位图】

图 8-23　选择"油画.jpg"文件

此时在材质球的灰颜色会被"油画.jpg"文件覆盖，一幅位图的制作就完成了。

步骤 ④ 单击 （转到父对象）按钮，返回到第 1 层级。

步骤 ⑤ 在前视图创建一个 350×500×20 的长方体，单击 （将材质指定给选定对象）按钮，将材质赋予长方体，再单击 （在视口中显示贴图）按钮，一幅装饰画的材质就调制完成了。

> **技巧** 读者可以单击 （将材质指定给选定对象）按钮将材质赋予物体，还可以按住已经调制好的材质，直接拖到物体上方。

步骤 ⑥ 将文件进行保存，命名为"实例 70.max"。

实例总结

本实例主要学习了【位图】贴图的使用方法，通过调制一幅简单的油画材质，详细讲述了怎样使用一幅图片加入到【位图】贴图通道中,将调制完成后的材质通过 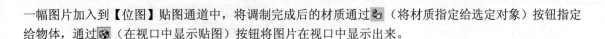(将材质指定给选定对象)按钮指定给物体,通过 (在视口中显示贴图)按钮将图片在视口中显示出来。

Example 实例 **71** 【光线跟踪】贴图

实例目的

本实例通过调制一个带有反射的地面来学习【光线跟踪】贴图的使用方法。反射地面的效果如图 8-24 所示。

实例要点

- 打开【材质编辑器】窗口。
- 使用【光线跟踪】生成反射地面。

操作步骤

步骤① 启动 3ds Max 2009 中文版,将单位设置为毫米。

步骤② 按下 M 键,快速打开【材质编辑器】窗口,选择一个材质球,单击【漫反射】右侧的颜色,在弹出的【颜色选择器】对话框中,调整一种淡黄色,如图 8-25 所示。

图 8-24 使用【光线跟踪】表现的反射地面

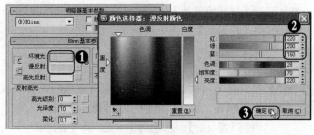

图 8-25 调整颜色

步骤③ 单击【贴图】长按钮,在展开的卷展栏中设置【反射】的【数量】为 20~30,再单击【反射】右侧的 None 按钮,如图 8-26 所示。

步骤④ 在弹出的【材质/贴图浏览器】对话框中选择【光线跟踪】项,单击 确定 按钮,如图 8-27 所示。

> **技巧** 在【光线跟踪器参数】项下可以使用 局部排除... 按钮,将一些没有用的物体排除,这样可以大大提高渲染速度。

步骤⑤ 在视图中创建一个大的长方体作为"地面",然后在上面创建几个几何体,将调制好的反射地面赋予长方体。

步骤⑥ 单击工具栏中的 (快速渲染)按钮,快速渲染摄影机图,观看效果。

步骤⑦ 将文件进行保存,命名为"实例 71.max"。

实例总结

本实例主要学习了【光线跟踪】贴图的使用方法,通过调制一个带有反射地面的材质,详细讲述了颜色的调制以及【光线跟踪】贴图通道中数量的控制,【光线跟踪】贴图大部分是配合很多【位图】来使用的。

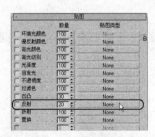

图 8-26　贴图卷展栏　　　　　　　　　图 8-27　选择光线跟踪贴图

Example 实例 72 【平面镜】贴图

实例目的

本实例通过调制镜子材质来学习【平面镜】贴图的使用方法。镜子的效果如图 8-28 所示。

实例要点

- 打开【材质编辑器】窗口。
- 使用【平面镜】贴图表现镜子的真实反射。

操 作 步 骤

步骤 ① 打开随书光盘"源文件素材/第 8 章/镜子.max"文件。

步骤 ② 按下 M 键，快速打开【材质编辑器】窗口，选择一个材质球，在【着色方式】下方选择【Phong】，调整【漫反射】的颜色为深灰色，将【高光级别】设置为 30，将【光泽度】设置为 20，如图 8-29 所示。

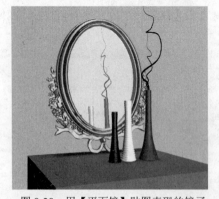

图 8-28　用【平面镜】贴图表现的镜子　　　　图 8-29　Phong 基本参数

步骤 ③ 单击【贴图】长按钮，在展开的卷展栏中单击【反射】右侧的　　None　　按钮，在弹出的【材质/贴图浏览器】对话框中选择【平面镜】贴图。

步骤 ④ 将调制好的镜子材质赋予视图中的镜子造型。

步骤 ⑤ 按键盘上的 Shift+Q 组合键，快速渲染摄影机图，观看效果。

步骤 ⑥ 单击菜单栏中的【文件】/【另存为】命令，将此造型另存为"实例 72.max"文件。

实例总结

本实例通过调制一个带有反射的镜子，详细讲述了颜色的调制以及【平面镜】贴图的使用。

Example 实例 **73** 【棋盘格】贴图

实例目的

本实例通过调制瓷砖地面材质来详细讲述【棋盘格】贴图的使用方法。瓷砖地面材质的效果如图 8-30 所示。

实例要点

- 选择一个未使用的材质球。
- 使用【棋盘格】生成瓷砖地面。
- 使用【光线跟踪】生成带有反射的瓷砖地面。

图 8-30　用棋盘格贴图表现的瓷砖地面

操 作 步 骤

步骤① 启动 3ds Max 2009 中文版，将单位设置为毫米。

步骤② 按下 M 键，快速打开【材质编辑器】窗口，选择一个材质球，单击【漫反射】右侧的■小按钮，在弹出的【材质/贴图浏览器】对话框中选择【棋盘格】，单击 确定 按钮。

步骤③ 此时调整【坐标】及【棋盘格】的参数，如图 8-31 所示。

> **技巧** 读者可以通过单击【颜色#1】或【颜色#2】右面的色块，在弹出的【颜色选择器】对话框中进行调整颜色，或者单击右面的 None 按钮，选择一幅位图。

步骤④ 单击 ⬆（转到父对象）按钮，返回到第 1 层级。

步骤⑤ 在【贴图】卷展栏下方的【反射】选项里添加【光线跟踪】贴图，将【反射】贴图的数值设置为 20～40。

步骤⑥ 在视图中创建一个大的长方体，作为"地面"，然后在上面创建一个茶壶，将调制好的瓷砖地面赋予长方体，效果如图 8-32 所示。

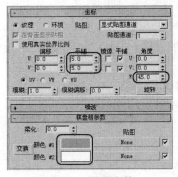

图 8-31　调整参数

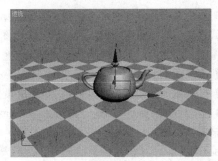

图 8-32　创建的【长方体】及【茶壶】

步骤⑦ 按键盘上的 Shift+Q 组合键，快速渲染摄影机图，观看效果。

步骤⑧ 将文件进行保存，命名为"实例 73.max"。

实例总结

本实例通过调制一个带有反射的瓷砖地面材质，详细讲述了【棋盘格】贴图的使用方法，调整【平铺】及【角度】参数改变纹理，使用【棋盘格】贴图配合【光线跟踪】贴图可以产生更好的效果。

Example 实例 **74** 【平铺】贴图

实例目的

本实例通过调制一种带有装饰线的墙面材质来详细讲述【平铺】贴图的使用方法。用【平铺】贴图表现的装饰墙效果如图 8-33 所示。

实例要点

- 选择一个未使用的材质球。
- 使用【平铺】生成装饰墙。

操 作 步 骤

步骤 ❶ 启动 3ds Max 2009 中文版，将单位设置为毫米。

步骤 ❷ 按下 M 键，快速打开【材质编辑器】窗口，选择一个材质球，单击【漫反射】右侧的 ▇ 小按钮，在弹出的【材质/贴图浏览器】对话框中选择【平铺】项，单击 确定 按钮。

步骤 ❸ 此时调整【坐标】及【棋盘格】的参数，如图 8-34 所示。

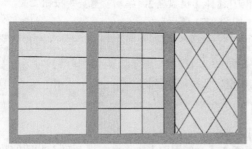

图 8-33 用平铺贴图表现的装饰墙

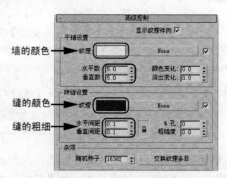

图 8-34 调整【高级控制】的参数

> 技巧　读者可以通过调整【水平数】和【垂直数】来改变装饰线的数量，调整【颜色变化】和【淡出变化】可以调整两块不同的颜色。

步骤 ❹ 单击 ▣ （转到父对象）按钮，返回到第一层级。

步骤 ❺ 如果装饰墙上面有反射，可以在【贴图】卷展栏下方的【反射】选项里施加【光线跟踪】贴图，将【反射】贴图的数值设置为 10～20。

步骤 ❻ 在视图中创建一个大的长方体作为"装饰墙"，将调制好的材质赋予长方体。

步骤 ❼ 按键盘上的 Shift+Q 组合键，快速渲染摄影机图，观看效果。

步骤 ❽ 将文件进行保存，命名为"实例 74.max"。

实例总结

本实例主要学习了【棋盘格】贴图的使用方法，通过调制一个带有反射的瓷砖地面材质，详细讲述了【平铺】参数的功能以及【角度】参数的作用。

Example 实例 **75** 【噪波】贴图

实例目的

本实例通过调制拉毛墙面材质，来详细地讲述【噪波】贴图的使用方法。拉毛墙材质的效果如图 8-35 所示。

实例要点

- 选择一个未使用的材质球。
- 使用【凹凸】通道及【噪波】贴图生成拉毛墙。

操作步骤

步骤 1 启动 3ds Max 2009 中文版，将单位设置为毫米。

步骤 2 按下 M 键，快速打开【材质编辑器】窗口，选择一个材质球，将【漫反射】右侧的颜色调整为白色。

步骤 3 单击【贴图】长按钮，在展开的卷展栏中设置【凹凸】的【数量】为 50～100，再单击【凹凸】右侧的 [None] 按钮，如图 8-36 所示。

图 8-35　用【凹凸】贴图表现的拉毛墙

图 8-36　贴图卷展栏

步骤 4 在弹出的【材质/贴图浏览器】窗口中选择【噪波】，单击 [确定] 按钮，如图 8-37 所示。

步骤 5 在弹出的【噪波参数】面板中，勾选【湍流】，设置【大小】为 35，如图 8-38 所示。

图 8-37　选择【噪波】贴图

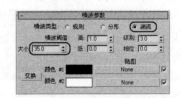

图 8-38　调整【噪波】参数

> **技巧**　读者可以自己勾选一下【噪波参数】项下的【分形】及【规则】，可以得到不同的效果，如果感觉凹凸不够，可以调整【凹凸】通道中的【数量】。

步骤 6 在前视图创建一个 2 700 × 4 000 × 240 的长方体作为"墙面"，将调制好的拉毛墙材质赋予长方体。

步骤 7 按键盘上的 Shift+Q 组合键，快速渲染摄影机图，观看效果。

步骤 8 将文件进行保存，命名为"实例 75.max"。

实例总结

本实例通过调制一个带有凹凸纹理的拉毛墙材质，详细地讲述了在【凹凸】通道中添加【噪波】贴图产生的效果，通过调整【噪波参数】项下的【大小】及【湍流】数值，得到理想的凹凸效果。

Example 实例 **76** 【衰减】贴图

实例目的

本实例通过调制一个发光灯笼的材质来详细地讲述【衰减】贴图的使用方法。发光灯笼材质的效果如图 8-39 所示。

实例要点

- 选择一个未使用的材质球。
- 使用【自发光】通道配合【衰减】贴图生成发光效果。
- 使用【衰减】贴图类下【混合曲线】的调整。

操 作 步 骤

步骤 ① 打开随书光盘"源文件素材/第 8 章/灯笼.max"文件。

步骤 ② 按下 M 键，快速打开【材质编辑器】窗口，选择一个材质球，调整【漫反射】的颜色为大红色，勾选【Blinn 基本参数】项下【自发光】下方的颜色选项，再单击右侧的小按钮，如图 8-40 所示。

步骤 ③ 在弹出的【材质/贴图浏览器】对话框中，选择【衰减】选项，然后单击 确定 按钮。

步骤 ④ 此时便出现了【衰减参数】面板，将两个色框中的颜色调整为如图 8-41 所示的颜色。

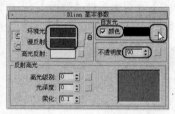

图 8-39 使用【衰减】贴图表现的发光灯笼　　图 8-40 Blinn 基本参数　　　　图 8-41 【衰减参数】类下的选项

步骤 ⑤ 将【混合曲线】面板下的控制线上添加一个控制点，然后调整成如图 8-42 所示的形态。

步骤 ⑥ 此时，示例球中的形态就好像发光一样，如图 8-43 所示。

> 技巧　在材质球上方连续双击鼠标左键，就可以将调制的材质球单独进行放大，这样可以更清楚地看到材质的效果。

步骤 ⑦ 单击 （转到父对象）按钮，返回到第 1 层级。

步骤 ⑧ 在【贴图】卷展栏下方的【凹凸】选项里添加【位图】贴图，贴图的名字是"Long.jpg"，凹凸的【数量】为 50。

步骤 ⑨ 在【贴图】卷展栏下方可以将【凹凸】中的贴图复制到【漫反射颜色】中，【数量】设置为 30～50 左右。

步骤 ⑩ 渲染透视图，最终的效果如图 8-44 所示。

> 技巧　在对【贴图】卷展栏下方的通道进行复制时，可以按住要复制的材质，直接拖动到没有材质的通道上，此时复制即可成功。

步骤 ⑪ 单击菜单栏中的【文件】/【另存为】命令，将此造型另存为"实例 76.max"文件。

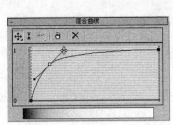  

图 8-42　混合弯曲面板下的调节杆　　图 8-43　调整好的示例球　　图 8-44　渲染的最终效果

此时来看，好像在灯笼里面放了一盏灯，出现了很亮的光感。如果想用灯光来表现那就达不到这种好的效果，所以为了让制作的造型产生真实的效果，我们也可以用材质表现。

实例总结

本实例通过调制一种发光灯笼的材质，主要学习了【衰减】贴图的使用方法，调整【混合曲线】项下的曲线，让发光效果更真实，同时又使用了【漫反射颜色】及【凹凸】通道产生真实的纹理。

Example 实例 **77** 【细胞】贴图

实例目的

本实例通过调制一个裂纹玻璃材质来详细地讲述【细胞】贴图的使用方法。裂纹玻璃材质的效果如图 8-45 所示。

实例要点

- 选择一个未使用的材质球。
- 使用【细胞】生成裂纹玻璃。

操作步骤

步骤 ① 启动 3ds Max 2009 中文版，将单位设置为毫米。

步骤 ② 按下 M 键，快速打开【材质编辑器】窗口，选择一个材质球，在【着色方式】下方选择【Phong】，将【高光级别】设置为 80，【光泽度】设置为 55，【不透明度】设置为 75，最后单击【漫反射】颜色右侧的小按钮，如图 8-46 所示。

步骤 ③ 在弹出的【材质/贴图浏览器】窗口中选择【细胞】材质，调整【坐标】项下的【平铺】为 0.5，调整【细胞参数】面板项下的 3 种颜色分别为（淡绿，墨绿，暗绿），勾选【碎片】和【分形】，设置【大小】为 20，如图 8-47 所示。

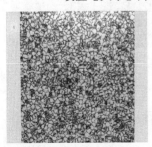  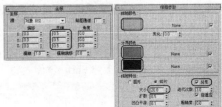

图 8-45　用【细胞】贴图表现的　　图 8-46　调整【Phong 基本参数】　　图 8-47　调整【坐标】及【细胞】参数
裂纹玻璃

步骤 ④ 在前视图创建一个 1 500 × 1 000 × 10 的长方体作为"玻璃"，在后面创建一个球体，将调制好的裂纹玻璃赋予长方体。

步骤 ⑤ 按下键盘上的 Shift+Q 组合键，快速渲染摄影机图，观看效果。

步骤 ⑥ 将文件进行保存，命名为"实例 77.max"。

技巧 改变【平铺】下面的参数，可以改变纹理的疏密变化，默认值为1，数值越小，纹理越疏；数值越大，纹理越密。

实例总结

本实例通过调制"裂纹玻璃"材质，详细讲述了【细胞】贴图的使用，以及参数的调整方法，通过调整【坐标】及【细胞参数】来生成裂纹玻璃。

Example 实例 **78** 【渐变】贴图

实例目的

本实例通过调制一个光柱效果的材质来详细讲述【渐变】贴图的使用方法。光柱材质的效果如图8-48所示。

实例要点

- 选择一个未使用的材质球。
- 调整【扩展参数】使光柱边缘变虚。
- 使用【渐变】贴图生成光柱。

图8-48 用【渐变】贴图表现的光柱

操 作 步 骤

步骤① 打开随书光盘"源文件素材/第8章/光柱.max"文件。

步骤② 按下M键，快速打开【材质编辑器】窗口，选择一个材质球，调整【环境光】，【漫反射】，【高光反射】的颜色为淡蓝色，将【颜色】右侧的数值调整为100，如图8-49所示。

步骤③ 单击【扩展参数】卷展栏，在展开的参数面板中勾选【衰减】下方的【外】，调整【数量】为100，将【过滤】右侧的颜色调整为淡蓝色，如图8-50所示。

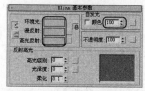

图8-49 Blinn基本参数

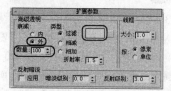

图8-50 调整扩展参数

技巧 调整【衰减】下方【外】是为了让光柱的边缘变得透明且虚化一些，如果勾选【内】，边缘会变得生硬，中间将会变得透明。

步骤④ 在【贴图】卷展栏下方的【不透明度】选项里施加【渐变】贴图。

步骤⑤ 将调制好的材质赋予锥体。

步骤⑥ 按下键盘上的Shift+Q组合键，快速渲染摄影机图，观看效果。

技巧 黑色在【不透明度】通道中是完全透明的，灰色是半透明的，白色是完全不透明的。

步骤⑦ 单击菜单栏中【文件】/【另存为】命令，将此线架保存为"光柱实例78.max"文件。

实例总结

本实例通过调制一个光柱材质，详细讲述了【扩展参数】的作用，使用【渐变】贴图让光柱出现底部发光，上面不发光的效果。

第9章　材质表现的应用

■ **本章内容**

- 乳胶漆材质
- 清玻璃材质
- 磨砂玻璃材质
- 不锈钢材质
- 白陶瓷材质
- 木纹材质

- 沙发布纹材质
- 沙发靠垫材质
- 真实地毯1——VRay置换模式
- 真实材质2——VRay毛发
- 木地板材质

- 大理石地面
- 室外水材质
- 砖墙材质
- 透空贴图
- 材质库的建立及使用

在效果图制作中，我们使用"材质"来模拟真实材料的视觉效果。因为在3ds Max中所创建的三维对象本身不具备任何表面特征，如果要让它产生与实际建筑装潢材料完全相同的视觉效果，必须通过赋予材质的方式，才可以使制作的物体看上去像是真实世界中的物体。只有对场景中的物体都赋予合适的材质，才能使场景中的对象呈现出具有真实质感的视觉特征。

那么，材质是怎样进行设定的呢？我们的调制标准是：以现实世界中的物体为依据，真实地表现出物体材质的属性。例如，物体的基本色彩、对光的反弹率和吸收率、光的穿透能力、物体内部对光的阻碍能力和表面光滑度等。需要注意的是，我们现在用VRay进行渲染，最好将默认的标准材质指定为【VRayMtl】材质。这些与效果图息息相关的材质，在这里就不一一细讲了，后面有关材质的内容我们会紧密扣住这个中心来进行讲解。

Example 实例 79　乳胶漆材质

实例目的
本实例通过调制墙面上的乳胶漆材质来详细讲述各种乳胶漆材质的调制过程。乳胶漆材质的效果如图9-1所示。

实例要点
- 选择一个未使用的材质球。
- 【VRayMtl】材质的使用方法。
- 对材质的基本参数进行调制。

操 作 步 骤

步骤 ① 启动3ds Max 2009中文版。

步骤 ② 按下F10键，打开【渲染设置】窗口，然后将VRay指定为当前渲染器，如图9-2所示。

图9-1　乳胶漆材质的表现效果

图9-2　将VRay指定为当前渲染器

> **技巧** 如果没有指定 VRay 为当前渲染器，我们在调制材质时将无法使用【VRayMtl】材质，所以必须先指定 VRay 为当前渲染器才可以进行调制。

步骤 3 按下 M 键，打开【材质编辑器】窗口，选择第 1 个材质球，单击 Standard （标准）按钮，在弹出的【材质/贴图浏览器】对话框中选择【VRayMtl】材质，如图 9-3 所示。

步骤 4 将材质命名为"白乳胶漆"，设置【漫射】颜色值为（红：245，绿：245，蓝：245）而不是纯白色的值 255，这是因为墙面不可能全部反光，【反射】颜色值为（红：23，绿：23，蓝：23），将【选项】类下的【跟踪反射】选项取消，参数设置如图 9-4 所示。

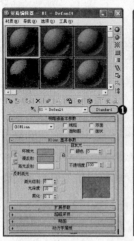

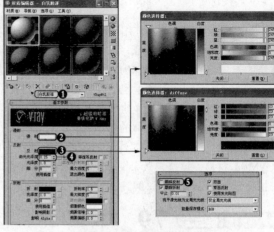

图 9-3　选择【VRayMtl】材质　　　　　图 9-4　调制白乳胶漆材质

> **技巧** 在调制材质之前，我们先来分析一下真实墙面究竟是什么样，在离墙面比较远的距离观察墙面时，墙面是比较平整、颜色比较白的；靠近墙面观察时，可以发现上面有很多不规则的凹凸和痕迹，这是由于刷乳胶漆时，使用的刷子涂抹留下的痕迹，这个痕迹是不可避免的，所以我们在调制白乳胶漆材质时，不需要考虑痕迹。

步骤 5 如果想调制带有颜色的乳胶漆，直接调整【漫射】里面的颜色就可以了，想表现凹凸不平的墙面（拉毛墙），在凹凸通道里面放置一个带有凹凸纹理的贴图就可以了。

实例总结

本实例通过调制乳胶漆材质详细讲述了【VRayMtl】材质中最简单的颜色材质调制，重点了解基本参数的使用以及参数的调整方法。

Example 实例 80　清玻璃材质

实例目的

本实例通过调制茶几的玻璃材质来详细的讲述清玻璃材质的调制方法与技巧。清玻璃的效果如图 9-5 所示。

实例要点

- 选择一个未使用的材质球。
- 将材质指定为【VRayMtl】材质。
- 对清玻璃材质的参数进行调制。

操 作 步 骤

步骤 ① 启动 3ds Max 2009 中文版。

步骤 ② 打开随书光盘"源文件素材/第 9 章/实例 80.max"文件。

　　这个场景的灯光及摄影机已设置完成了，除了茶几玻璃之外，其他物体全部赋予材质了，下面我们就来为茶几调制一种真实的玻璃材质。

步骤 ③ 按下 M 键，快速打开【材质编辑器】窗口，选择一个未用的材质球，单击 Standard （标准）按钮，将当前的材质指定为【VRayMtl】材质，如图 9-6 所示。

图 9-5　清玻璃材质的表现效果　　　　　　图 9-6　指定【VRayMtl】材质

步骤 ④ 将材质命名为"清玻璃"材质，再设置其他的参数，如图 9-7 所示。

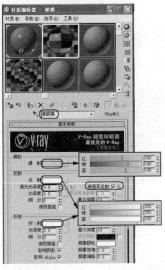

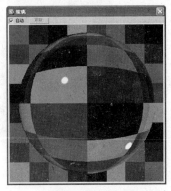

"玻璃"材质球效果

图 9-7　设置参数及材质球效果

步骤 ⑤ 将调制好的清玻璃材质赋予茶几上面的玻璃造型。

技巧　调整【反射】的颜色代表调整反射的强度，颜色越白反射越亮，颜色越黑反射越弱；调整【折射】的颜色就用来控制透明及折射，颜色越白物体越透明，进入物体内部产生折射的光线也就越多；颜色越黑物体越不透明，进入物体内部产生折射的光线也就越少。

步骤 6 按下 F10 键，打开【渲染设置】窗口，然后将 VRay 指定为当前渲染器，设置一下 VRay 的渲染参数，如图 9-8 所示。

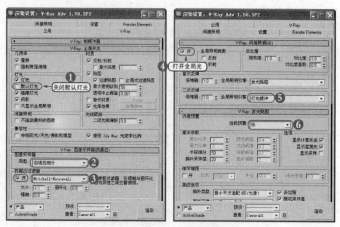

图 9-8　设置 VRay 的渲染参数

技巧　当我们指定 VRay 为当前渲染器时，可以单击 [保存为默认设置] 按钮，在重新启动 3ds Max 以后，VRay 就为当前渲染器了。

步骤 7 单击 （渲染产品）按钮进行快速渲染，效果如图 9-9 所示。

图 9-9　渲染的效果

步骤 8 单击菜单栏的【文件】/【另存为】命令，将线架保存为"实例 80A.max"文件。

实例总结

本实例通过为茶几面调制清玻璃材质，主要学习使用【VRayMtl】材质来表现清玻璃，从而得到非常真实、逼真透明的清玻璃效果。

Example 实例 **81** 磨砂玻璃材质

实例目的

本实例通过调制茶几的玻璃材质来详细讲述磨砂玻璃材质的调制过程。磨砂玻璃材质的效果如

图 9-10 所示。

实例要点

- 选择一个未使用的材质球。
- 将材质指定为【VRayMtl】材质。
- 对材质的基本参数进行调制。
- 使用【凹凸】通道添加一幅位图产生凹凸的颗粒效果。

图 9-10　磨砂玻璃材质的表现效果

操作步骤

步骤 ❶ 启动 3ds Max 2009 中文版。

步骤 ❷ 打开随书光盘"源文件素材/第 9 章/实例 81.max"文件。

步骤 ❸ 按下 M 键，快速打开【材质编辑器】窗口，选择一个未用的材质球。

步骤 ❹ 将当前的材质指定为【VRayMtl】，将材质命名为"磨砂玻璃"，设置一下【基本参数】，然后在【凹凸】通道中添加【噪波】贴图，调整一下【大小】，如图 9-11 所示。

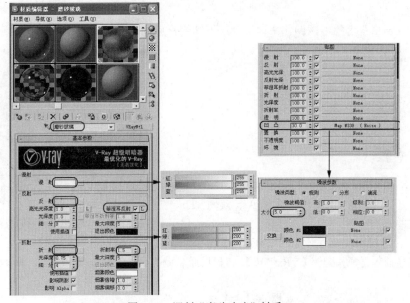

图 9-11　调制"磨砂玻璃"材质

> **技巧** 在调制任何材质时，最好多了解一下现实生活中真实材料的视觉效果，这样才能更好地将各种材质表现得更加真实。

步骤 ❺ 将调制完成的磨砂玻璃赋予茶几上面的玻璃。

步骤 ❻ 按下 F10 键，打开【渲染设置】窗口，然后将 VRay 指定为当前渲染器，设置一下 VRay 的渲染参数，如图 9-12 所示。

步骤 ❼ 单击 (渲染产品) 按钮进行快速渲染，渲染效果如图 9-13 所示。

步骤 ❽ 单击菜单栏的【文件】/【另存为】命令，将此线架保存为"实例 81A.max"文件。

实例总结

本实例通过为茶几上面的玻璃调制一种磨砂玻璃材质，详细讲述了使用【凹凸】贴图来模拟凹凸不平的颗粒，从而得到半透明的磨砂玻璃效果。

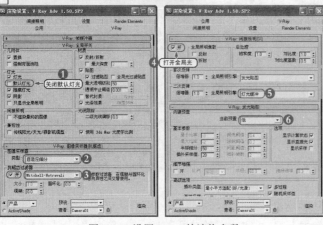

图 9-12　设置 VRay 的渲染参数

图 9-13　渲染的效果

Example 实例 **82** 不锈钢材质

实例目的

本实例通过调制厨房的不锈钢锅来详细讲述不锈钢材质调制的方法与技巧。不锈钢材质的效果如图 9-14 所示。

实例要点

- 选择一个未使用的材质球。
- 将材质指定为【VRayMtl】材质。
- 对材质的基本参数进行调制。

图 9-14　不锈钢材质的表现效果

操作步骤

步骤① 启动 3ds Max 2009 中文版。

步骤② 打开随书光盘"源文件素材/第 9 章/实例 82.max"文件。

步骤③ 按下 M 键，快速打开【材质编辑器】窗口，选择一个未使用的材质球。

步骤④ 将当前的材质指定为【VRayMtl】，将材质命名为"不锈钢"，设置一下【基本参数】，如图 9-15 所示。

步骤⑤ 此时材质球的效果如图 9-16 所示。

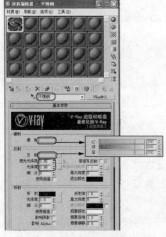

图 9-15　调制"不锈钢"材质

图 9-16　"不锈钢"材质球效果

技巧 不锈钢材质的调制相对来说不是很麻烦，我们调制的这一种为"亮光不锈钢"，主要调整的是【颜色】、【反射】、【高光光泽度】，如果调制"亚光不锈钢"材质，需要调整【反射光泽度】参数。

步骤 6 按下 F10 键，打开【渲染设置】窗口，然后将 VRay 指定为当前渲染器，设置一下 VRay 的渲染参数。

步骤 7 将调制完成的不锈钢材质赋予不锈钢锅，快速渲染观看效果，如图 9-17 所示。

图 9-17 渲染的效果

步骤 8 单击菜单栏的【文件】/【另存为】命令，将此线架保存为"实例 82A.max"文件。

实例总结

本实例通过为厨房不锈钢锅调制不锈钢材质，主要学习使用【VRayMtl】材质来表现不锈钢，从而得到非常真实、逼真的金属效果。

Example 实例 83 白陶瓷材质

实例目的

本实例通过调制卫生间浴盆的瓷器材质来详细讲述瓷器材质的调制过程。白陶瓷材质的效果如图 9-18 所示。

实例要点

- 选择一个未使用的材质球。
- 将材质指定为【VRayMtl】材质。
- 对材质的基本参数进行调制。
- 使用【光线跟踪】贴图模拟瓷器的反射效果。

操 作 步 骤

步骤 1 启动 3ds Max 2009 中文版。

步骤 2 打开随书光盘"源文件素材/第 9 章/实例 83.max"文件。

步骤 3 按下 M 键，快速打开【材质编辑器】窗口，选择一个未用的材质球。

步骤 4 将当前的材质指定为【VRayMtl】，将材质命名为"白陶瓷"，设置一下【基本参数】，在【反射】中添加【衰减】贴图，其他参数的设置如图 9-19 所示。

步骤 5 在【BRDF】选项中选择【沃德】类型，使用该方式渲染出来的材质效果整体上比较亮，调整【各项异性】的参数，如图 9-20 所示。

步骤 6 调整完成的瓷器材质在材质球中的效果，如图 9-21 所示。

图 9-18　白陶瓷材质的表现效果

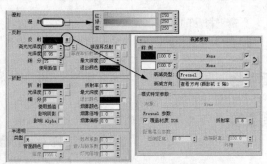

图 9-19　调制"瓷器"材质

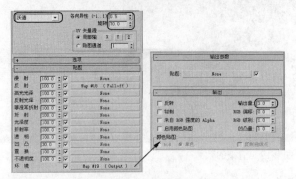

图 9-20　调整参数

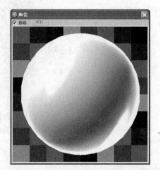

图 9-21　白陶瓷材质的效果

> **技巧**　在调制"白陶瓷"材质时，我们在【贴图】通道【环境】中添加了【输出】贴图，目的是让白陶瓷材质更加光亮。

步骤 7　将调制完成的白陶瓷材质赋予浴缸，快速渲染观看效果，如图 9-22 所示。

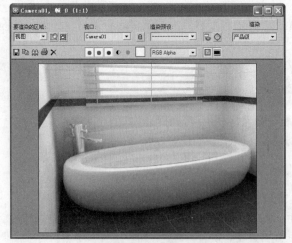

图 9-22　渲染的效果

步骤 8　单击菜单栏【文件】/【另存为】命令，将此线架保存为"实例 83A.max"文件。

实例总结

本实例通过为卫生间的浴缸调制白陶瓷材质，详细讲述了使用【VRayMtl】来表现白陶瓷材质，并使用【各项异性】调制材料的高光效果，以及通过为【反射】添加【衰减】贴图让白陶瓷表现出丰富的反射效果。

Example 实例 **84** 木纹材质

实例目的

本实例通过调制茶几上面的木纹材质来详细讲述木纹材质的调制方法与技巧。木纹材质的效果如图 9-23 所示。

实例要点

- 选择一个未使用的材质球。
- 【VRayMtl】材质的使用。
- 使用真实的图片模拟木纹纹理。
- 使用 VRay 渲染器进行渲染。

图 9-23 木纹材质材质的表现效果

操 作 步 骤

步骤① 启动 3ds Max 2009 中文版。

步骤② 打开随书光盘"源文件素材/第 9 章/实例 84.max"文件。

这个场景的灯光及摄影机已设置完成了，除了茶几其他物体全部赋予材质了，下面我们来为茶几调制一种真实的木纹材质。

步骤③ 按下 M 键，快速打开【材质编辑器】窗口，选择一个未用的材质球。

步骤④ 将当前的材质指定为【VRayMtl】材质，命名为"木纹"，调整【反射】颜色值为（红：30，绿：30，蓝：30），【高光光泽度】为 0.6，【光泽度】为 0.9，在【漫射】中添加一幅位图，名字为"斑马木.jpg"（在随书光盘"贴图"文件夹下），如图 9-24 所示。

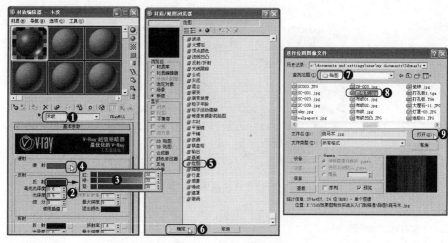

图 9-24 调制木纹材质

步骤⑤ 在视图中选择茶几，单击 （将材质指定给选定对象）按钮，将调制好的材质赋予茶几。

下面来设置一下 VRay 的渲染参数，使用 VRay 进行渲染

步骤⑥ 按下 F10 键，打开【渲染设置】窗口，然后将 VRay 指定为当前渲染器，设置 VRay 的渲染参数。

步骤⑦ 单击 （渲染产品）按钮进行快速渲染，渲染效果如图 9-25 所示。

> **技巧** 在执行快速渲染时，可以按键盘上的 Shift+Q 组合键或 F9 键进行快速渲染。

图 9-25 渲染的效果

步骤 8 单击菜单栏【文件】/【另存为】命令，将此线架保存为"实例 84A.max"文件。

实例总结

本实例主要学习了【位图】贴图的使用方法，通过为茶几木纹调制材质，详细讲述了怎样使用一幅位图图片来模拟真实的木纹纹理。

Example 实例 85 沙发布纹材质

实例目的

本实例通过调制沙发上面的布纹材质来详细讲述沙发布纹材质的调制过程。调制完成的效果如图 9-26 所示。

图 9-26 沙发布纹材质的表现效果

实例要点

- 选择一个未使用的材质球。
- 使用标准材质进行调制。
- 【合成】及【衰减】贴图的使用。
- 【漫反射颜色】及【凹凸】通道的使用。
- 使用 VRay 渲染器进行渲染。

操 作 步 骤

步骤 1 启动 3ds Max 2009 中文版。

步骤 2 打开随书光盘"源文件素材/第 9 章/实例 85.max"文件。

这个场景的灯光及摄影机已设置完成了，除了沙发其他物体全部赋予材质了，下面我们就来为沙发调制一种真实的布纹材质。

步骤 ③ 按下 M 键,快速打开【材质编辑器】窗口,选择一个未用的材质球,命名为"沙发布纹 01",使用默认的【标准】材质就可以了,参数设置如图 9-27 所示。

步骤 ④ 单击【贴图】长按钮,在展开的卷展栏中为【漫反射颜色】添加一幅位图,名字为"布纹 01.jpg",然后复制给【凹凸】通道,【数量】为 60,如图 9-28 所示。

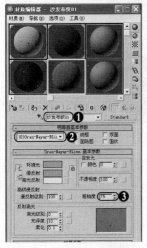

图 9-27　设置几本参数

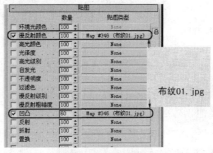

图 9-28　贴图通道

布纹01.jpg

> **技巧** 在对【贴图】卷展栏下方的通道进行复制时,可以在准备复制的材质上单击鼠标左键并拖动,直到拖动到没有材质的通道上,在弹出的【复制(实例)贴图】对话框中选择对应的选项后单击 确定 按钮即可复制成功。

步骤 ⑤ 为【自发光】通道添加【合成】贴图,在【合成】参数下的两个按钮上添加【衰减】贴图,如图 9-29 所示。

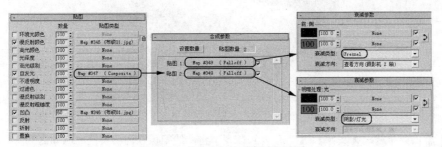

图 9-29　【合成】及【衰减】贴图

> **技巧** 读者可以通过单击对应的色块,在弹出的【颜色选择器】对话框中进行调整颜色,或者单击右面的 None 按钮,选择一幅位图。

步骤 ⑥ 在视图中选择沙发座垫造型,单击 按钮,将调制好的材质赋予沙发座垫。

步骤 ⑦ 为沙发座垫添加【UVW 贴图】修改器,勾选【长方体】选项,调整【长度】、【宽度】、【高度】分别为 500,效果如图 9-30 所示。

图 9-30　添加【UVW 贴图】修改器

> **技巧** 为赋予材质后的物体添加【UVW 贴图】修改器，可以单独修改物体的纹理大小，但不影响视图中其他物体的纹理。

步骤 8 使用同样的方法为沙发调制一种红色的沙发布纹赋予沙发模型。

步骤 9 按下 F10 键，打开【渲染设置】窗口，然后将 VRay 指定为当前渲染器，设置一下 VRay 的渲染参数。

步骤 10 单击 （渲染产品）按钮进行快速渲染，效果如图 9-31 所示。

图 9-31　渲染的效果

步骤 11 单击菜单栏的【文件】/【另存为】命令，将此线架保存为"实例 85A.max"文件。

实例总结

本实例主要学习了【位图】、【合成】、【衰减】贴图的使用，通过为沙发布纹调制材质，详细讲述了怎样用一幅位图图片来模拟真实的布纹纹理，然后通过【合成】、【衰减】贴图来表现出白绒绒的感觉，最后通过【UVW 贴图】修改器，对纹理的大小进行精细的调整。

Example 实例 86 沙发靠垫材质

实例目的

本实例通过调制沙发靠垫的布料材质来详细讲述带有褶皱布纹材质的调制方法。枕头材质的效果如图 9-32 所示。

图 9-32　沙发靠垫材质的表现效果

实例要点

- 选择一个未使用的材质球。
- 对材质的基本参数进行调制。
- 使用【漫反射颜色】通道施加一幅位图。
- 使用【凹凸】通道来模拟褶皱。

操 作 步 骤

步骤 ① 启动 3ds Max 2009 中文版。

步骤 ② 打开随书光盘"源文件素材/第 9 章/实例 86.max"文件。

步骤 ③ 按下 M 键，快速打开【材质编辑器】窗口。

步骤 ④ 将沙发布纹 01 材质复制一个，修改材质名为"沙发靠垫 01"，将【凹凸】通道的数量改为 600，【位图】换为"布纹凹凸.jpg"，如图 9-33 所示。

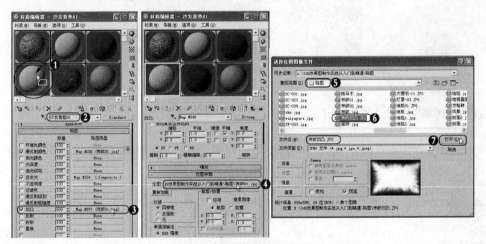

图 9-33　沙发靠垫材质的调制

> **技巧**　如果感觉效果不合适，可以在【凹凸】通道中更换一幅位图，这样会得到另一种效果，作为凹凸的位图最好是黑白色。

步骤 ⑤ 在视图中选择"靠垫"、"靠垫 01"，单击 🔲（将材质指定给选定对象）按钮，将调制好的材质赋予沙发靠垫并观看效果。

步骤 ⑥ 为沙发靠垫添加一个【UVW 贴图】修改器，勾选【长方体】选项，激活【Gizmo】，在前视
图沿 z 轴进行旋转，效果如图 9-34 所示。

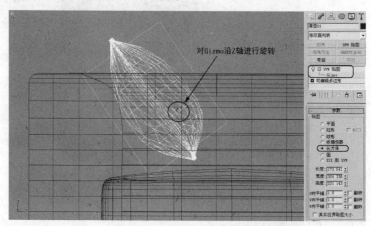

图 9-34 对 Gizmo 进行旋转

步骤 ⑦ 最后单击参数类下的 适配 按钮，将 Gizmo 与靠垫的大小进行匹配。

步骤 ⑧ VRay 的渲染参数我们就不重复讲述了，渲染后的效果如图 9-35 所示。

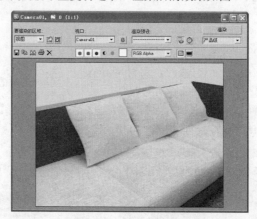

图 9-35 渲染的效果

步骤 ⑨ 单击菜单栏的【文件】/【另存为】命令，将此线架保存为"实例 86A.max"文件。

实例总结

本实例通过为沙发靠垫调制一种带有褶皱的布料材质。首先选择一个未使用的材质球，然后在【漫
反射颜色】选项里施加一幅位图来模拟布料的效果，最后在【凹凸】选项里施加一幅位图模拟褶皱的效果。

Example 实例 **87** 真实地毯 1——VRay 置换模式

实例目的

本实例通过调制地毯材质来详细讲述使用【VRay 置换模式】表现地毯材质的调制过程。地毯材质的
效果如图 9-36 所示。

实例要点

- 选择一个未使用的材质球。
- 将材质指定为【VRayMtl】。
- 为【漫射】、【凹凸】通道施加一幅位图。
- 使用【VRay 置换模式】模拟凹凸。

操作步骤

步骤① 启动 3ds Max 2009 中文版。

步骤② 打开随书光盘"源文件素材/第 9 章/实例 87.max"文件。

步骤③ 按下 M 键，快速打开【材质编辑器】窗口，选择一个未用的材质球，将当前的材质指定为
【VRayMtl】材质，材质命名为"地毯"。

步骤④ 在【贴图】下方的【漫射】里面添加一幅位图，名字为"地毯 A.jpg"，然后复制给【凹凸】
通道，【数量】为 100，如图 9-37 所示。

图 9-36　用置换模式表现的地毯

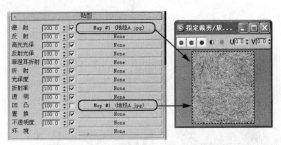

图 9-37　为漫射及凹凸添加位图

步骤⑤ 将调制完成的地毯材质赋予地毯物体，这个地毯是一个切角长方体。

步骤⑥ 在视图中选择作为地毯的切角长方体，然后在修改器中执行【VRayDisplacementMod VRay】
（VRay 置换模式）命令，勾选【2D 贴图（景观）】，在下方添加一幅名为"地毯 B.jpg"的图
片，调整【数量】为 50，如图 9-38 所示。

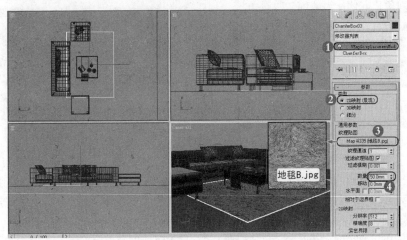

图 9-38　【VRay 置换模式】命令

> **技巧** 在【类型】下方可以勾选【3D 映射】，这样会得到不一样的效果，调整【数量】参数，也会将地
> 毯的毛加长或变短，数值越大，毛发越长。

步骤⑦ 快速渲染地毯调制完成后的效果，如图 9-39 所示。

步骤⑧ 单击菜单栏【文件】/【另存为】命令，将其保存为"实例 87A.max"文件。

图 9-39　渲染的效果

实例总结

本实例通过调制客厅的地毯材质，详细讲述了使用【VRay 置换模式】修改命令配合材质来表现真实的地毯材质制作全过程。

Example 实例 88　真实地毯 2——VRay 毛发

实例目的

本实例通过调制地毯材质来详细讲述使用 VRay 毛发来制作地毯材质。地毯材质的效果如图 9-40 所示。

实例要点

- 选择一个未使用的材质球。
- 创建切角长方体作为地毯。
- 将材质指定为【VRayMtl】材质。
- 创建【VR 毛发】表现地毯效果。

操 作 步 骤

图 9-40　用 VRay 毛发表现的地毯

步骤 ❶ 启动 3ds Max 2009 中文版。

步骤 ❷ 打开随书光盘"源文件素材/第 9 章/实例 88.max"文件。

步骤 ❸ 按下 M 键，快速打开【材质编辑器】窗口，选择一个未用的材质球，将当前的材质指定为【VRayMtl】，材质命名为"地毯"。

我们已经创建了一个【切角长方体】作为地毯，给它设置了足够的段数，目的是让依附于它的 VRay 毛发更好地表现出凹凸效果。

步骤 ❹ 确认作为地毯的切角长方体处于选择状态，单击 ▱（创建）/ ◉（几何体）按钮，在 标准基本体 ▾ 下选择 VRay ▾ ，单击 VR毛发 按钮，就可以直接在创建的【切角长方体】上产生 VRay 毛发，然后再修改一下它的参数，如图 9-41 所示。

> **技巧** 毛发的多少是靠【切角长方体】段数来决定的，段数越多，毛发就越多，段数越少，毛发的数量就会越少。

步骤 ❺ 此时调制一种地毯材质赋予地毯及 VRay 毛发物体，快速渲染观看效果，如图 9-42 所示。

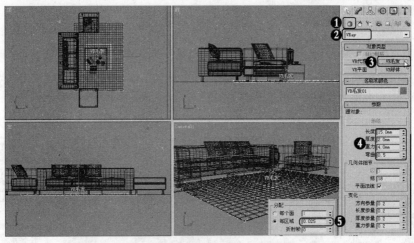

图 9-41　创建 VRay 毛发

图 9-42　渲染的效果

步骤 6 单击菜单栏的【文件】/【另存为】命令，将此线架保存为"实例 88A.max"文件。

实例总结

本实例通过调制客厅的地毯材质，详细讲述了使用【VRay 毛发】来表现真实地毯的过程。在用【VRay 毛发】来模拟地毯的毛绒效果时，我们必须先将作为地毯的三维物体制作出来，然后再将【VRay 毛发】依附于该物体，这样才会出现我们所需要的效果。

Example 实例 **89**　木地板材质

实例目的

本实例通过为场景中的地面调制地板材质来详细讲解木地板材质的调制方法。木地板材质的最终效果如图 9-43 所示。

实例要点

- 选择一个未使用的材质球。
- 将材质指定为【VRayMtl】。
- 对材质的基本参数进行调制。
- 使用【位图】贴图模拟地板的纹理。
- 使用【光线跟踪】贴图模拟地板的反射效果。

操 作 步 骤

步骤 ① 启动 3ds Max 2009 中文版，将单位设置为毫米。

步骤 ② 在顶视图创建一个 3 500 × 3 000 × 10 的长方体作为"地面"，在长方体上方创建 3 个圆柱体，场景的效果如图 9-44 所示。

图 9-43　木地板材质的表现效果

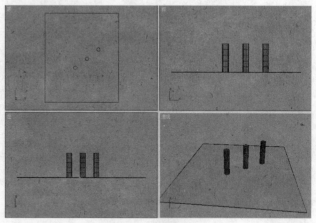

图 9-44　创建的场景

步骤 ③ 按下 M 键，快速打开【材质编辑器】窗口，选择一个未用的材质球，将当前的材质指定为【VRayMtl】，材质命名为"地板"。

步骤 ④ 下面我们来设置一下【基本参数】，在【漫射】中添加一幅位图，名字为"地板 01.jpg"，在【反射】中添加【衰减】贴图，参数的设置如图 9-45 所示。

步骤 ⑤ 调整在【漫射】贴图通道中【坐标】项下的参数，调整模糊值为 0.01，目的是为了让渲染出来的贴图纹理更加清晰，如图 9-46 所示。

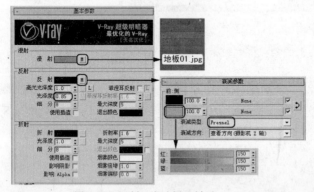

图 9-45　调制"木地板"材质

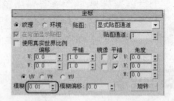

图 9-46　调制模糊数值

> **技巧** 我们在使用位图贴图时，要想使渲染的贴图纹理更加清晰，可以调整【漫射】贴图通道中【坐标】项下的模糊参数。模糊的数值越小于 1，纹理越清晰，反之则效果模糊。

步骤 ⑥ 将调制好的木地板材质赋予长方体，为它添加一个【UVW 贴图】修改器，勾选【长方体】选项，设置【长度】、【宽度】为 1 200，激活【Gizmo】，在顶视图沿 z 轴旋转 90°，调整一下纹理的方向，效果如图 9-47 所示。

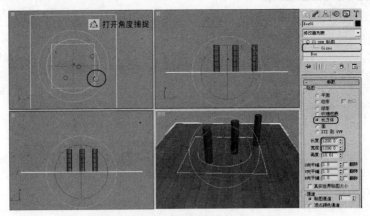

图 9-47　调整地板的纹理

技巧　如果想改变纹理的方向，可以使用激活【UVW 贴图】类下的【Gizmo】进行旋转，也可以使用【坐标】选项下【角度】下方的"W"。

步骤 ⑦　我们为场景中的 3 个柱体赋予一种红色材质就可以了。

步骤 ⑧　在顶视图中创建一盏 VRay 灯光，设置一下灯光亮度、颜色及位置，如图 9-48 所示。

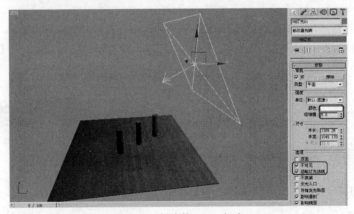

图 9-48　创建的 VRay 灯光

步骤 ⑨　按下 F10 键，打开【渲染设置】窗口，渲染参数按照前面的方法设置就可以了。

步骤 ⑩　最后调整一下透视图的观察视角，然后进行渲染，效果如图 9-49 所示。

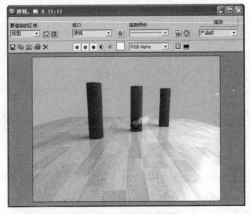

图 9-49　渲染的效果

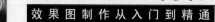

步骤 **11** 按下键盘上的 Ctrl+S 键，将制作的线架保存为"实例 89.max"。

实例总结

本实例主要学习了地板材质的调制方法，首先使用【位图】贴图产生出地板的真实纹理，然后在【反射】里添加【衰减】贴图来模拟地板的真实效果。

Example 实例 90 大理石地面

实例目的

本实例通过调制大理石地面材质来详细讲述使用【VRayMtl】通过【位图】来模拟真实的大理石地面效果。大理石地面材质的效果如图 9-50 所示。

实例要点

- 创建一个【长方体】作为地面。
- 将材质指定为【VRayMtl】材质。
- 对材质的基本参数进行调制。
- 使用【位图】贴图表现大理石纹理。

操 作 步 骤

步骤 **1** 启动 3ds Max 2009 中文版。

步骤 **2** 打开随书光盘"源文件素材/第 9 章/实例 90.max"文件。

步骤 **3** 按下 M 键，快速打开【材质编辑器】窗口，选择一个未用的材质球。

步骤 **4** 将当前的材质指定为【VRayMtl】，材质命名为"大理石地面"，设置一下【基本参数】，在【漫射】中添加一幅位图，名字为"灰理石.jpg"，其他参数的设置如图 9-51 所示。

图 9-50　大理石地面材质的表现效果

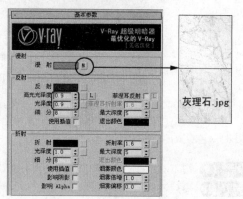

图 9-51　调制"大理石地面"材质

步骤 **5** 在视图中选择地面，将调制好的"大理石地面"材质赋予地面，为地面添加一个【UVW贴图】修改器，勾选【长方体】选项，设置【长度】为 1 600，【宽度】为 800，如图 9-52所示。

> **技巧** 因为我们使用的这张图片是两块地砖拼贴成的，所以在调整纹理时将【长度】（x 轴）的数值调整为 1 600，【宽度】（y 轴）的数值调整为 800，实际上也就是 800mm × 800mm 的正方形地砖。

步骤 **6** 按下 F10 键，打开【渲染设置】窗口，渲染参数按照前面讲解的方法进行设置就可以了。

步骤 **7** 最后调整一下透视图的观察视角进行渲染，效果如图 9-53 所示。

步骤 **8** 单击菜单栏中的【文件】/【另存为】命令，将此线架保存为"实例 90A.max"文件。

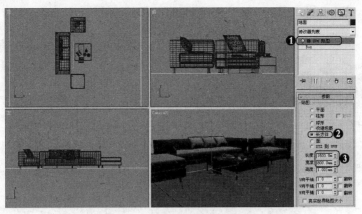

图 9-52 调整大理石地面的纹理

图 9-53 渲染的效果

实例总结

本实例主要学习了大理石材质的调制方法，通过使用【位图】贴图来表现大理石的真实纹理效果。

Example 实例 91 室外水材质

实例目的

本实例通过调制水池里面的水材质来详细讲述如何使用【光线跟踪】及【凹凸】贴图来模拟真实水面的效果。水材质的效果如图 9-54 所示。

实例要点

- 选择一个未使用的材质球。
- 对材质的基本参数进行调制。
- 使用【光线跟踪】贴图模拟水的反射效果。
- 使用【凹凸】贴图模拟波纹的效果。

操 作 步 骤

步骤 ① 启动 3ds Max 2009 中文版。

步骤 ② 打开随书光盘"源文件素材/第 9 章/实例 91.max"文件。

步骤 ③ 按下 M 键，打开材质编辑器对话框，在【明暗器基本参数】左侧的下拉列表中选择【Phong】，将【环境光】调整为黑色，【漫反射】的 RGB 调整为（20、70、80），将【高光反射】设为白色，【高光级别】设为 120，【光泽度】设为 60，如图 9-55 所示。

图 9-54　水材质的表现效果

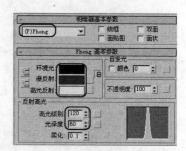

图 9-55　水材质的参数设置

技巧　在调制水材质时，我们可以在【着色模式】下方的窗口中选择【各向异性】，效果也很好。

步骤 ④ 单击【贴图】长按钮，在下面的卷展栏中单击【反射】右面的　None　按钮，在弹出的【材质/贴图浏览器】对话框中选择【光线跟踪】贴图，设置【数量】为 50，如图 9-56 所示。

步骤 ⑤ 在【凹凸】中施加【噪波】贴图，设置【数量】为 30，再调整【噪波】类下的各项参数，如图 9-57 所示。

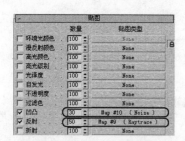

图 9-56　为【贴图】卷展栏下的通道施加贴图

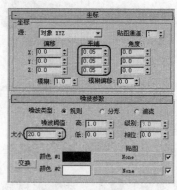

图 9-57　调整噪波参数

步骤 ⑥ 将调制好的水材质赋予作为水的平面上，渲染观看效果。

步骤 ⑦ 单击菜单栏中【文件】/【另存为】命令，将此线架保存为"实例 91A.max"文件。

技巧　上面介绍的是利用【凹凸】、【反射】施加贴图，在【折射】中施加【光线跟踪】贴图制作水材质的过程，在制作水材质时注意水的【漫反射】颜色要根据环境去掉。

实例总结

本实例详细讲述了水材质的调制方法，首先调整基本参数，然后用【光线跟踪】贴图模拟水的反射效果，使用【凹凸】贴图模拟水纹的效果，调整【噪波】参数下的【大小】，可以改变水纹的大小。

Example 实例 **92** 砖墙材质

实例目的

本实例通过调制弧形墙上面的砖墙材质来详细讲述砖墙材质的调制方法与技巧。砖墙的效果如图 9-58 所示。

实例要点

- 选择一个未使用的材质球。
- 使用【漫反射】通道产生砖墙纹理。
- 使用【凹凸】通道模拟真砖墙的凹凸效果。

操 作 步 骤

步骤 ① 启动 3ds Max 2009 中文版。

步骤 ② 打开随书光盘 "源文件素材/第 9 章/实例 92.max" 文件。

步骤 ③ 按下 M 键，快速打开【材质编辑器】窗口，使用默认的标准材质就可以了。

步骤 ④ 单击【贴图】卷展栏长按钮，在【漫反射颜色】通道中施加一幅 "BRI436.jpg" 贴图，再将此贴图复制到【凹凸】通道中，【数量】设置为-100，如图 9-59 所示。

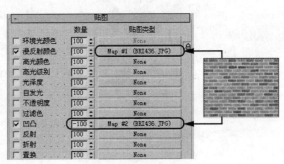

图 9-58 砖墙材质的表现效果　　　　　　图 9-59 贴图通道面板

> **技巧** 如果读者想表现出凹凸不平的砖墙，可以在【凹凸】通道中添加一幅与【漫反射颜色】通道中不一样的贴图，这样会得到另外一种效果。

步骤 ⑤ 在视图中选择墙体，单击 （将材质指定给选定对象）按钮，将调制好的材质赋予弧形墙，观看效果。

步骤 ⑥ 为弧形墙添加一个【UVW 贴图】修改器，勾选【长方体】选项，调整【长度】，【宽度】为 2 000、【高度】为 500。

步骤 ⑦ 单击菜单栏中的【文件】/【另存为】命令，将此线架保存为 "实例 92A.max" 文件。

实例总结

本实例详细讲述了砖墙材质的调制方法，首先选择一个未使用的材质球，在【漫反射颜色】选项里添加一幅砖的贴图，然后将砖的贴图复制到【凹凸】通道中，模拟真实的凹凸效果。

Example 实例 **93** 透空贴图

实例目的

本实例通过为一个花盆调制植物的三维效果来详细讲述用【不透明度】贴图来模拟真实植物的效果。透空贴图的效果如图 9-60 所示。

实例要点

- 选择一个未使用的材质球。
- 对材质的基本参数进行调制。

■ 使用【漫反射】贴图产生植物。
■ 使用【不透明度】贴图显示出所需要的植物。

步骤① 启动 3ds Max 2009 中文版。

步骤② 打开随书光盘"源文件素材/第 9 章/实例 93.max"文件。

步骤③ 按下 M 键，快速打开【材质编辑器】窗口，选择一个未使用的材质球，将其命名为"植物"，然后将【高光级别】和【光泽度】的值设置为 0。

步骤④ 单击【漫反射】右侧的小方形按钮，在弹出的【材质/贴图浏览】对话框中为其指定【位图】贴图类型，贴图文件使用"绿化.tga"，再以同样的方式为【不透明度】指定位图贴图，贴图文件采用"绿化 A.tga"，如图 9-61 所示。

图 9-60　透空贴图模拟的植物

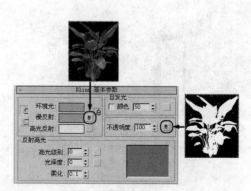

图 9-61　为植物的材质指定贴图

> **技巧** 如果想要表现的物体没有黑白色的图片，这时可以使用 Photoshop 制作一个，名字最好在原来的基础上加上 A，便于管理和查找。

步骤⑤ 单击 ⧉ 按钮，将调制好的材质赋予两个平面物体，渲染透视图观看效果。

步骤⑥ 单击菜单栏中的【文件】/【另存为】命令，将此线架保存为"实例 93A.max"。

> **技巧** 一定要将【高光级别】和【光泽度】的值设置为 0。如果不这样，在光的照射下，树的透明部分会出现高光颜色影响效果。如果感觉植物太暗，可以调整【自发光】的数值。

实例总结

本实例详细讲述了【透空贴图】的使用方法，首先调整基本参数，然后在【漫反射】中施加一幅彩色的贴图来模拟植物，在【不透明度】通道中施加一幅黑白的位图，让其产生透空的效果，从而以简单的方式模拟出三维的植物效果。

Example 实例 94　建立及调用材质库

实例目的

本实例通过调制多种材质详细来讲述材质库的建立及调用。材质库的效果如图 9-62 所示。

实例要点

■ 打开【材质编辑器】窗口。

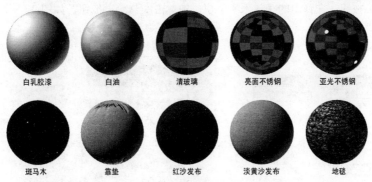

| 白乳胶漆 | 白油 | 清玻璃 | 亮面不锈钢 | 亚光不锈钢 |

| 斑马木 | 靠垫 | 红沙发布 | 淡黄沙发布 | 地毯 |

图 9-62 材质库的效果

- 将调制好的"白乳胶漆"材质放入材质库中。
- 建立一个完整的材质库。
- 材质库的调用。

操 作 步 骤

步骤 ① 启动 3ds Max 2009 中文版。

步骤 ② 按下 M 键，快速打开【材质编辑器】窗口。选择第 1 个材质球，按照前面的方法调制一种"白乳胶漆"材质，然后单击 （获取材质）按钮，在弹出的【材质/贴图浏览】对话框中，点选窗口左侧的【材质库】，单击 另存为... 按钮，如图 9-63 所示。

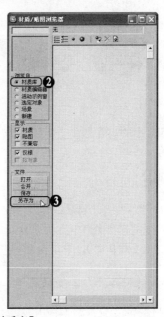

图 9-63 选择【材质库】

如果在【材质/贴图浏览】对话框中有材质，就单击 （清除材质库）按钮，将当前的材质全部删除，如果对话框中没有材质这一步就可以省略。

步骤 ③ 在弹出的【保存材质库】对话框中选择一个路径，在【文件名】右侧的窗口中输入"常用材质库"，然后单击 保存(S) 按钮，如图 9-64 所示。

此时，材质库的文件名即变为"常用材质库.mat"，这样我们就创建了一个新的空材质库，我们可以将调配好的材质保存到材质库中。

步骤 ④ 选择刚才我们调制好的"白乳胶漆"材质，在【材质编辑器】对话框中单击工具行上的 （放入库）按钮，在弹出的【放入库】窗口中单击 确定 按钮，如图 9-65 所示。

图 9-64　为材质库指定路径　　　　　　　　图 9-65　将调制好的材质存到材质库中

此时，我们已调配好的"白乳胶漆"材质便存到"常用材质库.mat"中了。

步骤 ⑤ 我们再调制另外几种材质，也将它们保存到"常用材质库.mat"中以备后用。当调制完成之后，在【材质/贴图浏览】对话框中，再单击一下 保存 按钮。有时间最好将常用的材质全部保存在"常用材质库.mat"中，效果如图 9-66 所示。

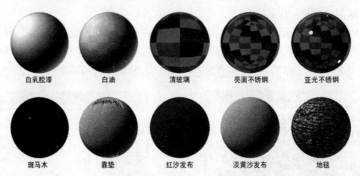

|白乳胶漆|白油|清玻璃|亮面不锈钢|亚光不锈钢|

|斑马木|靠垫|红沙发布|淡黄沙发布|地毯|

图 9-66　建立的材质库

希望大家按照上面的步骤建立一个自己的材质库，在以后制作效果图时可随时调用。下面我们将详细地讲述怎样调用材质库。

步骤 ① 按下 M 键，打开"材质编辑器"窗口。

步骤 ② 单击材质编辑器窗口中工具行上的 （获取材质）按钮，在弹出的【材质/贴图浏览】对话框中，点选【材质库】，单击 打开 按钮，在弹出的【打开材质库】对话框中，找到前面保存的"常用材质库"的路径，单击 打开(0) 按钮。

> **技巧** 因为在调制材质的时候，我们使用的是【VRay 材质】，所以在调用材质库时，必须先选择灯槽的面，可以在前视图采用框选的方式进行选择，也可以采用 （窗口）方式进行选择。

步骤 ③ 此时"材质库"就打开了，在窗口中选择读者所需要的材质双击就可以了，或者按住所需要的材质拖到材质球中。

实例总结

本实例通过学习材质库的建立与调用，详细讲述了怎样将前面我们调制的材质保存到材质库并了解了如何调用的方法。通过材质库的建立我们可以直接将常用的材质编辑成库，这样会大大节省每次制作效果图都要调制材质的时间，从而提高了工作效率。

第10章 3ds Max 的默认灯光

■ **本章内容**
- ➤ 【点光源】
- ➤ 【线光源】
- ➤ 【矩形光源】
- ➤ 【目标聚光灯】
- ➤ 【目标平行光】
- ➤ 【泛光灯】
- ➤ 【天光】
- ➤ 【体积光】

在效果图的制作过程中，灯光的设置是最重要的一个环节，使用 3ds Max 默认的渲染器进行渲染，灯光只会计算直射光，不能计算出其他对象的反射光源，因而产生的效果生硬、明暗的反差过强，这些都是 3ds Max 在模拟现实灯光方面的不足之处。如果我们使用 VRay 渲染器进行渲染，就会得到真实的效果，VRay 渲染器不但有自己的灯光，还支持 3ds Max 中的标准灯光及光度学灯光。

本章我们就来学习【标准】灯光及【光度学】灯光的创建及使用方法。

Example 实例 **95** 【点光源】

实例目的

本实例主要使用【光度学】灯光面板中的【自由点光源】来照亮整个房间，其中配合使用了 VRay 渲染器。实例的目的是让读者对【自由点光源】更进一步地了解。点光源的表现效果如图 10-1 所示。

实例要点

- ■ 打开"实例 95.max"文件。
- ■ 【自由灯光】的使用。
- ■ 使用 VRay 进行渲染。

操 作 步 骤

步骤 ❶ 启动 3ds Max 2009 中文版。

步骤 ❷ 打开随书光盘"源文件素材/第 10 章/实例 95.max"文件。

步骤 ❸ 单击 ▼（灯光）/ 自由灯光 按钮，在顶视图中单击鼠标左键创建一盏【自由点光源】，将它移动到如图 10-2 所示的位置。

图 10-1　点光源的表现效果

图 10-2　【自由点光源】的位置及形态

技
巧

在场景中设置自由点光源时，表现吊灯时，应按照比实际灯光所在位置偏下的方法来安排光源的位置，这样才可以模拟出真实的光晕效果。如果灯光离顶面太近就会出现大片的光斑。

步骤 ④ 单击 ✎（修改）按钮进入修改命令面板，勾选【阴影】选项，阴影方式选择【VRay Shadows】（VRay 阴影）选项，调整颜色为淡黄色，【强度】设置为 1 500，最后再调整一下【VRay阴影参数】，目的是让阴影的质量更好，如图10-3 所示。

步骤 ⑤ 同样在台灯及落地灯的位置创建【自由点光源】，修改【强度】为 500 左右，位置如图 10-4 所示。

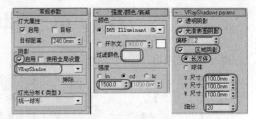

图 10-3　设置【自由点光源】的参数

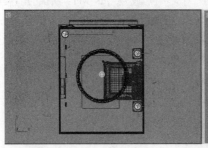

图 10-4　为台灯及落地灯创建灯光

步骤 ⑥ 按下 F10 键，打开【渲染场景】窗口，然后将 VRay 指定为当前渲染器。

步骤 ⑦ 设置 VRay 的渲染参数，如图 10-5 所示。

> 技巧　在使用 VRay 渲染器进行渲染时，一般最终渲染出图就是按照图 10-5 的设置进行的，有一些参数及选项稍微做一下调整就可以了。

步骤 ⑧ 按下键盘上的 Shift+Q 组合键，快速渲染摄影机视图，效果如图 10-6 所示。

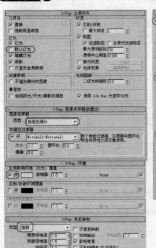
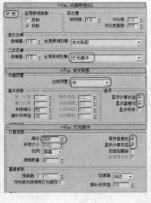

图 10-5　设置的 VRay 的渲染参数　　　　　　　图 10-6　渲染的效果

步骤 ⑨ 单击菜单栏中的【文件】/【另存为】命令，将此线架保存为"实例 95A.max"。

实例总结

本实例通过讲解简单房间的主光源让读者了解了【光度学】项下【自由点光源】的创建及参数的修改，以及如何使用 VRay 渲染表现出真实的效果。

Example 实例 **96** 【线光源】

实例目的

本实例主要使用【光度学】灯光面板中的【自由线光源】来设置灯槽，并配合使用 VRay 渲染器。实例的目的是让读者对【自由线光源】更进一步地了解。灯槽的表现效果如图 10-7 所示。

实例要点

- 打开"实例 96.max"文件。
- 使用【线光源】模拟灯槽。
- 使用 VRay 进行渲染。

操 作 步 骤

步骤 ① 启动 3ds Max 2009 中文版。

步骤 ② 打开随书光盘"源文件素材/第 10 章/实例 96.max"文件。

步骤 ③ 单击 （灯光）/ 自由灯光 按钮，在顶视图中单击鼠标左键创建一盏【自由点光源】。

步骤 ④ 设置一下【阴影】，在【图形/区域阴影】参数下选择【线】，将【长度】设置为 3000，将【强度】设置为 300，如图 10-8 所示。

图 10-7　用线光源表现的灯槽

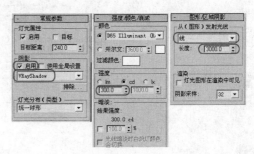

图 10-8　【自由线光源】的参数设置

步骤 ⑤ 在顶视图及前视图将自由线光源移动到合适的位置，如图 10-9 所示。

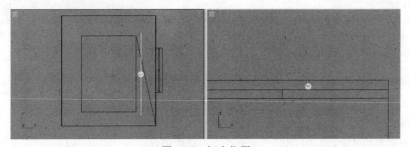

图 10-9　灯光位置

步骤 ⑥ 使用移动复制的方式实例复制一盏灯，放在另一侧，如图 10-10 所示。

步骤 ⑦ 同时选择两盏自由线光源，采用旋转复制的方式进行复制，再用工具栏中的 （缩放）进行调整，效果如图 10-11 所示。

技巧　在复制水平灯光时，它的长度有时候与垂直的不一样，因为我们使用的是关联复制，所以不能修改参数，可用 （选择并均匀缩放）进行修改。

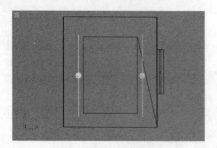

图 10-10　复制灯光

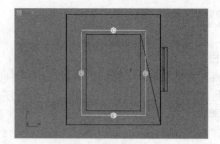

图 10-11　旋转复制灯光

步骤 8 为了加强房间的亮度，在房间的中间创建一盏自由点光源，亮度设置为 500 左右就可以了，用来照亮整个房间。

步骤 9 按下 F10 键，打开【渲染场景】窗口，然后将 VRay 指定为当前渲染器，设置一下 VRay 的渲染参数，如图 10-12 所示。

步骤 10 按下 8 键，打开【环境和效果】窗口，调整背景的颜色为蓝白色。

步骤 11 单击 ⊙（渲染产品）按钮进行快速渲染，渲染效果如图 10-13 所示。

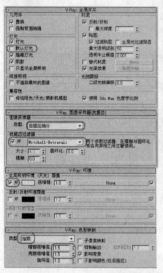

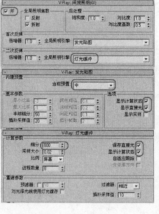

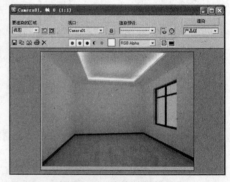

图 10-12　设置 VRay 的渲染参数

图 10-13　渲染的灯槽效果

技巧 为了将 3ds Max 中的灯光讲述得较为全面，我们设置这个灯槽使用的是直【线光源】，想得到好的效果，最好使用【VRay 灯光】。

步骤 12 单击菜单栏【文件】/【另存为】命令，将此线架保存为"实例 96A.max"。

实例总结

本实例以简单房间的灯槽效果为例，讲述了【光度学】项下【自由线光源】的使用方法及相关参数的修改，通过 VRay 渲染表现出真实的灯槽效果。

Example 实例 97 【矩形光源】

实例目的

本实例主要使用【光度学】灯光面板中的【自由矩形光源】来设置灯箱效果。实例的目的是让读者

对【自由矩形光源】更进一步了解。灯槽的表现效果如图 10-14 所示。

实例要点

- 打开"实例 97.max"文件。
- 使用【矩形光源】模拟隔扇灯。
- 使用 VRay 进行渲染。

操 作 步 骤

步骤 ① 启动 3ds Max 2009 中文版。

步骤 ② 打开随书光盘"源文件素材/第 10 章/实例 97.max"文件。

步骤 ③ 首先在顶视图中创建一盏【自由点光源】，设置一下【阴影】，在【图形面阴影】参数项下选择【矩形】，【长度】、【宽度】设置为 600，【强度】设置为 800 左右，如图 10-15 所示。

 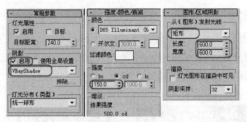

图 10-14　面光源的表现效果　　　　　　图 10-15　【自由线光源】的参数设置

步骤 ④ 在顶视图及前视图将自由线光源移动到合适的位置，如图 10-16 所示。

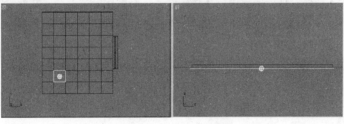

图 10-16　灯光为位置

步骤 ⑤ 使用移动复制的方式实例复制两盏灯光，再复制一排放在另一侧，如图 10-17 所示。

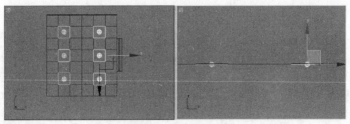

图 10-17　复制的灯光

> **技巧** 读者可以用【面光源】来模拟格栅灯、电视屏幕等一些方形的发光物体，这样效果也是很理想的，但是想得到好的效果最好还是使用【VRay 灯光】。

步骤 ⑥ 按下 F10 键，打开【渲染场景】窗口，然后将 VRay 指定为当前渲染器，设置一下 VRay 的渲染参数，如图 10-18 所示。

步骤 ⑦ 按下 8 键，打开【环境和效果】窗口，调整背景的颜色为蓝白色，按键盘上的 Shift+Q 组合

键，快速渲染摄影机视图，效果如图 10-19 所示。

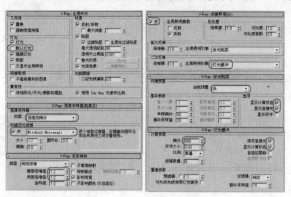

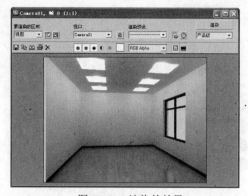

图 10-18　设置 VRay 的渲染参数　　　　　　　图 10-19　渲染的效果

步骤 ⑧ 单击菜单栏中【文件】/【另存为】命令，将此线架保存为"实例 97A.max"。

实例总结

本实例详细讲述了【自由矩形光源】的创建及修改，使用【矩形光源】来表现室内的灯片发光效果，最后使用 VRay 渲染出真实的效果。

Example 实例 **98** 【目标聚光灯】

实例目的

本实例主要使用【标准】灯光面板中的【目标聚光灯】设置筒灯效果，并配合使用了 VRay 渲染器。实例的目的是让读者对【目标聚光灯】有更进一步的了解。灯槽的表现效果如图 10-20 所示。

实例要点

- 打开"实例 98.max"文件。
- 【目标聚光灯】的使用。
- 使用 VRay 进行渲染。

操 作 步 骤

步骤 ① 启动 3ds Max 2009 中文版。

步骤 ② 打开随书光盘"源文件素材/第 10 章/实例 98.max"文件，如图 10-21 所示。

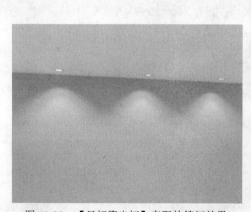

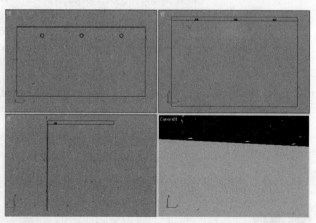

图 10-20　【目标聚光灯】表现的筒灯效果　　　　图 10-21　打开的"实例 98.max"文件

这是一个比较简单的场景，一个墙面、顶及 3 个筒灯，材质及摄影机已经设置完成了，下面我们就带领大家使用【目标聚光灯】来设置筒灯的发光效果，然后用 VRay 渲染，得到一个真实的效果。

步骤 ③ 单击 ❀（灯光）/ `目标聚光灯` 按钮，在前视图中单击鼠标左键创建一盏【目标聚光灯】，放置在筒灯的位置，如图 10-22 所示。

> **技巧**　【目标聚光灯】是一种非常常用的标准灯光类型，可以很好地模拟筒灯、台灯、壁灯，但如果想得到好的效果还是推荐读者使用【光度学 Web】。

步骤 ④ 在前视图中选择灯头，单击 ✎（修改）按钮进入修改面板，修改各项参数如图 10-23 所示。

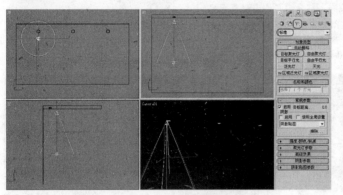
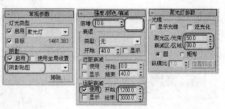

图 10-22　【目标聚光灯】的位置　　　　　　图 10-23　【目标聚光灯】的参数设置

步骤 ⑤ 选择创建的【目标聚光灯】，在前视图中沿 y 轴复制一盏，修改一下【倍增】及【聚光灯参数】，位置及参数如图 10-24 所示。

步骤 ⑥ 在前视图中同时选择两盏【目标聚光灯】，使用实例复制的方式复制两组，位置如图 10-25 所示。

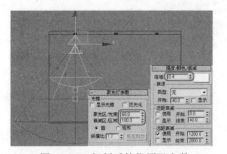
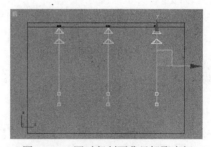

图 10-24　复制后的位置及参数　　　　　　　图 10-25　同时复制两盏目标聚光灯

> **技巧**　当我们创建了灯光之后，场景会显得很乱，在选择灯光或物体的时候不方便，想准确快速地选择灯光，可以在工具栏【All】（全部）窗口项下选择 `灯光`，这时就可以很轻松地只选择灯光。

下面我们来设置一下 VRay 的渲染参数。

步骤 ⑦ 按下 F10 键，打开【渲染场景】窗口，将 VRay 指定为当前渲染器，设置 VRay 的渲染参数，如图 10-26 所示。

步骤 ⑧ 按下键盘上的 8 键，打开【环境和效果】窗口，调整背景的颜色为蓝白色，如图 10-27 所示。

步骤 ⑨ 单击 ☺（渲染产品）按钮进行快速渲染，渲染效果如图 10-28 所示。

步骤 ⑩ 单击菜单栏中选择【文件】/【另存为】命令，将此线架保存为"实例 98A.max"。

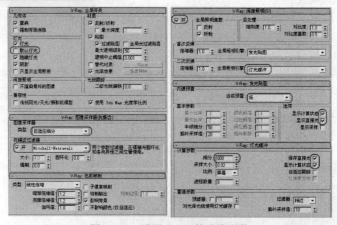

图 10-26 设置 VRay 的渲染参数

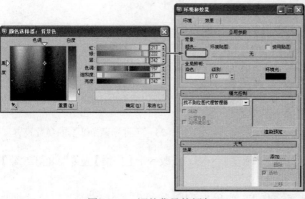

图 10-27 调整背景的颜色

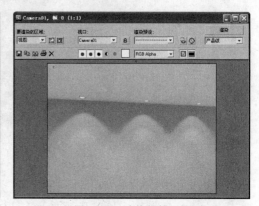

图 10-28 渲染的筒灯效果

实例总结

本实例主要使用了【目标聚光灯】来为房间设置灯光，使用两盏目标聚光灯来模拟筒灯的光晕效果，还掌握了【倍增】及【远距衰减】参数的使用方法，最后使用 VRay 进行了场景渲染。

Example 实例 99 【目标平行光】

实例目的

本实例主要使用了【标准】灯光面板中的【目标平行光】来设置房间的太阳光效果，并配合使用 VRay 渲染器进行渲染。实例的目的是让读者对【目标平行光】及其下的参数能够更进一步的了解。太阳光的效果如图 10-29 所示。

实例要点

- 打开"实例 99.max"文件。
- 使用【目标平行光】模拟太阳光。
- 使用 VRay 进行渲染。

图 10-29 【目标平行光】表现的太阳光

步骤① 启动 3ds Max 2009 中文版。

步骤② 打开随书光盘"源文件素材/第 10 章/实例 99.max"文件。

步骤③ 单击 （灯光）/ 目标平行光 按钮，在顶视图中单击鼠标左键并拖动鼠标创建一盏【目标平行光】，在顶视图及前视图中调整一下位置，如图 10-30 所示。

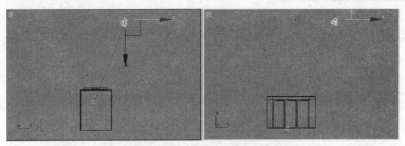

图 10-30　【目标平行光】的位置

技巧　使用【目标平行光】来模拟太阳光效果是一种很方便的手法，很多设计师及绘图员都采用这种方法，关于其他的方法我们将在后面详细讲述。

步骤 4　在前视图中选择灯头，单击 ✐（修改）按钮进入修改面板，修改各项参数如图 10-31 所示。

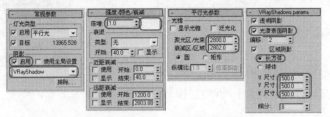

图 10-31　修改【目标平行光】的参数

步骤 5　按下 F10 键，打开【渲染场景】窗口，然后将 VRay 指定为当前渲染器，设置一下 VRay 的渲染参数，如图 10-32 所示。

步骤 6　按下 8 键，打开【环境和效果】窗口，调整背景颜色为白色，按下键盘上的 Shift+Q 组合键，快速渲染摄影机视图，效果如图 10-33 所示。

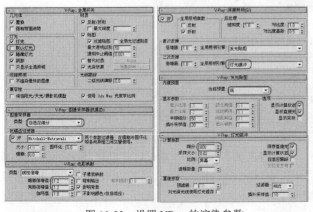

图 10-32　设置 VRay 的渲染参数

图 10-33　渲染的效果

技巧　为了更好的体现出阳光效果，我们已经在窗户位置创建了一盏【VRay 灯光】用来模拟天光效果。

步骤 7　单击菜单栏【文件】/【另存为】命令，将此线架保存为"实例 99A.max"。

实例总结.

本实例主要使用【目标平行光】来为房间设置太阳光效果，并掌握【倍增】、【平行光参数】、【VRay阴影参数】以及 VRay 渲染参数的设置，最后使用 VRay 进行渲染。

 **100** 【泛光灯】

实例目的

本实例主要使用【标准】灯光面板中的【泛光灯】来设置台灯效果，并配合 VRay 渲染器进行渲染。实例的目的是让读者对【泛光灯】及其相关的参数能够更进一步的了解。泛光灯表现的台灯效果如图 10-34 所示。

实例要点

- 打开"实例 100.max"文件。
- 使用【泛光灯】模拟台灯效果。
- 使用 VRay 进行渲染。

图 10-34 【泛光灯】表现的台灯效果

操 作 步 骤

步骤 ① 启动 3ds Max 2009 中文版。

步骤 ② 打开随书光盘"源文件素材/第 10 章/实例 100.max"文件。

步骤 ③ 单击 （灯光）/ 泛光灯 按钮，在顶视图中单击鼠标左键创建一盏【泛光灯】，并将它移动到如图 10-35 所示的位置。

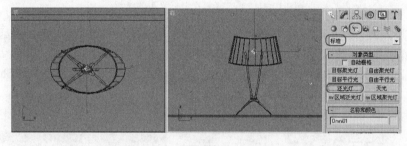

图 10-35 【泛光灯】的位置及形态

> **技巧** 【泛光灯】是一种比较常用的标准灯光类型，它是一种点光源，能够照亮四面八方，如果不调整【衰减】，远处会更亮。

步骤 ④ 单击 （修改）按钮进入修改面板，勾选【阴影】选项，选择阴影方式为【VRay Shadows】（VRay 阴影）选项，调整颜色为暖色调，将【倍增】设置为 0.35 左右，设置一下【衰减】参数，最后再调整【VRay 阴影参数】，如图 10-36 所示。

> **技巧** 在【VRay 阴影】项下的【细分】数值决定着阴影的品质。当数值为默认值 8 时阴影会呈现颗粒状效果，当数值增大时，粒状效果就会取消（渲染的品质好），所以在最后渲染时，这个数值要增大一些，但是数值增大也会增加渲染的时间。

步骤 ⑤ 按下 F10 键，打开【渲染场景】窗口，首先将 VRay 指定为当前渲染器，设置一下 VRay 的渲染参数，按下键盘上的 Shift+Q 组合键，快速渲染摄影机视图，效果如图 10-37 所示。

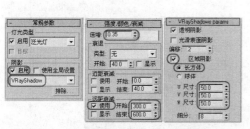

图 10-36　修改【泛光灯】的参数　　　　　　　图 10-37　渲染的效果

步骤 6 单击菜单栏中的【文件】/【另存为】命令，将此线架保存为"实例 100A.max"。

实例总结

本实例通过为一个台灯设置灯光，使用【泛光灯】模拟了台灯的发光效果，希望读者能够重点掌握【衰减】及【VRay 阴影参数】项下相关参数的作用。

Example 实例 101 【天光】

实例目的

本实例主要使用【标准】灯光面板中的【天光】来设置天光效果，并配合了【光跟踪器】进行渲染。实例的目的是让读者了解【天光】的使用方法。天光的效果如图 10-38 所示。

实例要点

- 打开"实例 101.max"文件。
- 【天光】的使用。
- 使用【光跟踪器】进行渲染。

操 作 步 骤

步骤 1 启动 3ds Max 2009 中文版。

步骤 2 打开随书光盘"源文件素材/第 10 章/实例 101.max"文件。

步骤 3 单击（灯光）/ 天光 按钮，在顶视图中单击鼠

图 10-38　【天光】的表现效果

标左键创建一盏【天光】，【倍增】默认为 1 左右就可以了，其他参数默认，如图 10-39 所示。

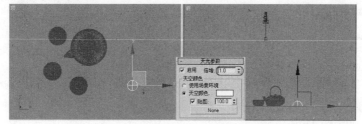

图 10-39　【泛光灯】的位置及形态

> 技巧　在创建【天光】时，其位置及形态对后面的渲染不会造成任何影响。

步骤 4 单击菜单栏中的【渲染】/【光跟踪器】命令，在弹出的【渲染场景】窗口中将【光线/采样数】

设置为 300，如图 10-40 所示。

步骤 5 按 Shift+Q 组合键，快速渲染摄影机图，效果如图 10-41 所示。

图 10-40 【渲染场景】窗口

图 10-41 渲染效果

> 技巧 如果使用【天光】进行渲染，必须配合【光跟踪器】才能达到所需要的效果。

步骤 6 单击菜单栏中的【文件】/【另存为】命令，将此线架保存为"实例 101A.max"。

实例总结

本实例通过为一组静物讲述【天光】的使用方法，学习了使用【天光】所修改的参数与必须配合【光跟踪器】才能产生好的渲染效果。

Example 实例 **102** 【体积光】

实例目的

本实例主要使用【体积光】来设置房间表现光束效果，必须在创建了【目标平行光】的情况下才可以，实例的目的是让读者了解【体积光】的用法。表现的效果如图 10-42 所示。

实例要点

- 打开"实例 102.max"文件。
- 使用【体积光】模拟光束效果。
- 使用 VRay 进行渲染。

操 作 步 骤

步骤 1 启动 3ds Max 2009 中文版。

步骤 2 打开随书光盘"源文件素材/第 10 章/实例 102.max"文件。

步骤 3 在顶视图中创建一盏【目标平行光】，在前视图调整一下位置，如图 10-43 所示。

图 10-42 用【体积光】表现的光束

> 技巧 为了更好地照亮场景，我们之前创建了两盏【VRay 灯光】，将其他灯光都隐藏起来了，关于【VRay 灯光】的使用方法我们将在下一章中讲述。

步骤 4 在前视图中选择灯头，单击 （修改）按钮进入修改面板，各项参数如图 10-44 所示。

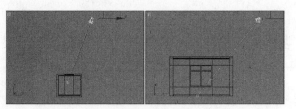

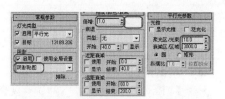

图 10-43　【目标平行光】的位置　　　　　　　　图 10-44　设置【目标平行光】的参数

> **技巧**　如果使用【目标平行光】模拟光束效果，最好将【聚光区/光束】的数值调整得小一些，【衰减区/区域】稍微大一些，这样才能得到柔和的效果。

步骤 ⑤ 单击【大气与效果】项下的 添加 按钮，在弹出的【增加大气效果】对话框中选择【体积光】，单击 确定 按钮，如图 10-45 所示。

步骤 ⑥ 按 Shift+Q 组合键，快速渲染摄影机图，效果如图 10-46 所示。

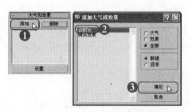

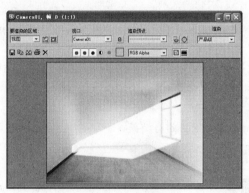

图 10-45　添加【体积光】　　　　　　　　　　图 10-46　渲染效果

步骤 ⑦ 在【大气与效果】项下选择【体积光】，然后单击 设置 按钮，在弹出的【环境和效果】对话框中，调整【体积光参数】下的参数，如图 10-47 所示。

步骤 ⑧ 按下 Shift+Q 组合键，快速渲染摄影机图，效果如图 10-48 所示。

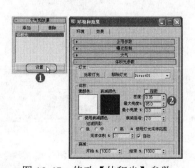

图 10-47　修改【体积光】参数　　　　　　　　图 10-48　渲染效果

步骤 ⑨ 单击菜单栏中的【文件】/【另存为】命令，将此线架保存为"实例 102A.max"。

实例总结

本实例通过为一个房间设置光束的效果，讲述了【体积光】的使用方法，以及怎样调整体积光的参数。

第11章　真实灯光的表现

■ **本章内容**

➤ 【VRay 灯光】　　　➤ 复杂型灯槽效果　　　➤ 室外夜景效果

➤ 【VRay 阳光】　　　➤ 室内日光效果　　　　➤ 霓虹灯效果

➤ 【光度学 Web】　　 ➤ 室内人工光效果

➤ 直型灯槽效果　　　➤ 室外日景效果

上一章我们虽然学习了【标准】灯光及【光度学】灯光的创建及使用方法，但还是有必要来学习一下如何设置一些特殊灯光效果，以更好地掌握设置灯光的技巧。

Example 实例 **103** 【VRay 灯光】

实例目的

本实例通过设置灯光天光效果来学习【VRay 灯光】的使用以及参数的修改方法，最后使用 VRay 进行渲染得到真实的效果，实例的目的是让读者对【VRay 灯光】有一个大体的了解。VRay 灯光表现的效果如图 11-1 所示。

实例要点

■ 打开"实例 103.max"文件。

■ 使用【VRay 平面光】产生真实光照。

■ 使用 VRay 进行渲染。

操 作 步 骤

步骤 ① 启动 3ds Max 2009 中文版，打开随书光盘"源文件素材/第 11 章/实例 103.max"文件。

步骤 ② 单击 ↘ (灯光) / VRay灯光 按钮，在左视图落地窗的位置创建一盏 VRay 灯光，来模拟天空光，将【倍增器】设置为 3.5 左右，将【颜色】设置为淡蓝色（天空的颜色），取消【不可见】选项，如图 11-2 所示。

图 11-1　【VR 灯光】表现的效果

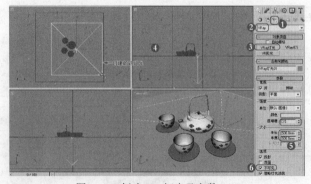

图 11-2　创建 VR 灯光及参数

> **技巧** 我们在使用【VRay 灯光】时，一般会调整【倍增器】、【颜色】以及取消【不可见】参数，最后调整一下【尺寸】。

步骤 ③ 在前视图中调整一下位置，然后再使用旋转调整一下角度，位置如图 11-3 所示。

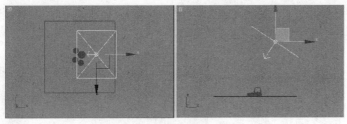

图 11-3　【VR 灯光】的位置

下面我们来设置 VRay 的参数进行渲染。

步骤 ④ 按下 F10 键，打开【渲染场景】窗口，然后将 VRay 指定为当前渲染器。

步骤 ⑤ 设置 VRay 的渲染参数，如图 11-4 所示。

步骤 ⑥ 按键盘上的 Shift+Q 组合键，快速渲染摄影机视图，效果如图 11-5 所示。

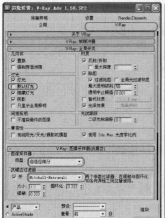 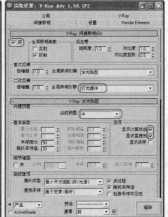 

图 11-4　设置的 VRay 的渲染参数　　　　　　　　图 11-5　渲染的效果

步骤 ⑦ 单击菜单栏中的【文件】/【另存为】命令，将此线架保存为"实例 103A.max"文件。

实例总结

本实例主要表现了天光效果，讲述了【VRay】项下【VRay 灯光】的创建及参数的修改，通过 VRay 渲染表现出真实的天光效果。

Example 实例 **104** 【VRay 阳光】

实例目的

本实例通过设置太阳光效果来学习【VRay 阳光】的使用以及参数的修改方法，最后使用 VRay 进行渲染得到真实的效果，实例的目的是让读者对【VRay 阳光】有一个大体的了解。使用【VRay 阳光】表现的太阳光效果如图 11-6 所示。

实例要点

■　打开"实例 104.max"文件。

■　使用【VRay 阳光】产生真实阳光效果。

■　使用 VRay 进行渲染。

操 作 步 骤

步骤 ❶ 启动 3ds Max 2009 中文版，打开随书光盘"源文件素材/第 11 章/实例 104.max"文件。

步骤 ❷ 单击 （灯光）/ VR阳光 按钮，在顶视图中拖动鼠标创建一盏 VRay 阳光，在各个视图调整一下它的位置，将灯光的【强度倍增器】设置为 0.02，【大小倍增器】设置为 5，目的是让阴影的边缘比较虚，参数及位置如图 11-7 所示。

图 11-6 【VRay 阳光】表现的太阳光效果

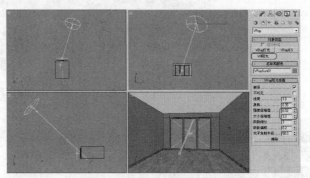

图 11-7 【VRay 阳光】的位置及参数

技巧 在【VRay 阳光】参数类下一般有 3 个参数比较重要，它们分别是：【浊度】、【强度倍增器】和【大小倍增器】。【浊度】主要用来控制空气的混浊度，【强度倍增器】用来控制阳光亮度，【大小倍增器】用来控制阴影的边缘模糊。

下面我们来设置 VRay 的渲染参数进行渲染。

步骤 ③ 按下 F10 键，打开【渲染场景】窗口，然后将 VRay 指定为当前渲染器。

步骤 ④ 设置 VRay 的渲染参数，如图 11-8 所示。

步骤 ⑤ 按下键盘上的 Shift+Q 组合键，快速渲染摄影机视图，效果如图 11-9 所示。

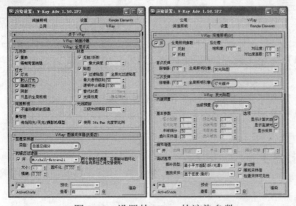

图 11-8 设置的 VRay 的渲染参数

图 11-9 渲染的效果

步骤 ⑥ 单击菜单栏中的【文件】/【另存为】命令，将此线架保存为"实例 104A.max"。

实例总结

本实例主要来表现阳光效果，讲述了【VRay】项下【VRay 阳光】的创建及参数的修改方法，通过 VRay 渲染表现出真实的太阳光效果。

Example **实例** **105** 【光度学 Web】

实例目的

本实例通过设置房间的筒灯效果来学习【光度学 Web】的使用以及参数的修改方法，实例的目的是让读者了解【光度学 Web】的作用。最后使用 VRay 进行渲染得到光域网筒灯的效果，如图 11-10 所示。

实例要点

- 打开"实例 105.max"文件。
- 使用【目标点光源】来生成【光域网】。
- 使用 VRay 进行渲染。

操 作 步 骤

步骤 ① 启动 3ds Max 2009 中文版，打开随书光盘"源文件素材/第 11 章/实例 105.max"文件。

步骤 ② 单击 （灯光）/ 目标灯光 按钮，在前视图中拖动鼠标，创建一盏【目标点光源】，将它移动到如图 11-11 所示的位置。

 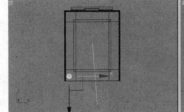 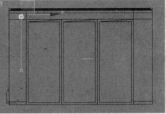

图 11-10　【光域网】表现的筒灯效果　　　　　　　　图 11-11　【目标灯光】的位置

步骤 ③ 单击 （修改）按钮，进入修改命令面板，勾选【阴影】，选择【VRay Shadow】（VRay 阴影），为【目标点光源】选择【光度学 Web】选项，选择随书光盘"源文件素材/第 11 章/贴图"文件夹下的"多光.ies"文件，如图 11-12 所示。

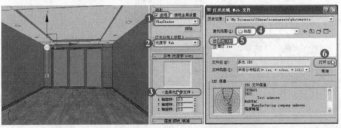

图 11-12　选择【光度学 Web】

技巧 如果感觉选择的光域网不太理想，可以重新为它指定一个光域网文件，这要看灯光需要表现的效果及周围的整体感觉。

步骤 ④ 将【目标点光源】的【强度】修改为 600，然后在顶视图中用实例的方式复制多盏，如图 11-13 所示。

步骤 ⑤ 按照上面讲述的方法设置一下 VRay 的渲染参数，按键盘上的 Shift+Q 组合键，渲染效果如图 11-14 所示。

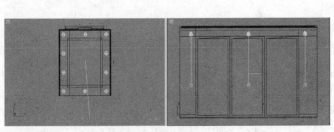 

图 11-13　复制后的位置　　　　　　　　　　　　　图 11-14　渲染的效果

步骤 ⑥ 单击菜单栏中的【文件】/【另存为】命令，将此线架保存为"105A.max"。

实例总结

本实例详细地讲述了【光度学 Web】的使用方法，通过为创建的【目标点光源】指定一个合适的光域网，从而模拟出现实灯光中所照射出的效果。

Example 实例 **106** 直型灯槽效果

实例目的

本实例通过设置房间的直型灯槽效果来学习【VRay 灯光】的使用以及参数的修改，最后使用 VRay 进行渲染得到真实的效果，实例的目的是让读者对【VRay 灯光】有一个大体的了解。VRay 灯光表现的直型灯槽效果如图 11-15 所示。

实例要点

- 打开"实例 106.max"文件。
- 使用【VRay 平面灯光】产生真实灯槽效果。
- 使用 VRay 进行渲染。

操 作 步 骤

步骤 ① 启动 3ds Max 2009 中文版，打开随书光盘"源文件素材/第 11 章/实例 106.max"文件。

图 11-15　【VRay 灯光】表现的直型灯槽效果

步骤 ② 单击 🔦（灯光）/ VRay灯光 按钮，在前视图灯槽窗的位置创建一盏 VRay 灯光，【倍增器】设置为 2.5 左右，【颜色】设置为淡黄色，如图 11-16 所示。

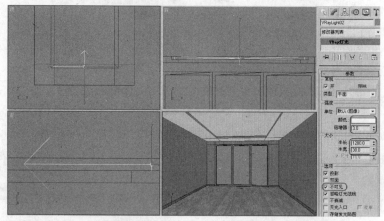

图 11-16　【VRay 灯光】的位置及参数

技巧　我们在建立模型时，灯槽已经制作出来了，在创建灯光时，直接使用【捕捉】，可以准确快速地为灯槽创建灯光。

步骤 ③ 在顶视图中沿 y 轴镜像一个放在对面，再用旋转复制的方式复制两个，用工具栏中的缩放工具沿 y 轴放大，大小与灯槽相匹配就可以了，效果如图 11-17 所示。

下面我们来设置 VRay 的参数进行渲染。

步骤 ④ 按下 F10 键，打开【渲染场景】窗口，按照上面讲述的方法设置一下 VRay 的渲染参数，按下键盘上的 Shift+Q 组合键。快速渲染摄影机视图，效果如图 11-18 所示。

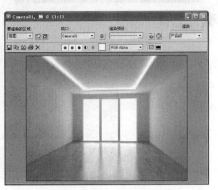

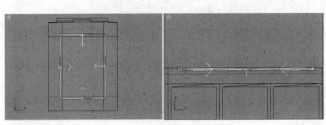

图 11-17　对灯光进行复制　　　　　　　　　　图 11-18　渲染的效果

步骤 ⑤ 单击菜单栏中的【文件】/【另存为】命令，将此线架保存为"实例 106A.max"。

实例总结

本实例主要来表现直型灯槽效果，讲述了【VRay】项下【VR 灯光】的创建及参数的修改，通过 VRay 渲染表现出真实的灯槽效果。

Example 实例 107　复杂型灯槽效果

实例目的

本实例通过设置房间的复杂型灯槽来学习使用【VRay 灯光材质】表现出真实的复杂型灯槽效果，因为对于复杂型灯槽设置灯光就不方便了，本实例的目的是让读者对不同灯槽采用不同的手段表现。使用 VRay 灯光材质表现的复杂型灯槽如图 11-19 所示。

实例要点

- 打开"实例 107.max"文件。
- 使用【VRay 灯光材质】产生真实灯槽效果。
- 使用 VRay 进行渲染。

操 作 步 骤

步骤 ① 启动 3ds Max 2009 中文版，打开随书光盘"源文件素材/第 11 章/实例 107.max"文件。

如果复杂型灯槽想表现出发光效果，设置灯光就比较麻烦了，效果也不是很好，我们使用【VRay 灯光材质】就可以很轻松地将这种复杂型灯槽的灯光效果表现出来。

步骤 ② 按下 M 键，快速打开【材质编辑器】窗口，选择一个没有用过的材质球，将材质命名为"灯带"，将当前的【标准】材质替换为【VRay 灯光材质】，如图 11-20 所示。

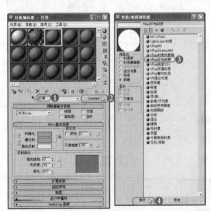

图 11-19　使用【VRay 灯光】表现的复杂型灯槽　　　　图 11-20　选择【VRay 灯光材质】

步骤 **3** 在视图中选择"天花"造型,按下4键,进入 ■ (多边形)子对象层级,在前视图中选择灯槽上面的面,如图11-21所示。

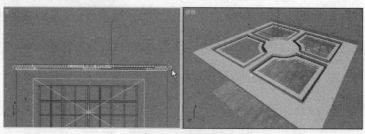

图11-21 选择的面

技巧 在选择灯槽的面时,可以在前视图中采用框选的方式进行选择。

步骤 **4** 设置【颜色】为淡黄色,调整【亮度】为3左右,如图11-22所示。

步骤 **5** 将调制好的灯带材质赋予刚才选择的面,渲染场景进行观看效果,如图11-23所示。

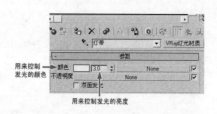

图11-22 设置颜色及亮度

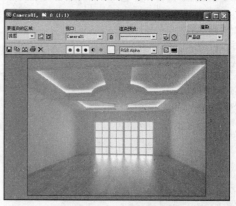

图11-23 渲染的效果

步骤 **6** 单击菜单栏中的【文件】/【另存为】命令,将此线架保存为"实例107A.max"文件。

实例总结

本实例通过表现一个复杂型灯槽详细地讲述了【VRay灯光材质】的使用及参数的作用。

Example 实例 **108** 室内日光效果

实例目的

本实例通过一个阁楼效果图来设置室内日光效果,重点学习了【VRay灯光】、【VRay阳光】的使用以及参数的修改,实例的目的是让读者对设置真实日光有一个清晰的思路。日光的效果如图11-24所示。

实例要点

■ 打开"实例108.max"文件。

■ 使用【VRay平面光】及【VRay阳光】产生真实日光效果。

■ 使用VRay进行渲染。

操 作 步 骤

步骤 **1** 启动3ds Max 2009中文版,打开随书光盘"源文件素材/第11章/实例108.max"文件。

步骤 ② 单击 ❦ (灯光) / ___VRay灯光___ 按钮，在左视图落地窗的位置创建一盏 VRay 灯光来模拟天空光，将【倍增器】设置为 1 左右，【颜色】设置为淡蓝色（天空的颜色），如图 11-25 所示。

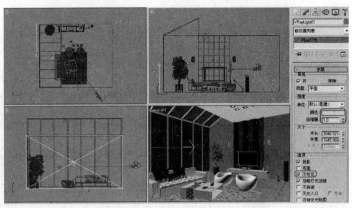

图 11-24 室内日光的效果   图 11-25 【VR 灯光】的参数及位置

> **技巧** 用【VRay 灯光】来模拟天空光效果会比用 VRay 自带的【VRay 天光】效果好一些，尤其是阴影质量。

步骤 ③ 在前视图中使用旋转方式复制一盏，放在上面的位置，如图 11-26 所示。

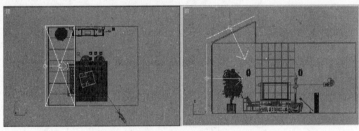

图 11-26 复制的【VRay 灯光】位置

步骤 ④ 单击 ❦ (灯光) / ___VR阳光___ 按钮，在顶视图拖动鼠标创建一盏 VRay 阳光，在各个视图调整它的位置，将灯光的【强度倍增器】设置为 0.01，【大小倍增器】设置为 3，目的是让阴影的边缘比较虚，参数及位置如图 11-27 所示。

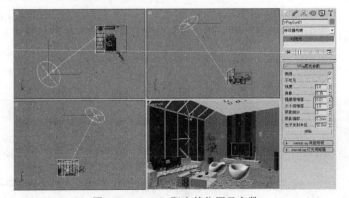

图 11-27 VRay 阳光的位置及参数

下面我们来设置 VRay 的渲染参数进行渲染。

步骤 ⑤ 按下 F10 键，打开【渲染场景】窗口，然后将 VRay 指定为当前渲染器。

步骤 6 设置 VRay 的渲染参数，如图 11-28 所示。

步骤 7 按下键盘上的 Shift+Q 组合键，快速渲染摄影机视图，效果如图 11-29 所示。

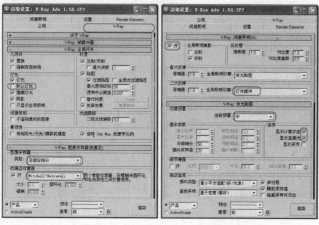

图 11-28　设置的 VRay 的渲染参数　　　　　图 11-29　渲染的效果

步骤 8 单击菜单栏中的【文件】/【另存为】命令，将此线架保存为"实例 108A.max"。

实例总结

本实例主要来表现室内日光效果，讲述了【VRay】项下的【Vraylight】（VRay 灯光）及【VRay 阳光】的创建及参数的修改，通过 VRay 渲染表现出真实的日光效果。

Example 实例 **109** 室内人工光效果

实例目的

本实例通过设置阁楼的人工光来学习【VRay 球形】灯光以及【光度学 Web】的使用方法，实例的目的是让读者对设置人工光有一个清晰的思路。人工光的效果如图 11-30 所示。

实例要点

■ 打开"实例 109.max"文件。

■ 使用【VRay 灯光】及【光度学 Web】产生真实人工光效果。

■ 使用 VRay 进行渲染。

操 作 步 骤

步骤 1 启动 3ds Max 2009 中文版，打开随书光盘"源文件素材/第 11 章/实例 109.max"文件。

为了表现出更好的夜晚效果，我们为环境添加了一幅夜景的图片。

步骤 2 首先在落地窗的位置创建两盏 VRay 平面灯光来模拟室外的环境光，将【倍增器】设置为 1 左右，将【颜色】设置为灰紫色，位置及参数如图 11-31 所示。

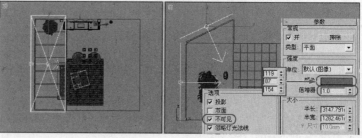

图 11-30　室内人工光的效果　　　　　图 11-31　【VRay 灯光】的参数及位置

步骤 3 同样在前视图中创建一盏 VRay 平面灯光，用来模拟电视的发光效果，将【倍增器】设置为 3 左右，将【颜色】设置为淡黄色，位置及参数如图 11-32 所示。

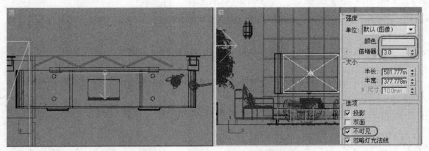

图 11-32　创建的电视的发光效果

步骤 4 在前视图中创建一盏【目标点光源】，使用【VRay Shadow】（VRay 阴影），选择【光度学 Web】（光度学光域网）选项，选择随书光盘 "源文件素材/第 11 章/贴图" 文件夹下的 "筒灯.ies" 文件，将【强度】设置为 1 200 左右，然后实例复制多盏，如图 11-33 所示。

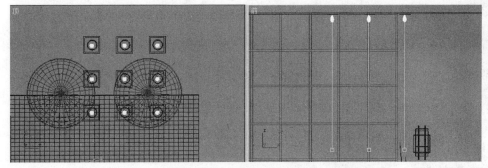

图 11-33　为筒灯创建光域网

步骤 5 在顶视图中创建 3 盏 VRay 球形灯光，模拟壁灯及台灯的发光效果，【类型】选择【球体】，【颜色】设置为淡黄色，【倍增器】设置为 60 左右，【半径】设置为 35，复制两盏，位置及参数如图 11-34 所示。

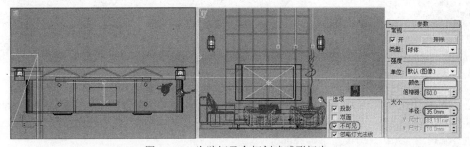

图 11-34　为壁灯及台灯创建球形灯光

技巧　在模拟台灯及壁灯时，也可以采用【泛光灯】，用【泛光灯】速度会比较快一些，但是质量没有用【VRay 球形灯光】效果好。

下面我们来设置 VRay 的参数进行渲染。

步骤 6 按下 F10 键，打开【渲染场景】窗口，然后将 VRay 指定为当前渲染器。

步骤 7 按照上面讲述的方法设置一下 VRay 的渲染参数，按键盘上的 Shift+Q 组合键，渲染效果如图 11-35 所示。

步骤 8 单击菜单栏中的【文件】/【另存为】命令，将此线架保存为"实例 109A.max"文件。

图 11-35　渲染的效果

实例总结

本实例主要来表现室内的人工光效果，室内的灯光主要包括：环境光、壁灯、台灯、筒灯等。重点学习了使用【VRay 灯光】类型中的【球体】灯光模拟壁灯及台灯，筒灯采用了真实的【Web】（光域网）文件，通过 VRay 渲染表现出真实的人工光效果。

Example 实例 110 室外日景效果

实例目的

本实例通过为一个办公楼设置日景效果来学习用创建的【目标平行光】来表现真实的日景效果。室外日景的效果如图 11-36 所示。

实例要点

- 打开"实例 110.max"文件。
- 使用【目标平行光】产生真实日景效果。
- 使用 VRay 进行渲染。

操作步骤

步骤 1 启动 3ds Max 2009 中文版，打开随书光盘"源文件素材/第 11 章/实例 110.max"文件，如图 11-37 所示。

图 11-36　室外日景的表现效果

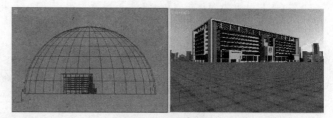

图 11-37　打开的场景

这是一个简单的办公楼场景，材质及摄影机已经设置好了，我们为了让玻璃产生真实的反射效果，在场景中创建了一个球天，赋予了一种全景材质。关于球天的创建及材质的调制我们将在第 21 章中详细的讲述。

下面我们来设置 VRay 的参数进行渲染。

步骤 2 按下 F10 键，打开【渲染场景】窗口，然后将 VRay 指定为当前渲染器。

步骤 3 设置 VRay 的渲染参数，如图 11-38 所示。

步骤 4 按下键盘上的 Shift+Q 组合键，快速渲染摄影机视图，效果如图 11-39 所示。

> **技巧** 通过 VRay 自带的天光来照亮整体效果，设置方法相对来说比较简单，如果想得到更好的效果，必须配合人工布光。

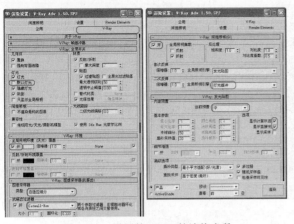

图 11-38 设置的 VRay 的渲染参数　　　　　　　　图 11-39 渲染的效果

通过上面的渲染效果来看，场景已初步具备了微弱的天光效果，但是效果不是很理想，这时必须通过太阳光的照射才能表现出建筑的明暗关系，呈现出立体效果。

步骤 5 单击 （灯光）/ **目标平行光** 按钮，在顶视图中单击鼠标左键并拖动鼠标创建一盏【目标平行光】，在顶视图及前视图调整一下灯光的位置及参数，如图 11-40 所示。

步骤 6 此时再进行渲染摄影机视图，效果如图 11-41 所示。

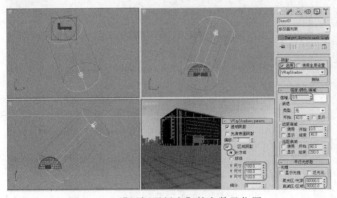

图 11-40 【目标平行光】的参数及位置　　　　图 11-41 使用【目标平行光】后的效果

其实在 3D 里面不需要加天空也可以，因为后面还需要使用 Photoshop 进行后期处理。

步骤 7 单击菜单栏中的【文件】/【另存为】命令，将此线架保存为"110A.max"文件。

实例总结

本实例通过为一个办公楼来设置日光，讲述了如何使用【目标平行光】来模拟太阳光，使用球天来模拟真实的环境效果，最后使用 VRay 渲染出真实的效果。

Example 实例 **111** 室外夜景效果

实例目的

本实例通过为一个办公楼设置室外夜景来学习使用【VRaylight】（VRay 灯光）类型下的【Dome】（穹顶）产生环境光的效果，使用【泛光灯】模拟房间的发光效果。室外夜景的效果如图 11-42 所示。

实例要点

■ 打开"实例 111.max"文件。

■ 使用【VRay 穹顶光】及【泛光灯】产生真实夜景效果。

图 11-42 室外夜景的表现效果

■ 使用 VRay 进行渲染。

操 作 步 骤

步骤① 启动 3ds Max 2009 中文版，打开随书光盘"源文件素材/第 11 章/实例 111.max"文件。

步骤② 按下 M 键，打开【材质编辑器】窗口，将"球天"材质的自发光设置为 0，调整背景渐变贴图的【颜色#1】（红：5，绿：0，蓝：28），【颜色#2】（红：18，绿：18，蓝：65），【颜色#3】（红：90，绿：90，蓝：120）。这样就基本接近了黄昏天空的效果。

下面首先创建一盏 VRay 灯光来模拟周围的环境光。

步骤③ 单击 （灯光）/ VRay灯光 按钮，在顶视图单击鼠标创建一盏【VRay 灯光】，灯光类型选择【穹顶】，将灯光的【颜色】调整为蓝色，将【倍增器】设置为 0.3，位置及参数设置如图 11-43 所示。

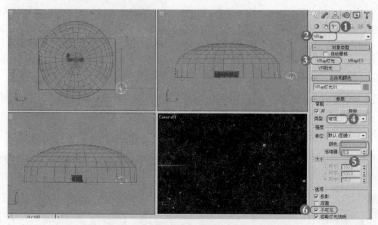

图 11-43　VRay 灯光的位置及参数

技巧 我们采用【穹顶】灯来模拟周围的环境光效果是非常好的，整体比较柔和，也比较好控制。

步骤④ 按下 F10 键，打开【渲染场景】窗口，然后将 VRay 指定为当前渲染器。

步骤⑤ 设置 VRay 的渲染参数，如图 11-44 所示。

步骤⑥ 按下键盘上的 Shift+Q 组合键，快速渲染摄影机视图，效果如图 11-45 所示。

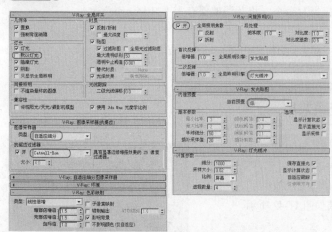

图 11-44　设置 VRay 的渲染参数

图 11-45　渲染的效果

通过上面的渲染效果来看，场景已初步具备了微弱的天光效果，但是效果不是很理想，这时必须通过室内的灯光才能表现出建筑的主次关系。

下面我们来设置室内的灯光，主要用【泛光灯】来表现。

步骤 ⑦ 单击 （灯光）/ 泛光灯 按钮，在顶视图中单击鼠标左键创建一盏【泛光灯】，勾选启用【阴影】，阴影方式选择【VRay Shadow】（VRay 阴影），将【倍增】设置为 0.6 左右，【颜色】设置为黄色，最后调整一下衰减参数，参数的设置及位置如图 11-46 所示。

图 11-46　【泛光灯】的位置及形态

步骤 ⑧ 在顶视图中用移动复制的方式复制两盏，一盏修改【倍增】值为 0.4，另一盏修改【倍增】值为 0.5，位置如图 11-47 所示。

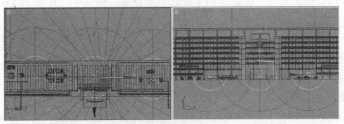

图 11-47　复制后灯光的位置

> **技巧** 我们在为室内布光时，房间里面大部分使用的是【泛光灯】，颜色最好采用暖色多一些，这样更能体现出冷暖对比。

步骤 ⑨ 使用同样的方法复制多盏灯光，放在合适的位置，将亮度及颜色合理地调整一下，位置如图 11-48 所示。

步骤 ⑩ 按下键盘上的 Shift+Q 组合键，快速渲染摄影机视图，效果如图 11-49 所示。

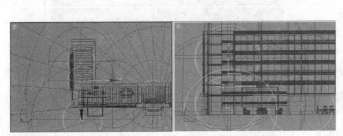

图 11-48　复制后灯光的位置

图 11-49　渲染的效果

步骤 ⑪ 单击菜单栏中的【文件】/【另存为】命令，将此线架保存为 "111A.max" 文件。

实例总结

本实例通过为一个办公楼来设置夜景，讲述了如何用【穹顶】来模拟真实的环境光效果，以及如何使用【泛光灯】来模拟室内的灯光。其中主要讲述了灯光的【阴影】、【倍增】、【衰减】、【颜色】的使用，最后使用 VR 渲染表现出真实的室外建筑夜景效果。

Example 实例 **112** 霓虹灯效果

实例目的

本实例通过为一个办公楼设置室外夜景来学习使用【VRay 灯光】类型下的【穹顶】产生环境光的效果，以及用【泛光灯】来模拟房间的发光效果。室外夜景的效果如图 11-50 所示。

实例要点

- 打开 "实例 112.max" 文件。
- 使用【VRay 灯光材质】产生真实霓虹灯效果。
- 使用 VRay 进行渲染。

图 11-50　使用【VRay 灯光材质】表现的霓虹灯

操作步骤

步骤 ① 启动 3ds Max 2009 中文版，打开随书光盘 "源文件素材/第 11 章/实例 112.max" 文件，如图 11-76 所示。

这个场景是一个办公楼的外观，在建筑的上面我们创建了一些文字，设置了【Rendering】（渲染）项下的参数，让线形产生厚度。因为我们采用 VRay 进行渲染，所以直接使用【VRayLightMtl】（VR 灯光材质）来表现霓虹灯效果就可以了。

步骤 ② 按下 M 键，快速打开【材质编辑器】窗口，选择一个没有用过的材质球，将材质命名为 "霓虹灯"，将当前的【标准】材质替换为【VRay 灯光材质】。

步骤 ③ 设置【颜色】为黄色，调整亮度为 10，如图 11-51 所示。

步骤 ④ 在视图中选择 "文本" 造型，将调制好的霓虹灯材质赋予场景中的 "文本"，渲染场景后观看效果，如图 11-52 所示。

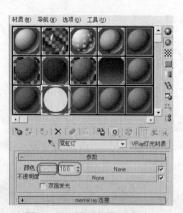

图 11-51　设置颜色及亮度

图 11-52　渲染的效果

> **技巧** 为了让文字更有立体感，可以将文字复制一个，单独赋予一种黄色，或者制作一个边框来增加效果。

步骤 ⑤ 单击菜单栏中的【文件】/【另存为】命令，将此线架保存为 "实例 112A.max" 文件。

实例总结

本实例通过表现一个霓虹灯效果，详细地讲述了【VRay 灯光材质】的使用方法及参数的作用。

第 12 章　摄影机的应用

■　**本章内容**

➢　快速设置摄影机　　➢　会议室摄影机的设置　　➢　商业大楼摄影机的设置

➢　摄影机景深的使用　　➢　公共卫生间摄影机的设置

　　摄影机决定了视图中物体的大小和位置，也就是说我们所看到的内容是由摄影机决定的，所以掌握 3ds Max 中摄影机的用法与技巧是我们进军效果图制作领域关键的一步。

　　在调整效果图的透视角度时，一般通过调整目标摄影机的视角与视点来表现我们所需要的场景，也可以直接将现实生活中的取景技巧直接应用于虚拟的三维空间，从而得到真实的场景效果。

Example 实例 **113** 快速设置摄影机

实例目的

　　本实例主要讲述了怎样快速地创建【目标】摄影机，经过调整参数来得到一个理想的观察视角，实例的目的是让读者了解设置摄影机的作用，房间设置摄影机后的效果如图 12-1 所示。

实例要点

■　打开"实例 113.max"文件。

■　摄影机【镜头】及【手动剪切】参数的设置。

■　使用【另存为】命令将调整后的文件重新保存。

操 作 步 骤

步骤 ❶ 启动 3ds Max 2009 中文版，打开随书光盘"源文件素材/第 12 章/实例 113.max"文件，我们在此基础上进行设置摄影机。

　　这个空间几乎是封闭的，虽然我们使用了单面建模，如果使用 VRay 材质，渲染后会看不见房间里面的，针对这个问题，下面我们就快速地为场景设置摄影机，通过整个摄影机的【剪切平面】参数来观看。

> **技巧** 在执行【打开】命令之前，用户可以事先将随书光盘中的实例源文件复制到电脑上，便于制作过程中调用。

步骤 ❷ 在透视图中调整一个很好的观察效果，快速按下 Ctrl+C 键，从视图中创建摄影机，此时在场景中就创建了一架摄影机，效果如图 12-2 所示。

图 12-1　房间设置摄影机后的效果

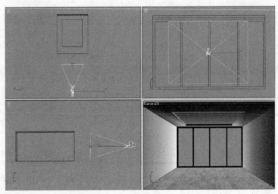

图 12-2　快速创建的摄影机

虽然透视图已变为摄影机视图，但是效果不好，下面对它进行调整。

步骤③ 在顶视图选择摄影机的镜头，进入修改命令面板，调整【镜头】为28，勾选【手动剪切】选项，设置【近距剪切】为2 000，【远距剪切】为7 500，最后再调整一下摄影机的高度及位置。参数如图12-3所示。

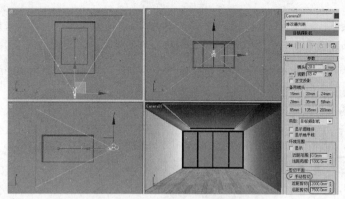

图12-3　设置摄影机的参数及位置

> **技巧** 我们在创建完摄影机以后，通常要对摄影机进行移动、调整，这时最好在工具栏选择过滤器窗框下方选择 C摄影机 ，这样在选择摄影机时其他的物体就不会被选中。

此时，摄影机的设置就完成了，在设置的过程中大家可以根据自己的设计意图来表现画面，想得到一个好的角度及空间，必须反复地调整位置、镜头等参数。

步骤④ 单击 （快速渲染）按钮进行快速渲染，如果没有勾选【手动剪切】，将会看不见房间里面的物体，被墙体遮挡住了，效果如图12-4所示。

使用【手动剪切】后的效果　　　　　　没有使用【手动剪切】的效果

图12-4　【手动剪切】的作用

> **技巧** 将透视图转换为摄影机视图，按键盘中的C键即可；如果需要透视图可以再按键盘中的P键，即可切换到透视图。

步骤⑤ 单击菜单栏中的【文件】/【另存为】命令，将此线架保存为"实例113A.max"文件。

实例总结

本实例通过为一个空房间设置摄影机来学习如何为场景快速地创建摄影机以及修改相关参数，从而借助摄影机来获得一个透视关系较为完美的视图。

Example 实例 **114** 摄影机景深的使用

实例目的

本实例通过为一个楼体来设置出近实远虚的特殊效果，详细讲述摄影机景深参数的设置方法。楼体设置景深后的效果如图 12-5 所示。

实例要点

- 打开"实例 114.max"文件。
- 摄影机【景深】参数的设置。
- 使用【另存为】命令将调整后的文件重新保存。

操作步骤

步骤 1 启动 3ds Max 2009 中文版，打开随书光盘"源文件素材/第 12 章/实例 114.max"文件，如图 12-6 所示。

图 12-5　楼体设置景深后的效果

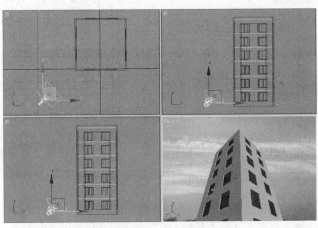

图 12-6　打开的场景

步骤 2 在顶视图选择摄影机，激活 Camera01（摄影机）视图，按下 Alt+W 键，最大化摄影机视图。

步骤 3 单击 ✎（修改）进入修改面板，在【多过程效果】项下勾选【启用】，在【景深参数】下勾选【使用目标距离】，单击 预览 按钮观看摄影机视图的效果，如图 12-7 所示。

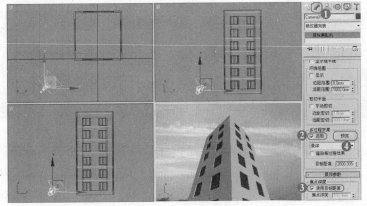

图 12-7　调整景深参数

步骤 4 调整【目标距离】右边的数值来改变摄影机目标点的位置，在【景深参数】项下调整【采样

　　　　　　　　　　　　　　　　　● ● ● ● ● ● ● ●

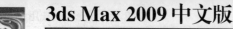
【半径】为 30，再单击 预览 按钮观看效果，如图 12-8 所示。

步骤 ⑤ 单击 🔘（快速渲染）按钮，渲染效果如图 12-9 所示。

图 12-8　调整景深参数

图 12-9　渲染的效果

步骤 ⑥ 调整【目标距离】及【采样半径】的数值，可以改变景深的效果。

步骤 ⑦ 单击菜单栏中的【文件】/【另存为】命令，将此线架保存为"实例 114A.max"文件。

实例总结

本实例通过为楼体设置近实远虚的特殊效果，学习了摄影机中的景深使用以及如何根据不同的场景修改对应的参数，从而借助摄影机来表现现实生活中人眼所不能见到的特殊视觉效果。

Example **实例** **115**　会议室摄影机的设置

实例目的

本实例主要使用【目标】摄影机来为会议室设置一架摄影机，得到一个理想的观察视角，实例的目的是让读者了解设置摄影机的作用，会议室设置摄影机后的效果如图 12-10 所示。

实例要点

- 打开"实例 115.max"文件。
- 摄影机【镜头】及【手动剪切】参数的设置。
- 使用【另存为】将文件另存。

操 作 步 骤

步骤 ① 启动 3ds Max 2009 中文版，打开随书光盘"源文件素材/第 12 章/实例 115.max"文件，效果如图 12-11 所示。

图 12-10　会议室设置摄影机后的效果

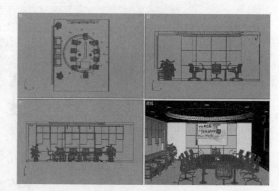

图 12-11　打开的"实例 115.max"文件

步骤 ② 单击创建命令面板中的 📷（摄影机）/ 目标 按钮，在顶视图中拖动鼠标创建一架目标摄像机，如图 12-12 所示。

步骤 ③ 在顶视图及前视图调整一下摄影机的位置及高度，如图 12-13 所示。

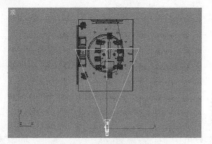

图 12-12 创建的摄影机

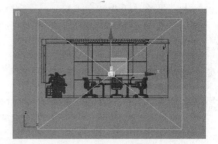

图 12-13 调整摄影机的高度

> **技巧** 对于室内效果图摄影机的高度，我们一般可以控制在 1 100～1 400 之间，这比较符合人眼的视觉效果。

步骤 ④ 激活透视图，按下键盘上的 C 键，透视图即可变成摄影机视图。在前视图中选择中间的蓝线，也就是同时选择摄影机和目标点，将摄影机移动到高度为 1 200 左右的位置，将【镜头】设置为 28，勾选【剪切平面】选项，设置【近距剪切】为 3 000，【远距剪切】为 12 000，效果如图 12-14 所示。

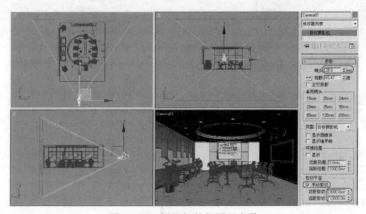

图 12-14 摄影机的位置及参数

> **技巧** 将透视图转换为摄影机视图，按键盘中的 C 键即可，如果需要透视图可以再按键盘中的 P 键，即可切换到透视图。

步骤 ⑤ 单击菜单栏中的【文件】/【另存为】命令，将此线架保存为"实例 115A.max"。

实例总结

本实例通过为会议室设置摄影机来学习如何为场景设置摄影机以及修改相关参数，从而借助摄影机来获得一个透视关系较为完美的视图。

Example **实例** **116** 公共卫生间摄影机的设置

实例目的

本实例主要使用【目标】摄影机来为公共卫生间设置一架摄影机，得到 个理想的观察视角，实例的目的是让读者了解设置摄影机的作用，公共卫生间设置摄影机后的效果如图 12-15 所示。

实例要点

■ 打开"实例116.max"文件。

■ 摄影机【镜头】及【手动剪切】参数的设置。

■ 使用【另存为】将文件另存。

操 作 步 骤

步骤 ❶ 启动 3ds Max 2009 中文版，打开随书光盘"源文件素材/第 12 章/实例 116.max"文件，效果如图 12-16 所示。

图 12-15 公共卫生间设置摄影机后的效果

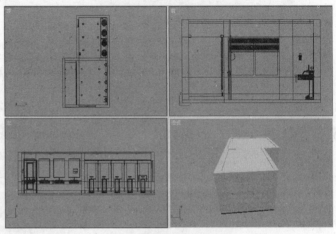

图 12-16 打开"实例 116.max"文件

技
巧 在使用从光盘复制到用户机器上的文件时，如果需要保护源文件内的图形不被修改，在打开文件时最好以"只读"方式打开。具体操作就是选择源文件，单击 打开(O) ▾ 右侧的下三角按钮，从弹出的菜单中选择"以只读方式打开"。

步骤 ❷ 单击创建命令面板中的 （摄影机）/ 目标 按钮，在顶视图中拖动鼠标创建一架目标摄像机，如图 12-17 所示。

步骤 ❸ 在顶视图及前视图中调整一下摄影机的位置及高度，如图 12-18 所示。

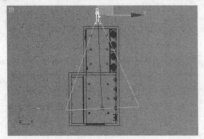

图 12-17 创建的摄影机

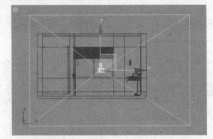

图 12-18 调整摄影机的高度

技
巧 最终要表现的效果取决于摄影机的镜头，如果我们要重点表现某一部分，只需要将镜头对准该部分即可，其他的部位可以作为组成部分进行点缀。

步骤 ❹ 激活透视图，按下键盘上的 C 键，透视图即可变成摄影机视图。在前视图中选择中间的蓝线，也就是同时选择摄影机和目标点，将摄影机移动到高度为 1 200 左右的位置，将【镜头】设置为 24，勾选【剪切平面】选项，设置【近距剪切】为 3 000，【远距剪切】为 12 000，效果如图 12-19 所示。

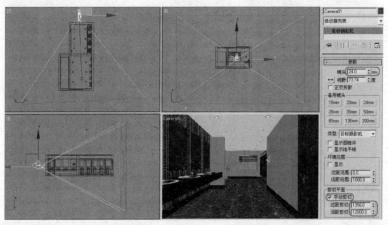

图 12-19　摄影机的位置及参数

技巧　将透视图转换为摄影机视图，按下键盘中的 C 键即可，如果需要透视图可以再按下键盘中的 P 键，即可切换到透视图。

步骤 5　单击菜单栏中的【文件】/【另存为】命令，将此线架保存为"实例 116A.max"。

实例总结

本实例通过为公共卫生间设置摄影机来学习如何为场景设置摄影机以及修改相关参数，从而借助摄影机来获得一个透视关系较为完美的视图。

Example 实例 **117** 商业大楼摄影机的设置

实例目的

本实例通过为商业大楼设置摄影机来学习目标摄影机的创建和使用方法，实例的目的是让读者了解室外建筑摄影机的设置，商业大楼设置摄影机后的效果如图 12-20 所示。

实例要点

- 打开"实例 117.max"文件。
- 室外摄影机的设置。
- 使用【另存为】将文件另存。

操 作 步 骤

步骤 1　启动 3ds Max 2009 中文版，打开随书光盘"源文件素材/第 12 章/实例 117.max"文件，如图 12-21 所示。

步骤 2　单击创建命令面板中的 📷（摄影机）/ ▢目标▢ 按钮，在顶视图拖动鼠标创建一架目标摄像机，如图 12-22 所示。

步骤 3　在前面视图选择中间的蓝线，也就是同时选择摄影机和目标点，将摄影机移动到高度为 1 400 左右的位置，【镜头】设置为 35，如图 12-23 所示。

图 12-20　商业大楼设置摄影机后的效果

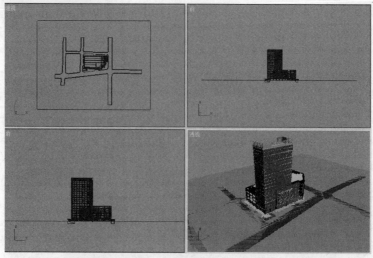

图 12-21   打开的商业大楼场景

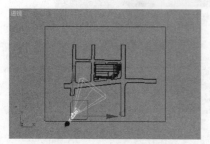

图 12-22   创建的摄影机

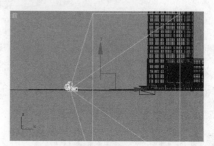

图 12-23   调整摄影机的高度

> **技巧** 对于室外效果图摄影机的高度，如果要产生仰视的效果，我们可以将摄影机的镜头低于目标点；如果想表现俯视的效果，则相反即可。

步骤 ④ 按下 Shift+F 键，快速显示【安全框】。

步骤 ⑤ 单击菜单栏中的【文件】/【另存为】命令，将此线架保存为"实例 117A.max"。

实例总结

本实例通过为商业大楼设置摄影机来学习在室外景观效果表现图中如何为场景设置摄影机以及修改相关参数，从而借助摄影机来得到作为建筑所应体现的一种结构、效果。

第13章　室内装饰物的制作

■　**本章内容**
- ➤ 装饰瓶
- ➤ 青花瓶
- ➤ 玻璃装饰画
- ➤ 竹隔断
- ➤ 鹅卵石
- ➤ 地球仪
- ➤ 铁艺果盘
- ➤ 餐具
- ➤ 玩具
- ➤ 碗盘架

点缀得恰到好处的装饰性物品，对空间的美化和完善起着不可忽视的作用。若将装饰物布置得体，会成为室内空间的点睛之笔。在进行室内装饰时，要根据装饰环境和人们的喜好，选择合适的装饰物，例如各种装饰画、瓷器、玻璃器皿、花束、植物、摆件等，用以丰富整体空间的气氛，增加层次感。本章我们就来学习室内不同装饰物的制作方法。

Example 实例 118　装饰瓶

实例目的

本实例主要使用【车削】命令制作装饰瓶造型，实例的目的是让读者了解综合命令的运用，花瓶的效果如图 13-1 所示。

实例要点
- ■　线形的绘制。
- ■　熟练运用【车削】命令。
- ■　使用【保存】命令将文件存盘。

操 作 步 骤

步骤 1 启动 3ds Max 2009 中文版，将单位设置为毫米。

步骤 2 在前视图用线绘制如图 13-2 所示的线形（约 500×60）。

步骤 3 单击 ✐（修改）进入修改面板，进入 ◠（样条线）子层级，为绘制的线形添加一个【轮廓】，大小控制的比例合适就可以了，将上面的顶点修改得圆滑一点，效果如图 13-3 所示。

图 13-1　花瓶的效果

图 13-2　绘制的线形

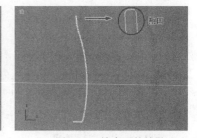

图 13-3　轮廓后的效果

> **技巧** 为了得到比较准确的尺寸，在绘制线形时，可以绘制一个矩形作为参照的尺寸，这样制作的造型尺寸就比较合理了。

步骤 4 在修改命令面板中执行【车削】命令，单击【对齐】类下的 最小 按钮，为了得到圆滑的效果，将【分段】设置为 30，如图 13-4 所示。

步骤⑤ 使用同样的方法再制作两个大小不同的装饰瓶，效果如图 13-5 所示。

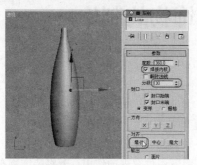

图 13-4　执行车削命令

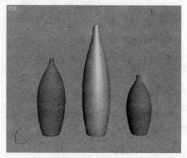

图 13-5　制作的装饰瓶

步骤⑥ 将文件进行保存，命名为"实例 118.max"。

实例总结

本实例通过制作装饰瓶造型，主要练习线形的绘制与修改，然后配合【车削】命令制作出花瓶造型。

Example **实例 119** 青花瓶

实例目的

本实例通过青花瓶的制作来学习【车削】、命令的使用方法。青花瓶的效果如图 13-6 所示。

实例要点

- 线形的绘制。
- 熟练运用【车削】命令。
- 使用【保存】命令将文件存盘。

操 作 步 骤

步骤① 启动 3ds Max 2009 中文版，将单位设置为毫米。

步骤② 在前视图用线绘制如图 13-7 所示的线形（约 1 000×300）。

步骤③ 单击 🖉（修改）进入修改面板，进入 ∿（样条线）子层级，为绘制的线形添加一个【轮廓】，大小控制得比例合适就可以了，然后再进入【顶点】项下调整形态，效果如图 13-8 所示。

图 13-6　青花瓶的效果

图 13-7　绘制的线形

图 13-8　轮廓后的效果

步骤④ 在修改命令面板中执行【车削】命令，单击【对齐】项下的 最小 按钮，为了得到圆滑的效果，将【分段】设置为 30，如图 13-9 所示。

> **技巧** 在设置【分段】参数时一定要控制好，段数不要太多了，因为太多面片会影响计算机的运行速度，如果【段数】太少，物体就会不平滑。

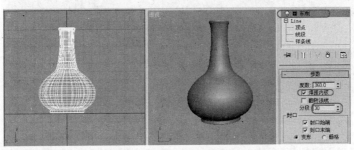

图 13-9　执行【车削】命令

步骤 ⑤ 将文件进行保存，命名为"实例 119.max"。

实例总结

本实例通过制作青花瓶造型，主要练习线形的绘制与修改，然后配合【车削】命令制作出花瓶造型。

Example **实例** **120** 玻璃装饰画

实例目的

本实例使用【长方体】然后转换为【可编辑多边形】制作墙面上的玻璃装饰画造型，实例的目的是让读者掌握最优秀的建模方法。玻璃装饰画的效果如图 13-10 所示。

操 作 步 骤

步骤 ① 启动 3ds Max 2009 中文版，将单位设置为毫米。

步骤 ② 在前视图中创建 560×410×10 的长方体（作为玻璃），然后转换为【可编辑多边形】命令，按下 4 键，进入 ■ （多边形）子对象层级，选择前面的面，使用 倒角 制作出玻璃的斜面，如图 13-11 所示。

图 13-10　玻璃装饰画的效果

图 13-11　执行【倒角】

步骤 ③ 在前视图中创建长度为 480，宽度为 330 的平面，作为装饰画，位置及参数如图 13-12 所示。

图 13-12　创建的【平面】

步骤 ④ 在前视图中创建半径为 10，高度为 30 的圆柱体，调整到合适的位置，然后将其转换为【可编辑多边形】，制作出一个小倒角，进行复制，效果如图 13-13 所示。

图 13-13　创建的【圆柱体】

技
巧
　我们在创建模型时，一定要做到心中有数，如果需要较多的分段数，可以在创建物体时直接设置出来，而不需要再次进行修改。

步骤 5　将文件进行保存，命名为"实例 120.max"。

实例总结

本实例通过玻璃装饰画造型来熟练掌握【可编辑多边形】命令修改得到新的造型，这是一种比较简洁的制作造型的方法。

Example 实例 **121**　竹隔断

实例目的

本实例通过制作竹隔断造型，熟练掌握【车削】使用与修改，效果如图 13-14 所示。

实例要点

- 线形的绘制。
- 熟练运用【车削】命令。
- 修改由【车削】命令得到的造型。
- 使用【保存】命令将文件存盘。

操 作 步 骤

步骤 1　启动 3ds Max 2009 中文版，将单位设置为毫米。

步骤 2　在前视图中绘制如图 13-15 所示的竹杆的线形，并为其添加【车削】命令，得到竹杆的效果。

图 13-14　竹隔断的效果

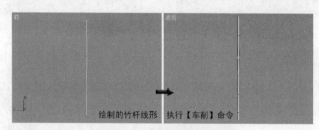

绘制的竹杆线形　　执行【车削】命令

图 13-15　制作的竹杆造型

步骤 3　在前视图中移动复制制作的竹杆造型，并调整竹杆的竹节高度和粗细，然后用旋转工具修改竹杆的方向，如图 13-16 所示。

技
巧
　我们在旋转竹杆之前，必须将竹杆的粗细和竹节高度调整好，否则旋转之后修改起来就要麻烦多了。

步骤 ④ 按照上面的方法复制并修改其他的竹杆造型，得到如图 13-17 所示效果。

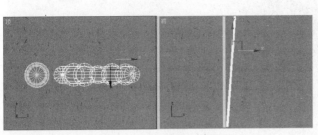

图 13-16　调整复制得到的竹杆

图 13-17　复制并修改得到的竹隔断

步骤 ⑤ 将文件进行保存，命名为"实例 121.max"。

实例总结

本实例通过制作竹隔断造型来学习【车削】命令的使用方法。

Example 实例 **122** 鹅卵石

实例目的

本实例为制作鹅卵石的案例，主要学习了创建【球体】，再用【缩放】工具修改创建的球体，从而得到不同造型的鹅卵石，效果如图 13-18 所示。

图 13-18　鹅卵石的效果

实例要点

- 创建【球体】。
- 缩放工具的使用。
- 使用【保存】命令将文件存盘。

操 作 步 骤

步骤 ① 启动 3ds Max 2009 中文版，将单位设置为毫米。

步骤 ② 在顶视图中创建一个半径为 30，分段为 10 的球体，如图 13-19 所示。

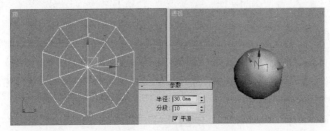

图 13-19　创建的球体

步骤 3 在顶视图，沿 x 轴向右方拖动，对球体进行放大，如图 13-20 所示。

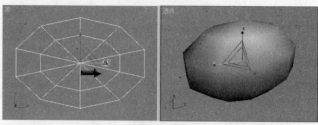

图 13-20　对球体进行宽度上的缩放

步骤 4 激活前视图，沿 y 轴向下方移动，对球体进行缩小处理，如图 13-21 所示。

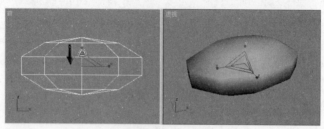

图 13-21　对球体进行高度上的缩放

技巧 为了得到更好的形态，我们可以为球体添加一个【噪波】修改命令，或者将球体转换为【可编辑多边形】命令进行精细的调整。

步骤 5 将修改后的球体复制多个，也可以使用缩放工具随意调整复制后的球体大小，最终的效果如图 13-22 所示。

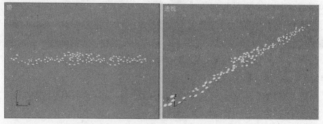

图 13-22　多个复制并修改的效果

步骤 6 将文件进行保存，命名为"实例 122.max"。

实例总结

本实例通过制作鹅卵石造型主要学习了【缩放】工具的使用。

Example 实例 **123** 地球仪

实例目的

本实例通过地球仪的制作来学习用线绘制复杂的曲线造型，以及配合【车削】和【倒角轮廓】命令的使用，制作出逼真的地球仪造型，其效果如图 13-23 所示。

实例要点

■ 绘制线形。

■ 【倒角剖面】命令的使用。

■ 【车削】命令的使用。

■ 使用【保存】命令将文件存盘。

操 作 步 骤

步骤① 启动 3ds Max 2009 中文版，将单位设置为毫米。

步骤② 在前视图中绘制一条如图 13-24（左）所示的圆弧线形，作为【倒角剖面】命令的路径，同样，在左视图中绘制如图 13-24（右）所示的线形，作为该命令中的剖面。

图 13-23 地球仪的效果

图 13-24 绘制的线形

步骤③ 选择绘制的弧线，在修改器列表选择【倒角剖面】命令，单击 [拾取剖面] 按钮，在视图中拾取绘制的剖面，生成地球仪的圆弧支架，如图 13-25 所示。

这时我们可以发现，生成的圆弧支架的剖面是错误的，需要旋转【倒角剖面】命令中的剖面。

步骤④ 在左视图选择绘制的剖面，按下键盘中的 3 键，进入 ∧（样条线）子对象层级，打开角度捕捉，设置捕捉的角度为 45°，将圆弧支架造型修改正确。如图 13-26 所示。

图 13-25 执行【倒角剖面】命令

图 13-26 调整圆弧支架的剖面

技巧 当我们在执行【倒角剖面】命令时，如果得到的造型的截面方向是错误的，需要选择用来执行命令的剖面，必须进入 ∧（样条线）子层级旋转，才可以改变得到造型的截面方向，如果没有进入 ∧（样条线）子层级旋转是无效的。

步骤⑤ 在前视图中绘制如图 13-27 所示的线形，并执行【车削】命令，作为地球仪的连接件，然后通过旋转工具调整该造型的形态。

步骤⑥ 将制作的连接件沿 xy 轴镜像一个，调整至合适的位置。

步骤⑦ 在前视图绘制如图 13-28 所示的曲线，并添加【车削】命令，作为地球仪的底座。

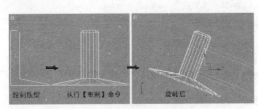

图 13-27 制作的连接件

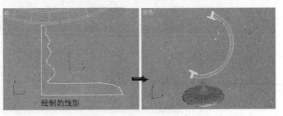

图 13-28 制作的底座

步骤 8 在顶视图创建半径为 125，分段为 20 的球体，调整至合适的位置，如图 13-29 所示。

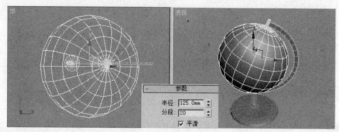

图 13-29　创建的球体

步骤 9 将文件进行保存，命名为"实例 123.max"。

实例总结

本实例通过地球仪的制作来熟练掌握【倒角剖面】命令的使用与修改。

Example 实例 124 铁艺果盘

实例目的

本实例通过铁艺果盘的制作来学习二维线形的应用及【车削】命令的使用方法。铁艺果盘的效果如图 13-30 所示。

实例要点

- 绘制线形。
- 使用【渲染】项下的参数让线形产生厚度。
- 【车削】命令的使用。
- 使用【保存】命令将文件存盘。

图 13-30　铁艺果盘的效果

步骤 1 启动 3ds Max 2009 中文版，将单位设置为毫米。

步骤 2 单击 （创建）/ （线形）/ 圆 按钮，在顶视图绘制一个【半径】为 150 的圆，设置一下【渲染】项下的参数，如图 13-31 所示。

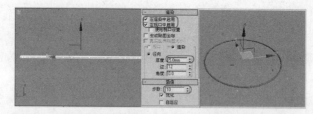

图 13-31　【圆】的位置及【渲染】参数

步骤 3 在前视图沿 y 轴复制 4 个，修改一下【半径】，效果如图 13-32 所示。

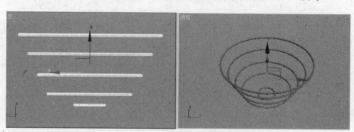

图 13-32　圆的位置

步骤 4 使用线命令在前视图绘制一条曲线，形态如图 13-33 所示。

步骤 5 使用【阵列】生成 2 个，然后在下面创建 3 个球体，如图 13-34 所示。

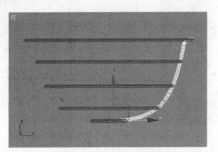

图 13-33　绘制的线形

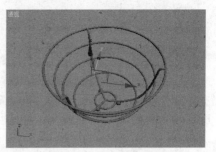

图 13-34　阵列后的效果

步骤 6 在铁艺里面用【车削】命令制作一些苹果，最终效果如图 13-35 所示。

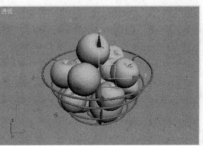

图 13-35　制作的苹果

> **技巧** 在制作水果时，制作一个水果复制后再修改它的形态就可以了，关键要注意摆放的位置及方向、大小，摆放得自然一些就可以了。

步骤 7 将文件进行保存，命名为"实例 124.max"。

实例总结

本实例通过铁艺果盘的制作，熟练掌握二维线形的运用及【渲染】类下各项参数的功能，并配合【车削】命令制作出水果。

Example 实例 125　餐具

实例目的

本实例通过餐具的制作来学习【车削】、【可编辑多边形】命令的使用方法。餐具的效果如图 13-36 所示。

实例要点

- 线形的绘制。
- 熟练运用【车削】命令。
- 使用【保存】命令将文件存盘。

操 作 步 骤

步骤 1 启动 3ds Max 2009 中文版，将单位设置为毫米。

步骤 2 在前视图中用线绘制如图 13-37 所示的线形（约 20×150）。

步骤 3 在修改命令面板中执行【车削】命令，单击【对齐】类下的 最小 按钮，为了得到圆滑的效果，将【分段】设置为30，如图13-38所示。

图13-36　餐具的效果

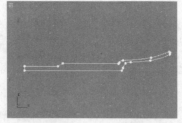
图13-37　绘制的线形

图13-38　执行【车削】命令

步骤④ 同样在前视图中用线绘制出茶杯的截面（约110×80），如图13-39所示。

步骤⑤ 执行【车削】命令，【分段】设置为30，效果如图13-40所示。

步骤⑥ 上面的筷子就比较简单了，直接创建长方形并将其转换为【可编辑多边形】修改一下就可以了，效果如图13-41所示。

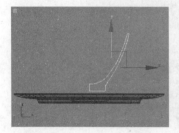
图13-39　绘制的线形

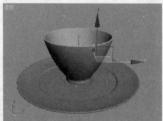
图13-40　执行【车削】命令

图13-41　制作的筷子

> **技巧** 在制作筷子时，最好使用【切角长方体】，因为切角长方体有一个圆角可以控制，如果制作的筷子没有圆角，渲染后就体现不出来高光效果。

步骤⑦ 将文件进行保存，命名为"实例125.max"。

实例总结

本实例通过制作餐具造型主要练习线形的绘制与修改方法，然后配合【车削】命令制作出盘子及茶杯造型。

Example 实例 **126** 玩具

实例目的

本实例通过玩具的制作来学习对创建完成的【球体】使用缩放命令进行缩放，玩具的效果如图13-42所示。

实例要点

- 创建【球体】。
- 使用【锥化】命令生成身体。
- 缩放工具的使用。
- 使用【保存】命令将文件存盘。

操 作 步 骤

步骤① 启动3ds Max 2009中文版，将单位设置为毫米。

步骤② 在顶视图中创建一个半径为80，分段为23的球体（作为"身

图13-42　玩具的效果

体"），如图 13-43 所示。

步骤 3 在修改命令面板中执行【锥化】命令，【数量】设置为-0.3，效果如图 13-44 所示。

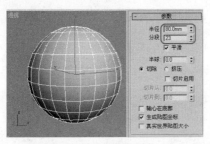

图 13-43　创建的球体

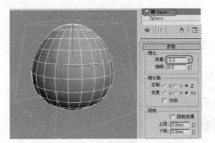

图 13-44　调整【锥化】下的参数

步骤 4 使用球体制作出头及眼睛，效果如图 13-45 所示。

步骤 5 使用线形在左视图绘制出截面，然后执行【车削】生成嘴巴，效果如图 13-46 所示。

图 13-45　制作的头及眼睛

图 13-46　使用【车削】制作的鼻子

步骤 6 同样创建【球体】，然后执行【FFD 长方体】命令修改完成翅膀的创建，效果如图 13-47 所示。

步骤 7 玩具的脚也是创建【球体】，在前视图用缩放压扁就可以了，效果如图 13-48 所示。

图 13-47　制作的头及眼睛

图 13-48　用【车削】制作的鼻子

> **技巧** 在使用【FFD 长方体】命令的时候，最好先使用 ▣（选择并均匀缩放）命令将球体压扁，然后再使用【FFD 长方体】命令进行调整就简单一些。

步骤 8 将文件进行保存，命名为"实例 126.max"。

实例总结

本实例制作了一个玩具造型，主要制作出简单的【球体】，然后运用三维修改命令生成一些艺术造型。

Example 实例 **127** 碗盘架

实例目的

本实例通过碗盘架的制作来学习使用【切角长方体】制作山碗盘架的操作。碗盘架的效果如图 13-49 所示。

实例要点

- 创建【球体】。
- 使用【锥化】命令生成身体。
- 缩放工具的使用。
- 使用【保存】命令将文件存盘。

操 作 步 骤

步骤 ① 启动 3ds Max 2009 中文版，将单位设置为毫米。

步骤 ② 单击 （创建）/ （几何体）/ 切角长方体 按钮，在顶视图创建一个切角长方体，参数及形态如图 13-50 所示。

步骤 ③ 将【角度捕捉】设置为 45°，在左视图沿 z 轴旋转一次，形态如图 13-51 所示。

图 13-49　碗盘架的效果

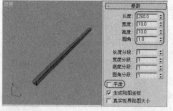
图 13-50　切角长方体的参数

图 13-51　旋转后的形态

> **技巧** 将【切角长方体】的【平滑】取消的目的是为了让筷架体现出更好的结构，如果在灯光下，会有很好的高光效果。

步骤 ④ 在左视图【镜像】一个，调整一下位置，在顶视图复制多组，效果如图 13-52 所示。

步骤 ⑤ 使用同样的方法制作出固定件，效果如图 13-53 所示。

图 13-52　复制后的效果

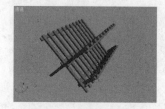
图 13-53　制作的固定件

步骤 ⑥ 使用【车削】制作一个盘子放在上面，然后复制 2 个，效果如图 13-54 所示。

步骤 ⑦ 将文件进行保存，命名为"实例 127.max"。

实例总结

本实例制作了一个碗盘架造型，主要运用了简单的【切角长方体】制作出一个造型复杂的碗盘架造型，再用【车削】制作出盘子。

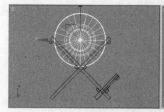

图 13-54　碗盘架的最终效果

第14章 室内各种灯具的制作

■ **本章内容**

➤ 玻璃吊灯　　　➤ 现代落地灯　　　➤ 台灯
➤ 欧式吊灯　　　➤ 中式落地灯　　　➤ 方筒灯
➤ 筒式壁灯　　　➤ 射灯

灯具是室内效果图中必不可少的构件之一，它的应用范围非常广泛，大到宾馆、饭店、会议室，小到居家场所，各类灯具的应用可以说是无所不在。灯具的类型因造型、功能及其放置的空间位置而有所不同，分为吊灯、壁灯、台灯、地灯及射灯等。

不同的灯具造型可以衬托出不同的空间气氛，它也是顶部装饰处理的一个非常重要的环节，下面我们就来学习室内各种灯具的制作方法。

Example 实例 **128** 玻璃吊灯

实例目的

本实例通过制作玻璃吊灯造型来熟练掌握【编辑多边形】命令的使用方法与技巧。玻璃吊灯的效果如图 14-1 所示。

实例要点

■ 创建【长方体】。

■ 【编辑多边形】命令的使用。

■ 使用【保存】命令将文件存盘。

操 作 步 骤

步骤 ❶ 启动 3ds Max 2009 中文版，将单位设置为毫米。

步骤 ❷ 单击 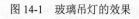（创建）/ ◎（几何体）/ 长方体 按钮，在顶视图中单击并拖动鼠标创建一个 800×800×40 的长方体（作为"灯座"），参数及形态如图 14-2 所示。

图 14-1　玻璃吊灯的效果

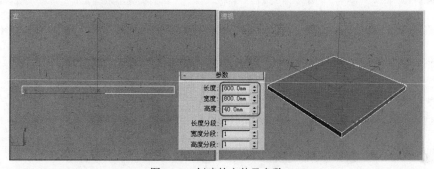

图 14-2　创建的方体及参数

> **技巧** 在制作效果图时，经常会遇到视图中的坐标变成了红线，这时按下键盘中的 *x* 键就可以将其变成箭头状态了。

步骤③ 右击鼠标，在弹出的右键菜单中选择【转换为】/【转换为可编辑多边形】，按下 4 键，进入■
（多边形）子对象层级，在透视图中选择下面的面，单击 倒角 右面的□按钮，在弹出的对话
框中设置参数，单击 确定 按钮，如图 14-3 所示。

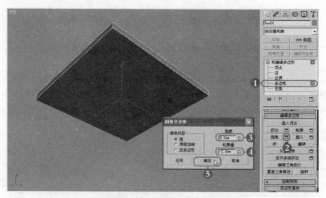

图 14-3　对面进行倒角

步骤④ 选择上面的面，再执行 倒角 命令，第 1 次将轮廓数量设置为-100，单击 应用 按钮，再输
入高度为 40，单击 确定 按钮，如图 14-4 所示。

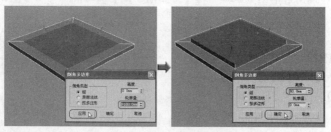

图 14-4　对上方的面进行倒角

> **技巧** 我们在对话框中需要将数值修改为 0 时，可以直接在数值框右边的黑色三角箭头上单击鼠标右
> 键，就可以快捷地将数值更改为 0。

步骤⑤ 在顶视图中创建一个 150×150×140 的长方体（作为"玻璃灯罩"），参数及位置如图 14-5 所示。

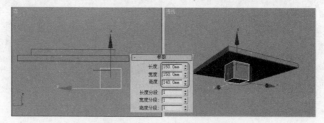

图 14-5　方体的参数及位置

步骤⑥ 将创建的长方体转换为【可编辑多边形】，按下 4 键，进入■（多边形）子对象层级，在透
视图中选择下面的面，执行 倒角 命令，第 1 次将轮廓数量设置为-8，单击 应用 按钮，再
输入高度为-130，单击 确定 按钮，如图 14-6 所示。

步骤⑦ 单击 （创建）/ （几何体）/ 圆柱体 按钮，在顶视图灯罩的中间创建一个柱体（作为"灯
泡"），参数及位置如图 14-7 所示。

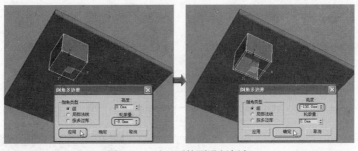

图 14-6　对下面的面进行倒角

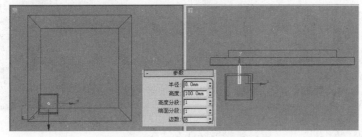

图 14-7　柱体的参数及位置

步骤 8 将柱体转换为【可编辑多边形】，按下 4 键，进入 ■ (多边形)子对象层级，在透视图中选择下面的面，执行多次 倒角 命令，效果如图 14-8 所示。

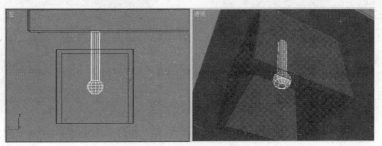

图 14-8　制作的灯泡

步骤 9 在顶视图中选择灯罩和灯泡，然后复制多个，如图 14-9 所示。

步骤 10 将灯座赋予磨沙不锈钢，将灯罩赋予玻璃材质，将灯泡赋予自发光材质，最终的效果如图 14-10 所示。

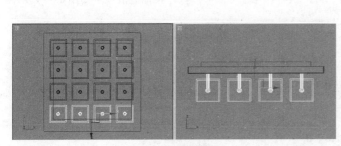

图 14-9　复制后的效果

图 14-10　赋予材质后的效果

步骤 11 将制作的模型保存起来，文件名为"实例 128.max"。

实例总结

本实例通过制作玻璃吊灯造型讲解了如何将创建的长方体转换为可编辑多边形之后所进行的修改操

作，使用不同的命令按钮可以制作出不同的造型效果。

Example 实例 **129** 欧式吊灯

实例目的

本实例通过制作欧式吊灯造型来学习【车削】与【阵列】命令的使用方法。欧式吊灯的效果如图 14-11
所示。

实例要点

- 【线】的绘制。
- 【车削】命令的使用。
- 线形【可渲染】的设置。
- 【阵列】命令的使用。
- 使用【保存】命令将文件存盘。

操 作 步 骤

图 14-11　欧式吊灯效果

步骤 1 启动 3ds Max 2009 中文版，将单位设置为毫米。

步骤 2 在前视图中绘制如图 14-12 所示的吊灯杆线形，并为其添加【车削】命令，得到如图 14-13 所
示效果。

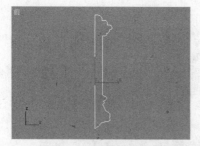

图 14-12　绘制的吊灯杆线形

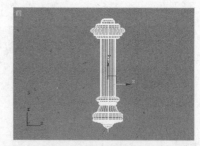

图 14-13　执行【车削】命令后效果

> **技巧** 在执行【车削】命令时，如果得到的造型中心没有封闭，我们可以通过移动【车削】命令的"轴"
> 来修改车削后的形态。

步骤 3 在前视图中绘制一条曲线作为吊灯的挑杆，勾选可渲染参数，具体数值设置如图 14-14 所示。

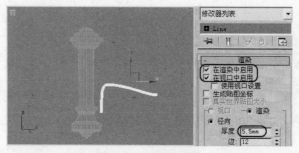

图 14-14　绘制的曲线

步骤 4 按照同样方法，在顶视图中绘制一条直线，在直线的末端创建一个圆环，作为吊灯的连接件，
并移动复制一组，圆环的具体数值及位置如图 14-15 所示。

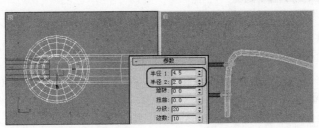

图 14-15　制作的吊灯连接件

步骤 5　在前视图中绘制如图 14-16 所示的吊灯灯头线形，并为其添加【车削】命令，可以得到如图 14-17 所示效果。

图 14-16　绘制的吊灯灯头的线形

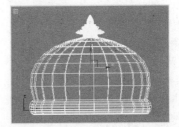

图 14-17　执行【车削】命令后的效果

> **技巧**　为了使用过程中能够方便地赋予材质，我们可以按照上面所讲述的方法将两端的多边形分离出来，进行单独编辑。

步骤 6　调整好各个部分的位置，将灯头与连接件进行成组，然后以灯杆为阵列轴心中点，将它们进行阵列操作，阵列的数量为 5，最终的效果如图 14-18 所示。

步骤 7　将文件进行保存，命名为"实例 129.max"。

实例总结

本实例通过制作欧式吊灯造型来熟练掌握线形的绘制与修改，以及通过【车削】与【阵列】命令来生成三维物体并形成吊灯造型。

图 14-18　阵列后的形态

Example **实例 130** 　筒式壁灯

图 14-19　筒式壁灯的效果

实例目的

本实例通过制作筒式壁灯造型来练习【倒角】和【挤出】命令的使用方法。壁灯的效果如图 14-19 所示。

实例要点

- 绘制线形。
- 【倒角】命令的使用。
- 【镜像】复制底部的底座。
- 【挤出】命令的使用。
- 使用【保存】命令将文件存盘。

操作步骤

步骤① 启动 3ds Max 2009 中文版，将单位设置为毫米。

步骤② 在顶视图中绘制一组如图 14-20 所示的线形，控制其尺寸为 115×95。

步骤③ 为绘制的线形添加【倒角】命令，具体参数如图 14-21 所示。

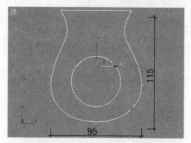

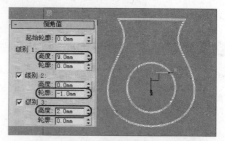

图 14-20　绘制的壁灯的底座　　　　　　图 14-21　执行【倒角】命令后的效果

技巧 在作图过程中，视图中的左边有时候很小，可以按键盘中的"＋"进行加长，按"－"进行缩短。

步骤④ 激活前视图，将制作的壁灯底座镜像一个，具体数值如图 14-22 所示。

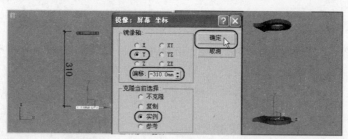

图 14-22　执行【镜像】命令后的效果

技巧 通过"镜像：屏幕坐标"对话框中"偏移"后的数值，可以精确控制镜像物体之间的距离。

步骤⑤ 选择一个底座，将其沿 y 轴移动复制一个，回到`⋯`（顶点）子对象层级，调整线形形状如图 14-23 所示，再将里面的样条线删除，然后为其添加【挤出】命令，设置挤出数量为 310。

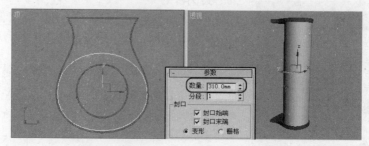

图 14-23　制作壁灯的灯管

步骤⑥ 按照相同的方法调整线形的形态，制作出壁灯的后背，得到如图 14-24 所示的效果。

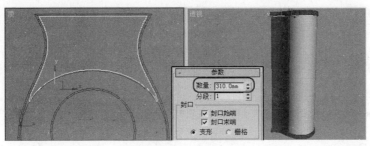

图 14-24 制作壁灯的后背

步骤 7 将文件进行保存，命名为"实例 130.max"。

实例总结

本实例制作了一个筒式壁灯造型，主要是希望大家能够在制作的过程中熟练学会【倒角】命令和【镜像】工具的使用方法。

Example 实例 **131** 现代落地灯

实例目的

本实例通过现代落地灯的制作来学习【车削】命令的使用与修改方法。现代落地灯的效果如图 14-25 所示。

实例要点

- 绘制线形。
- 【车削】命令的使用与修改。
- 【倒角】命令的使用。
- 使用【保存】命令将文件存盘。

操作步骤

步骤 1 启动 3ds Max 2009 中文版，将单位设置为毫米。

步骤 2 在前视图中绘制一条线形，然后为其添加一个轮廓，效果如图 14-26 所示。

图 14-25 现代落地灯的效果

步骤 3 确认线形处于被选择状态，在 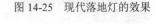 中执行【车削】命令，单击【对齐】类下的 最小 按钮，如图 14-27 所示。

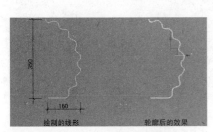

图 14-26 绘制的灯罩截面

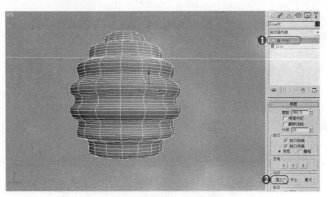

图 14-27 执行【车削】命令

步骤 4 这时我们发现通过车削得到的灯罩太细了，我们可以在顶视图使用移动工具调整车削命令的轴，以修改灯罩的直径，如图 14-28 所示。

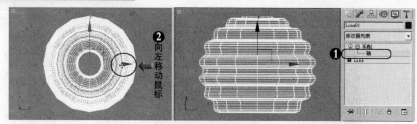

图 14-28　调整灯罩的直径

技巧　通过【车削】命令得到造型后，如果修改了车削轴的位置，该造型的中心轴往往偏离了物体的中心，可以单击 🔗 ▕ 轴 ▕ 仅影响轴 ▕ 居中到对象 命令，调整中心轴居中。

步骤⑤ 在顶视图中创建一个【圆锥体】，再创建两个【圆柱体】（作为灯杆和灯座），参数及位置如图 14-29 所示。

步骤⑥ 为灯罩赋予一种白瓷材质，为灯杆和灯座赋予金属材质，最终效果如图 14-30 所示。

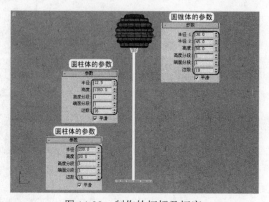

图 14-29　制作的灯杆及灯座

图 14-30　现代落地灯的最终效果

步骤⑦ 将文件进行保存，命名为"实例 131.max"。

实例总结

本实例讲解了现代落地灯的制作方法，其中使用【车削】命令生成并修改落地灯的灯头，再通过调整【车削】的轴来修改得到造型，最后用圆柱体和圆锥体制作出落地灯的灯杆，得到真实的模型效果。

Example 实例 **132** 中式落地灯

实例目的

本实例通过中式落地灯的制作来学习【倒角】、【挤出】和【编辑多边形】命令的使用方法。中式落地灯的效果如图 14-31 所示。

实例要点

- 绘制线形。
- 【倒角】命令的使用。
- 【挤出】命令的使用。
- 【编辑多边形】命令的使用。
- 使用【保存】命令将文件存盘。

图 14-31　落地灯的效果

操 作 步 骤

步骤 ① 启动 3ds Max 2009 中文版，将单位设置为毫米。

步骤 ② 在左视图中绘制一条如图 14-32（左）所示的线形，执行【倒角】命令，作为落地灯的底座，具体数值如图 14-75（右）所示。

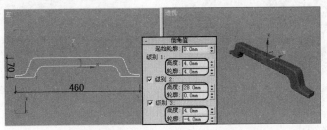

图 14-32　制作的落地灯底座

步骤 ③ 在底座的上部绘制如图 14-33（左）所示的线形并执行【倒角】命令，作为落地灯底座的装饰线，具体的尺寸就不详细标注了，大家可以参照实际的尺寸进行绘制即可。

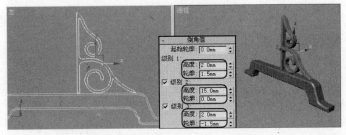

图 14-33　制作的落地灯底座装饰线

步骤 ④ 将制作底座装饰线复制一个，删除【倒角】命令，进入顶点子对象层级，调整线形形状，执行【挤出】命令，设置挤出数量为 10，如图 14-34 所示。

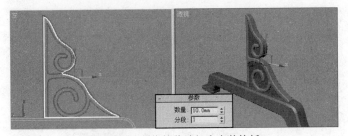

图 14-34　制作的落地灯底座装饰板

步骤 ⑤ 在左视图中将制作的底座装饰线成为一组，沿 x 轴镜像一组，设置镜像偏移为-170，得到如图 14-35 所示的效果。

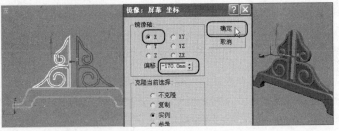

图 14-35　执行镜像命令后的效果

步骤⑥ 激活顶视图，将制作的底座复制一组，完成落地灯底座的全部制作，如图 14-36 所示。

步骤⑦ 在前视图中使用上面讲述的方法制作出落地灯的立板及装饰线，主要还是用【倒角】和【挤出】命令，在这里我们就不详细讲述了，具体的尺寸数值及位置如图 14-37 所示。

图 14-36　完成的落地灯底座

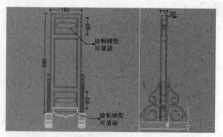

图 14-37　落地灯立板及装饰线尺寸

步骤⑧ 在顶视图中创建一个 10×10×750 的长方体，作为落地灯的支架，调整其位置如图 14-38 所示。

步骤⑨ 在前视图中绘制如图 14-39 所示的线形，执行【挤出】命令，设置挤出数量为 5。将制作的造型在原位置复制一个，删除外部的轮廓线，保留内部的圆，勾选可渲染选项，设置厚度为 3.5，作为装饰圆环，如图 14-40 所示。

图 14-38　创建的长方体

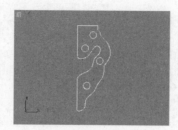

图 14-39　绘制的线形

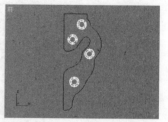

图 14-40　制作的装饰圆环

步骤⑩ 确认制作的装饰圆环处于选择状态，为其添加【编辑多边形】命令，在顶点子对象层级修改圆环的厚度，如图 14-41 所示。

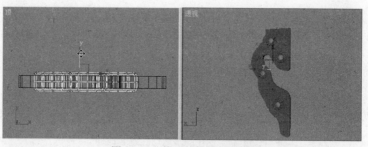

图 14-41　修改装饰圆环厚度

技巧　通过【编辑多边形】修改圆环的厚度，可以达到应该由两个圆环才能表现出来的效果，从而达到减少面片的目的。

步骤⑪ 将上面制作的两部分成组，在顶视图以长方体为阵列轴心中点，阵列 4 组。

步骤⑫ 激活顶视图，在阵列后造型的顶端创建一个切角圆柱体，位置及参数如图 14-42 所示。

步骤⑬ 在前视图中绘制灯罩的线形，然后执行【车削】命令，如图 14-43 所示。

步骤⑭ 将制作的灯罩复制一个，删除【车削】命令，勾选可渲染选项，修改其厚度为 4，并以灯罩为轴心中点进行阵列，设置阵列数量为 12，如图 14-44 所示，完成中式落地灯的制作。

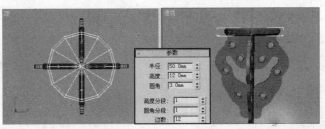

图 14-42　创建的切角圆柱体

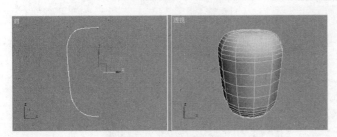

图 14-43　绘制灯罩剖面

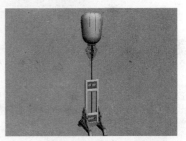

图 14-44　完成后的落地灯造型

步骤 ⑮ 将文件进行保存，命名为"实例 132.max"。

实例总结

本实例通过中式落地灯的制作，希望大家能够熟练掌握【倒角】、【挤出】和【编辑多边形】命令的使用与修改方法，并能够配合【镜像】和【阵列】工具制作出精美的造型。

Example 实例 133 射灯

实例目的

本实例通过射灯的制作来学习使用【编辑多边形】命令。射灯的效果如图 14-45 所示。

实例要点

- 创建圆柱体并复制修改得到射灯的"灯杆"。
- 【可编辑多边形】命令的使用。
- 使用【保存】命令将文件存盘。

操作步骤

步骤 ① 启动 3ds Max 2009 中文版，将单位设置为毫米。

步骤 ② 单击 （创建）/ （几何体）/ 圆柱体 按钮，在顶视图中创建一个柱体（作为"灯座"），参数及位置如图 14-46 所示。

图 14-45　射灯的效果

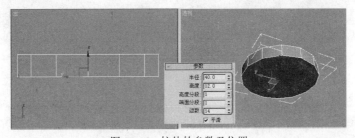

图 14-46　柱体的参数及位置

步骤 ③ 在左视图复制一个，修改参数并移动其位置如图 14-47 所示。

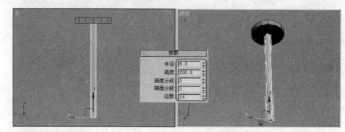

图 14-47　修改柱体的参数

步骤 ④ 再复制一个，修改参数，然后用工具栏中的旋转命令在左视图沿 z 轴进行旋转，形态如图 14-48 所示。

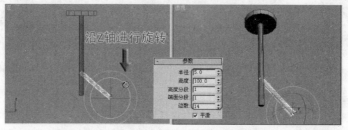

图 14-48　对复制的圆柱体进行旋转

步骤 ⑤ 选择中间的柱体，再复制一个（作为"灯头"），修改参数如图 14-49 所示。

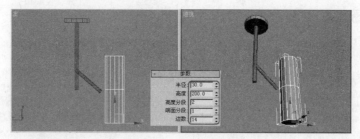

图 14-49　复制的柱体

步骤 ⑥ 将圆柱体转换为【可编辑多边形】，按下 1 键，进入 ⋰ （顶点）层级，在左视图中选择上面的顶点，然后用工具栏中的缩放命令沿 x、y 轴进行缩放，如图 14-50 所示。

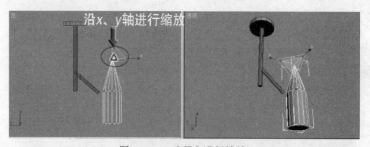

图 14-50　对顶点进行缩放

步骤 ⑦ 按下 4 键，进入 ■（多边形）子对象层级，在透视图中选择下面的面，然后执行 倒角 命令，效果如图 14-51 所示。

步骤 ⑧ 将壁灯的灯架赋予不锈钢材质，只有灯头下面的面赋予自发光材质，最终的效果如图 14-52 所示。

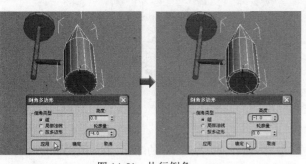

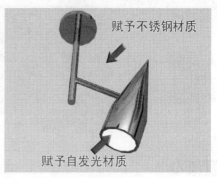

赋予不锈钢材质

赋予自发光材质

图 14-51　执行倒角　　　　　　　　　图 14-52　赋予材质后的效果

步骤 9 将制作的模型保存起来，文件名为"实例 133.max"。

实例总结

本实例通过制作一个射灯造型主要学习了如何将圆柱体转换为【可编辑多边形】命令，并使用与修改的方法与技巧。

Example 实例 **134** 台灯

实例目的

本实例通过台灯的制作来学习使用【倒角剖面】命令生成三维物体，再由【弯曲】命令修改配合【编辑多边形】制作造型细部的方法。台灯的效果如图 14-53 所示。

实例要点

- 绘制【倒角剖面】命令所需线形。
- 【弯曲】命令的使用。
- 【编辑多边形】修改台灯细部。
- 【网格平滑】命令的使用。
- 使用【保存】命令将文件存盘。

图 14-53　台灯的效果

操 作 步 骤

步骤 1 启动 3ds Max 2009 中文版，将单位设置为毫米。

步骤 2 在顶视图中创建一个 150 × 220 的椭圆，在左视图中创建一个 125 × 3，角半径为 1.5 的矩形，如图 14-54 所示。

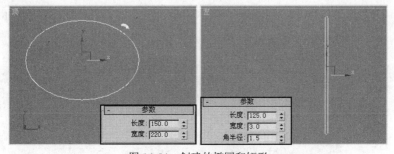

图 14-54　创建的椭圆和矩形

步骤 3 选择创建的椭圆，在修改器列表中选择【倒角剖面】命令，拾取矩形为剖面，得到的效果如图 14-55 所示。

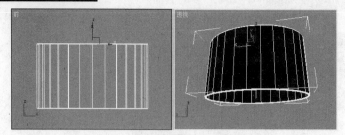

图 14-55　执行【倒角剖面】后的效果

步骤④ 再为其添加【弯曲】命令，修改弯曲角度和弯曲轴，得到台灯的灯罩，具体设置如图 14-56 所示。

步骤⑤ 在顶视图中创建一个 30×40×20 的长方体，修改其长、宽、高的段数为 3，如图 14-57 所示。

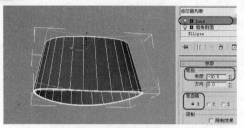

图 14-56　执行【弯曲】命令

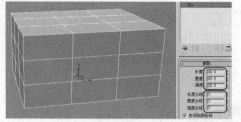

图 14-57　创建的长方体

步骤⑥ 确认创建的长方体处于选择状态，在修改器列表中选择【编辑多边形】命令。按下键盘中的 1 键，进入 ∴（顶点）子对象层级，使用缩放工具依次调整顶点的位置，调整后的形态如图 14-58 所示。

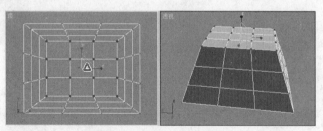

图 14-58　修改长方体顶点位置

> **技巧** 在 ∴（顶点）子对象层级，使用缩放工具依次调整顶点的位置，可以使选中的顶点同时向中心集聚，出现梯形的形态。

步骤⑦ 激活左视图，选择顶部左边的两排顶点，单击【焊接】右侧的小按钮，如图 14-59 所示。

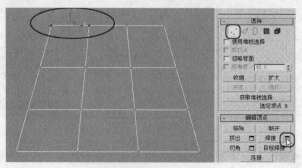

图 14-59　选择顶部的顶点

步骤 ⑧ 在弹出的"焊接顶点"对话框中输入焊接阈值为"7"，单击 确定 按钮，完成顶点的焊接，效果如图 14-60 所示，按照相同的方法将右边的顶点进行焊接。

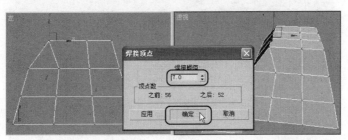

图 14-60　焊接长方体的顶点

> **技巧** "焊接阈值"是根据点与点之间的距离来决定的。如果两点间的距离为 10，那么，在输入阈值时可稍微调大一些，方便焊接操作。

步骤 ⑨ 按下键盘中的 4 键，进入 ■（多边形）子对象层级，将顶部两边的面执行【倒角】命令，具体数值如图 14-61 所示。

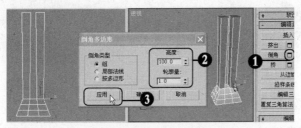

图 14-61　修改顶部的多边形

步骤 ⑩ 再次单击 应用 按钮，按照原数值执行一次【倒角】命令，单击 确定 按钮结束倒角命令，确认两个多边形处于选择状态，通过【挤出】命令再将其进行修改，设置挤出数量为 10。按 1 键，进入顶点子对象层级，在前视图中调整顶点的形态，效果如图 14-62 所示。

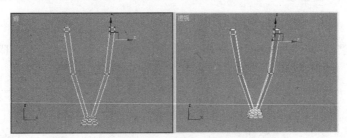

图 14-62　修改顶点的位置

步骤 ⑪ 同样再执行 3 次【倒角】命令将底部的 4 个多边形制作出来，具体的数值如图 14-63 所示，然后再使用移动工具调整顶点的位置，完成台灯支架的修改。

步骤 ⑫ 将台灯支架调整完成后，在修改器列表中选择【网格平滑】命令，修改其"细分量"参数，具体数值如图 14-64 所示。

> **技巧** 【细分量】项下的"平滑度"用于控制物体表面的平滑程度，如果"平滑度"为 0，则"迭代次数"的设置无效。

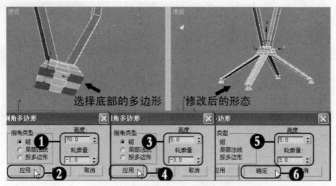

图 14-63　修改长方体底部的形态

步骤 ⑬ 调整台灯支架与灯罩的位置，得到如图 14-65 所示的效果。

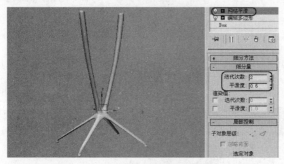

图 14-64　添加【网格平滑】的效果

图 14-65　调整位置后台灯的效果

步骤 ⑭ 将文件进行保存，命名为"实例 134.max"。

　　实例总结

　　本实例通过台灯的制作来学习使用【倒角剖面】命令生成台灯的灯罩，通过【弯曲】命令进行修改，最后配合【编辑多边形】和【网格平滑】命令制作台灯的细部。

Example 实例 **135** 方筒灯

　　实例目的

　　本实例通过方筒灯的制作来学习【倒角】命令的使用。方筒灯效果如图 14-66 所示。

　　实例要点

■　绘制线形添加轮廓。

■　【倒角】命令的使用。

■　使用【保存】命令将文件存盘。

操 作 步 骤

图 14-66　方筒灯的效果

步骤 ① 启动 3ds Max 2009 中文版，将单位设置为毫米。

步骤 ② 在顶视图中创建一个 110×240 的矩形，添加【编辑样条线】命令，进入 ⌒（样条线）子对象层级，为其添加 12 的轮廓，如图 14-67 所示。

步骤 ③ 在修改器列表中选择【倒角】命令，修改命令参数如图 14-68 所示，得到方筒灯的外轮廓。

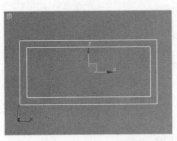
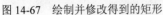

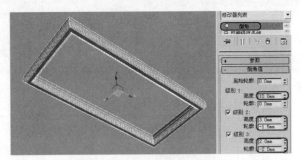

图 14-67 绘制并修改得到的矩形   图 14-68 执行【倒角】命令

步骤④ 为制作的筒灯轮廓施加【编辑多边形】命令，按下 4 键，进入 ■（多边形）子对象层级，将顶部的面删除。按下 3 键，进入 ◯（边界）子对象层级，选择内部的边界，将其进行封口，作为筒灯的底板，如图 14-69 所示。

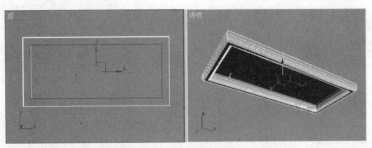

图 14-69 制作筒灯的地板

步骤⑤ 在顶视图中创建一个半径为 35 的圆，按照同样的方法制作出内部的圆筒灯，并复制一个，如图 14-70 所示。

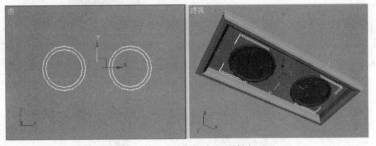

图 14-70 制作的内部圆筒灯

> **技巧** 在建模过程中，尽量使用单面建模，而且内部的圆筒灯与底板之间，要预留一点间隙，避免在渲染的过程中出现黑斑。

步骤⑥ 将文件进行保存，命名为"实例 135.max"。

实例总结

本实例通过方筒灯的制作来学习【倒角】命令的使用方法。

第15章 室内各种家具的制作

■ **本章内容**
- ➤ 茶几
- ➤ 中式餐椅
- ➤ 休闲凳
- ➤ 欧式贵妃椅
- ➤ L型组合沙发

- ➤ 隔断
- ➤ 屏风
- ➤ 儿童床
- ➤ 窗帘
- ➤ 座便器

- ➤ 洗手盆
- ➤ 会议桌
- ➤ 会议椅

家具是室内必不可少的用品。人们不仅要求它实用性强，还希望它造型美观，具有良好的装饰性。家具的设计以温馨、舒适为前提，还要考虑当前的流行格调及个人的爱好与品味。另外，还要注意家具之间的协调搭配，风格一致的家具组合，将会体现出独特的韵律感，营造出一个温馨和谐的居室空间。

本章我们将来学习不同的家具制作方法，希望大家在学习时遵循"先模仿后创新"的原则，制作出风格独特且实用的作品。

Example 实例 **136** 茶几

实例目的

本实例通过制作一个客厅的茶几造型来让读者熟练掌握【编辑样条线】和【挤出】命令的使用方法，茶几的效果如图15-1所示。

实例要点

- ■ 绘制【矩形】。
- ■ 【编辑样条线】命令的使用。
- ■ 【挤出】命令的使用。
- ■ 使用【保存】命令将文件存盘。

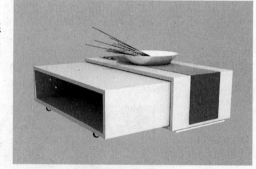

图15-1 茶几的效果

操 作 步 骤

步骤① 启动 3ds Max 2009 中文版，将单位设置为毫米。

步骤② 单击 🔧（创建）/ 🔘（线形）/ 矩形 按钮，在前视图中绘制 260×1 000 的矩形，如图15-2所示。

步骤③ 确认矩形处于被选择状态，在 修改器列表 ▼中执行【编辑样条线】命令，按下3键，进入 ⌵（样条线）子对象层级，在【轮廓】右面的窗口中输入 25，单击 轮廓 按钮，产生一个轮廓，效果如图15-3所示。

图15-2 绘制的矩形

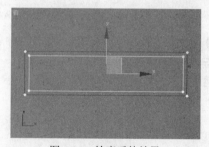

图15-3 轮廓后的效果

<table>
<tr><td>技
巧</td><td>绘制完【矩形】后，可以在【修改器列表】中执行【编辑样条线】命令，也可以右击鼠标，选择转换为【可编辑样条线】。</td></tr>
</table>

步骤 4 在修改器列表中选择【挤出】命令，修改数量为 700，得到如图 15-4 所示效果。

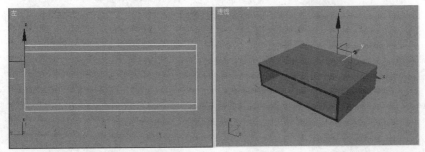

图 15-4　挤出后的效果

步骤 5 在前视图中绘制如图 15-5 所示的线形。

步骤 6 为绘制的线形执行一个轮廓，数量为-25，在修改器列表中选择【挤出】命令，修改数量为 500，并移动到合适的位置，如图 15-6 所示。

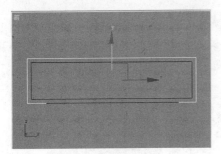

图 15-5　绘制的线形

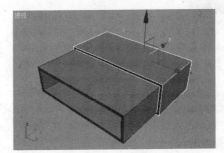

图 15-6　挤出后的效果

步骤 7 在左视图中绘制一个线形（尺寸约 35×35），形态如图 15-7 所示。

步骤 8 为绘制的线形执行【挤出】命令，修改数量为 2，移动到合适的位置，再复制一个作为茶几的轮子固定件，如图 15-8 所示。

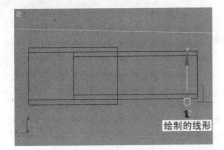

图 15-7　绘制的线形

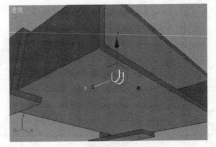

图 15-8　复制后的位置

步骤 9 在左视图中创建一个切角圆柱体（作为茶几的轮子），位置及参数如图 15-9 所示。

步骤 10 将制作好的轮了复制一组，位置如图 15-10 所示。

步骤 11 最后为了让茶几美观一些，可以在上面制作一点装饰，最终效果如图 15-11 所示。

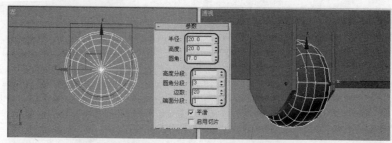

图 15-9　创建的切角圆柱体

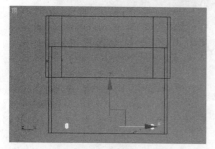

图 15-10　复制后的位置

图 15-11　制作的装饰

步骤 ⑫ 将文件进行保存，命名为"实例 136.max"。

实例总结

本实例通过制作现代茶几造型，主要练习了【编辑样条线】和【挤出】命令的使用，希望大家在学习茶几制作的过程中，能够掌握茶几的实际尺寸并留意现实生活中各种家具的不同尺寸，以便于在进行设计的过程中合理地布置家具。

Example 实例 **137** 中式餐椅

实例目的

本实例通过中式餐椅的制作来掌握【线】在制作造型中的运用，重点掌握【倒角剖面】、【挤出】和【编辑多边形】命令的使用方法。中式餐椅的效果如图 15-12 所示。

实例要点

- 创建【切角长方体】。
- 【倒角剖面】命令的使用。
- 【挤出】命令的使用。
- 【编辑多边形】命令的使用。
- 使用【保存】命令将文件存盘。

图 15-12　中式餐椅的效果

操 作 步 骤

步骤 ① 启动 3ds Max 2009 中文版，将单位设置为毫米。

步骤 ② 单击 （创建）/ （几何体）/ 切角长方体 按钮，在顶视图中单击并拖动鼠标创建一个切角长方体（作为"椅子座"），如图 15-13 所示。

步骤 ③ 单击 （创建）/ （线形）/ 矩形 按钮，在顶视图中创建一个长度为 500，宽度为 550，角半径为 30 的矩形（作为"路径"），使用线命令在前视图中绘制一条弧线（作为"剖面线"），形态如图 15-14 所示。

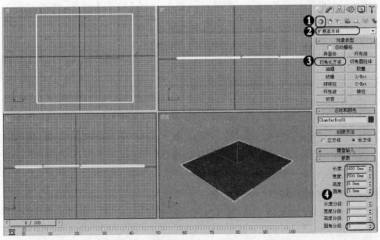

图 15-13　切角长方体的形态及参数

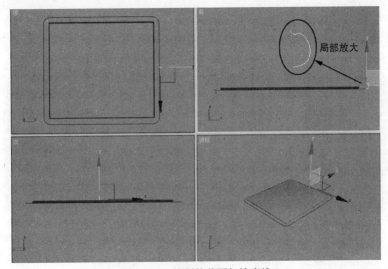

图 15-14　绘制的截面与轮廓线

步骤 ④ 确认矩形处于被选择状态，在修改器列表中执行【倒角剖面】命令，单击 拾取剖面 按钮，
在前视图中点击"剖面线"，此时生成椅子的底座，如图 15-15 所示。

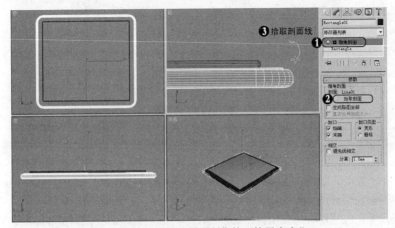

图 15-15　使用倒角剖面制作的"椅子底座"

步骤 5 在前视图中用线命令来绘制椅子的挡板，然后执行【挤出】命令，将数量设置为10，如图15-16
所示。

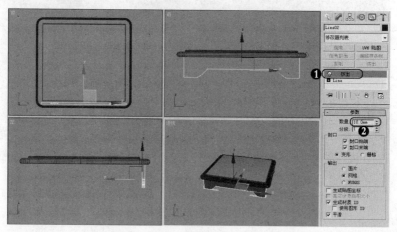

图15-16 用线绘制轮廓并挤出椅子的挡板

步骤 6 使用复制的方式生成其对面的挡板，再用旋转复制的方式来制作另一侧，最终效果如
图15-17所示。

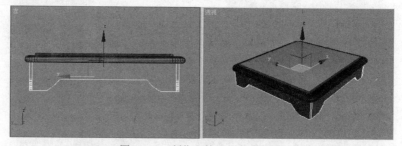

图15-17 制作出椅子的所有挡板

步骤 7 在顶视图中创建一个圆柱体（作为"椅子腿"），参数及位置如图15-18所示。

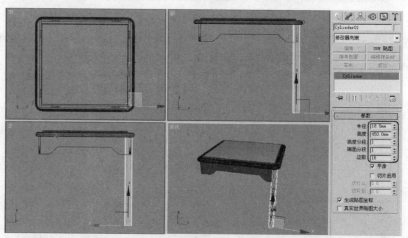

图15-18 使用圆柱体制作出椅子腿造型

步骤 8 在前视图中用移动复制的方式生成另一侧的椅子腿。

步骤 9 用线命令在左视图中绘制出椅子的后腿形态，进入修改面板。调整【厚度】为35，勾选【在
渲染中启用】和【在视口中启用】选项，如图15-19所示。

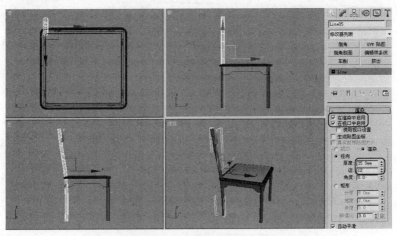

图 15-19　绘制出椅子的后腿

步骤 ⑩　在前视图中用移动复制的方式生成另一侧的椅子后腿造型。

步骤 ⑪　复制一条放在中间，然后修改形态，按下键盘数字 3 键，激活 ⌵（样条线）按钮，为其施加一个轮廓，然后执行【挤出】命令，将数量设置为 150，如图 15-20 所示。

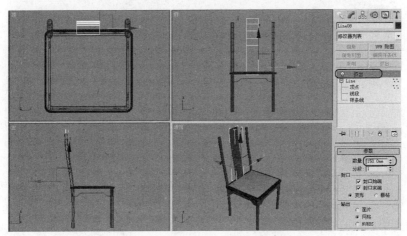

图 15-20　制作椅子中间的后背造型

步骤 ⑫　在左视图中创建一个圆柱体（作为"椅子上面的靠背"），参数及位置如图 15-21 所示。

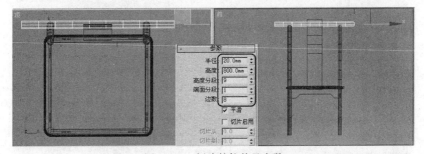

图 15-21　创建的柱体及参数

步骤 ⑬　将圆柱体转换为【可编辑多边形】命令，进入 ⋮（顶点）子层级，在前视图中调整顶点的形态，用工具栏中的移动及旋转命令进行调整，最终的效果形态如图 15-22 所示。

步骤 ⑭　使用线命令在顶视图绘制出椅子扶手的形态，进入修改面板，调整【厚度】为 28，勾选【在渲染中启用】和【在视口中启用】选项，如图 15-23 所示。

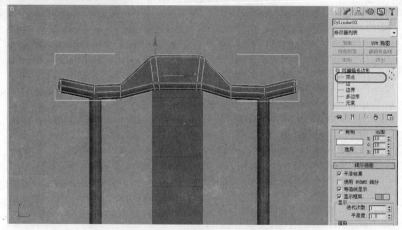

图 15-22　调整顶点后的形态

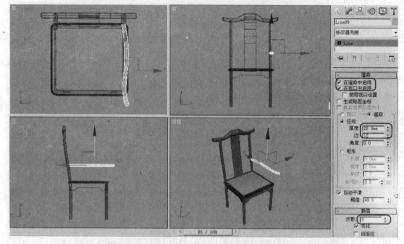

图 15-23　使用线命令来制作的"扶手"

步骤 ⑮ 用线命令在前视图中绘制出椅子扶手立柱的形态，进入修改面板，调整【厚度】设置为 20，勾选【在渲染中启用】和【在视口中启用】选项，如图 15-24 所示。

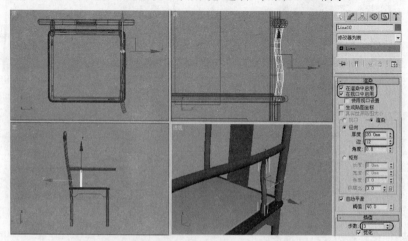

图 15-24　使用线命令来制作的"立式扶手"

步骤 ⑯ 在顶视图中再移动复制一条，作为扶手的第 2 根立柱。

步骤 ⑰ 在前视图中选择整个扶手造型，用工具栏中的镜像命令来生成另一侧的扶手，如图 15-25 所示。

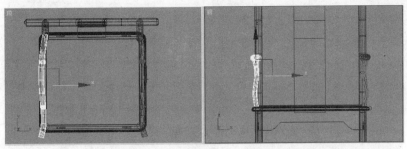

图 15-25　镜像生成另一侧的扶手

步骤 ⑱ 最后我们可以创建长方体来生成椅子腿的支架造型，效果如图 15-26 所示。

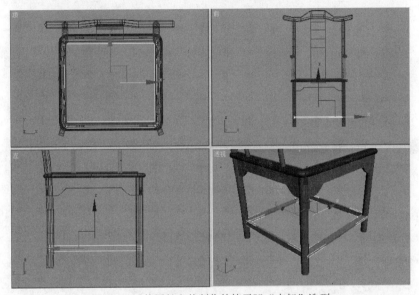

图 15-26　使用长方体制作的椅子腿"支架"造型

技巧 由此可见，我们在制作很多造型时用到的命令并不是很多，关键是要了解它的结构及相应的尺寸，只要掌握了这些才能将造型制作得美观。

步骤 ⑲ 将文件进行保存，命名为"实例 137.max"。

实例总结

本实例通过制作中式餐椅造型来学习【倒角剖面】、【挤出】、【编辑多边形】命令的使用方法，最后使用前面学过的一些辅助命令来制作出一个完整的中式餐椅。

Example 实例 **138** 休闲凳

实例目的

本实例通过休闲凳的制作来学习【车削】、【编辑多边形】、【网格平滑】和【FFD（长方体）】命令的结合使用。休闲凳的效果如图 15-27 所示。

实例要点

- 绘制线形添加轮廓。
- 【车削】命令的使用。

■ 【编辑多边形】命令的使用。

■ 【网格平滑】命令的使用。

■ 【FFD（长方体）】命令的使用。

■ 使用【保存】命令将文件存盘。

图 15-27　休闲凳的效果

操 作 步 骤

步骤① 启动 3ds Max 2009 中文版，将单位设置为毫米。

步骤② 在前视图中绘制如图 15-28 所示的线形，并为其修改轮廓为 5。

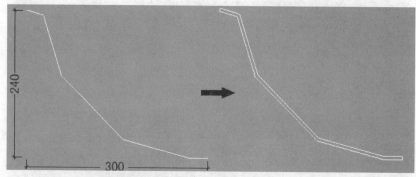

图 15-28　绘制的线形

步骤③ 在修改器列表中选择【车削】命令，单击【对齐】类下的 最大 按钮，再添加【编辑多边形】命令，进入 ∴（顶点）子对象层级，调整凳子座面的形状，如图 15-29 所示。

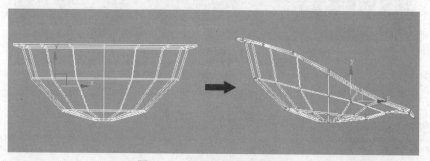

图 15-29　调整凳子座面的形状

> **技巧** 通过【编辑多边形】命令调整椅子座时，我们可以按照由下到上的顺序，先调整底部的顶点，然后再调整上面的顶点，直至得到满意的造型。

步骤④ 在修改器列表中选择【网格平滑】命令，得到如图 15-30 所示的效果。

> **技巧** 我们使用【车削】命令制作凳子座，底部的中心点处，在执行【网格平滑】命令时会出现错误的显示，我们可以将围绕中心点的多边形删除，然后进入 ◯（边界）子层级，通过【封口】命令进行修改，避免积聚的中心点出现。

步骤⑤ 再为制作的凳子座面添加【FFD（长方体）】命令，通过调整控制点的位置，精细修改凳子座面的形状，修改后的效果如图 15-31 所示。

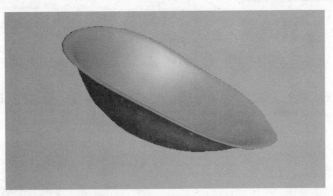

图 15-30　为凳子座进行光滑处理

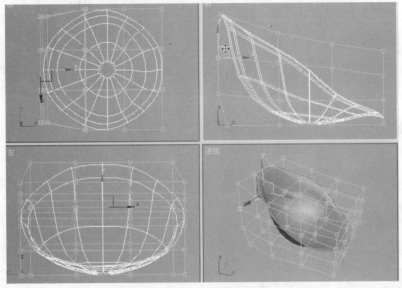

图 15-31　精细调整凳子座面的形状

步骤 6 激活前视图，绘制出凳子腿的剖面线，执行【车削】命令，我们也可以通过【编辑多边形】命令对椅子腿进行形状上的调整，其形状如图 15-32 所示。

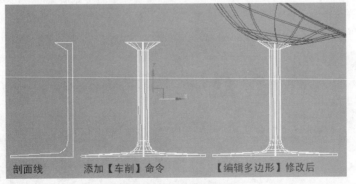

剖面线　　　　添加【车削】命令　　　【编辑多边形】修改后

图 15-32　制作的凳子腿

步骤 7 将文件进行保存，命名为"实例 138.max"。

实例总结

本实例通过休闲凳的制作，熟练掌握【车削】、【编辑多边形】、【网格平滑】和【FFD（长方体）】命令的使用，通过多个命令的相互补足，制作出精巧、真实的休闲凳造型。

Example 实例 139 欧式贵妃椅

实例目的

本实例通过欧式贵妃椅的制作来掌握【线】在制作造型中的运用，重点掌握【挤出】、【倒角剖面】和【编辑多边形】命令的使用方法。欧式贵妃椅的效果如图 15-33 所示。

实例要点

- 绘制线形添加【挤出】命令。
- 【编辑多边形】命令的使用。
- 【倒角】命令的使用。
- 使用【保存】命令将文件存盘。

操 作 步 骤

步骤 ① 启动 3ds Max 2009 中文版，将单位设置为毫米。

图 15-33 欧式贵妃椅的效果

步骤 ② 单击 （创建）/ （图形）/ 线 按钮，在前视图中绘制一个封闭线形（贵妃椅截面），尺寸及形态如图 15-34 所示。

步骤 ③ 确认线形处于被选择状态，在 修改器列表 中执行【挤出】命令，将【数量】设置为 650，【分段】设置为 3，如图 15-35 所示。

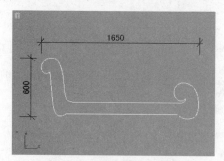

图 15-34 绘制贵妃椅截面

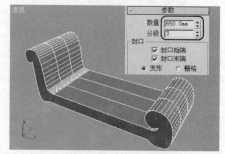

图 15-35 执行【挤出】后的形态

步骤 ④ 确认挤出后的模型处于选择状态，为其添加【编辑多边形】命令，进入 （多边形）子对象层级，选择两侧的多边形，单击【编辑多边形】项下 倒角 右侧的小按钮，在弹出的对话框中设置【高度】为 5，【轮廓量】为-2，单击 应用 按钮，再单击 确定 按钮，如图 15-36 所示。

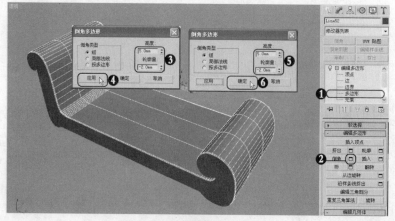

图 15-36 对两侧的面进行倒角

现在，我们对透视图进行放大可以发现，由倒角得到的部分不是很圆滑，下面我们就对其进行编辑，使其得到平滑的效果。

步骤 5 确认处于 ■（多边形）子对象层级，在顶视图中选择通过倒角得到的侧面多边形，在透视图中按住键盘中的 Alt 键减选侧面的多边形，只对由倒角得到的面进行编辑，单击【多边形属性】项下的 自动平滑 按钮，完成对椅子侧面的圆滑操作，如图 15-37 所示。

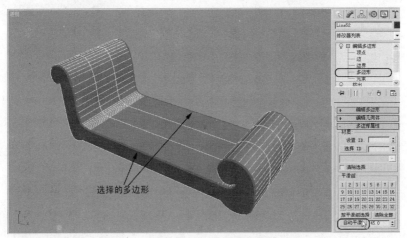

图 15-37　使多边形平滑

步骤 6 按键盘中的 1 键，进入 ⁚（顶点）子对象层级，在顶视图中选择椅子中间的顶点，用移动工具调整椅子的形态，效果如图 15-38 所示。

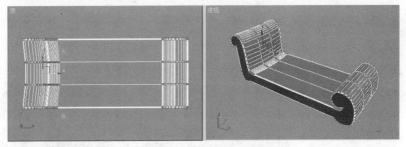

图 15-38　移动顶点的位置

步骤 7 在前视图用线命令绘制出贵妃椅扶手的截面，如图 15-39 所示。

步骤 8 在 修改器列表 ▼ 中执行【倒角】命令，具体参数及位置如图 15-40 所示。

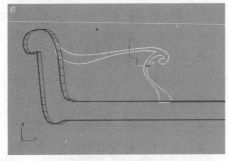

图 15-39　绘制的截面

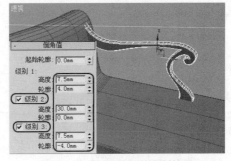

图 15-40　制作椅子的木制扶手

步骤 9 将制作的木制扶手在原位置复制一个，进入扶手截面的 ⁚（顶点）子层级，删除多余的顶点，并调整顶点的位置，作为椅子靠背的截面，如图 15-41 所示。

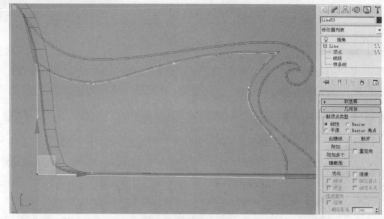

图 15-41　调整椅子靠背的截面

步骤 ⑩ 回到【倒角】命令，保持原来的参数不变即可，完成后的椅子靠背如图 15-42 所示。

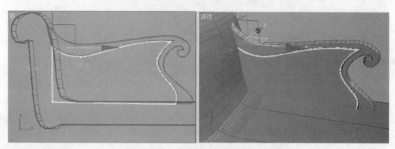

图 15-42　调整椅子靠背的截面

步骤 ⑪ 在前视图中绘制椅子前面装饰线条的截面，为其添加【挤出】命令，设置【数量】为 30，调整至合适的位置，如图 15-43 所示。

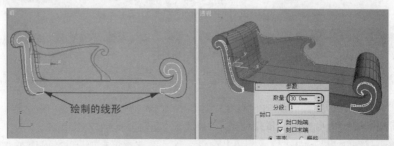

图 15-43　制作椅子的装饰线条

步骤 ⑫ 使用同样的方法在左视图中制作中间的横线条，设置【数量】为 1 100，如图 15-44 所示。

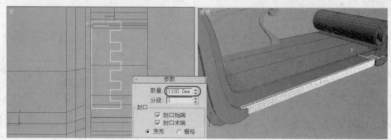

图 15-44　制作椅子的横线条

步骤 ⑬ 在前视图中创建【切角圆柱体】和【圆环】作为贵妃椅的圆靠垫，具体位置及参数设置如图 15-45 所示。

步骤 ⑭ 在顶视图中用线命令绘制出椅子腿的截面（约 40×40），形态如图 15-46 所示。

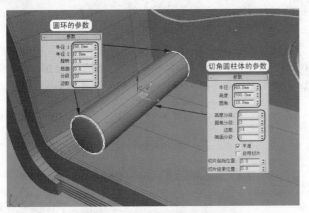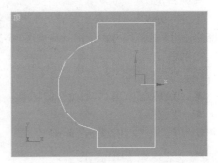

图 15-45　制作椅子的圆靠垫　　　　　　图 15-46　绘制的椅子腿截面

步骤 ⑮ 为绘制的截面添加【编辑多边形】命令，进入 ■（多边形）子层级，选择上面的多边形，单击【编辑多边形】项下 倒角 右侧的小按钮，在弹出的对话框中修改高度为 75，轮廓量为 3，单击 应用 按钮；保持高度为 75 不变，修改轮廓量为 4，单击 应用 按钮，修改轮廓量为 5，单击 应用 按钮，再次修改轮廓量为 6，单击 确定 按钮，完成对椅子腿的倒角操作，如图 15-47 所示。

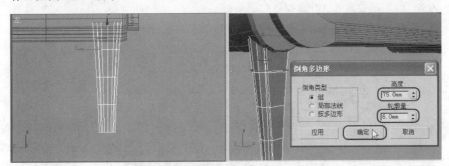

图 15-47　制作椅子腿

步骤 ⑯ 确认制作的椅子腿处于选择状态，为其添加【弯曲】命令，最终的效果如图 15-48 所示。

步骤 ⑰ 在前视图中用工具栏中的【旋转】工具旋转一下角度，将制作的椅子腿进行镜像、复制，再为模型赋予合适的材质，贵妃椅的最终效果如图 15-49 所示。

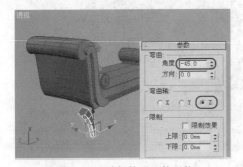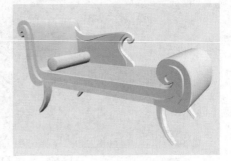

图 15-48　编辑椅子腿的形状　　　　　　图 15-49　贵妃椅的最终效果

步骤 ⑱ 将文件进行保存，命名为"实例 139.max"。

实例总结

本实例通过制作欧式贵妃椅造型学习了如何使用【挤出】和【编辑多边形】命令制作出精致的贵妃椅。

Example **实例** **140** **L型组合沙发**

实例目的

本实例通过 L 型组合沙发的制作来学习【FFD（长方体）】、【倒角轮廓】、【放样】和【编辑多边形】命令的使用。L 型组合沙发的效果如图 15-50 所示。

实例要点

- 创建切角长方体。
- 【FFD（长方体）】命令的使用。
- 【放样】命令的使用。
- 【编辑多边形】命令的使用。
- 修改放样物体。
- 使用【保存】命令将文件存盘。

操 作 步 骤

步骤 ① 启动 3ds Max 2009 中文版，将单位设置为毫米。

图 15-50　L 型组合沙发效果

步骤 ② 在顶视图中创建一个 810 × 810 × 300 × 30 的切角长方体，并修改其长度段数为 8，宽度段数为 8，圆角段数为 3，如图 15-51 所示。

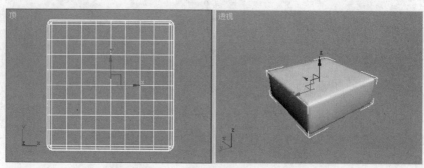

图 15-51　创建的切角长方体

步骤 ③ 在修改器列表中选择【FFD（长方体）】命令，单击参数项下的 **设置点数** 按钮，修改高度数值为 2，如图 15-52 所示。

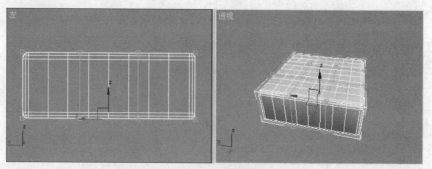

图 15-52　添加【FFD（长方体）】命令

> **技巧** 进入【FFD（长方体）】命令的控制点、晶格和设置体积子对象层级时，也可以通过按键盘中的 1、2、3 键进入相关层级。

步骤 ④ 按下 1 键，进入【FFD（长方体）】命令的控制点层级，通过调整控制点的位置，得到凸起的沙发座垫，修改后的切角长方体如图 15-53 所示。

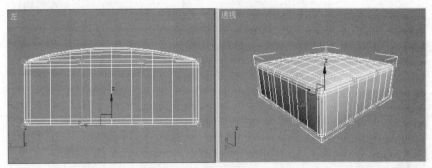

图 15-53　修改后的切角长方体

> **技巧** 我们所制作的模型只是顶部凸起，因此，在选择控制点时，一定要将底部的控制点减选掉，只修改长方体顶部的控制点。

步骤 ⑤ 使用前面学习的【放样】命令制作出沙发腿造型，并在合适的位置复制一个，得到如图 15-54 所示效果。

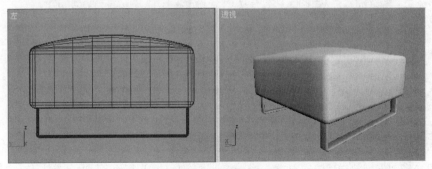

图 15-54　制作的沙发腿

步骤 ⑥ 使用同样的方法制作出其余的沙发、扶手及靠背，效果如图 15-55 所示。

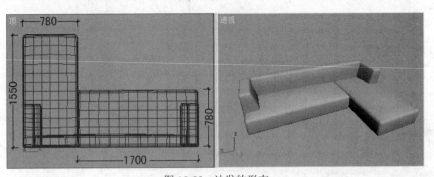

图 15-55　沙发的形态

> **技巧** 在设置【FFD（长方体）】命令控制点的点数时，数量不必太多，够用即可。若设置太多，会增加控制时的难度，反而弄巧成拙。

对于多个沙发下部的沙发腿，如果用【倒角轮廓】命令是制作不出来的，下面我们用【放样】命令来制作复杂的沙发腿造型。

步骤 7 在顶视图绘制一个 40×15 的矩形，然后将其进行圆角，作为放样的图形截面，再绘制一条 L型线形，作为放样的路径。形态如图 15-56 所示。

图 15-56 【放样】的路径和图形截面

步骤 8 确认放样的路径处于被选择状态，选择【复合物体】项下的【放样】命令，单击 获取图形 按钮，在视图中拾取绘制的矩形，得到如图 15-57 所示造型。

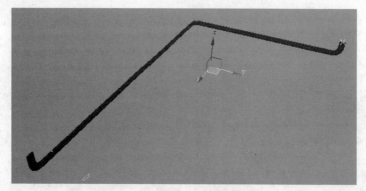

图 15-57 执行【放样】后效果

这时，我们可以发现放样后的矩形方向是错误的，需要将放样图形截面进行旋转修改。

步骤 9 按下 1 键，进入图形子层级，单击【图形命令】下的 比较 按钮，在弹出的【比较】窗口中单击 （拾取图形）按钮，在视图中单击放样物体的图形截面，得到如图 15-58 所示的对话框。

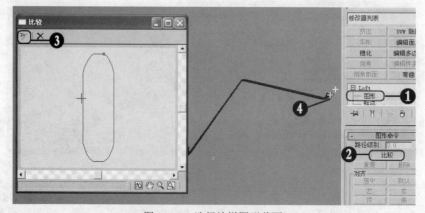

图 15-58 选择放样图形截面

步骤 10 在顶视图中框选放样图形，用旋转工具将图形截面旋转 90°，如图 15-59 所示。

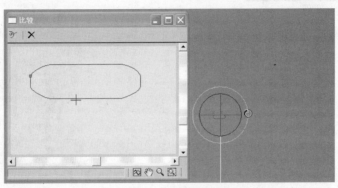

图 15-59 调整放样图形

步骤 ⑪ 将制作完成的沙发腿调整至合适位置，然后再复制一条，添加【编辑多边形】命令，通过移动顶点的位置来修改沙发腿的大小，如图 15-60 所示。

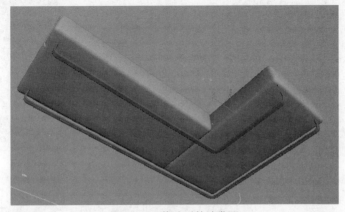

图 15-60 修改后的沙发腿

步骤 ⑫ 最后在上面制作几个靠垫，完成"L 型组合沙发"的制作，效果如图 15-61 所示。

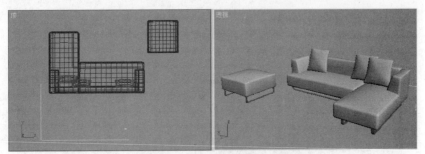

图 15-61 制作的 L 型组合沙发

步骤 ⑬ 将文件进行保存，命名为"实例 140.max"。

实例总结

本实例通过制作 L 型组合沙发造型来学习【FFD（长方体）】、【倒角轮廓】、【放样】和【编辑多边形】命令的综合应用。

Example 实例 **141** 隔断

实例目的

本实例通过隔断的制作来熟练掌握【挤出】、【倒角】命令的使用。隔断的效果如图 15-62 所示。

实例要点

- 绘制【矩形】。
- 【挤出】、【倒角】命令的使用。
- 创建【圆柱体】。
- 进行【镜像】复制。
- 使用【保存】命令将文件存盘。

操 作 步 骤

步骤 1 启动 3ds Max 2009 中文版，将单位设置为毫米。

步骤 2 在前视图中创建 1 950 × 530 × 100 的矩形，修改【步数】为 0，执行【挤出】命令，设置数量为 15，作为隔断的门板，如图 15-63 所示。

图 15-62　隔断的效果

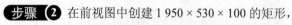

图 15-63　制作的隔断门板

技巧　绘制矩形时，要想得到"直倒角"，在设置完"角半径"之后，必须修改【插值】项下的"步数"为 0。

步骤 3 将制作的门板在原位置复制一个，删除【挤出】命令，进入 （样条线）子对象层级，执行 −25 的轮廓，然后在修改器列表中选择【倒角】命令，作为隔断的门板边框，具体的参数设置和位置如图 15-64 所示。

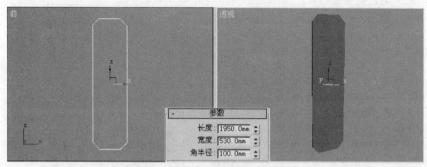

图 15-64　制作的隔断门板边框

步骤 4 在前视图中绘制如图 15-65 所示的线形，并执行【挤出】命令，设置数量为 20，作为隔断的装饰角，然后通过镜像工具将其余部分制作出来。

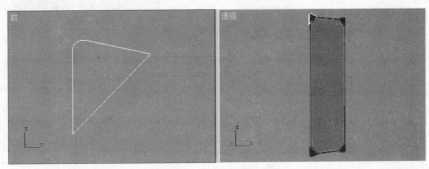

图 15-65　制作的隔断装饰角

步骤 5 激活顶视图，创建圆柱体作为隔断的连接件，进行复制并调整它们的位置如图 15-66 所示。

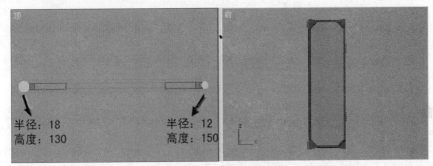

半径：18
高度：130

半径：12
高度：150

图 15-66　制作的隔断连接件

步骤 6 将制作的隔断进行成组，然后旋转 45°，进行镜像、复制，得到如图 15-67 所示效果。

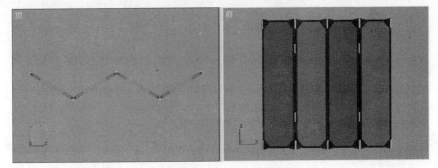

图 15-67　镜像、复制后的隔断

步骤 7 将文件进行保存，命名为"实例 141.max"。

实例总结

本实例通过隔断的制作来熟练操作【挤出】、【倒角】命令的使用。

Example 实例 **142** 屏风

实例目的

本实例通过屏风的制作来熟练掌握【Import】（导入）CAD 图纸的操作过程，熟悉【挤出】命令的使用方法。屏风的效果如图 15-68 所示。

实例要点

■　将 CAD 图纸【导入】到场景中。

■ 使用【挤出】命令生成三维物体。
■ 使用【保存】命令将文件存盘。

操 作 步 骤

步骤① 启动 3ds Max 2009 中文版，将单位设置为毫米。

步骤② 单击菜单栏中的【文件】/【Import】（导入）
命令，在弹出的【选择要导入的文件】对话框
中，选择随书光盘"源文件素材/第 15 章"文
件夹下的"隔断.DWG"文件导入到场景中，如
图 15-69 所示。

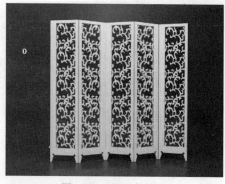

图 15-68　屏风的效果

图 15-69　导入到 3ds Max 中的 CAD 文件

步骤③ 目前在顶视图查看是正确的，我们必须在前视图看到它的形态。在顶视图选择全部图纸，单
击工具栏中的 🔄（旋转）按钮，将光标放在该按钮上面，单击鼠标右键，在弹出的【旋转变
换输入】窗口中的 x 轴输入 90，然后敲击键盘中的 Enter 键，如图 15-70 所示。

图 15-70　对"图纸"旋转 90°

此时图纸已旋转了 90°，就是我们所需要的形态，然后关闭该对话框。下面对它们施加相关编辑命令
将 CAD 图纸变成三维物体。

步骤④ 选择中间的花饰，执行【挤出】命令，设置数量为 20，外框执行【倒角】，设置【倒角】参
数，如图 15-71 所示。

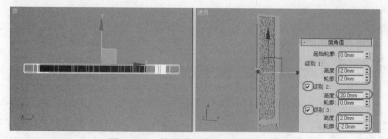

图 15-71　使用【倒角】制作的外框

步骤⑤ 在外框中间使用捕捉创建一个【长方体】作为镜子，将它们成组后旋转角度，并复制 4 个，
效果如图 15-72 所示。

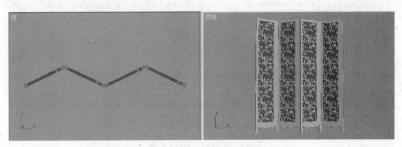

图 15-72　制作的屏风

> **技巧**　有很多造型在 3ds Max 中绘制时是很麻烦的，所以最好在 CAD 中绘制好，将不同的造型分别放在不同的图层里，【导入】到 3ds Max 中直接执行【挤出】生成三维造型即可。

步骤 ⑥　将文件进行保存，命名为"实例 142.max"。

实例总结

本实例通过制作一个屏风，主要学习了【导入】CAD 图纸后直接使用【挤出】及【倒角】命令来生成三维物体的技巧，这样可以大大地节约作图时间，提高制作效率。

Example 【实例】 143　儿童床

实例目的

本实例通过儿童床的制作来练习【倒角】命令的使用方法。儿童床的效果如图 15-73 所示。

实例要点

- 创建【切角长方体】。
- 【线】的绘制。
- 【倒角】命令的使用。
- 使用【保存】命令将文件存盘。

操作步骤

步骤 ①　启动 3ds Max 2009 中文版，将单位设置为毫米。

步骤 ②　在顶视图中创建切角长方体作为床垫，然后在前视图中沿 y 轴复制 2 个并修改得到儿童床的床体，具体数值如图 15-74 所示。

图 15-73　儿童床的效果

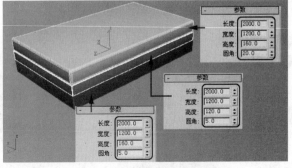

图 15-74　制作切角长方体作为床体

步骤 ③　在前视图中根据床垫的大小绘制如图 15-75 所示的线形，添加【倒角】命令，制作出床头造型。

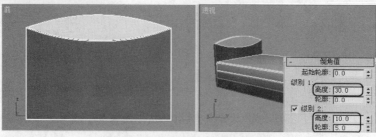

图 15-75　制作的床头造型

步骤④ 在左视图将制作的床头复制一组，修改底部的高度，得到如图 15-76 所示的效果，作为床尾。

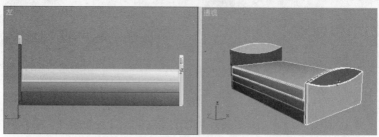

图 15-76　修改得到的床尾

步骤⑤ 将文件进行保存，命名为"实例 143.max"。

实例总结

本实例通过儿童床的制作学习了【倒角】命令的使用。

Example 实例 **144** 窗帘

实例目的

本实例通过制作窗帘造型来学习【多截面放样】命令的使用方法。窗帘的效果如图 15-77 所示。

实例要点

- 使用线绘制【放样】的路径和截面。
- 【放样】命令的使用。
- 【车削】命令的使用。
- 用矩形制作窗帘环。
- 使用【保存】命令将文件存盘。

操 作 步 骤

步骤① 启动 3ds Max 2009 中文版，将单位设置为毫米。

图 15-77　窗帘的效果

步骤② 在前视图和顶视图中绘制窗帘的放样路径和放样截面，形态如图 15-78 所示。

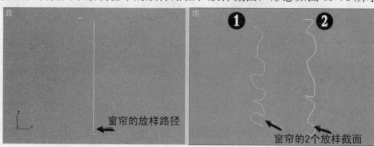

图 15-78　绘制的放样路径和截面

技
巧
在使用【放样】命令来制作窗帘的路径和截面时，要注意与实际的尺寸和比例相符合。

步骤 ③ 选择绘制的放样路径，为其添加【放样】命令，单击【创建方法】项下的 获取图形 按钮，在顶视图中拾取绘制的 1 号放样截面，得到如图 15-79 所示造型。

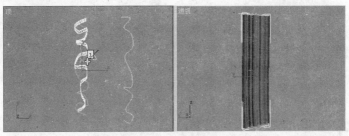

图 15-79　拾取一条放样截面后的效果

步骤 ④ 修改【路径参数】项下的路径数值为 100，然后再次单击 获取图形 按钮，拾取绘制的 2 号放样截面，如图 15-80 所示。

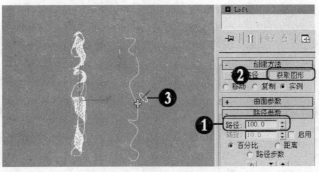

图 15-80　拾取第 2 条放样截面

技
巧
如果得到的窗帘在视图中看不见，说明法线反了，此时我们可以通过旋转工具在顶视图中旋转 180°，也可以在使用的过程中，为其赋予双面材质。

步骤 ⑤ 在左视图中调整窗帘的显示方向，并镜像复制一个，得到如图 15-81 所示的效果。

步骤 ⑥ 按照前面的方法，使用矩形绘制出窗帘环，使用线绘制并通过【车削】命令得到窗帘杆造型，如图 15-82 所示。

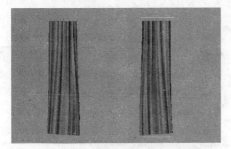

图 15-81　镜像复制后的窗帘造型

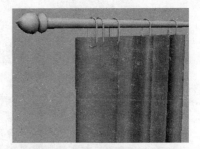

图 15-82　绘制的窗帘环和窗帘杆

步骤 ⑦ 将文件进行保存，命名为"实例 144.max"。

实例总结

本实例通过制作一组窗帘造型，主要学习了【多截面放样】命令的使用方法，以及熟练绘制多截面放样中的路径和图形截面，通过该命令可以得到精致、多变的窗帘造型。

Example 实例 **145** 座便器

实例目的

本实例通过座便器的制作来学习【放样】、【编辑多边形】命令的使用方法。座便器的效果如图 15-83 所示。

实例要点

- 【放样】命令的使用。
- 【编辑多边形】命令的使用。
- 使用【保存】命令将文件存盘。

操 作 步 骤

步骤 ❶ 启动 3ds Max 2009 中文版，将单位设置为毫米。

步骤 ❷ 在顶视图中绘制一条封闭线形（约 500×500），作为放样的截面线，在前视图中绘制一条直线（高度为 500），作为放样的路径，形态如图 15-84 所示。

图 15-83 座便器的效果

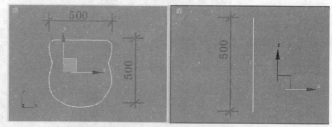

图 15-84 绘制的截面和路径

技巧 在绘制截面时，读者可以绘制一个矩形，然后将其转换为【可编辑样条线】，进入 ⋮⋮⋮（顶点）子对象层级，使用 优化 命令添加顶点，然后调整一下形态就可以了。

步骤 ❸ 在前视图中选择绘制的直线，单击 （创建）/ （几何体）按钮，在 标准基本体 下选择 复合对象 选项，单击 放样 按钮，再单击 获取图形 按钮，在顶视图中点击截面线，生成放样物体，如图 15-85 所示。

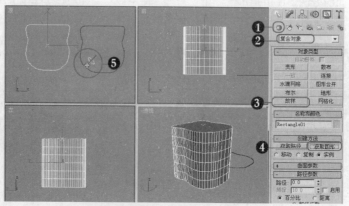

图 15-85 执行放样命令

步骤 ④ 单击 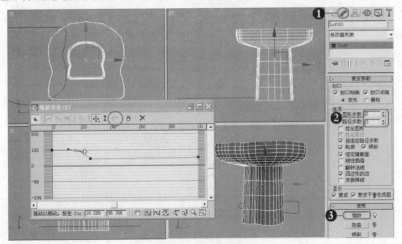（修改）进入修改命令面板，再单击修改命令面板下方 **变形** 下的 **缩放** 按钮，弹出【缩放变形】窗口，在控制线上添加一个点，调整形态，如图 15-86 所示。

图 15-86　调整缩放命令

步骤 ⑤ 将放样物体转换为【可编辑多边形】，按下 1 键，进入 （顶点）子对象层级，在前视图和顶视图中调整顶点的形态，如图 15-87 所示。

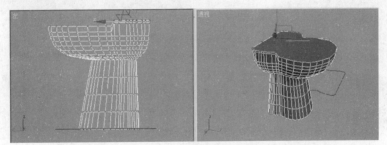

图 15-87　调整顶点的形态

步骤 ⑥ 单击 （创建）/ （几何体）/ **长方体** 按钮，在顶视图中创建一个 350×450×50 的长方体，将段数分别改变为 4×4×1（作为盖子）。如图 15-88 所示。

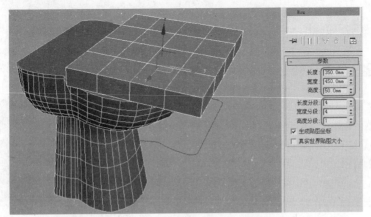

图 15-88　创建的长方体及参数

步骤 ⑦ 将长方体转换为【可编辑多边形】，勾选【细分曲面】下的【使用 NURMS 细分】选项。修改【迭代次数】值为 2，使面平滑。进入 （顶点）子对象层级，在顶视图中调整顶点的形态，如图 15-89 所示。

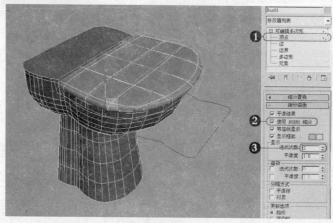

图 15-89　制作的座便器盖子

步骤 (8) 在前视图中创建一个切角长方体（作为"水箱"），进入修改命令面板对其参数进行修改，参数及位置如图 15-90 所示。

步骤 (9) 再制作水箱上面的造型，效果如图 15-91 所示。

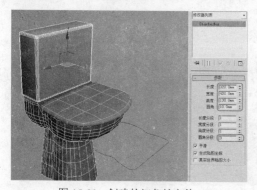

图 15-90　创建的切角长方体

半球体

图 15-91　创建的切角长方体

步骤 (10) 将所有的造型全部赋予一种白色的陶瓷材质。

步骤 (11) 将制作的模型保存起来，文件名为"实例 145.max"。

实例总结

本实例通过座便器的制作来学习【放样】、【编辑多边形】命令的使用方法。

Example 实例 146　洗手盆

实例目的

本实例通过洗手盆的制作来学习【编辑多边形】、【倒角】、【车削】和【编辑样条线】命令的使用方法。洗手盆的效果如图 15-92 所示。

实例要点

- 创建【长方体】。
- 【编辑多边形】命令的使用。
- 【编辑样条线】命令的使用。
- 【车削】命令的使用。
- 【倒角】命令的使用。

图 15-92　洗手盆的效果

■　使用【保存】命令将文件存盘。

操 作 步 骤

步骤 ① 启动 3ds Max 2009 中文版，将单位设置为毫米。

步骤 ② 在前视图中创建一个 1 200 × 400 × 18 的长方体，并为其添加【编辑多边形】命令，进入 ■（多边形）子对象层级，选择底部的多边形，通过单击 倒角 右侧的小按钮，修改得到洗手盆的台面，具体数值如图 15-93 所示。

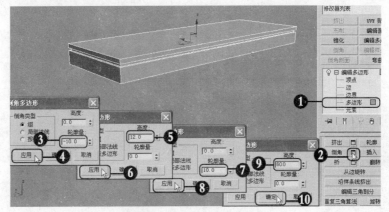

图 15-93　修改创建的长方体

步骤 ③ 继续上面的方法，确认刚才选择的多边形处于选择状态，修改轮廓量为-10，单击 应用 按钮；修改高度为-50，制作出洗手盆台面的内部，如图 15-94 所示。

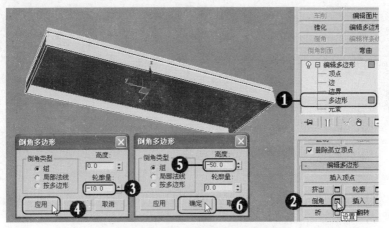

图 15-94　修改得到的台面内部

步骤 ④ 激活顶视图，创建一个半径为 10，高度为 55 的圆柱体，并调整其至合适位置，如图 15-95 所示。

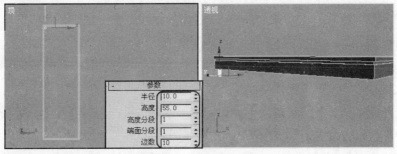

图 15-95　创建的圆柱体

步骤 ⑤ 在左视图中创建一个半径为 12，高度为 10 的圆柱体，作为台面的固定件，然后和上面创建的圆柱体一起复制成一组，如图 15-96 所示。

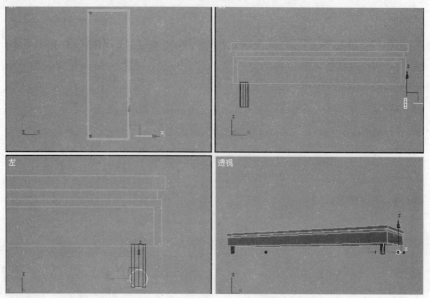

图 15-96　创建并复制的圆柱体

步骤 ⑥ 在顶视图中绘制一个 1 150 × 370 的矩形，勾选可渲染，设置其厚度为 10。为其添加【编辑样条线】命令，按下 2 键，进入 ✓（分段）子对象层级，删除后面的矩形边，如图 15-97 所示。

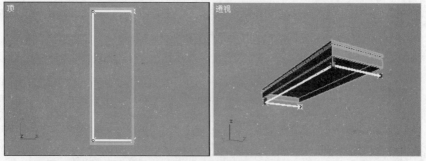

图 15-97　修改后的矩形

步骤 ⑦ 在前视图中绘制如图 15-98（左）所示的线形，执行【车削】命令，通过调整车削轴，得到如图 15-98（右）所示的洗手盆造型。

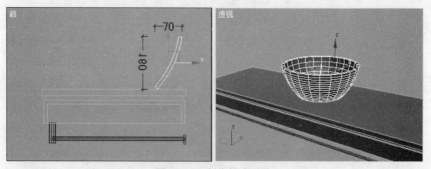

图 15-98　制作的洗手盆

步骤 ⑧ 在前视图中绘制如图 15-99 所示的线形，并执行【车削】命令，制作出洗手盆的阀门。

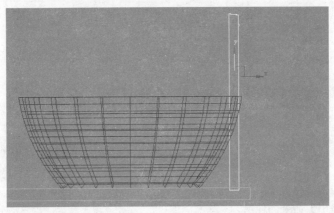

图 15-99　制作洗手盆的阀门

步骤 9 按照前面的方法绘制阀门开关的轮廓线，然后执行【倒角】命令，再用【旋转】工具调整其位置及形态，如图 15-100 所示。

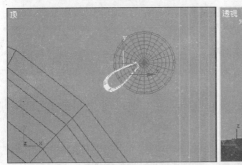

图 15-100　制作的阀门开关

步骤 10 在左视图中创建一个半径 1 为 6，半径 2 为 5，高度为 90 的管状体，用工具栏中的旋转工具调整其位置及形态，如图 15-101 所示。

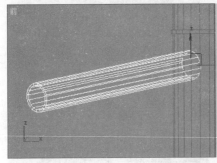

图 15-101　创建的管状体

> 技巧　平时建议读者在制作一些家具、洁具的时候，最好分门别类地放好了，等以后用到的时候直接使用【合并】命令合并到场景就可以了。

步骤 11 洗手盆造型制作完成，将文件进行保存，命名为"实例 146.max"。

实例总结

本实例通过洗手盆的制作，来学习掌握【编辑多边形】、【倒角】、【车削】和【编辑样条线】命令的使用方法。

Example 实例 **147** 会议桌

实例目的

本实例主要使用【倒角】、【挤出】命令来制作一个会议桌，实例的目的是让读者对家具的结构及作图时使用的命令有一个清晰的思路。会议桌的效果如图 15-102 所示。

实例要点

- 绘制【矩形】。
- 【编辑样条线】命令的使用。
- 【倒角】、【挤出】命令的使用。
- 使用【保存】命令将文件存盘。

图 15-102　会议桌的效果

操 作 步 骤

步骤① 启动 3ds Max 2009 中文版，将单位设置为毫米。

步骤② 在顶视图中绘制一个 4 200 × 2 100 的大矩形和 1 800 × 320 的小矩形，位置及形态如图 15-103 所示。

步骤③ 选择大矩形，为其添加【编辑样条线】命令，按 1 键，进入 ⋰（顶点）子层级，修改大矩形的形态，然后将两个矩形附加为一体，如图 15-104 所示。

图 15-103　两个矩形的位置

图 15-104　矩形修改后的形态

步骤④ 在【修改器列表】中执行【倒角】命令，调整参数如图 15-105 所示。

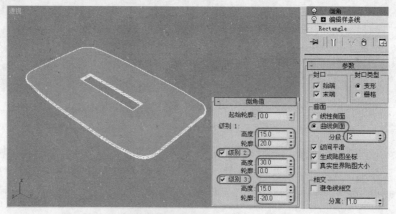

图 15-105　设置【倒角】参数

步骤⑤ 在顶视图中绘制如图 15-106 所示的线形，作为会议桌腿。

步骤⑥ 在【修改器列表】中执行【挤出】命令，设置【数量】为 750，效果如图 15-107 所示。

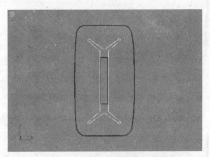

图 15-106　绘制的会议桌腿

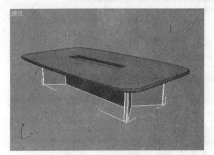

图 15-107　执行【挤出】

步骤 7 在顶视图中创建 820 × 1 200 × 5 × 1 的切角长方体，调整其位置如图 15-108 所示。

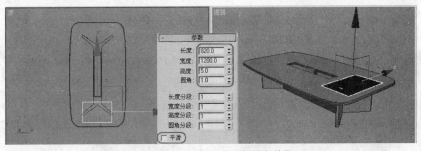

图 15-108　创建的【切角长方体】

步骤 8 会议桌造型制作完成，最后将文件进行保存，命名为"实例 147.max"。

实例总结

本实例通过会议桌的制作来熟练操作二维线形，以及【编辑样条线】、【倒角】、【挤出】命令的使用。

Example 实例 **148** 会议椅

实例目的

本实例主要使用【挤出】、【车削】、【放样】命令制作一个会议椅，实例的目的是让读者对家具的结构及作图时使用的命令有一个清晰的思路。会议椅的效果如图 15-109 所示。

实例要点

- 【线】的绘制。
- 【挤出】命令的使用。
- 【编辑多边形】命令的使用。
- 【车削】、【放样】命令的使用。
- 【放样】命令类下【缩放】的使用。
- 使用【保存】命令将文件存盘。

图 15-109 会议椅的效果

操 作 步 骤

步骤 1 启动 3ds Max 2009 中文版，将单位设置为毫米。

步骤 2 在左视图中绘制 460 × 650 的线形，先绘制单线，然后添加数值为 15 的轮廓，再进入顶点进行调整，形态如图 15-110 所示。

步骤 3 为其添加【挤出】命令，设置数量为 430，段数为 6，如图 15-111 所示。

步骤 4 为制作出的椅子座添加【编辑多边形】命令，按 1 键，进入 ∴（顶点）子对象层级，通过【软选择】选项在视图中调整椅子座凹陷的形态，如图 15-112 所示。

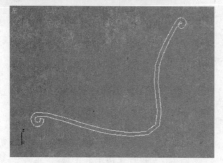

图 15-110　绘制的线形

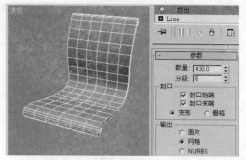

图 15-111　执行【挤出】后的形态

步骤 5 确认制作的椅子座处于被选择状态，在原位置复制一个，并删除【编辑多边形】、【挤出】命令，然后进入 ∧（线段）子对象层级，删除多余线段，得到如图 15-113 所示的线形，最后设置【渲染】项下的参数（作为收边）。

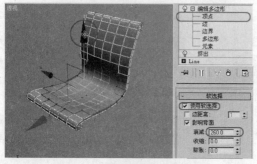

图 15-112　调整椅子座的形态

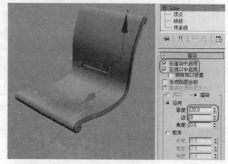

图 15-113　修改制作椅子座的收边

步骤 6 继续用线绘制椅子的扶手，通过设置【渲染】选项制作出扶手的粗细，并将制作的扶手和椅子座的收边镜像复制一组，如图 15-114 所示。

步骤 7 激活前视图，使用线绘制椅子支撑杆的截面，再为其添加【车削】命令，单击 最小 按钮，调整至合适的位置，如图 15-115 所示。

图 15-114　修改制作椅子座的收边

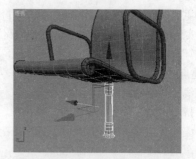

图 15-115　修改制作椅子的支撑杆

步骤 8 在左视图中绘制 40×28 的椭圆，作为椅子腿的放样截面图形，在前视图中绘制曲线作为椅子腿的放样路径，如图 15-116 所示。

当我们执行完【放样】操作后，会发现得到的放样对象的截面是错误的，需要在左视图中将【放样】命令中的图形旋转 90°，才可以得到正确的显示效果。

步骤 9 选择放样对象，将【Loft】命令前面的 + 打开，选择"图形"项，在左视图中框选放样物体中的图形，用旋转工具旋转 90°，得到如图 15-117 所示效果。

步骤 10 单击修改命令面板下端 + 变形 项下的 缩放 按钮，弹出【缩放变形】对话框。在控制线上增加一个点，将点转化为 Bezier 角点，调整出椅子腿的最终形态，如图 15-118 所示。

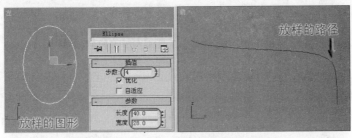

图 15-116　绘制椅子腿的放样截面和路径

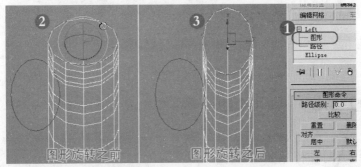

图 15-117　调整椅子腿的截面图形

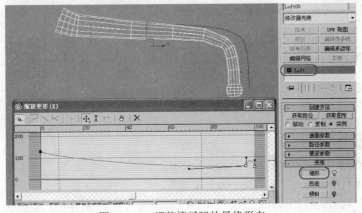

图 15-118　调整椅子腿的最终形态

步骤 ⑪　将制作的椅子腿以椅子支撑杆为轴心进行旋转复制，然后将前面制作的会议桌【合并】到场景中，并将椅子沿会议桌的形状进行复制，使用【旋转】工具使其形态与会议桌的桌面形状一致，得到的最终效果如图 15-119 所示。

图 15-119　复制后的效果

步骤 ⑫　会议椅造型制作完成，将文件进行保存，命名为"实例 148.max"。

实例总结

本实例通过会议桌的制作来熟练操作二维线形的应用，以及【挤出】、【编辑多边形】、【车削】、【放样】命令的使用，重点掌握【放样】项下【缩放】工具的使用方法。

第 16 章　室内各种墙体的制作

■ **本章内容**

➤ 客厅墙体的制作　　　　➤ 书房墙体的制作　　　　➤ 公共卫生间墙体的制作
➤ 卧室墙体的制作　　　　➤ 会议室墙体的制作

　　制作效果图的第 1 步应该是先制作房间的墙体，室内装饰风格与气氛，在很大程度上要靠墙面的造型和格局来体现。室内的墙面采用不同的材料来体现，主要是根据空间的要求来选择不同的材料。运用比较多的材料包括乳胶漆、壁纸、木制造型、墙砖等，会给人一个温馨、亲切的视觉享受。若墙面采用瓷砖设计，则会产生一种清凉、舒爽的感觉。

　　本章我们将以不同空间墙体的制作为例，来学习快速创建墙体的方法。

Example 实例 **149** 客厅墙体的制作

实例目的

　　本实例通过制作客厅的墙体，来学习如何在 AutoCAD 绘制的图纸基础上建立模型，从而达到准确、快速的模型效果。客厅墙体的效果如图 16-1 所示。

实例要点

■ 【导入】CAD 平面图。
■ 使用【线】绘制出墙体。
■ 【挤出】及【可编辑多边形】命令的使用。
■ 使用【保存】命令将文件存盘。

图 16-1　客厅墙体的效果

操作步骤

步骤 ① 启动 3ds Max 2009 中文版，将单位设置为毫米。

步骤 ② 单击菜单栏中的【文件】/【Import】（导入）命令，在弹出的【选择要导入的文件】对话框中，选择随书光盘"源文件素材/第 16 章"文件夹下的"客厅.dwg"文件，单击 打开(O) 按钮，如图 16-13 所示。

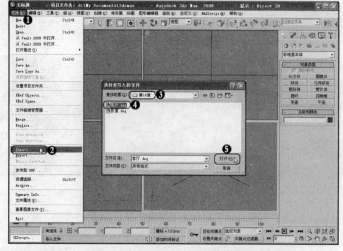

图 16-2　【导入】客厅 CAD 图纸

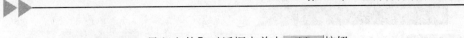

步骤 ③ 在弹出的【AutoCAD DWG/DXF 导入文件】对话框中单击 确定 按钮。

步骤 ④ 此时客厅的 AutoCAD 图纸就导入到了 3ds Max 中，效果如图 16-3 所示。

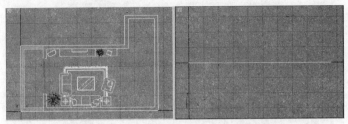

图 16-3　导入到 3ds Max 中的 CAD 文件

> **技巧** 我们在使用 AutoCAD 绘制的图纸进行建模时，可以先将平面图移动到原点（0，0）的位置，便于在 3ds Max 中控制建模位置，以提高建模速度。

我们导入平面图的目的是起到一个参照的作用，为在建立模型时提供方便，更能清楚地理解这个户型的结构。

步骤 ⑤ 按下 Ctrl+A 键，选择所有线形，为线形指定一个便于观察的颜色。单击菜单栏的【组】/【成组】命令，单击 确定 按钮，如图 16-4 所示。

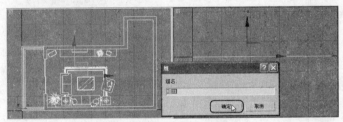

图 16-4　将 CAD 图纸成组

> **技巧** 一般情况下，我们可以将成组后的 AutoCAD 图纸指定为浅黄色，这样更易于图纸的观察。

步骤 ⑥ 激活顶视图，按下 Alt+W 键，将视图最大化显示。

步骤 ⑦ 按下 S 键将【捕捉】打开，捕捉模式采用 2.5 维，捕捉方式采用【顶点】。

步骤 ⑧ 在顶视图中绘制墙体的内部封闭线形，如图 16-5 所示。

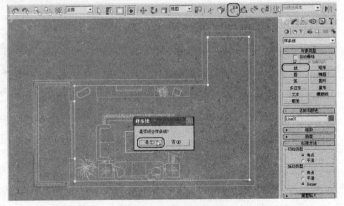

图 16-5　绘制封闭的线形

步骤 ⑨ 为绘制的线形添加一个【挤出】修改命令，将【数量】设置为 2 700（即房间的层高为 2.7 米）。按下 F4 键，显示出物体的结构线，如图 16-6 所示。

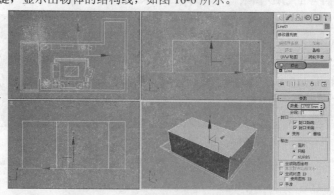

图 16-6　线形执行【挤出】后的效果

> **技巧** 绘制封闭线形，然后执行【挤出】命令，是一种很优秀的建模方式，这种方式也是单面建模，翻转法线后可以将整个房间的墙体制作出来。

步骤 ⑩ 将挤出后的线形转换为【可编辑多边形】，进入 ⬛（元素）子对象层级，按下 Ctrl+A 键，单击 **翻转** 按钮，将法线翻转过来，如图 16-7 所示。

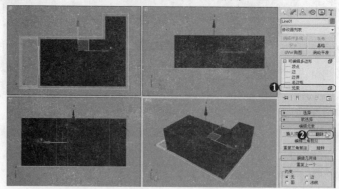

图 16-7　对"面"进行法线翻转

> **技巧** 为了便于观察，可以按 F4 键，显示墙体的结构线框。在透视图被挤出的线形周围会出现一个白色支架，我们可以通过快捷键 J 进行显示与否的切换。

步骤 ⑪ 为了方便观察，我们可以对墙体进行消隐，在透视图选择墙体，右击鼠标，在弹出的右键菜单中选择【对象属性】，在弹出的【对象属性】窗口中勾选【背面消隐】，此时墙体里面的空间就可以看得很清楚了，如图 16-8 所示。

消隐之前的效果　　　　消隐之后的效果

步骤 ⑫ 将文件保存，命名为"实例 149.max"。

图 16-8　消隐前后的效果

实例总结

　　本实例通过制作客厅的墙体来学习线形的绘制和修改，通过【挤出】命令得到三维物体，最后通过【可编辑多边形】命令修改生成的墙体。

卧室墙体的制作

实例目的

　　本实例通过制作卧室的墙体来学习以 AutoCAD 绘制的图纸进行参照，绘制线形，执行【Extrude】（挤出）生成墙体，然后将其转换为【可编辑多边形】进行墙体的修改。卧室墙体的效果如图 16-9 所示。

实例要点

- 【导入】CAD 平面图。
- 使用【线】绘制出墙体。
- 【挤出】及【可编辑多边形】命令的使用。
- 使用【保存】命令将文件存盘。

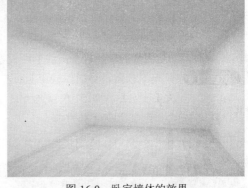

图 16-9　卧室墙体的效果

操作步骤

步骤 1 启动 3ds Max 2009 中文版，将单位设置为毫米。

步骤 2 按照导入"客厅.dwg"图纸的方法将随书光盘中的"源文件素材/第 16 章"文件夹下的"卧室.dwg"文件导入到 3ds Max 中，便于在后面制作卧室效果图过程中进行参照、摆放家具，如图 16-10 所示。

　　我们导入平面图的目的是起到一个参照的作用，为建立模型时提供方便，更能清楚地理解这个户型的结构。

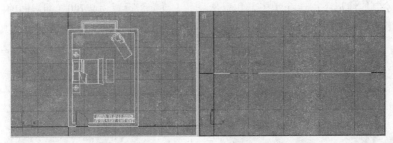

图 16-10　导入到 3ds Max 中的 CAD 文件

步骤 3 按下 Ctrl+A 键，选择所有线形，为线形指定一个便于观察的颜色。单击菜单栏的【组】/【成组】命令，单击 确定 按钮，如图 16-11 所示。

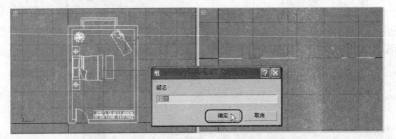

图 16-11　将 CAD 图纸成组

技巧　为了后面操作方便，不对图纸进行移动，在制作的过程中我们一般会将导入的图纸进行冻结。

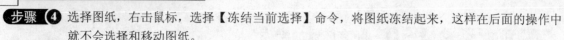
步骤 ④ 选择图纸，右击鼠标，选择【冻结当前选择】命令，将图纸冻结起来，这样在后面的操作中就不会选择和移动图纸。

我们发现冻结之后的图纸是灰颜色的，看不太清楚，为了方便观察，可以将冻结物体的颜色改变一下。

步骤 ⑤ 单击菜单栏【自定义】/【自定义用户界面】命令，在弹出的【自定义用户界面】对话框中选择【颜色】选项卡，在【元素】右侧的窗口中选择【视口】，在下面的窗口中选择【视口背景】，单击颜色右面的色块，在弹出的【颜色选择器】中调整一种便于观察的颜色，单击 立即应用颜色 按钮，如图 16-12 所示。

此时，冻结图纸的颜色就变成我们所调整的颜色了。

步骤 ⑥ 单击 按钮，将光标放在上面右击，在弹出的【栅格和捕捉设置】窗口中设置一下【捕捉】及【选项】，如图 16-13 所示。

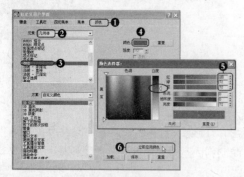
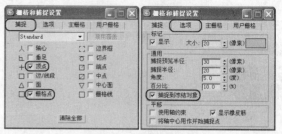

图 16-12　改变冻结物体的颜色　　　　　　图 16-13　【栅格和捕捉】窗口

步骤 ⑦ 在顶视图中绘制墙体的内部封闭线形，如图 16-14 所示。

步骤 ⑧ 为绘制的线形添加一个【挤出】命令，将【数量】设置为 2 700（即房间的层高为 2.7 米）。按 F4 键，显示物体的结构线，如图 16-15 所示。

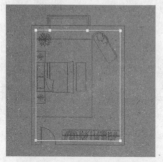
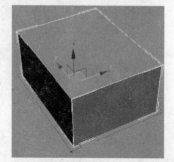

图 16-14　绘制封闭的线形　　　　　　图 16-15　线形执行【挤出】后的效果

步骤 ⑨ 将挤出后的线形转换为【可编辑多边形】，进入 （元素）子对象层级，按下 Ctrl+A 键选择所有元素，单击 翻转 按钮，将法线翻转过来。最后再将【背面消隐】勾选，效果如图 16-16 所示。

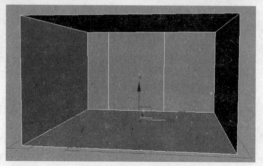

图 16-16　制作的卧室墙体转

<table>
<tr><td>技
巧</td><td>对于相对简单的场景我们可以直接创建三维模型，然后通过【编辑多边形】命令进行修改，得到场景中的墙体。这样也是最简单、快速的单面建模，翻转法线后可以将整个房间的墙体制作出来。</td></tr>
</table>

步骤 ⑩ 将文件进行保存，命名为"实例 150.max"。

实例总结

本实例通过制作卧室的墙体，来学习如何使用长方体参照 AutoCAD 绘制的图纸来制作卧室墙体造型。

Example 实例 **151** 书房墙体的制作

实例目的

本实例通过制作书房的墙体，来学习如何以创建的长方体为基础进行墙体的建模。书房墙体的效果如图 16-17 所示。

实例要点

- 创建【长方体】。
- 【可编辑多边形】命令的使用。
- 使用【保存】命令将文件存盘。

操 作 步 骤

步骤 ① 启动 3ds Max 2009 中文版，将单位设置为毫米。

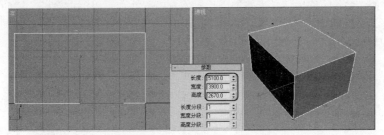

图 16-17 书房墙体的效果

步骤 ② 激活顶视图，创建一个 5 100 × 3 900 × 2 670 的长方体，作为书房的空间，即书房的进深为 5 100，开间为 3 900，高度为 2 670，如图 16-18 所示。

图 16-18 创建的【长方体】

步骤 ③ 将长方体转换为【可编辑多边形】，进入 ▣ （元素）子对象层级，按下 Ctrl+A 键，单击 翻转 按钮，将法线进行翻转，如图 16-19 所示。

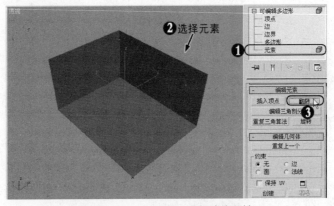

图 16-19 对"墙面"进行法线翻转

> 技
> 巧
> 通过创建方体，然后翻转法线，是建立单面模型很好的方法。我们可以将整个空间的墙、地面、顶全部创建立出来。

步骤 (4) 为了方便观察，将长方体的【背面消隐】勾选，效果如图 16-20 所示。

图 16-20 制作的书房墙体

步骤 (5) 将文件进行保存，命名为"实例 151.max"。

实例总结

本实例通过制作书房的墙体来学习如何使用长方体来制作墙体造型。

Example 实例 **152** 会议室墙体的制作

实例目的

本实例通过制作会议室的墙体，来熟悉以长方体为基础进行修改得到会议室墙体的制作方法。会议室墙体的效果如图 16-21 所示。

实例要点

■ 创建【长方体】。

■ 【编辑多边形】命令的使用。

■ 使用【保存】命令将文件存盘。

操 作 步 骤

步骤 (1) 启动 3ds Max 2009 中文版，将单位设置为毫米。

图 16-21 会议室墙体的效果

步骤 (2) 激活顶视图，创建一个 9 000 × 6 800 × 3 200 的长方体，作为会议室的空间，如图 16-22 所示。

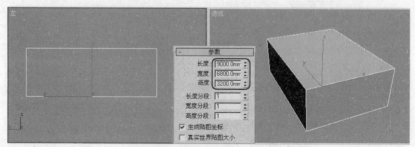

图 16-22 创建的【长方体】

步骤 (3) 将长方体转换为【可编辑多边形】，进入 （元素）子对象层级，按下 Ctrl+A 键，单击 翻转 按钮，将法线进行翻转，如图 16-23 所示。

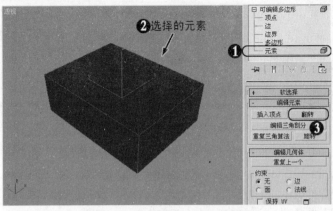

图 16-23　对"墙面"进行法线翻转

技巧　对于一些简单的空间，就没有必要【导入】CAD 图纸了，直接掌握好尺寸进行建模就可以。

步骤 ④ 为了方便观察，将长方体的【背面消隐】勾选，效果如图 16-24 所示。

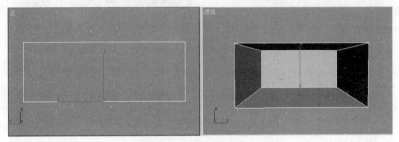

图 16-24　制作的会议室墙体

步骤 ⑤ 将文件进行保存，命名为"实例 152.max"。

实例总结

本实例通过制作会议室的墙体来学习如何使用【长方体】制作出整个空间的结构框架。

Example 实例 **153** 公共卫生间墙体的制作

实例目的

本实例通过制作公共卫生间的墙体，来熟悉以长方体为基础进行修改得到公共卫生间墙体的制作方法。公共卫生间墙体的效果如图 16-25 所示。

实例要点

■　【导入】CAD 平面图。
■　使用【挤出】命令生成墙体。
■　使用【保存】命令将文件存盘。

操作步骤

图 16-25　卫生间墙体的效果

步骤 ❶ 启动 3ds Max 2009 中文版，将单位设置为毫米。
步骤 ❷ 按照上面的方法将随书光盘"源文件素材/第 16 章"文件夹下的"卫生间.dwg"文件导入到
3ds Max 中，如图 16-26 所示。

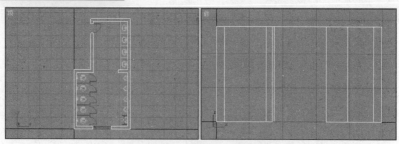

图 16-26　导入到 3ds Max 中的 CAD 文件

步骤 3 激活顶视图，按下 Alt+W 键，将顶视图最大化显示。

步骤 4 在视图中选择墙体，施加一个【挤出】命令，将【数量】设置为 2 800（即房间高度为 2.8 米），如图 16-27 所示。

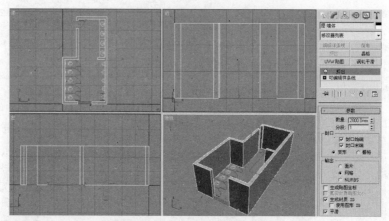

图 16-27　使用"挤出"生成墙体

> **技巧** 如果在 CAD 中绘制的墙体是封闭的，而且没有重合的线形，焊接后直接【挤出】就可以，实在不行可以再进行一下【焊接】。

步骤 5 按下键盘中的 Ctrl+S 键，将文件保存为"实例 153.max"文件。

实例总结

本实例通过制作卫生间的墙体，来学习直接使用【导入】的 CAD 图纸进行【挤出】来快速地生成墙体。

第17章 室内各种门窗的制作

■ **本章内容**

➢ 客厅推拉门的制作   ➢ 书房推拉门的制作   ➢ 公共卫生间门、窗的制作

➢ 卧室凸窗的制作   ➢ 会议室窗户的制作

    制作一幅精致的室内效果图，在众多的构件之中，门和窗的造型可以说是细部刻画的重点部分。在现实生活装饰行业中，室内各类门的造型与结构设计是室内装修的重点，也是体现装修质量的标准之一，这就是人们非常注重"门面"的原因。

    本章我们将以"精简"为建模准则，带领大家创建不同的门窗造型。

Example 实例 **154** 客厅推拉门的制作

实例目的

    本实例主要使用【可编辑多边形】项下的【挤出】制作出客厅的推拉门造型，重点学习怎样通过已经建立好的模型进行修改。客厅推拉门的效果如图 17-1 所示。

实例要点

■ 【编辑多边形】命令的使用。

■ 使用【另存为】命令将文件重新保存。

图 17-1 客厅推拉门的效果

操作步骤

步骤 ① 启动 3ds Max 2009 中文版，打开本书光盘"源文件素材/第 16 章/实例 149.max"文件，如图 17-2 所示。我们在它的基础上进行编辑、修改，制作出客厅的推拉门。

步骤 ② 按下 2 键，进入 ◁ （边）子对象层级，在透视图中的阳台位置选择如图 17-3 所示的两条垂直的边。

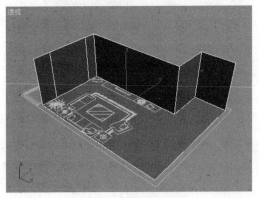

图 17-2 打开的客厅墙体

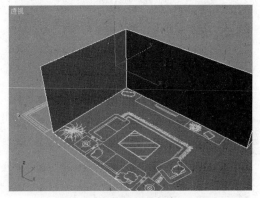

图 17-3 选择的两条边

步骤 ③ 单击【编辑边】下的 连接 右面的小按钮，设置【分段】值为 1，单击 确定 按钮，如图 17-4 所示。

技巧 使用【连接】来增加段数，类似于使用【切片平面】进行切割，只不过【连接】是在固定的距离之内进行定数的等分。

步骤④ 按下 4 键，进入 ■（多边形）子对象层级，在透视图中选择阳台墙体中间下的面，使用【挤出】制作出推拉门的门洞，效果如图 17-5 所示。

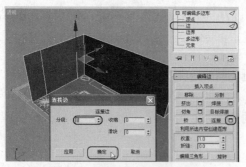
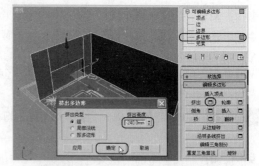

图 17-4 使用【连接】增加段数　　　　图 17-5 使用【挤出】制作门洞

技巧 在选择边的时候，最好使用工具栏中的 ▷（选择工具）命令进行选择，如果使用 ✛（选择并移动）命令移动，经常会将选择的边移动位置。

步骤⑤ 按下 1 键，进入 ∴（顶点）子对象层级，确认 ✛（移动）工具处于激活状态。在前视图中选择上面的一排顶点，按下键盘上的 F12 键，在弹出的【移动变换输入】窗口中设置 z 的数值为 2 200，按下 Enter 键，如图 17-6 所示。

步骤⑥ 将挤出的面删除，此时我们就将门洞制作出来了，效果如图 17-7 所示。

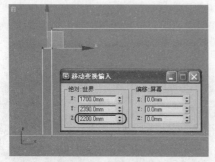
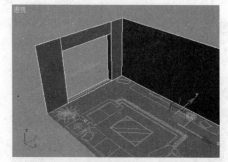

图 17-6 移动门洞的高度　　　　图 17-7 制作的门洞

步骤⑦ 在左视图中使用捕捉绘制一个 2 200 × 1 200 的矩形，如图 17-8 所示。

步骤⑧ 为矩形添加【Edit Spline】（编辑样条线）命令，进入 ∧（样条线）子层级，为其添加 60 的轮廓，再添加一个【挤出】命令，设置【数量】为 60，再复制一个当前模型，效果如图 17-9 所示。

玻璃就不用制作了，因为前面要放上窗帘。

步骤⑨ 单击菜单栏中的【文件】/【另存为】命令，将此线架保存为"实例 154.max"。

实例总结

本实例通过制作客厅的推拉门来学习通过【可编辑多边形】命令来修改已经建立的模型，并【挤出】生成推拉门。

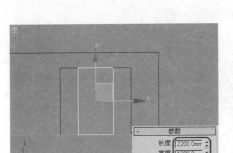

图 17-8 绘制的矩形　　　　　　　　　　图 17-9 制作的门

Example 实例 155 卧室凸窗的制作

实例目的

本实例通过制作卧室的凸窗来进一步学习【可编辑多边形】命令的使用。卧室凸窗造型，如图 17-10 所示。

实例要点

- 【编辑多边形】命令的使用。
- 使用【另存为】命令将文件重新保存。

操 作 步 骤

图 17-10 卧室凸窗的效果

步骤 ① 启动 3ds Max 2009 中文版，打开本书光盘"源文件素材/第 16 章/实例 150.max"文件，如图 17-11 所示。我们在它的基础上进行编辑、修改。

步骤 ② 按下 2 键，进入 ◁ （边）子对象层级，在透视图中选择窗户位置的两条边，如图 17-12 所示。

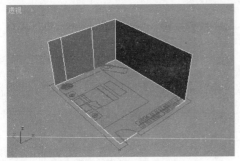

图 17-11 打开的卧室墙体

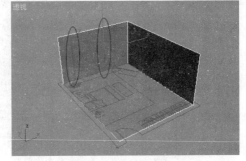

图 17-12 选择的两条边

步骤 ③ 单击【编辑边】下 连接 右面的小按钮，设置【分段】数值为 2，单击 确定 按钮，如图 17-13 所示。

步骤 ④ 按下 4 键，进入 ■ （多边形）子对象层级，在透视图中选择阳台墙体中间下面的面，使用挤出制作出窗洞，第 1 次的挤出数量为 240，第 2 次为 520，将挤出的面及两侧的面删除，效果如图 17-14 所示。

步骤 ⑤ 确认 ✛ （移动）工具处于激活状态。在左视图中选择上面的一排顶点，按下键盘上的 F12 键，在弹出的对话框中设置 z 的数值为 2 200，按下 Enter 键，下面顶点的高度为 600，如图 17-15 所示。

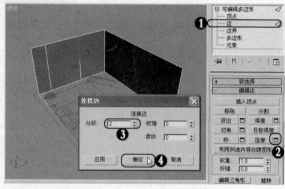

图 17-13   使用【连接】增加段数

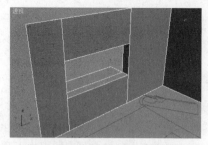

图 17-14   使用【挤出】制作窗洞

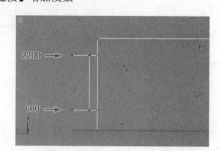

图 17-15   移动窗洞的高度

步骤 6 按下 2 键，进入 ◁（边）子对象层级，在顶视图中将窗户两侧的边按住 Shift 键复制出来，效果如图 17-16 所示。

> **技巧** 在按住 Shift 键进行复制时，距离无法控制，这时我们可以绘制一个参照的矩形作为参考，再将复制的边进行移动。

步骤 7 使用【挤出】命令制作出窗框，效果如图 17-17 所示。

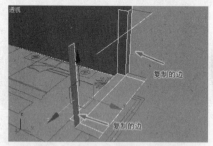

图 17-16   使用【挤出】制作窗洞

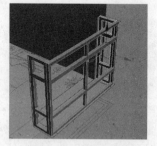

图 17-17   制作的窗框

步骤 8 单击菜单栏中的【文件】/【另存为】命令，将此线架保存为"实例 155.max"。

实例总结

本实例通过制作卧室的凸窗来熟悉怎样使用【可编辑多边形】命令巧妙地对物体进行编辑，再使用【挤出】命令制作出凸窗的窗框，通过不同的窗户造型来熟练使用、掌握该命令。

Example 实例 **156** 书房推拉门的制作

实例目的

本实例通过制作书房的推拉门来进一步学习【可编辑多边形】命令的使用。完成后的书房推拉门效果如图 17-18 所示。

实例要点

- 【编辑多边形】命令的使用。
- 使用【另存为】命令将文件重新保存。

操 作 步 骤

步骤 ❶ 启动 3ds Max 2009 中文版，打开本书光盘"源文件素材/第 16 章/实例 151.max"文件，如图 17-19 所示。我们在它的基础上进行编辑、修改，制作出书房的推拉门。

图 17-18　书房推拉门的效果

步骤 ❷ 按下 2 键，进入 ◁（边）子对象层级，在透视图中的阳台位置选择如图 17-20 所示的两条垂直边。

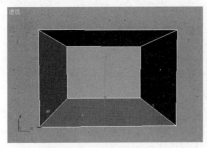

图 17-19　打开的书房墙体

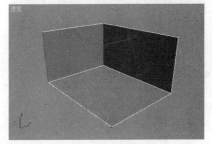

图 17-20　选择的两条边

步骤 ❸ 单击【编辑边】下 连接 右面的小按钮，设置【分段】为 1，单击 确定 按钮，如图 17-21 所示。

步骤 ❹ 选择水平的 3 条边，使用同样的方法垂直增加两条边，效果如图 17-22 所示。

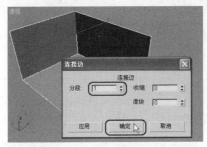

图 17-21　使用【连接】增加段数

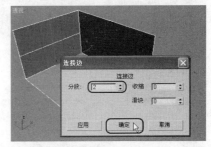

图 17-22　垂直增加两条边

步骤 ❺ 按下 4 键，进入 ■（多边形）子对象层级，在透视图中选择中间下面的面，使用挤出制作出落地窗的窗洞，效果如图 17-23 所示。

步骤 ❻ 在顶视图与左视图移动顶点的位置，窗洞的高度为 2 100，宽度为 3 300，如图 17-24 所示。

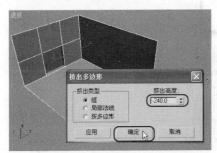

图 17-23　使用【挤出】制作窗洞

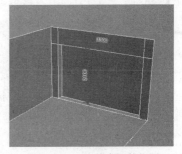

图 17-24　调整窗洞的位置

步骤 7 将挤出后的面删除。

我们在制作推拉门时，制作一扇就可以了，然后再复制3扇。

步骤 8 在前视图中创建一个2 100×825，长度分段为4，宽度分段为2的平面，效果如图17-25所示。

> **技巧** 我们在建模过程中使用【平面】来代替【矩形】，省去了用【矩形】添加【挤出】命令进行修改的步骤，也就是以最简捷的方法来制作造型，从而提高作图的速度。

步骤 9 将平面转换为【可编辑多边形】，按下2键，进入 ◁ （边）子对象层级，对四周的边进行切角，将数值设为60，中间的切角值为25，效果如图17-26所示。

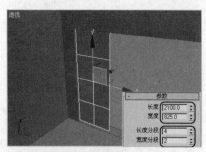
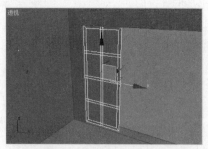

图17-25　创建的平面　　　　　　　　图17-26　对边进行切角

步骤 10 按下4键，进入 ▣ （多边形）子对象层级，将中间的8个面删除，然后对所有的面进行倒角两次，效果如图17-27所示。

图17-27　进行【倒角】

> **技巧** 我们这样制作的推拉门边缘是带有倒角的，这样在后面渲染时能够更好地体现出高光效果，生活中的一些家具都要带有一定的倒角。

步骤 11 在顶视图复制3个，位置及形态如图17-28所示。

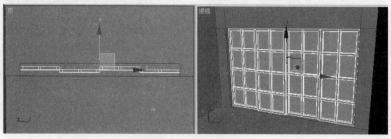

图17-28　制作的推拉门

步骤 ⑫ 在前视图中沿门洞绘制一个线形，然后添加一个值为 60 的轮廓，再执行挤出，数量为 20，作为门框，效果如图 17-29 所示。

步骤 ⑬ 再为房间制作出踢脚板，高度为 80，效果如图 17-30 所示。

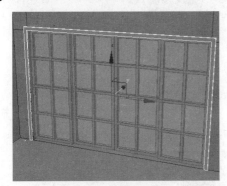

图 17-29 制作的门框   图 17-30 制作的踢脚板

步骤 ⑭ 单击菜单栏的【文件】/【另存为】命令，将此线架保存为"实例 156.max"。

实例总结

本实例通过制作书房的推拉门，来熟悉使用【可编辑多边形】命令制作书房的推拉门，通过不同的推拉门造型来掌握该命令与其中的技巧。

Example 实例 157 会议室窗户的制作

实例目的

本实例主要使用【可编辑多边形】项下的【挤出】制作出会议室的窗户造型，重点学习怎样通过已经建立好的模型进行修改。会议室窗户的效果，如图 17-31 所示。

实例要点
- 【编辑多边形】命令的使用。
- 使用【另存为】命令将文件重新保存。

操 作 步 骤

步骤 ❶ 启动 3ds Max 2009 中文版，打开本书光盘"源文件素材/第 16 章/实例 152.max"文件，如图 17-32 所示。

图 17-31 会议室窗户的效果

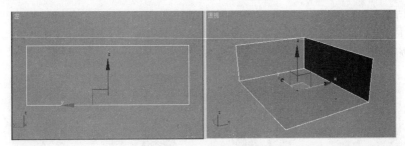

图 17-32 打开的会议室墙体

步骤 ❷ 按下 2 键，进入 ⊿（边）子对象层级，使用前面学习的方法为左面的墙体水平增加两条边，垂直增加两条边，效果如图 17-33 所示。

步骤 ❸ 按下 4 键，进入 ■（多边形）子对象层级，在透视图中选择右面墙体中间的面，使用挤出制作出窗洞，效果如图 17-34 所示。

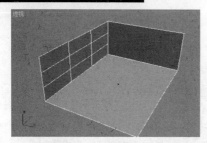

图 17-33　增加的边

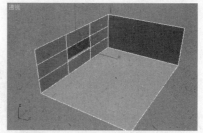

图 17-34　使用挤出制作窗洞

步骤 ④ 按下 1 键，进入 ∴（顶点）子对象层级，在顶视图与左视图中移动顶点的位置，窗洞的高度为 2 100，宽度为 7 200，如图 17-35 所示。

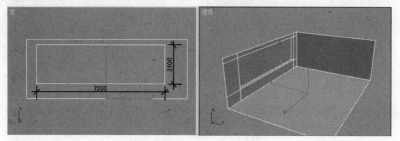

图 17-35　移动出窗户的位置

步骤 ⑤ 按下 4 键，进入 ■（多边形）子对象层级，确认挤出的面处于被选择状态，单击 倒角 右面的小按钮，设置【轮廓量】为-70，单击 确定 按钮，如图 17-36 所示。

步骤 ⑥ 按下 2 键，进入 ◁（边）子对象层级，使用 连接 命令为挤出的面水平增加 1 条边，垂直增加 5 条边，如图 17-37 所示。

图 17-36　对面进行【挤出】

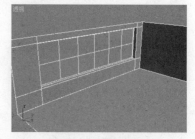

图 17-37　增加的边

步骤 ⑦ 使用【切角】命令将增加的边进行量为 35 的切角，效果如图 17-38 所示。

步骤 ⑧ 按下 4 键，进入 ■（多边形）子对象层级，将中间的 12 个面进行【挤出】，数量为-70，效果如图 17-39 所示。

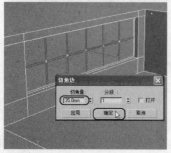

图 17-38　对边进行【切角】

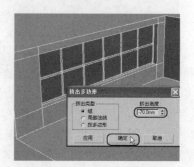

图 17-39　对面进行【挤出】

步骤 ⑨　将中间挤出的面删除，将中间的顶点向上方移动一下。

步骤 ⑩　单击菜单栏【文件】/【另存为】命令，将此线架保存为"实例 157.max"。

实例总结

本实例通过制作会议室的窗户来熟练掌握【可编辑多边形】命令制作窗户的方法与技巧。只有通过制作不同的窗户来熟练使用该命令，才能熟练掌握其中技巧。

Example 实例 **158** 卫生间门、窗的制作

实例目的

本实例主要使用【可编辑多边形】下的【挤出】制作出客厅的推拉门造型，重点学习怎样通过已经建立好的模型进行修改。客厅推拉门的效果如图 17-40 所示。

实例要点

- 【编辑多边形】命令的使用。
- 使用【另存为】命令将文件重新保存。

操　作　步　骤

步骤 ❶　启动 3ds Max 2009 中文版，打开本书光盘"源文件素材/第 16 章/实例 153.max"文件，如图 17-41 所示。

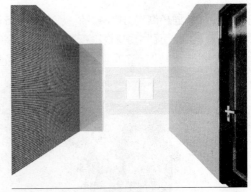

图 17-40　卫生间门、窗的效果

 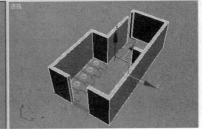

图 17-41　打开的卫生间墙体

步骤 ❷　选择墙体，单击鼠标右键，在弹出的右键菜单中选择【转换为】/【转换为可编辑多边形】命令，将墙体转换为可编辑多边形对象。

步骤 ❸　按下 2 键，进入 ⬦（边）子对象层级，使用 连接 命令，分别为门洞增加 1 条段数，为窗洞增加两条段数，如图 17-42 所示。

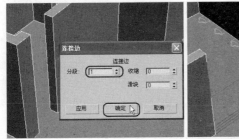 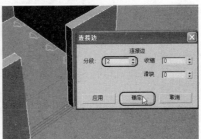

图 17-42　为门洞及窗洞增加段数

步骤 ❹　按下 4 键，进入 ■（多边形）子对象层级，在顶视图中选择窗户两侧的面，如图 17-43 所示。

步骤 ❺　单击【编辑多边形】下的 挤出 按钮，此时窗洞生成，效果如图 17-44 所示。

图 17-43　选择的面

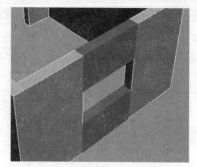

图 17-44　制作的窗洞

步骤 6 同样制作出门洞，效果如图 17-45 所示。

步骤 7 使用【移动变换输入】窗口将门洞移动到 2 000 的高度，窗台的高度为 800，窗的高度为 2 200，再制作一个窗框，效果如图 17-46 所示。

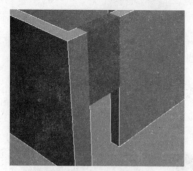

图 17-45　制作的门洞

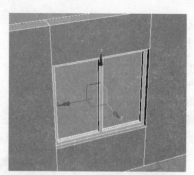

图 17-46　制作的窗框

步骤 8 为卫生间制作一个门套及门，效果如图 17-47 所示。

图 17-47　制作的门框及门

技巧　在制作门套时，一定将门边线的截面绘制好，不然做出来的门套造型会不好看，具体的制作思路我们已经在"实例 37"中详细地讲述了。

步骤 9 单击菜单栏中的【文件】/【另存为】命令，将此线架保存为"实例 158.max"。

实例总结

本实例通过制作公共卫生间窗及门，来熟练掌握【可编辑多边形】下 桥 命令的使用，再使用放样及【可编辑多边形】命令制作出门套及门。

第18章　室内各种天花的制作

■ **本章内容**

➢ 客厅天花的制作　　　➢ 书房天花的制作　　　➢ 公共卫生间天花的制作
➢ 卧室天花的制作　　　➢ 会议室天花的制作

随着人们生活品味追求的提高，在室内空间的设计中，天花的造型也日益趋向成熟，渐渐地更加趋于人性化，"简洁、大方、实用"成为了人们在装修时的要求和目标。因此，选用的室内天花造型，不但要体现出别具一格的装饰与照明功能，而且还要注意隐蔽室内空间不需要暴露的钢架及混凝土梁等建筑结构，使之与地面、墙面融为一体，突出空间的装饰格调，在满足了以上要求之后，我们就要尽可能地将设计做得简洁。

本章我们将配合书中的实例来学习不同空间天花的制作过程。

Example 实例 159　客厅天花的制作

实例目的

本实例主要用使用【线】及【挤出】命令制作客厅的天花，实例的目的是让读者对一些简单天花的制作有一个清楚的思路。客厅天花的效果如图18-1所示。

实例要点

■ 【挤出】命令的使用。
■ 使用【另存为】将文件另存。

操作步骤

步骤① 启动3ds Max 2009中文版，打开本书光盘"源文件素材/第17章/实例154.max"文件，如图18-2所示。

步骤② 在顶视图中使用线命令绘制出天花的造型，在里面绘制一个2800×4800的矩形，然后将其附加为一体，如图18-3所示。

图18-1　客厅天花的效果

步骤③ 为绘制的线形添加一个【挤出】命令，设置【数量】为80（即天花的厚度为8厘米），在前视图放在顶部的下方（中间的距离为80），效果如图18-4所示。

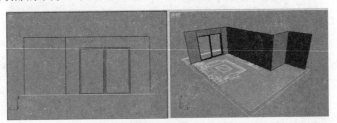

图18-2　打开的"实例154.max"文件

如果想优化物体，可以将天花转换为可编辑多边形命令，将上面及四周的面删除。

> **技巧** 当我们导入了使用AutoCAD绘制的图纸文件后，在3ds Max制作的过程中难免会显示这些图线，如果感觉视觉上混乱，可以按下Shift+S键，将线形进行隐藏，等需要时，再按Shift+S键，将其显示出来。

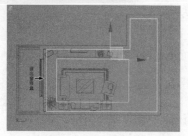

图 18-3　绘制的线形

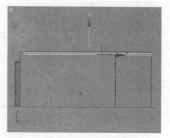

图 18-4　天花的位置

步骤 ④ 单击菜单栏中的【文件】/【另存为】命令，将此线架保存为"实例 159.max"。

实例总结

本实例通过制作客厅的天花，来学习如何通过二维线形使用【挤出】来生成天花造型，这种建模方法比较简单实用。

Example **实例** **160** 卧室天花的制作

实例目的

本实例主要通过【可编辑多边形】命令制作卧室的天花，通过不同的天花造型来熟练使用该命令，掌握其中的技巧。卧室天花的效果如图 18-5 所示。

实例要点

- 【编辑多边形】命令下【倒角】的使用。
- 使用【另存为】将文件进行另存。

图 18-5　卧室天花的效果

步骤 ① 启动 3ds Max 2009 中文版，打开本书光盘"源文件素材/第 17 章/实例 155.max"文件，如图 18-6 所示。

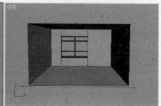

图 18-6　打开的"实例 229.max"文件

步骤 ② 选择墙体，按下 4 键，进入 ■（多边形）子对象层级，在透视图中选择顶，单击 `倒角` 右面的小按钮，第 1 次将轮廓数量设置为-10，单击 `应用` 按钮，再输入高度为-100，再单击 `应用` 按钮，如图 18-7 所示。

图 18-7　使用【倒角】制作天花

步骤 ③ 再次将轮廓数量设置为-200，继续单击 [应用] 按钮，最后设置高度为-20，单击 [确定] 按钮，如图 18-8 所示。

图 18-8　使用【倒角】制作天花

步骤 ④ 单击菜单栏中的【文件】/【另存为】命令，将此线架保存为"实例160.max"。

实例总结

本实例通过制作客厅的天花，来学习【可编辑多边形】命令下【倒角】的作用，修改已经建立好的模型。

Example 实例 **161** 书房天花的制作

实例目的

本实例主要通过【可编辑多边形】命令制作书房的天花，通过不同的天花造型来熟练使用该命令，掌握其中技巧。书房天花的效果如图 18-9 所示。

实例要点

- 【编辑多边形】命令下【切片】、【挤出】的使用。
- 使用【另存为】将文件进行另存。

操 作 步 骤

步骤 ① 启动 3ds Max 2009 中文版，打开本书光盘"源文件素材/第 17 章/实例 156.max"文件，如图 18-10 所示。

图 18-9　书房天花的效果

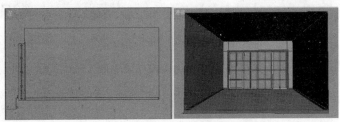

图 18-10　打开的"实例 229.max"文件

步骤 ② 选择墙体，按下 4 键，进入 ■（多边形）子对象层级，在透视图中选择顶，单击 [切片平面] 按钮，再单击 [切片] 按钮，为顶垂直增加一条段数，效果如图 18-11 所示。

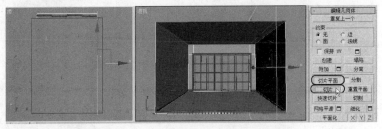

图 18-11　使用【切片】为顶增加段数

技巧 如果发现黄色的剪切框方向不对，可以在前视图中沿 z 轴旋转 90°，在旋转之前应该按下 a 键，打开角度捕捉，快速准确地进行操作。

步骤 3 选中通过切片得到的左边多边形，单击 挤出 右侧的小按钮，在弹出的对话框中修改数值，单击 应用 按钮，再单击 确定 按钮，制作出天花及灯槽的厚度，具体效果如图 18-12 所示。

技巧 上图中出现的切片平面，在视图中显示的大小是固定不变的，但实际应用时，它是一个无限大的平面，即使该切片平面不能全部包括需切割的多边形，也可以对其进行正常的操作。

步骤 4 选择【挤出】下面侧面的面，再次执行【挤出】命令，设置数量为 240，制作出天花的灯带位置，如图 18-13 所示。

图 18-12　制作的天花

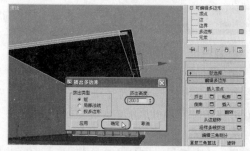

图 18-13　制作天花的灯槽位置

技巧 为了避免在渲染时出现"重面"的现象，需将步骤 9 中执行【挤出】后的多边形删除。

步骤 5 单击菜单栏中的【文件】/【另存为】命令，将此线架保存为"实例 161.max"。

实例总结

本实例通过制作书房的天花，主要使用【可编辑多边形】命令 ■（多边形）下的【切片】及【挤出】命令，来修改已经建立的模型。

Example 实例 **162** 会议室天花的制作

实例目的

本实例通过制作会议室的天花，来学习怎样通过【编辑多边形】命令来修改已经建立的模型，从而得到渲染软件所要求的单面模型。会议室天花的效果如图 18-14 所示。

实例要点

- 【挤出】及【编辑多边形】命令的使用。
- 使用【另存为】将文件进行另存。

图 18-14　会议室天花的效果

步骤 1 启动 3ds Max 2009 中文版，打开本书光盘"源文件素材/第 17 章/实例 157.max" 文件，如图 18-15 所示。

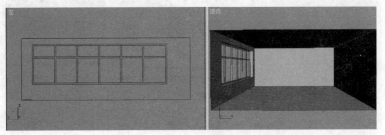

图 18-15　打开的"实例 154.max"文件

步骤 ② 在顶视图中使用【捕捉】绘制一个 9000×6800 的矩形，在中间绘制一个【半径】为 2250 的圆，如图 18-16 所示。

步骤 ③ 选择矩形，执行【编辑样条线】命令，将矩形及圆附加为一体，并施加【挤出】命令，设置【数量】为 80（即天花的厚度为 8 厘米），效果如图 18-17 所示。

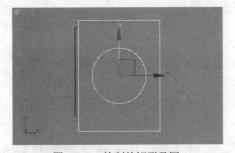
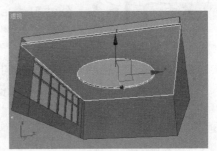

图 18-16　绘制的矩形及圆　　　　　　图 18-17　执行【挤出】后的效果

> **技巧**　如果想得到圆滑的天花，必须回到【修改器列表】中的【矩形】级别，修改【步数】为 20，这样圆形的天花就比较平滑了。

步骤 ④ 将天花转换为【可编辑多边形】，按下 4 键，进入 ■（多边形）子对象层级，将上面的面删除，按下 3 键，进入 ◯（边界）子对象层级，选择上面的边界，单击 挤出 右面的小按钮，设置【挤出高度】为 200，单击 应用 按钮，再设置【挤出高度】为 -80，单击 应用 按钮，如图 18-18 所示。

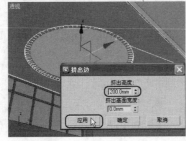

图 18-18　使用【挤出】制作天花

步骤 ⑤ 再次将【挤出高度】设置为 -200，单击 应用 按钮，最后设置【挤出高度】为 80，单击 确定 按钮，如图 18-19 所示。

步骤 ⑥ 单击菜单栏中的【文件】/【另存为】命令，将此线架保存为"实例 162.max"。

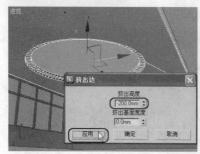 

图 18-19　制作出的二级天花

实例总结

本实例通过制作会议室的天花，来学习如何通过二维线形使用【挤出】生成天花造型，然后再使用【编辑多边形】进行编辑生成二级天花。

Example 实例 163　公共卫生间天花的制作

实例目的

本实例通过制作公共卫生间的天花，来学习怎样通过简单的建模方法制作出天花造型。公共卫生间天花的效果如图 18-20 所示。

实例要点

■　【挤出】命令的使用。

■　使用【另存为】将文件进行另存。

操 作 步 骤

图 18-20　公共卫生间天花的效果

步骤 ① 启动 3ds Max 2009 中文版，打开本书光盘"源文件素材/第 17 章/实例 158.max"文件，如图 18-21 所示。

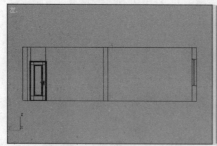 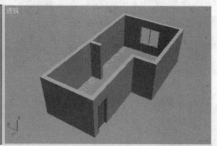

图 18-21　打开的"实例 154.max"文件

步骤 ② 在顶视图中使用【线】命令沿内墙体绘制封闭线形（顶的造型），形态如图 18-22 所示。

步骤 ③ 为绘制的线形施加一个【挤出】命令，设置【数量】为 1，在前视图中放在墙体的上方，效果如图 18-23 所示。

步骤 ④ 在前视图中沿 y 轴向下方复制一个，修改【挤出】的【数量】为 80，放在顶的下方，中间留出 60 的距离作为灯槽，效果如图 18-24 所示。

步骤 ⑤ 从【修改器列表】中回到线形级别，进入 ⋅⋅⋅（顶点）子层级，选择洗手盆上面的两个顶点，向左面移动 150 左右的距离，效果如图 18-25 所示。

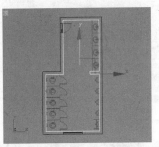

图 18-22　绘制的线形

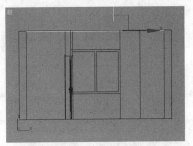

图 18-23　天花的位置

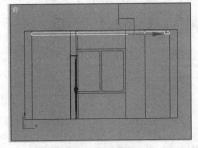

图 18-24　绘制的线形

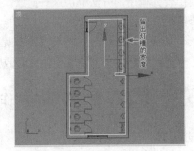

图 18-25　天花的位置

步骤 ⑥ 在前视图中将顶部复制一个，放在墙体的下面作为"地面"，再制作出"踢脚板"，效果如图 18-26 所示。

图 18-26　制作的地面及踢脚板

> **技巧** 我们在制作踢脚板时，门的位置就不需要制作了，所以在门的位置使用【优化】命令插入两个顶点，将门下方的线段删除。

步骤 ⑦ 单击菜单栏中的【文件】/【另存为】命令，将此线架保存为"实例 163.max"。

实例总结

本实例通过制作公共卫生间天花造型来学习如何通过二维线形使用【挤出】命令生成天花造型，通过这种简单的建模方法，可以制作出一些复杂造型，目的是要让大家明白在建立模型时，主要的工作是建立模型的结构。

第 19 章　室内效果图的制作

■ **本章内容**

➤ 客厅的制作　　　　➤ 书房的制作　　　　　➤ 公共卫生间的制作

➤ 卧室的制作　　　　➤ 会议室的制作

　　怎样快速、完整地制作出高水准、效果好的室内效果图，是本书自始至终要解决的问题。本章我们将带领大家使用合并调用的方法解决这一问题。在前几章中，我们学习制作了大量的室内构件，这些构件的创建技法都是效果图制作所必须掌握的技能，希望读者能够牢固掌握，熟练操作该方法。

　　当场景中的家具都摆放好之后，我们就需要为该场景赋予材质，设置灯光，渲染输出，最终得到逼真的效果图。下面我们就来学习客厅、卧室、书房、会议室、公共卫生间等空间的制作过程。

Example **实例** **164** 客厅的制作

实例目的

　　本实例通过制作客厅效果图来学习效果图的整体制作思路，打开前面制作好的框架，然后进行制作，最后合并家具、调制材质、设置灯光、使用 VRay 渲染出图，客厅的最终效果如图 19-1 所示。

实例要点

■ 打开"实例 159.max"文件。

■ 制作出电视墙造型。

■ 合并家具。

■ 场景中主要材质的调制。

■ 设置摄影机及灯光。

■ 设置 VRay 渲染参数渲染出图。

■ 使用【另存为】将文件进行另存。

操 作 步 骤

步骤 ① 启动 3ds Max 2009 中文版，打开本书光盘"源文件素材/第 18 章/实例 159.max"文件，如图 19-2 所示。

　　图 19-1　客厅效果图

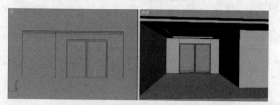
　　　　图 19-2　打开的"实例 159.max"

　　这个场景是我们前面制作的，墙体、推拉门、天花已经制作完成了，下面需要制作的就是电视墙造型。

步骤 ② 在前视图中创建两个长方体作为电视墙，参数及位置如图 19-3 所示。

步骤 ③ 用前面我们讲述的方法为墙体制作出踢脚板，效果如图 19-4 所示。

> **技巧** 在需要准确地指定切片的高度位置时，需要使用【移动变换输入】来确定位置，通过在该对话框中输入相关数值来修改高度，这是最佳、最快的方法。

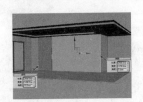

图 19-3　长方体的参数及位置　　　　　图 19-4　制作的踢脚板

步骤 ④ 单击菜单栏中的【文件】/【合并】命令，将随书光盘"源文件素材/第 19 章"文件夹下的"客厅家具.max"文件合并到场景中，如图 19-5 所示。

> **技巧** 为了便于控制复杂的场景，我们可以先制作场景的框架，然后在另一个文件中制作该场景的家具，最后再合并为一个文件即可。

步骤 ⑤ 将【Import】（导入）的 CAD 平面图删除。

步骤 ⑥ 单击菜单栏中的【文件】/【另存为】命令，将此线架保存为"实例 164.max"。

■ 客厅材质的调制

关于材质的调制，在这里我们只讲述场景中框架的材质，合并物体的材质就不进行讲述了，场景中框架的材质包括白乳胶、壁纸、烤漆玻璃和地砖。关于材质的调制我们在第 9 章中已经详细的讲述了，只有贴图不一样，在图 19-6 中我们对主要材质进行了标号。

图 19-5　合并后的家具　　　　　　图 19-6　场景中的主要材质

> **技巧** 因为后面我们使用了 VRay 进行渲染，所以在调材质时，就应该将 VRay 指定为当前渲染器，否则将不能在正常情况下设置使用 VRay 的专用材质。

步骤 ① 按下 M 键，打开【材质编辑器】窗口，选择第 1 个材质球，调制一种"白乳胶漆"材质，在这里就不进行讲述了，将调制好的"白乳胶漆"材质赋予墙体、顶、天花。

步骤 ② 选择第 2 个材质球，调制一种"壁纸"材质，在【漫反射】中添加一幅名为"玲珑.jpg"的位图，将调制好的"壁纸"材质赋予电视后墙，为电视后墙添加【UVW 贴图】修改器，设置参数，调整壁纸的纹理，如图 19-7 所示。

步骤 ③ 选择第 3 个材质球，调制一种"烤漆玻璃"材质，在【漫反射】中添加一幅名为"玻璃.jpg"的位图，再调整一下【反射】及【反射光泽度】，如图 19-8 所示。

步骤 ④ 将调制好的烤漆玻璃材质赋予电视后墙的小方体，效果如图 19-9 所示。

步骤 ⑤ 选择一个未使用的材质球，调制一种"地砖"材质，在【漫反射】中添加一幅名为"地砖.jpg"的位图，在反射中添加一幅【衰减】贴图，最后调整【反射】项下的参数，如图 19-10 所示。

步骤 ⑥ 为地面添加【UVW 贴图】修改器，设置参数，调整地板的纹理，如图 19-11 所示。

> **技巧** 对于合并的家具，我们已经将材质赋予好了，如果想改变材质的纹理或颜色，使用材质编辑器中的 （吸管）工具在家具上吸一下，被吸家具的材质就会到了激活的材质球上，调整材质球后家具的材质就会跟随改变。

图 19-7　为电视后墙赋予壁纸材质

图 19-8　调制烤漆玻璃材质

图 19-9　为电视墙赋予烤漆玻璃材质

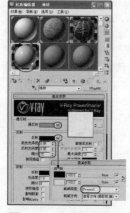

图 19-10　调制地砖材质

图 19-11　为地面赋予地砖材质

■　客厅摄影机灯光的设置

步骤① 单击创建命令面板中的 （摄影机）/ 目标 按钮，在顶视图中拖动鼠标创建出目标摄像机。

步骤② 激活透视图，按下键盘上的 C 键，透视图即可变为摄影机视图。在前视图中选择中间的蓝线，也就是同时选择摄影机和目标点，将摄影机移动到高度为 1 200 左右的位置，将【镜头】设置为 28，勾选【剪切平面】选项，设置【近距剪切】为 1 500，【远距剪切】为 9 000，位置及参数如图 19-12 所示。

　　使用 VRay 进行渲染，必须勾选摄影机参数项下的【剪切】，否则会看不见渲染的效果，然后调整一下近距剪切及远距剪切的参数就可以了。

　　下面我们来为场景设置灯光，灯光我们分为两部分进行设置，它们分别是室外的日光效果以及室内的灯光照明。下面我们先来创建日光效果，日光由太阳光和天空光组成。

步骤③ 按下键盘中的 8 键，打开【环境和效果】窗口，调整背景的颜色为白色。

步骤④ 单击 （灯光）/ VR灯光 按钮，在左视图中落地窗的位置创建一盏【VR 灯光】来模拟天空光，将【颜色】设置为淡蓝色（天空的颜色），将【倍增器】设置为 5 左右，将【不可见】取消。参数的设置及灯光位置如图 19-13 所示。

　　设置完天光效果后，可以简单地设置渲染参数来观看一下整体效果，这样发现不理想的地方后可以及时调整。

步骤⑤ 按下键盘中的 F10 键，在打开的【渲染场景】窗口中，选择【V-Ray】选项卡，设置【全局开关】、【图像采样】参数，再选择【间接照明】选项卡，首先打开全局光，设置其他参数，如图 19-14 所示。

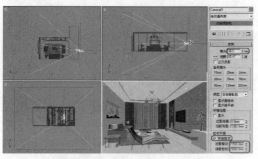 

图 19-12 摄影机的位置及参数　　　　　　　图 19-13 【VR 灯光】的位置及参数

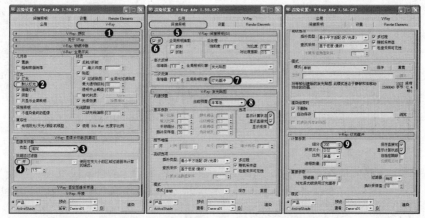

图 19-14 设置【VRay】的测试渲染参数

技巧　在进行渲染测试时，最好先设置简单的参数，这样渲染速度会快很多，如果发现有问题，可以进行调整，最后再设置一些消耗系统资源高的参数进行渲染。

步骤 6 单击 （快速渲染）按钮进行快速渲染，此时的效果如图 19-15 所示。

　　　　下面我们继续设置室内的灯光照明。

步骤 7 在前视图灯槽的位置创建【VR 灯光】，用来模拟灯槽的发光效果，然后使用【实例】复制多盏，如果长度不合适可以使用【缩放】工具进行调整，位置及参数如图 19-16 所示。

图 19-15 渲染的效果　　　　　　　　　　图 19-16 为灯槽创建灯光

步骤 8 在顶视图吊灯的位置创建一盏【VR 灯光】，用于模拟吊灯的发光效果，将【颜色】设置为黄色，将【倍增器】设置为 3 左右，将【不可见】选项取消，位置如图 19-17 所示。

步骤 9 在电视柜的下方创建一盏【VR 灯光】，作为电视柜下方的灯光，将【颜色】设置为黄色，将

【倍增器】设置为 3 左右，将【不可见】取消，位置如图 19-18 所示。

图 19-17　为吊灯创建灯光

图 19-18　为电视柜创建灯光

步骤 ⑩ 单击 （灯光）/ 目标点光源 按钮，在前视图中拖动鼠标，创建一盏【目标点光源】，位置如图 19-19 所示。

图 19-19　【目标点光源】的位置

步骤 ⑪ 选择灯头，进入修改命令面板，勾选【阴影】项，选择【VRayShawow】（VRay 阴影），为【目标点光源】选择【光度学 Web】选项，选择随书光盘"源文件素材/第 19 章/贴图"文件夹下的"筒灯.ies"文件，如图 19-20 所示。

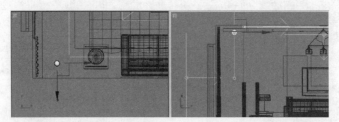

图 19-20　选择【光度学 Web】

步骤 ⑫ 调整【光度学 Web】的【强度】为 1 200 左右，在前视图中使用【实例】方式复制多盏，如图 19-21 所示。

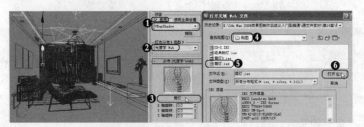

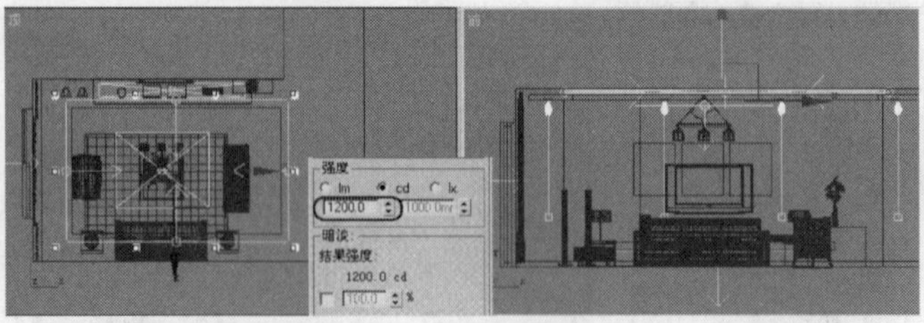

图 19-21　对灯光进行复制

步骤 ⑬ 最后为台灯创建两盏【泛光灯】，将【颜色】设置为黄色，将【倍增器】设置为 1 左右，调整一下【远距衰减】参数，如图 19-22 所示。

技巧　在复制创建相同类型的灯光时，一定要使用【实例】的方式进行复制，这样后面进行修改时只修改其中的一盏就可以了。

步骤 ⑭ 调整完渲染参数后单击 （快速渲染）按钮进行渲染，渲染的效果如图 19-23 所示。

图 19-22　为台灯创建灯光

图 19-23　渲染的效果

从上面的渲染效果来看，整体曝光了，这种现象我们在渲染参数里可以进行很好地控制。

■　**设置 VRay 的最终渲染参数**

当场景中单个摄影机和灯光已经设置完成后，就需要将前面设置的测试参数进行调整，设置一个渲染输出参数，这时需要把灯光和渲染参数提高，以得到更好的渲染效果。在这个场景中我们就不需要先渲染小光子图再渲染大图了。

步骤 ① 首先将模拟天光及吊灯的【VR 灯光】的【细分】值修改为 20，如图 19-24 所示。

> **技巧**　修改【VR 灯光】项下的【细分】参数，它主要用来控制画面的清晰度，如果数值较小墙面上会有杂点，一般最终渲染时调整该数值为 20～30 左右。

步骤 ② 按下键盘中的 F10 键，在打开的【渲染场景】窗口中调整【图像采样】、【发光贴图】、【灯光缓冲】、【DMC 采样】的参数，如图 19-25 所示。

图 19-24　设置灯光的【细分】

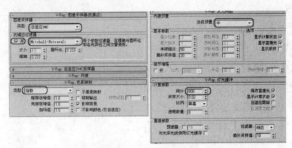

图 19-25　调整渲染参数

> **技巧**　一般情况下，我们在【颜色映射】的【类型】右侧窗口中，会选择【指数】，采用【指数】后整体效果会比较柔和。

步骤 ③ 设置完成参数后单击【公用】选项卡，就可以渲染一张大尺寸的图了，可以将图的尺寸设置为 1 500 × 1 125，单击 渲染 按钮，如图 19-26 所示。

步骤 ④ 经过 40 分钟左右的渲染时间，最终的渲染效果如图 19-27 所示。

> **技巧**　如果渲染大尺寸的图，最好先渲染一张光子图，再进行渲染大尺寸的图纸，这样会加快渲染速度。关于光子图的使用方法我们将在"实例 188"中讲述。

步骤 ⑤ 在渲染窗口中单击 □（保存位图）按钮，在弹出的【保存图像】窗口中，将文件命名为"客

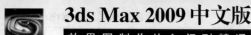

"厅",【保存类型】选择*.tif 格式,单击 保存(S) 按钮,就可以将渲染的图像保存起来,如图 19-28 所示。

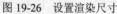

图 19-26 设置渲染尺寸

图 19-27 渲染的效果

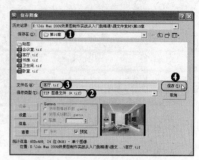

图 19-28 对渲染的图像进行保存

步骤 6 按下 Ctrl+S 键,将场景进行快速保存。

实例总结

本实例通过制作客厅效果图,重点掌握制作效果图的制作流程及思路,怎样进行专业建模,然后进行合并家具、赋材质、设置灯光、VRay 渲染,从而得到真实的效果。

Example 实例 165 卧室的制作

实例目的

本实例通过制作卧室效果图来学习效果图整体的制作思路,打开前面制作好的框架,然合并家具、调制材质、设置灯光、VRay 渲染出图,卧室的最终效果如图 19-29 所示。

实例要点

- 打开"实例 160.max"文件。
- 合并家具。
- 场景中主要材质的调制。
- 设置摄影机及灯光。
- 设置 VRay 渲染参数渲染出图。
- 使用【另存为】将文件进行另存。

操 作 步 骤

步骤 1 启动 3ds Max 2009 中文版。

步骤 2 打开本书光盘"源文件素材/第 18 章/实例 160.max"文件,如图 19-30 所示。

图 19-29 卧室效果图

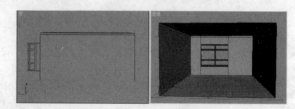

图 19-30 打开的"实例 160.max"

这个场景中的框架模型已经制作完成了,下面重点讲述材质的调制,摄影机、灯光的设置,最终使用 VRay 渲染出图。

步骤 3 将随书光盘"源文件素材/第 19 章"文件夹下的"卧室家具.max"文件合并到场景中,如图 19-31 所示。

步骤 ④ 右击鼠标，选择【全部解冻】，将 CAD 平面图删除。

步骤 ⑤ 单击菜单栏中的【文件】/【另存为】命令，将此线架保存为"实例 165.max"。

■ 卧室材质的调制

卧室场景中框架的材质包括白乳胶、黄乳胶漆、地板，效果如图 19-32 所示。

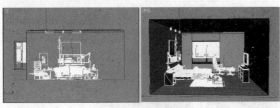

图 19-31　合并家具

图 19-32　卧室场景中的主要材质

步骤 ① 按下 M 键，打开【材质编辑器】窗口，选择第 1 个材质球，调制一种"白乳胶漆"材质，在这里就不讲述了，将调制好的"白乳胶漆"材质赋予天花及上面的装饰线。

步骤 ② 选择第 2 个材质球，调制一种"黄乳胶漆"，在调制"黄乳胶漆"材质时使用了【VR 材质包裹器】，可以合理地控制墙面的黄色乳胶漆颜色溢出现象，如图 19-33 所示。

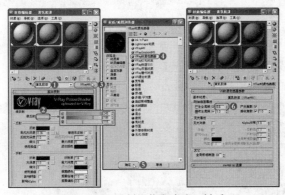

图 19-33　调制"黄乳胶漆"材质

步骤 ③ 将调制好的"黄乳胶漆"材质赋予墙体。

步骤 ④ 选择第 3 个材质球，调制一种"地板"材质，在【漫反射】中添加一幅名为"地板 01.jpg"的位图，为地面添加【UVW 贴图】修改器，设置一下参数，调整地板的纹理，如图 19-34 所示。

图 19-34　为地面赋予地板材质

> **技巧** 如果想快速地调制各种材质，最好的方法是建立一个常用的材质库，当模型建立完成以后，直接调用材质库中的材质就可以了。

■ 卧室摄影机及灯光的设置

步骤 ① 单击创建命令面板中的 📷（摄影机）/ 目标 按钮，在顶视图中拖动鼠标创建出目标摄像机。

步骤 ② 激活透视图，按下键盘上的 C 键，透视图即可变为摄影机视图。在顶视图及前视图调整一下摄影机的位置，稍微带一点俯视的效果，将【镜头】设置为 28，调整一下【剪切平面】的参数，位置如图 19-35 所示。

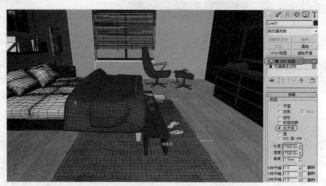

图 19-35　摄影机的位置及参数

下面我们来设置灯光，灯光分两部分进行设置，它们分别是室内的灯光照明，以及室外的日光效果。

步骤 ③ 单击 💡（灯光）/ VR阳光 按钮，在顶视图中单击鼠标左键，创建一盏【VR 阳光】，在各个视图调整一下它的位置，将灯光的【强度倍增器】设置为 0.05，将【大小倍增器】设置为 3，目的是让阴影的边缘比较虚，参数及位置如图 19-36 所示。

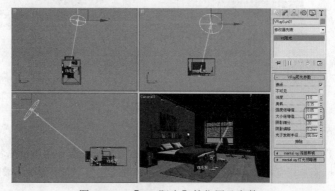

图 19-36　【VR 阳光】的位置及参数

下面我们使用【VR 灯光】来创建天光效果。

步骤 ④ 单击 💡（灯光）/ VR灯光 按钮，在前视图凸窗的位置创建 3 盏 VR 灯光来模拟天空光，将亮度设置为 15 左右（因为我们选择的曝光方式不一样了，所以灯光的亮度要更大），将颜色设置为淡蓝色（天空的颜色），位置如图 19-37 所示。

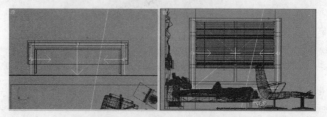

图 19-37　【VR 灯光】的位置及参数

步骤 ⑤ 单击 💡（灯光）/ 目标点光源 按钮，在前视图床头上面壁灯的位置创建一盏【目标点光源】，选择【光度学 Web】选项，将光域网名称命名为"经典射灯.ies"，将灯光的【强度】调整为

600 左右，使用【实例】方式复制两盏，位置
如图 19-38 所示。

■ 设置 VRay 的渲染参数

步骤 ① 按下 8 键，打开【环境和效果】窗口，调整
背景的颜色为白色。

图 19-38 【目标点光源】的位置

步骤 ② 按下键盘中的 F10 键，在打开的【渲染场景】
窗口中，选择【V-Ray】选项卡，设置【全局开关】、【图像采样】参数，再选择【间接照明】
选项卡，首先打开全局光，设置一下其他参数，如图 19-39 所示。

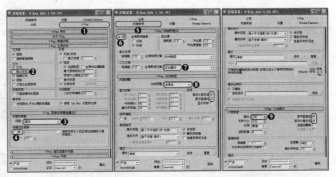

图 19-39 设置【VRay】的测试渲染参数

> **技巧** 在进行渲染时，场景中的地毯我们采用了【VR 毛发】，在渲染的过程中速度相对来说会慢一些，
> 为了加快渲染速度，在进行测试的过程中，可以将【VR 毛发】隐藏起来，最终渲染的时候再将
> 它显示出来。

步骤 ③ 单击 🔘 （快速渲染）按钮进行快速渲染，此时的效果如图 19-40 所示。

通过上面的渲染效果我们不难看出很多问题，主要是曝光比较严重，再就是颜色和光对比较为强烈，
整体有点灰暗，下面我们就来调整。

步骤 ④ 为了有一个合理的曝光控制，在【颜色映射】卷展栏下方【类型】右侧的窗口中选择【指数】
曝光方式，调整【亮部倍增器】的值为 1.3，【伽玛值】值为 1.6，如图 19-41 所示。

步骤 ⑤ 再进行快速渲染观看效果，如图 19-42 所示。

图 19-40 渲染的效果

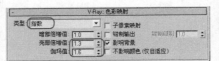

图 19-41 调整【颜色映射】参数

图 19-42 渲染的效果

这次渲染的效果就好多了，整体也比较柔和。下面我们设置一下最终的渲染参数进行渲染出图。

步骤 ⑥ 首先将模拟天光的 VR 平面光的【细分】修改为 30。

步骤 ⑦ 按下键盘中的 F10 键，在打开的【渲染场景】窗口中调整一下【图像采样】、【颜色映射】、【发
光贴图】、【灯光缓冲】、【DMC 采样】、【系统】的参数，如图 19-43 所示。

步骤 ⑧ 设置完成参数后单击【公用】选项卡，就可以渲染一张大尺寸的图了，可以将尺寸设置为

1 500 × 1 125 就可以，单击 渲染 按钮，如图 19-44 所示。

步骤⑨ 经过两个小时左右的渲染，最终的渲染效果如图 19-45 所示。

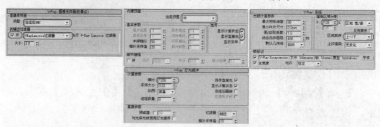

图 19-43　调整最终渲染参数

图 19-44　设置渲染尺寸

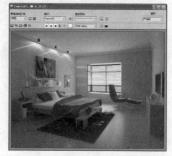

图 19-45　渲染的效果

步骤⑩ 在渲染窗口中单击▣（保存位图）按钮，在弹出的【保存图像】窗口中，将文件命名为"卧室"，【保存类型】选择"*.tif"格式，单击 保存(S) 按钮，就可以将渲染的图像保存起来。

步骤⑪ 按下 Ctrl+S 键，将场景进行快速保存。

实例总结

本实例通过制作卧室效果图，让读者重点掌握制作效果图的流程及思路，以及怎样快速地进行制作。首先合并家具，然后赋予材质，最后设置灯光，再进行 VRay 渲染。在设置 VRay 渲染时要掌握曝光方式的运用，从而得到真实的效果。

Example 实例 **166** 书房的制作

实例目的

本实例我们通过制作书房效果图来熟练操作 VR 灯光的创建及 VR 渲染的设置，得到最终的书房效果如图 19-46 所示。

实例要点

- 打开"实例 161.max"文件。
- 场景中主要材质的调制。
- 合并家具。
- 设置摄影机及灯光。
- 设置 VRay 渲染参数渲染出图。
- 使用【另存为】将文件进行另存。

操 作 步 骤

步骤① 启动 3ds Max 2009 中文版，打开本书光盘"源文件素材/第 18 章/实例 161.max"文件，如图 19-47 所示。

步骤② 将随书光盘"源文件素材/第 19 章"文件夹下的"书房家具.max"文件合并到场景中，移动

到合适位置，如图 19-48 所示。

步骤 ③ 单击菜单栏中的【文件】/【另存为】命令，将此线架保存为"实例 166.max"。

书房模型的制作在前面的实例中已经讲述过了，材质制作也比较简单，场景框架的材质主要由白乳胶漆、壁纸、黑胡桃与地毯组成，如图 19-49 所示。

图 19-46 书房效果图　　　　　　图 19-47 打开的"实例 161.max"

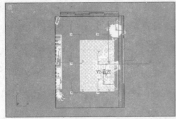

图 19-48 合并家具后的位置　　　　图 19-49 书房场景中的主要材质

步骤 ④ 按下 M 键，打开【材质编辑器】窗口，选择第 1 个材质球，调制一种"白乳胶漆"材质，在这里我们就不讲述了，将调制好的"白乳胶漆"材质赋予天花。

步骤 ⑤ 选择第 2 个材质球，调制一种"壁纸"材质，在【漫反射】中添加一幅名为"墙纸.jpg"的位图，将调制好的"壁纸"材质赋予墙体，为墙体添加【UVW 贴图】修改器，设置一下参数，调整壁纸的纹理，如图 19-50 所示。

图 19-50 为墙体赋予壁纸材质

步骤 ⑥ 选择第 3 个材质球，调制一种"地毯"材质，在【漫反射】中添加一幅名为"地毯 2.jpg"的位图，将调制好的"地毯"材质赋予地面，为地面添加【UVW 贴图】修改器，设置一下参数，调整地毯的纹理，如图 19-51 所示。

黑胡桃材质就不用调制了，选择一个未使用的材质球，用 ✎（吸管）工具在书橱上单击，此时就可以将上面的黑胡桃材质吸到材质球上面。

步骤 ⑦ 将黑胡桃材质赋予踢脚板及门框，推拉门赋予一种白油材质。

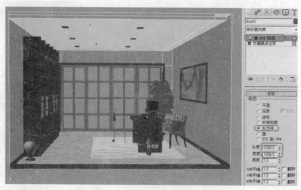

图 19-51　为地面赋予地毯材质

■　**为书房设置摄影机及灯光**

步骤 ❶　在顶视图中创建一架【目标摄影机】，在前视图中将摄影机移动到高度为 1 100 左右的位置，将【镜头】设置为 28。设置【剪切平面】的参数，如图 19-52 所示。

图 19-52　摄影机的位置及参数

我们分两部分来设置灯光，它们分别是室内的灯光照明，以及室外的日光效果。

步骤 ❷　单击 （灯光）／ 目标平行光 按钮，在顶视图中单击鼠标左键并拖动鼠标创建一盏【目标平行光】，在顶视图及前视图中调整一下位置，如图 19-53 所示。

因为前面我们已经采用了设置【目标平行光】来模拟日光效果，这一次我们采用【VR 球体灯】来模拟，效果也是很好的。

图 19-53　【目标平行光】的位置及参数

步骤 ❸　单击 （灯光）／ VR灯光 按钮，在【类型】右侧的窗口中选择【球体】，在顶视图中创建一盏 VR 球形灯，设置【颜色】为淡黄色，【倍增器】值为 15 000，【半径】值为 180，使用工具栏中的【对齐】命令将其与【目标平行光】对齐，如图 19-54 所示。

步骤 ❹　将【目标平行光】删除。

> **技巧**　如果我们直接使用【VR 球形灯】来模拟日光的话位置不太好控制，所以我们可以先创建一盏【目标平行光】，调整好之后，再来创建【VR 球形灯】将其对齐就可以了。

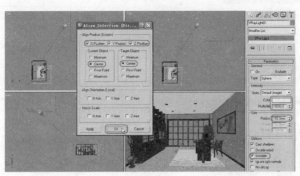

图 19-54　【VR 球形灯】的位置及参数

步骤 ⑤ 单击 （灯光）/ VR灯光 按钮，在前视图推拉门的位置创建一盏 VR 灯光，来模拟天空光，将亮度设置为 3 左右，将颜色设置为淡蓝色（天空的颜色），在顶视图中镜像一下，参数的设置及灯光位置如图 19-55 所示。

步骤 ⑥ 在天花的位置创建一盏【VR 灯光】，模拟天花灯槽的发光效果，将亮度设置为 3 左右，将颜色设置为淡黄色，位置如图 19-56 所示。

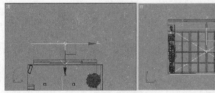

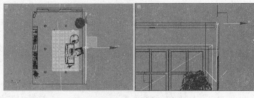

图 19-55　VR 灯光的位置　　　　　　　　　　　图 19-56　为灯槽创建灯光

步骤 ⑦ 按下键盘中的 F10 键，在打开的【渲染场景】窗口中，选择【V-Ray】选项卡，设置【全局开关】、【图像采样】参数，再选择【间接照明】选项卡，首先打开全局光，设置一下其他参数，如图 19-57 所示。

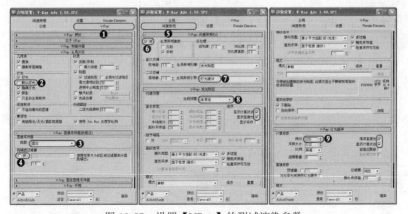

图 19-57　设置【VRay】的测试渲染参数

步骤 ⑧ 单击 （快速渲染）按钮进行快速渲染，此时的效果如图 19-58 所示。
　　　首先我们为背景添加一幅风景来模拟窗外的风景。

步骤 ⑨ 按下 8 键，打开【环境和效果】窗口，单击 无 按钮，如图 19-59 所示。

步骤 ⑩ 在弹出的【材质/贴图浏览器】窗口中选择【位图】，如图 19-60 所示。

步骤 ⑪ 在弹出的【选择位图图像文件】对话框中选择随书光盘"源文件素材/第 19 章/贴图"文件夹下的"风景.jpg"，如图 19-61 所示。

步骤 ⑫ 按下 Alt＋B 键，打开【视口背景】对话框，勾选【使用环境背景】和【显示背景】，如图 19-62 所示。

技巧 我们可以在 Photoshop 中添加风景，但是需要考虑到一些材质的反射效果，所以在 3ds Max 中再添加一些反射效果。

图 19-58　渲染的效果

图 19-59　【环境和效果】窗口

图 19-60　选择【位图】

图 19-61　【选择位图图像文件】对话框

图 19-62　【视口背景】对话框

下面我们就可以设置一下最终的渲染参数进行渲染出图。

步骤 ⑬ 首先将模拟天光的 VR 平面光【细分】值修改为 30。

步骤 ⑭ 按下键盘中的 F10 键，在打开的【渲染场景】窗口中调整一下【图像采样】、【颜色映射】、【发光贴图】、【灯光缓冲】、【DMC 采样】和【系统】的参数，如图 19-63 所示。

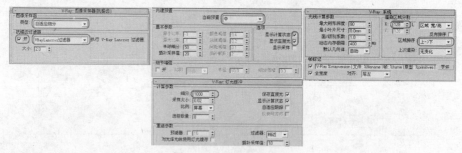

图 19-63　调整渲染参数

步骤 ⑮ 设置完参数后单击【公用】选项卡，就可以渲染一张大尺寸的图了，我们可以将尺寸设置为 1 500 × 1 125，单击 渲染 按钮进行渲染，如图 19-64 所示。

步骤 ⑯ 经过一个小时左右的渲染，最终的渲染效果如图 19-65 所示。

技巧 大家一定要注意一点，效果图最终效果不要太亮，否则在后期中无法进行调整，整体稍微暗一点没有关系，在后期中可以很轻松地进行调整。

图 19-64　设置渲染尺寸　　　　　　　　图 19-65　渲染的效果

步骤 ⑰ 在渲染窗口中单击 ▣（保存位图）按钮，在弹出的【保存图像】窗口中，将文件命名为"书房"，【保存类型】选择*.tif格式，单击 [保存(S)] 按钮，就可以将渲染的图像保存起来。

步骤 ⑱ 按下键盘中的 Ctrl+S 键，将场景快速保存。

实例总结

本实例通过制作书房效果图，让读者重点掌握制作效果图的流程及思路（赋予材质、设置灯光、VRay 渲染）。在设置 VRay 渲染参数过程中，我们讲述了怎样为视图添加一幅图片，从而得到更加真实的效果。

Example 实例 **167** 会议室的制作

实例目的

本实例我们通过制作会议室的效果图，来熟练掌握合并家具、赋予材质、设置灯光以及渲染输出等操作，得到最终的会议室效果如图 19-66 所示。

操作提示

- 打开"会议室.max"文件。
- 创建【VRay 阳光】及【VRay 灯光】来模拟真实的自然光。
- 室内的筒灯及壁灯使用【光域网】来表现。
- 使用 VRay 进行渲染。
- 渲染输出为"会议室.tif"文件。
- 将文件【另存为】"实例 167.max"。

图 19-66　会议室效果图

Example 实例 **168** 公共卫生间的制作

实例目的

本例我们通过制作公共卫生间的效果图，来熟练操作合并家具、赋予材质、渲染输出，得到最终的卫生间效果如图 19-67 所示。

操作提示

- 打开"公共卫生间.max"文件。
- 在窗户的位置创建一盏 VR 灯光。
- 室内的筒灯用【光域网】来表现。
- 使用 VRay 进行渲染。
- 渲染输出为"公共卫生间.tif"文件。
- 将文件【另存为】"实例 168.max"文件。

图 19-67　公共卫生间效果图

第 20 章　室外建筑环境的制作

■　**本章内容**

- ➤ 廊架
- ➤ 凉亭
- ➤ 候车亭
- ➤ 路灯
- ➤ 路面广告
- ➤ 雕塑

- ➤ 围墙
- ➤ 花坛座
- ➤ 古桥
- ➤ 阳台护栏
- ➤ 喷泉
- ➤ 玻璃门

- ➤ 雨蓬
- ➤ 遮阳伞
- ➤ 公共座椅
- ➤ 垃圾桶

本章我们主要带领大家来制作一些室外的建筑小品，这些建筑小品是整个建筑的一小部分，因为它们的存在，才有了丰富多彩的室外景观，所以制作好这些建筑小品是为后面制作室外景观效果图打下很好的基础。

本章我们制作的建筑小品主要包括廊架、凉亭、候车亭、雕塑、围墙、路灯、喷泉、阳台护栏等。

Example 实例 **169** 廊架

实例目的

本例通过制作一个廊架造型来学习【编辑样条线】、【倒角】、【挤出】命令的使用方法。廊架的效果如图 20-1 所示。

实例要点

- ■ 【弧】的绘制。
- ■ 【编辑样条线】命令的使用。
- ■ 【倒角】命令的使用。
- ■ 【阵列】命令的使用。
- ■ 使用【保存】命令将文件存盘。

操 作 步 骤

步骤 ① 启动 3ds Max 2009 中文版，将单位设置为毫米。

步骤 ② 单击 ⬥（创建）/ ⬥（线形）/ ▭ 弧 ▭ 按钮，在顶视图中绘制一个圆弧（作为底座），参数如图 20-2 所示。

图 20-1　廊架的效果

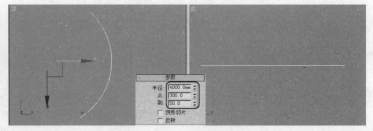

图 20-2　绘制的圆弧

步骤 ③ 为圆弧添加【编辑样条线】修改命令，进入 ⬥（样条线）子层级，在【轮廓】右侧的窗口中输入 800，勾选【中心】，单击 ▭ 轮廓 ▭ 按钮，如图 20-3 所示。

步骤 ④ 为轮廓后的圆弧添加一个【倒角】命令，调整倒角的数值如图 20-4 所示。

图 20-3 轮廓后的效果

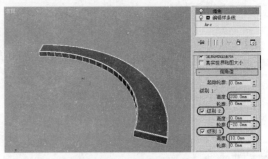

图 20-4 设置倒角参数

步骤 5 单击 （创建）/ （几何体）/ 圆柱体 按钮，在顶视图中创建一个圆柱体，参数及位置如图 20-5 所示。

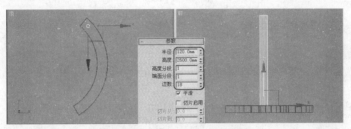

图 20-5 圆柱体的位置及参数

步骤 6 在前视图中沿 y 轴复制一个圆柱体，修改一下其参数放置在之前圆柱体的上方，参数及位置如图 20-6 所示。

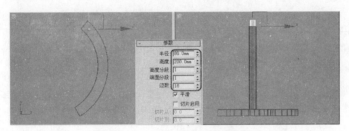

图 20-6 小圆柱体的位置及参数

步骤 7 同时选择两个圆柱体，将它们成为一组，这样操作的目的是后面执行【阵列】的时候能够方便管理，效果如图 20-7 所示。

图 20-7 成组圆柱体

步骤 8 下面我们以底座的中心轴为柱子的坐标轴，使用阵列命令生成 4 个柱子，设置 z 轴的旋转阵列度数为-128°，效果如图 20-8 所示。

步骤 9 在柱子上面制作一个梁，首先绘制一个与底座数值相同的圆弧，添加【编辑样条线】修改命令，为其施加值为 280 的轮廓，最后添加【挤出】修改命令，设置挤出【数量】为 200，效果如图 20-9 所示。

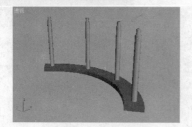

图 20-8　阵列后的效果

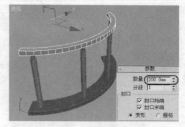

图 20-9　制作的梁

步骤 ⑩ 在前视图中绘制一个 180×2 000 的矩形，添加【编辑样条线】修改命令，进入 :: （顶点）子
层级，调整一下形态，效果如图 20-10 所示。

步骤 ⑪ 在顶视图中将物体移动到合适的位置，然后旋转一下角度，效果如图 20-11 所示。

步骤 ⑫ 使用【阵列】命令将该图形复制 20 个，将度数设置为 110°，最终效果如图 20-12 所示。

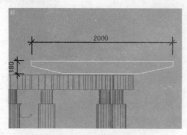

图 20-10　调整后的形态

图 20-11　旋转后的效果

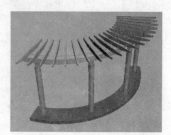

图 20-12　制作的廊架效果

步骤 ⑬ 将文件进行保存，命名为"实例 169.max"。

实例总结

本实例通过制作廊架造型学习了弧的绘制及修改方法，通过【倒角】、【挤出】命令制作底座及上面
的造型，最后使用【阵列】命令生成了多个柱子及木条造型。

Example 实例 **170** 凉亭

实例目的

本实例通过制作凉亭造型来学习四棱锥的创建与修改方法，以
及配合【编辑多边形】命令编辑不需要的部分，最后通过【晶格】命
令制作出凉亭的顶部造型。凉亭的效果如图 20-13 所示。

实例要点

- 创建【四棱锥】。
- 【编辑多边形】命令的使用。
- 【晶格】命令的使用。
- 创建长方体、圆柱体作为柱子。
- 使用【保存】命令将文件存盘。

图 20-13　凉亭的效果

步骤 ① 启动 3ds Max 2009 中文版，将单位设置为毫米。

步骤 ② 在顶视图中创建一个值为 3 600×3 600×1 200 的四棱锥，修改其宽度、深度和高度段数分别
为 3，如图 20-14 所示。

步骤 ③ 为创建的四棱锥添加【编辑多边形】修改命令，按下 4 键进入 ■（多边形）子对象层级，将
底部的多边形全部选择并删除，如图 20-15 所示。

图 20-14　创建的四棱锥

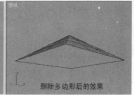

图 20-15　删除底部的多边形

步骤 4 退出【编辑多边形】修改命令，再为其添加【晶格】修改命令，具体的参数设置如图 20-16 所示。

技巧 在使用【晶格】修改命令时，如果只用 ⊙ 仅来自边的支柱 选项，顶端的封口处会出现空洞现象，在这里需要勾选 ☑ 末端封口 选项，以修改产生的错误。

步骤 5 将制作的凉亭支架在原来的位置复制一个，删除【晶格】修改命令，作为凉亭的玻璃顶。

步骤 6 在顶视图中绘制一个值为 3 700×3 700 的矩形，通过【编辑样条线】修改命令将矩形向内偏移值为 500 的轮廓，再执行【挤出】修改命令，设置挤出数量为 60，作为凉亭的檐，调整其位置如图 20-17 所示。

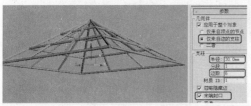
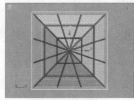
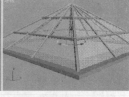

图 20-16　执行【晶格】修改命令　　　　　　图 20-17　制作凉亭的檐

步骤 7 激活顶视图，在凉亭顶部角的位置，创建一个值为 450×450×80 的长方体作为柱座，再创建一个值为 450×450×60 的长方体作为柱顶部，创建一个半径值为 175，高度值为 2260 的圆柱体作为柱子，然后对柱子再进行实例复制，得到如图 20-18 所示的效果。

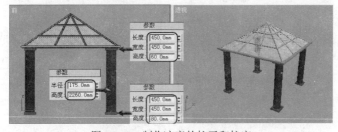

图 20-18　制作凉亭的柱子和柱座

步骤 8 将文件进行保存，命名为"实例 170.max"。

实例总结

本实例通过制作凉亭的造型学习了四棱锥的创建，以及通过【编辑多边形】和【晶格】修改命令来编辑出凉亭顶部造型，最后创建【长方体】和【圆柱体】完成凉亭的制作。

Example 实例 **171** 候车亭

实例目的

本实例通过 C-Ext 工具，得到候车亭的槽型钢立柱造型，再练习绘制线形，最后配合【挤出】修改命令制作出候车亭的顶部和构件。候车亭的效果如图 20-19 所示。

实例要点

- 绘制【弧】。
- 【编辑样条线】、【挤出】修改命令的使用方法。
- 绘制曲线作为支架。
- 创建 C-Ext 作为槽型钢立柱。
- 使用圆柱体和线形制作底座。
- 使用【保存】命令将文件存盘。

操 作 步 骤

步骤 ① 启动 3ds Max 2009 中文版，将单位设置为毫米。

步骤 ② 在左视图中绘制如图 20-20 所示的弧，添加【编辑样条线】修改命令，然后进入 ∧（样条线）子对象层级，为绘制的弧施加值为 10 的轮廓。

图 20-19　候车亭的效果

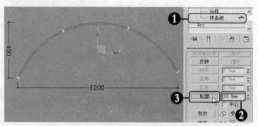

图 20-20　绘制并修改后的弧

步骤 ③ 为绘制的线形添加【挤出】修改命令，设置挤出数量为 3600，作为候车亭的顶。

步骤 ④ 按照相同的方法，将玻璃顶底部的弧形梁制作出来，将修改挤出数量设置为 60。

步骤 ⑤ 在左视图中绘制如图 20-21 所示的线形，修改渲染卷展栏下的【厚度】值为 35，作为支架。

图 20-21　作为支架的曲线

步骤 ⑥ 在顶视图中创建参数如图 20-22 所示的 C-Ext，然后将其旋转 90°，作为候车亭的槽型钢立柱。

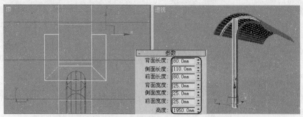

图 20-22　创建 C-Ext 作为立柱

技
巧　为了作图方便，其实在制作立柱时也可以使用【线】绘制出剖面，然后使用【挤出】生成三维造型，这是非常方便的建模方式。

步骤 ⑦ 将制作的立柱、支架和弧形梁进行复制，调整至合适的位置。

步骤 ⑧ 在左视图中创建半径为 25，高度为 3 400 的圆柱体，调整至合适的位置再进行复制，如图 20-23 所示。

图 20-23　创建的圆柱体

步骤 ⑨ 使用线形绘制出候车亭的固定件，添加【挤出】修改命令，设置【挤出】数量为 80，并根据立柱的位置复制 3 个，如图 20-24 所示。

步骤 ⑩ 在支架中间创建【长方体】，将其转换为【可编辑多边形】后修改一下制作出广告灯箱，效果如图 20-25 所示。

图 20-24　制作的固定件

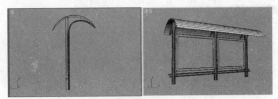

图 20-25　制作的广告灯箱

步骤 ⑪ 将文件保存，命名为"实例 171.max"。

实例总结

本实例通过制作候车亭造型让读者熟练掌握了线形的绘制与编辑方法，以及使用【挤出】修改命令生成三维物体，使用【C-Ext】制作出候车亭的槽型钢立柱，从而完成候车亭的制作。

Example 实例 **172** 路灯

实例目的

本实例通过制作路灯来让读者熟悉圆柱体、圆环的创建与修改，以及配合【对齐】、【阵列】命令制作出路灯造型的方法。路灯的效果如图 20-26 所示。

实例要点

- 【圆柱体】的创建。
- 复制、修改圆柱体。
- 使用【对齐】工具调整位置。
- 【圆环】的创建。
- 使用【保存】命令将文件存盘。

图 20-26　路灯的效果

操 作 步 骤

步骤 ① 启动 3ds Max 2009 中文版，将单位设置为毫米。

步骤 ② 在顶视图中创建圆柱体，复制并修改，制作出路灯的灯杆，具体数值和位置如图 20-27 所示。

步骤 ③ 同样，在顶视图中使用圆柱体制作出路灯的灯头，具体数值及位置如图 20-28 所示。

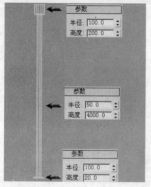

图 20-27　制作路灯的灯杆

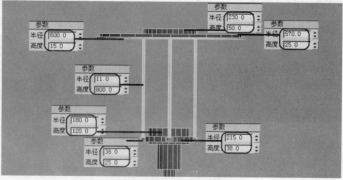

图 20-28　制作路灯的灯头

> **技巧** 在制作路灯的灯头和灯杆过程中，希望大家熟练使用【对齐】和【阵列】工具，便于控制模型的准确性。

步骤④ 在顶视图中创建圆环作为路灯的发光灯柱和装饰环，完成路灯的制作，如图 20-29 所示。

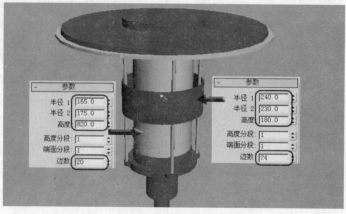

图 20-29　创建的圆环

步骤⑤ 将文件进行保存，命名为"实例 172.max"。

实例总结

　　本实例通过制作路灯造型学习了圆柱体、圆环的创建和修改，以及配合【对齐】、【阵列】工具制作出路灯的造型。

Example 实例 **173** 路面广告

实例目的

　　本实例通过制作路面广告来熟悉线形的绘制与编辑操作，并且配合【车削】修改命令快速地制作出所需要的造型。路面广告的效果如图 20-30 所示。

实例要点

- ■ 【编辑样条线】命令的使用。
- ■ 【线】及【椭圆】的绘制。
- ■ 【车削】命令的使用。
- ■ 使用【保存】命令将文件存盘。

操作步骤

步骤① 启动 3ds Max 2009 中文版，将单位设置为毫米。

步骤② 在前视图中绘制 3 000 × 100 的矩形，效果如图 20-31 所示。

图 20-30　路面广告的效果

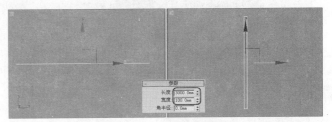

图 20-31　绘制的矩形

步骤③ 添加【编辑样条线】修改命令，进入 （顶点）子层级，使用 优化 按钮插入多个顶点，然后调整一下形态，如图 20-32 所示。

步骤④ 在修改器列表中添加【车削】修改命令，单击【对齐】项下的 最小 按钮，效果如图 20-33 所示。

图 20-32　调整后的线形

图 20-33　车削后的效果

步骤⑤ 使用【线】命令在左视图中绘制一条曲线，勾选【在渲染中启用】和【在视口中启用】选项，设置【厚度】为 35，作为下面的装饰造型，然后阵列复制 4 个，效果如图 20-34 所示。

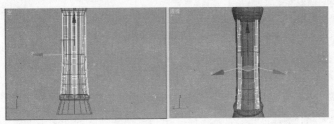

图 20-34　制作的装饰

步骤⑥ 使用线及椭圆命令在前视图中绘制出上面的支架，形态如图 20-35 所示。

步骤⑦ 灯箱的制作内容主要是绘制矩形，添加【编辑样条线】修改命令调整下部两个顶点的形态，最后使用【挤出】修改命令来完成，外面的框架也一样，效果如图 20-36 所示。

图 20-35　制作的支架

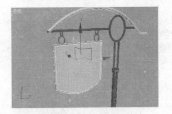

图 20-36　制作的灯箱

步骤⑧ 使用【车削】与【挤出】修改命令制作出一个路灯，效果如图 20-37 所示。

步骤 9 赋予材质后的效果如图 20-38 所示。

图 20-37　制作的路灯

图 20-38　赋予材质后的效果

步骤 10 将文件进行保存，命名为"实例 173.max"。

实例总结

本实例通过制作路面广告造型学习了线形绘制的方法与技巧，主要通过绘制线形制作出支架部分，然后使用挤出完成灯箱，最后再制作一个路灯即完成整个案例。

Example 实例 **174** 雕塑

实例目的

本实例通过制作一个雕塑造型来学习圆和弧的绘制与编辑，以及通过【挤出】修改命令学习生成三维物体的方法。雕塑的效果如图 20-39 所示。

实例要点

- 【圆】的绘制。
- 【编辑样条线】命令的使用。
- 【挤出】命令的使用。
- 使用【保存】命令将文件存盘。

操 作 步 骤

图 20-39　雕塑的效果

步骤 1 启动 3ds Max 2009 中文版，将单位设置为毫米。

步骤 2 在前视图中绘制一个半径为 500 的圆，作为制作雕塑的参照图形。

步骤 3 将绘制的圆进行复制，通过【编辑样条线】命令修改得到需要的线形并设置偏移数量为 70 的轮廓，然后执行【挤出】修改命令，设置数量为 90，如图 20-40 所示。

技巧 我们在制作一些没有规则的造型时，可以使用绘制辅助圆或辅助矩形的方法进行参照，以便达到准确建模的要求。

步骤 4 根据实际的比例尺寸，按照同样的方法将雕塑的底座制作出来，设置挤出数量为 180。

步骤 5 在前视图中使用圆和弧绘制出雕塑的内部曲线，修改挤出数量为 80，如图 20-41 所示。

图 20-40　制作雕塑的外环

图 20-41　制作雕塑的内部造型

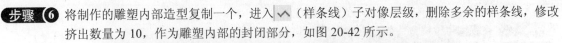

步骤 6 将制作的雕塑内部造型复制一个，进入 ∧（样条线）子对像层级，删除多余的样条线，修改挤出数量为 10，作为雕塑内部的封闭部分，如图 20-42 所示。

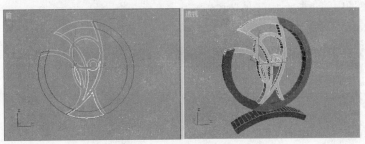

图 20-42 制作雕塑内部的封闭造型

步骤 7 将文件进行保存，命名为"实例 174.max"

实例总结

本实例通过制作雕塑造型熟练掌握了圆和弧的绘制和修改，并通过【挤出】命令修改得到了新的造型，最后制作出了整个雕塑造型。

Example 实例 **175** 围墙

实例目的

本实例通过制作围墙造型来学习矩形的绘制与修改，并通过【挤出】修改命令得到围墙的部分造型。另外本实例还将学习使用【编辑多边形】命令来修改创建的长方体，制作出需要的造型。围墙的效果如图 20-43 所示。

实例要点

- ■ 绘制矩形。
- ■ 【编辑样条线】命令的使用。
- ■ 创建长方体。
- ■ 【编辑多边形】命令的使用。
- ■ 创建圆柱体和圆。
- ■ 使用【保存】命令将文件存盘。

操 作 步 骤

步骤 1 启动 3ds Max 2009 中文版，将单位设置为毫米。

步骤 2 在前视图中绘制一个 1 000×1 000 的矩形，并为其添加【编辑样条线】修改命令，进入 ∧（样条线）子层级，添加一个值为 240 的轮廓，再添加【挤出】修改命令，设置挤出数量为 240，如图 20-44 所示。

图 20-43 围墙的效果

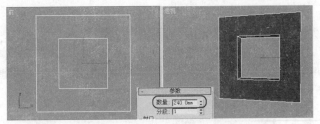

图 20-44 制作的围墙透空方块

步骤 3 将制作的方块在原位置复制一个，进入 ∧（样条线）子层级，删除外面的样条线，设置挤出数量为 20，调整透空方块至向内的位置。

步骤 ④ 在视图中围绕方块创建圆柱体，具体的位置和数值如图 20-45 所示。

步骤 ⑤ 在顶视图中创建半径为 75 的球体，将其调整至合适位置。

步骤 ⑥ 在顶视图中创建一个 500 × 500 × 1550 的长方体，为其添加【编辑多边形】修改命令，进入 ■ （多边形）子层级，选中上面的多边形，单击 倒角 右侧的小按钮，按照图 20-46 所示的数值进行编辑，制作出围墙的方柱。

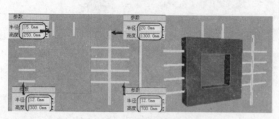

图 20-45　创建的圆柱体

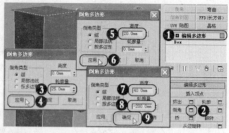

图 20-46　制作围墙方柱

步骤 ⑦ 选择制作的圆柱体、透空方块和球体，进行实例复制，效果如图 20-47 所示。

步骤 ⑧ 在左视图中创建半径为 20，高度为 5 000 的圆柱体，调整至合适位置。我们也可以将制作完成的造型进行多个复制，完成围墙的制作，如图 20-48 所示。

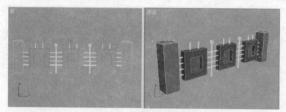

图 20-47　复制得到的造型

图 20-48　完成的围墙造型

> **技巧**
> 我们在复制造型之前，可以先将其赋予材质，这样做可以提高作图的速度，不用重复操作步骤。

步骤 ⑨ 将文件保存，命名为"实例 175.max"。

实例总结

本实例通过制作围墙的造型，来熟练掌握矩形的绘制、修改和长方体的创建方法，以及通过【挤出】和【编辑样条线】命令修改得到新的造型，再配合圆柱体和球体，制作出整个围墙造型。

Example 实例 **176** 花坛座

实例目的

本实例通过制作一个花坛造型来学习【车削】、【倒角轮廓】、【布尔运算】命令的使用方法。花坛座的效果如图 20-49 所示。

实例要点

■ 【线】的绘制。

■ 【编辑样条线】命令的使用。

■ 【车削】命令的使用。

■ 绘制花坛底座的矩形合折线。

- 【倒角剖面】命令的使用。
- 【圆柱体】创建。
- 【布尔运算】命令的使用。
- 使用【保存】命令将文件存盘。

操 作 步 骤

步骤① 启动 3ds Max 2009 中文版，将单位设置为毫米。

步骤② 在前视图中绘制如图 20-50 所示的线形，在修改器列表中选择【车削】修改命令，得到花坛顶部的造型。

图 20-49　花坛座的效果

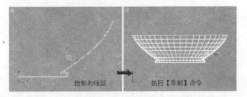

图 20-50　花坛顶部的效果

步骤③ 在前视图中绘制用于执行【倒角剖面】修改命令的剖面，在顶视图中绘制一个 900×900 的矩形，如图 20-51 所示。

步骤④ 将绘制的矩形处于选择状态，为其添加【倒角剖面】修改命令，单击 拾取剖面 按钮，在前视图中拾取绘制的剖面，生成花坛的底座。

步骤⑤ 在前视图中创建一个半径为 180，高度为 1800 的圆柱体，修改高度段数为 1，边数为 15，调整至合适的位置，如图 20-52 所示。

图 20-51　绘制的矩形和线形

图 20-52　创建的圆柱体

> **技巧** 适当地减少参与【布尔】命令的物体面片数，可以控制【布尔】后生成物体的面片数量。

步骤⑥ 选择制作的花坛底座，在【复合对象】下选择【布尔】命令，在【拾取布尔】卷展栏下单击拾取操作对象 B 按钮，在视图中单击创建的圆柱体，完成花坛的制作，如图 20-53 所示。

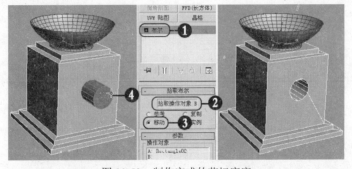

图 20-53　制作完成的花坛底座

步骤 7 将文件保存，命名为"实例176.max"。

实例总结

本实例通过制作一个花坛造型学习了线形的绘制与编辑，以及配合【车削】和【倒角轮廓】修改命令制作出需要的造型，最后通过【布尔】命令制作出花坛底座的孔洞。

Example 实例 **177** 古桥

实例目的

本实例通过制作古桥造型来学习线形的绘制与修改，并学习使用【挤出】、【倒角轮廓】和【编辑多边形】修改命令得到逼真新造型的方法。古桥的效果如图20-54所示。

实例要点

- 绘制椭圆和线形。
- 为线形添加【挤出】修改命令。
- 复制造型，为线形添加【倒角轮廓】修改命令。
- 绘制椭圆，通过【挤出】和【编辑多边形】修改命令制作扶手。
- 使用【保存】命令将文件存盘。

操 作 步 骤

步骤 1 启动3ds Max 2009中文版，将单位设置为毫米。

步骤 2 在左视图中绘制一个50×120的椭圆，在前视图中绘制如图20-55所示的线形。

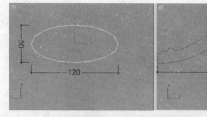

图20-54 古桥的效果　　　　　　　　　图20-55 绘制的椭圆和线形

步骤 3 选择绘制的曲线，为其添加【挤出】修改命令，设置挤出数量为50。

步骤 4 将挤出后的造型进行复制，删除【挤出】修改命令，为其添加【倒角轮廓】修改命令，单击 ▢▢▢▢ 拾取剖面 ▢▢▢▢ 按钮，在视图中单击绘制的椭圆，得到如图20-56所示造型。

> **技巧** 在执行【倒角轮廓】命令时，如果遇到剖面形状错误，必须进入作为剖面的线形的 ⌒（样条线）子层级，然后再选择绘制的剖面并旋转即可。

步骤 5 将制作的造型在原位置复制一个，进入 ⸬（顶点）子层级，调整出古桥底座的形状，并执行【挤出】修改命令，设置挤出数量为3 000，如图20-57所示。

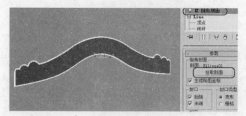

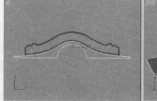

图20-56 执行【倒角轮廓】修改命令　　　　　图20-57 修改线形并执行【挤出】修改命令

步骤 6 按照前面的方法，制作出底座的收边。

步骤 7 激活顶视图，绘制一个 100 × 300 的椭圆，并为其添加【挤出】修改命令，修改挤出数量为 1 500，再添加【编辑多边形】，然后进入 ∴.（顶点）子层级，修改顶点的位置与弧线对齐，然后镜像一个，调整至合适位置，作为古桥的扶手，如图 20-58 所示。

步骤 8 将制作的造型（古桥的底座除外）成组，并复制一组，将其移动到底座的对面，完成古桥的制作，如图 20-59 所示。

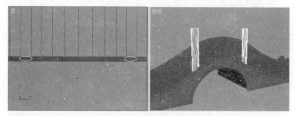

图 20-58　制作的古桥扶手

图 20-59　制作的古桥造型

步骤 9 将文件进行保存，命名为"实例 177.max"。

实例总结

本实例通过制作古桥造型来熟练掌握线形的绘制与修改方法，并学习了【挤出】、【倒角轮廓】和【编辑多边形】修改命令的使用。

Example 实例 **178** 阳台护栏

实例目的

本实例通过制作阳台护栏造型来学习【车削】和【倒角】修改命令的使用方法。阳台护栏的效果如图 20-60 所示。

实例要点

- 【矩形】的绘制。
- 【编辑样条线】命令的使用。
- 【挤出】、【倒角】及【车削】命令的使用。
- 使用【保存】命令将文件存盘。

操 作 步 骤

步骤 1 启动 3ds Max 2009 中文版，将单位设置为毫米。

步骤 2 在前视图中绘制一个 10 000 × 15 000 的大矩形，在中间绘制一个 2 600 × 4 500 的小矩形，再将小矩形复制一个，如图 20-61 所示。

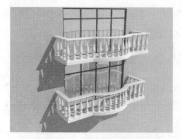

图 20-60　阳台护栏的效果

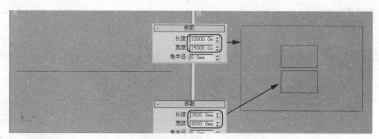

图 20-61　绘制的矩形

步骤 3 为矩形添加【编辑样条线】修改命令，单击 附加多个 按钮，在弹出的【附加多个】对话框中单击 全部(A) 按钮，再单击 附加 按钮，如图 20-62 所示。

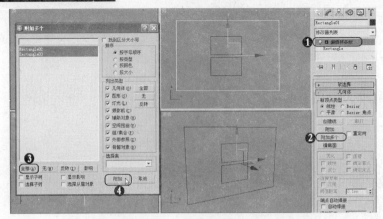

图 20-62　将矩形附加为一体

步骤 4　为附加后的矩形添加【挤出】修改命令，设置挤出【数量】为 240，效果如图 20-63 所示。

步骤 5　在前视图中使用【捕捉】方式绘制一个 2 600 × 4 500 的矩形（作为"窗框"），添加【编辑样条线】修改命令，进入 ∧（样条线）子层级，在【轮廓】右侧的输入框中输入数值 60，单击 ▢ 轮廓 ▢ 按钮，如图 20-64 所示。

图 20-63　挤出后的效果

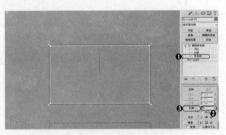

图 20-64　轮廓后的效果

步骤 6　进入 ∕（分段）子层级，选择左侧里面的线段，移动到右侧的位置，效果如图 20-65 所示。

步骤 7　进入 ∧（样条线）子层级，在前视图中选择里面的小矩形，并复制 3 个，效果如图 20-66 所示。

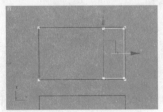

图 20-65　调整后的形态

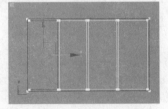

图 20-66　复制后的效果

步骤 8　进入 ∕（分段）子层级，将里面的 5 个小矩形上面的线段移动下来，再进入 ∧（样条线）子层级沿 y 轴复制 4 个小矩形，最后调整一下矩形的大小及位置就可以了，如图 20-67 所示。

步骤 9　为矩形制作的窗框添加【挤出】修改命令，设置挤出【数量】为 60，效果如图 20-68 所示。

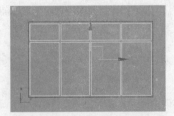

图 20-67　调整后的形态

图 20-68　挤出后的效果

步骤 ⑩ 将制作好的窗框使用捕捉模式在前视图中实例复制一个。

步骤 ⑪ 在顶视图中使用【线】命令绘制出阳台底座的截面，然后添加【倒角】命令，调整一下倒角参数，放置在合适的位置，如图 20-69 所示。

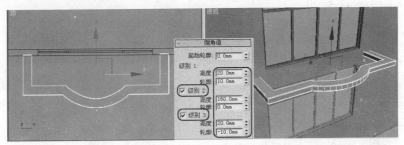

图 20-69　倒角后的效果

步骤 ⑫ 将阳台的地面使用线形绘制出来，并添加【挤出】修改命令，将数量设置为 100，效果如图 20-70 所示。

步骤 ⑬ 使用制作阳台底座的方法制作出阳台的护栏，效果如图 20-71 所示。

图 20-70　制作的阳台地面

图 20-71　制作的阳台护栏

步骤 ⑭ 使用【车削】命令制作出阳台上面的花瓶柱，然后以实例的方式复制多个，效果如图 20-72 所示。

步骤 ⑮ 最后绘制矩形，执行【挤出】修改命令，设置其数量为 5，作为玻璃造型，再将制作的阳台底座、护栏及花瓶柱复制一组，效果如图 20-73 所示。

图 20-72　制作的花瓶柱

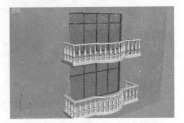

图 20-73　制作完成的效果

步骤 ⑯ 将文件进行保存，命名为"实例 178.max"。

实例总结

本实例通过制作阳台护栏造型学习了【编辑样条线】、【倒角】、【挤出】和【车削】修改命令的使用。我们使用【挤出】生成了墙体及窗框，使用【倒角】生成了底座及护栏，使用【车削】生成了花瓶柱造型。

Example 实例 **179** 喷泉

实例目的

本实例通过制作一个喷泉来学习【倒角剖面】、【挤出】及相关命令的使用与修改方法，并学习使用

【粒子系统】产生真实的喷泉效果。喷泉的效果如图20-74所示。

实例要点

- 【多边形】及【线】的绘制。
- 【倒角剖面】命令的使用。
- 【挤出】命令的使用。
- 【车削】命令的使用。
- 使用【保存】命令将文件存盘。

操 作 步 骤

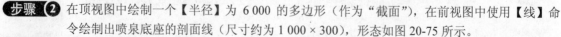
图20-74　喷泉的效果

步骤① 启动3ds Max 2009中文版，将单位设置为毫米。

步骤② 在顶视图中绘制一个【半径】为6 000的多边形（作为"截面"），在前视图中使用【线】命令绘制出喷泉底座的剖面线（尺寸约为1 000×300），形态如图20-75所示。

步骤③ 在视图中选择绘制的多边形（"截面"），在修改器窗口中执行【倒角剖面】修改命令，单击 拾取剖面 按钮，在前视图中单击绘制的"剖面线"，此时喷泉底座生成，效果如图20-76所示。

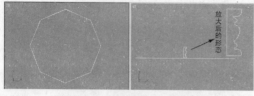
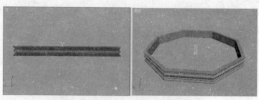

图20-75　绘制的路径及剖面　　　　　　　图20-76　制作的喷泉底座

步骤④ 在前视图中复制一个喷泉底座（作为"水"），删除【倒角剖面】命令，为其添加一个【挤出】修改命令，将数量设置为10，位置及参数如图20-77所示。

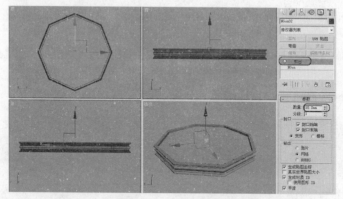

图20-77　创建圆柱体

步骤⑤ 在顶视图中绘制一个1 500×1 500的矩形（作为喷泉"底座"），添加一个【倒角】修改命令，调整倒角的数值如图20-78所示。

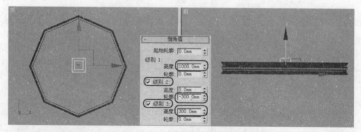

图20-78　设置倒角参数

步骤 6 在前视图中绘制一条封闭的线形，如图 20-79 所示。

步骤 7 在修改器列表中添加【车削】修改命令，单击【对齐】下的 最小 按钮，将车削前面的 ➕ 点开，激活轴，在顶视图中可以移动轴来改变水池的大小，移动之后中间就是空心的了，设置【分段】数值为 30，效果如图 20-80 所示。

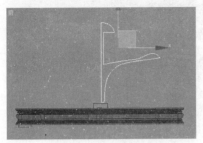

图 20-79　绘制的线形

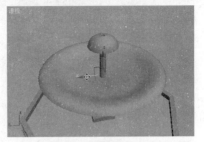

图 20-80　车削后的效果

步骤 8 在顶视图中创建一个【半径】为 3000，【高度】为 0 的圆柱体（作为"水面"），如图 20-81 所示。

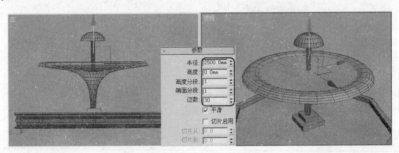

图 20-81　创建圆柱体

下面我们来创建【粒子系统】，模拟喷水的效果。

步骤 9 单击 ▧（创建）/ ◉（几何体）按钮，在【标准基本体】项下选择【粒子系统】选项，如图 20-82 所示。

步骤 10 在【对象类型】下单击 喷射 按扭，在顶视图中拖动鼠标创建粒子，如图 20-83 所示。

图 20-82　【标准基本体】下拉列表

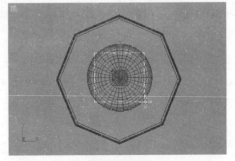

图 20-83　创建粒子

步骤 11 单击 ☑（修改）按钮进入修改面板，修改一下粒子参数，如图 20-84 所示。

步骤 12 在前视图中将粒子沿 y 轴镜像一下，将其移动到合适的位置，如图 20-85 所示。

步骤 13 单击 ▧（创建）/ ≋（空间扭曲）/ 重力 按钮，在顶视图中拖曳创建一个重力，并将其移动到合适的位置，如图 20-86 所示。

步骤 14 选择创建的粒子，单击工具栏中的 ▧（绑定到空间扭曲）按钮，在前视图中通过单击鼠标并拖动将粒子绑定在重力上，如图 20-87 所示。

图 20-84　粒子参数的设置

图 20-85　镜像后的效果

 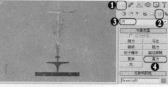

图 20-86　创建重力

步骤 ⑮ 选择重力，在修改命令面板中修改重力的【强度】值为 10，如图 20-88 所示。

步骤 ⑯ 我们可以在前视图中使用工具栏中的【缩放】对粒子的形态沿 y 轴进行调整，最后将时间滑块拖动到第 100 帧的位置，此时的效果如图 20-89 所示。

  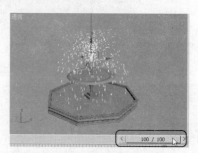

图 20-87　将粒子绑定在重力上　　图 20-88　调整重力参数　　图 20-89　拖动时间滑块

步骤 ⑰ 将文件保存，命名为"实例 179.max"。

实例总结

本实例通过制作喷泉造型来熟练掌握线形的绘制与修改，并学习了【倒角轮廓】、【挤出】修改命令及【粒子系统】、【重力】工具的使用方法。

Example 实例 **180** 玻璃门

实例目的

本实例我们通过制作工程装修或室外效果图中经常用到的玻璃门造型，来熟练掌握矩形的绘制与修改，并通过【挤出】命令得到逼真的玻璃门效果。玻璃门的效果如图 20-90 所示。

实例要点

- 绘制矩形。
- 【挤出】命令的使用。
- 使用【保存】命令将文件存盘。

操作步骤

步骤 1 启动 3ds Max 2009 中文版，将单位设置为毫米。

步骤 2 在前视图中绘制一个 2 800 × 7 500 的矩形，并为其添加一个【编辑样条线】修改命令，再进入 ✎（分段）子层级，删除下面的线段，然后再将剩余的样条线设置偏移值为 210 的轮廓，最后执行【挤出】修改命令，设置数量为 400，作为门框，如图 20-91 所示。

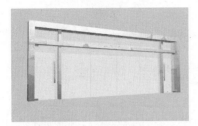

图 20-90　玻璃门的效果

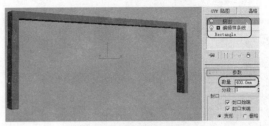

图 20-91　制作的玻璃门门框

步骤 3 按照同样的方法，绘制矩形，并添加【挤出】修改命令，设置挤出的数量为 200，制作出玻璃门的立柱和横撑，具体的数值和位置如图 20-92 所示。

步骤 4 绘制一个 60 × 150 的矩形，修改挤出数量为 30，作为门夹；绘制一个 900 × 40 的矩形，修改挤出数量为 40，作为门拉手，按照图 20-93 所示的数值绘制出玻璃门造型。

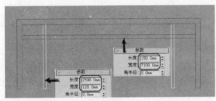

图 20-92　制作的玻璃门门框

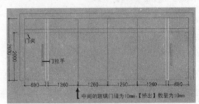

图 20-93　制作的门夹、门拉手和玻璃门

技巧　在制作玻璃的时候，它们之间 10mm 的门缝，我们可以绘制边长为 10mm 的矩形作为参照。

步骤 5 将文件进行保存，命名为"实例 180.max"。

实例总结

本实例通过制作玻璃门造型来熟练掌握矩形的绘制和修改，并学习了如何通过【编辑样条线】、【挤出】命令修改得到新的造型，最后制作出整个玻璃门造型。

Example 实例 **181** 雨篷

实例目的

本实例通过制作玻璃雨篷造型来学习【挤出】、【倒角】和【车削】修改命令的使用，雨篷的效果如图 20-94 所示。

操作提示

- 绘制 2 400 × 6 400 的矩形作为参照。
- 在矩形的范围内绘制作为雨篷玻璃的矩形。
- 为绘制的矩形添加【倒角】修改命令。
- 绘制矩形，通过【编辑样条线】和【挤出】修改命

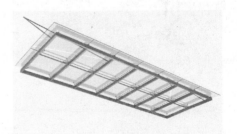

图 20-94　雨篷的效果

令制作雨篷钢架。

■ 绘制不同的线形，通过【车削】和【挤出】修改命令制作接驳件。

■ 绘制线形，勾选可渲染，制作雨篷拉筋。

■ 最后将文件【保存】为"实例181.max"。

Example 实例 **182** 遮阳伞

图20-95　遮阳伞的效果

实例目的

本实例通过制作遮阳伞造型来学习【可编辑多边形】和【壳】修改命令的使用。遮阳伞的效果如图20-95所示。

操作提示

■ 首先在顶视图中绘制【半径】为1 200的多边形。

■ 使用【可编辑多边形】命令修改形态。

■ 使用【壳】命令将其产生厚度。

■ 最后制作出"伞架"及"底座"。

■ 最后将文件【保存】为"实例182.max"。

Example 实例 **183** 公共座椅

实例目的

本实例通过制作公共座椅造型来学习【切角长方体】的创建，重点掌握【间隔工具】的使用方法。公共座椅的效果如图20-96所示。

操作提示

■ 在顶视图中创建一个 260×85×40×5 的【切角长方体】作为"木板"。

■ 使用【间隔工具】命令沿曲线复制多个。

■ 使用【挤出】及【可编辑多边形】命令制作椅子腿。

■ 最后将文件【保存】为"实例183.max"文件。

图20-96　公共座椅的效果

Example 实例 **184** 垃圾桶

图20-97　垃圾桶的效果

实例目的

本实例通过制作垃圾桶造型来学习【可编辑多边形】命令的使用。垃圾桶的效果如图20-97所示。

操作提示

■ 创建【圆柱体】作为"垃圾桶"及"顶盖"。

■ 创建【切角长方体】作为"支架"。

■ 使用【可编辑多边形】修改形态。

■ 最后将文件【保存】为"实例184.max"文件。

第 21 章　室外效果图的制作

■ **本章内容**

➢ 门头效果图的制作　　　➢ 住宅效果图的制作　　　➢ 商业大楼的表现

➢ 办公楼效果图的制作　　➢ 别墅效果图的表现

　　本章中我们以制作室外的各种效果图为实例，来向大家讲述快速制作室外效果图的技巧，力求以最简捷、最优化的方式，向读者朋友展现如何快速地制作出高品质的室外效果图作品。

　　室外效果图的建模工作可以使用 AutoCAD 来完成，然后导入到 3ds Max 系统中生成三维模型，还可以直接使用 3ds Max 来制作，但是，无论使用哪种方式建模，都必须保证建筑模型的细致、严谨、真实。最后使用 VRay 渲染出照片级的效果图。

Example 实例 185　门头效果图的制作

实例目的

　　本实例通过制作门头效果图来学习室外效果图的整体制作思路，打开前面已经制作好的雨篷，然后制作墙体，最后调制材质、设置灯光、使用 VRay 渲染出图，门头的最终效果如图 21-1 所示。

实例要点

■ 打开"玻璃门及雨篷.max"文件。

■ 使用【挤出】修改命令生成墙体。

■ 调制材质及设置灯光。

■ 使用 VRay 渲染器。

■ 使用【保存】命令将文件存盘。

图 21-1　门头效果图

操 作 步 骤

步骤 ❶ 首先启动 3ds Max 2009 中文版，打开本书光盘"第 21 章/玻璃门及雨篷.max"文件。这个场景中的玻璃门和雨篷我们已经制作完成了，下面来制作台阶及墙面。

步骤 ❷ 单击 （创建）/ （线形）/ 线 按钮，在前视图中绘制如图 21-2 所示的线形，参照玻璃门和雨篷的比例，控制它们的尺寸为：水平 20 个栅格、垂直 14 个栅格。

步骤 ❸ 在修改器列表中选择【挤出】修改命令，设置修改数量为-240，效果如图 21-3 所示。

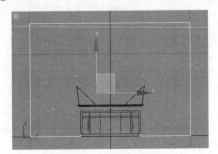

图 21-2　绘制的线形

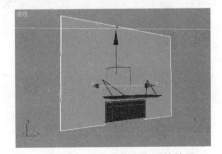

图 21-3　执行【挤出】后的效果

步骤 ❹ 在前视图中绘制两个矩形，将它们附加为一体，执行【挤出】修改命令，设置数量为 200，将见移动到墙体的前面，效果如图 21-4 所示。

步骤 ⑤ 在中间将其再制作出玻璃及窗扇，效果如图 21-5 所示。

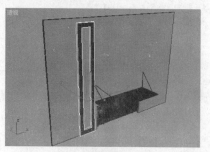

图 21-4　制作的造型墙

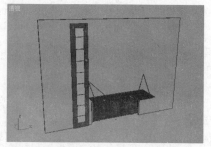

图 21-5　制作的玻璃及窗扇

步骤 ⑥ 在前视图中将制作完成的造型墙复制一组，位置如图 21-6 所示。

步骤 ⑦ 在顶视图中按照比例，创建 3 个【长方体】或者绘制矩形并执行【挤出】修改命令，制作出地面及两个台阶，效果如图 21-7 所示。

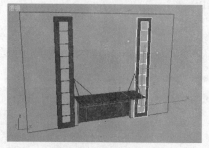

图 21-6　复制的造型墙

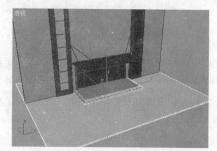

图 21-7　制作的台阶

步骤 ⑧ 为了在后面渲染时效果好一些，最好在后面制作一个简单的墙体，效果如图 21-8 所示。

> **技巧** 在移动室外墙体的构件时，我们也可以熟练使用【对齐】工具，从而得到准确、标准的建筑模型。

　　材质我们就不讲述了，地面是灰颜色的，将台阶赋予大理石材质，将墙面赋予黄乳胶漆、红乳胶漆材质，玻璃和不锈钢材质我们已经调制完成了。赋予材质后的效果如图 21-9 所示。

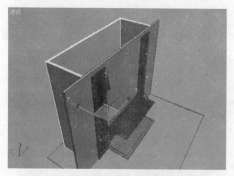

图 21-8　制作的后墙

图 21-9　赋予材质的效果

> **技巧** 在建立模型时就应该为每一种材料赋予一种简单的颜色，在建立完成模型后，直接调整材质就可以了，材质调整好以后场景中物体的材质也会一起改变，不需要重新赋予了。

为了得到好的渲染效果，我们使用了球天进行渲染，用以模拟真实的天空及周围的环境效果。

步骤 ⑨ 在顶视图中创建一个【半径】为 15 000 的球体，然后将球体转换为【可编辑多边形】，进入 ■（多边形）子对象层级，选择下面的面将其删除，选择所有多边形，单击 ▨ 翻转 按钮，将法线进行翻转，效果如图 21-10 所示。

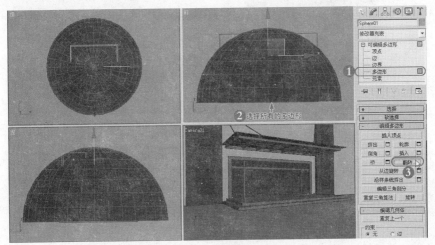

图 21-10　【翻转】法线

步骤 ⑩ 选择球体，右击鼠标，选择【对象属性】，在弹出的【对象属性】窗口中设置各项参数，如图 21-11 所示。

步骤 ⑪ 进入 ⋯（顶点）子层级，在前视图中选择球体上面的顶点，然后使用移动及缩放工具将点调整一下，效果如图 21-12 所示。

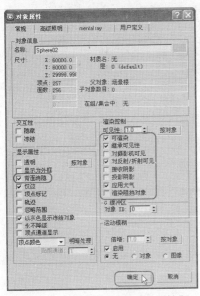

图 21-11　设置球体的【对象属性】

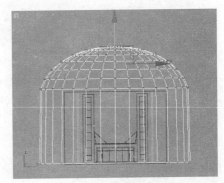

图 21-12　调整顶点

球天的模型已制作完成，下面我们来为球天调制材质。

步骤 ⑫ 按下 M 键，快速打开【材质编辑器】窗口，选择一个新的材质球，使用默认的【Standard】（标准）材质就可以了，命名为"球天"。

步骤 ⑬ 将【自发光】设置为 100，在【漫反射】中添加一幅名为"sky.jpg"的位图，如图 21-13 所示。

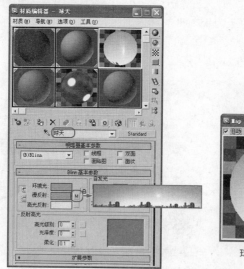

球天材质的效果

图 21-13   调制球天材质

步骤 ⑭ 将调制好的材质赋予半球体，然后为球体添加一个【UVW 贴图】修改器，在【贴图】下方选择【柱形】贴图方式，如图 21-14 所示。

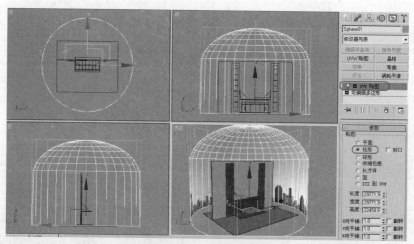

图 21-14   球体进行修改后的形态

技巧 以半球体为球天材质的模型，就是为了模拟现实生活中我们视觉所见到的"天圆地方"效果，将周围真实的环境反射到玻璃中。

■ **门头摄影机和灯光的设置**

步骤 ❶ 单击创建命令面板中的 ▦（摄影机）/ ▊目标▊ 按钮，在顶视图中拖动鼠标创建出目标摄影机。

步骤 ❷ 激活透视图，按下键盘上的 C 键，透视图即可变成摄影机视图。在前视图中选择中间的蓝线，也就是同时选择摄影机和目标点。

步骤 ❸ 在前视图将摄影机移动到高度为 1500 左右的位置，将【镜头】设置为 35，位置如图 21-15 所示。

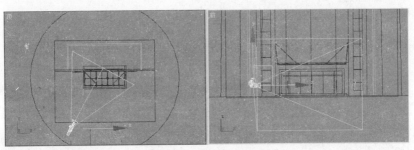

图 21-15　摄影机的位置

技巧　如果想快速地创建摄影机，可以先调整一下透视图的观察角度，当调整好以后，按下 Ctrl+C 键，从视图中创建摄影机，此时在场景中就创建了一架摄影机。

　　门头灯光的设置也比较简单，主光源是使用【目标平行光】来完成的，使用 VRay 天光作为辅助光源，将整个场景照亮。

步骤④　单击 （灯光）/ 目标平行光 按钮，在顶视图中创建一盏【目标平行光】，进入修改面板，修改参数，然后调整一下位置及参数，如图 21-16 所示。

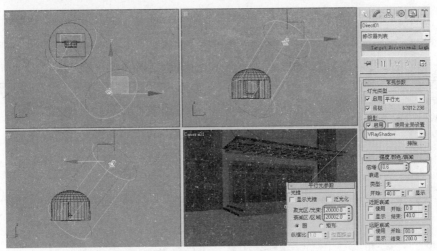

图 21-16　【目标平行光】的位置及参数

■　使用 VRay 进行渲染

步骤①　按下 8 键，打开【环境和效果】窗口，调整背景的颜色为淡蓝色。

步骤②　按下 F10 键，打开【渲染设置】窗口，设置 VRay 的渲染参数，如图 21-17 所示。

技巧　在使用 VRay 渲染时，对于比较复杂的场景，最好先简单地设置一下渲染参数，这样会大大地提高渲染时间，如果感觉满意，最后再设置最终的渲染参数进行渲染。

步骤③　设置完参数后单击 渲染 按钮，将输出的图纸尺寸设置为 1500×1125，单击 渲染 按钮，如图 21-18 所示。

步骤④　经过半个小时的渲染，最终的渲染效果如图 21-19 所示。

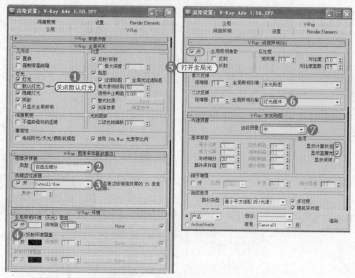

图 21-17　设置 VRay 渲染参数

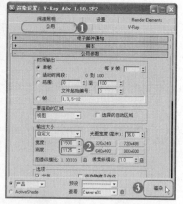

图 21-18　设置渲染尺寸

步骤 ⑤ 渲染完成后，单击▣（保存位图）按钮，在弹出的【浏览图像供输出】窗口中，将文件命名为"门头.tif"，【保存类型】选择*.tif 格式，单击 保存(S) 按钮，就可以将渲染的图像保存起来，如图 21-20 所示。

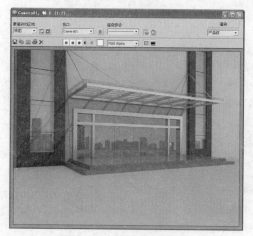

图 21-19　渲染的最终效果

图 21-20　对图像进行保存

步骤 ⑥ 单击菜单栏中的【文件】/【另存为】命令，将此线架保存为"实例 185.max"。

实例总结

本实例主要通过打开已经制作好的玻璃门及雨篷文件来制作门头，主要运用【挤出】命令来生成墙体、造型墙等，以及怎样使用最简单的方法来制作室外表现效果图，最终完成门头制作的全过程。

Example 实例 186 办公楼效果图的制作

实例目的

本实例通过制作一个办公楼效果图来学习怎样将 AutoCAD 中的图纸【导入】到 3ds Max 中，建立模型、赋予材质、设置灯光，最后使用 VRay 渲染出图。
办公楼最终效果如图 21-21 所示。

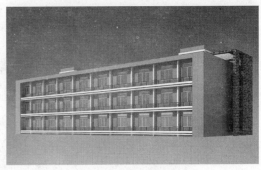

实例要点

- ■ 【导入】AutoCAD 图纸。
- ■ 使用【挤出】修改命令生成三维模型。
- ■ 调制材质及设置灯光。
- ■ VRay 渲染器的使用。
- ■ 使用【保存】命令将文件存盘。

图 21-21 办公楼的效果

操 作 步 骤

■ **办公楼模型的制作**

步骤 ① 启动 3ds Max 2009 中文版，将单位设置为毫米。

步骤 ② 使用前面的方法将随书光盘中的"源文件素材/第 21 章"文件夹下的"办公楼图纸.dwg"文件导入到 3ds max 中，效果如图 21-22 所示。

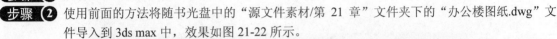

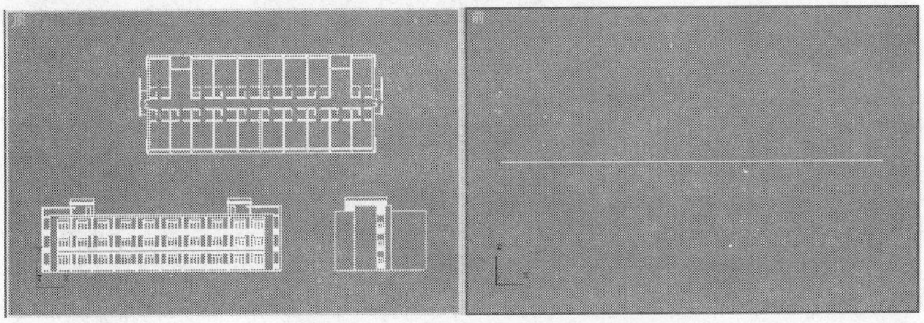

图 21-22 导入的办公楼图纸

技
巧 在 AutoCAD 中我们可以将绘制的图纸提前进行修改，将在建模时用不到的线形全部删除，并且移动到坐标（0，0）点上，这样便于建模中控制模型的位置。

我们导入的平面图已经在 AutoCAD 中修改好了，分别是一层平面图、南立面、东立面，其目的是起到一个参照生成三维模型的作用。

步骤 ③ 按下 Ctrl+A 键，选择所有线形，为线形指定一个便于观察的颜色，如图 21-23 所示。

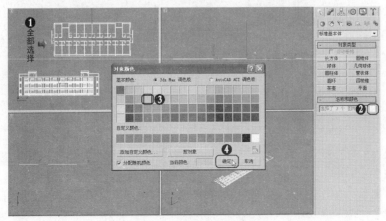

图 21-23 为图纸指定颜色

步骤 ④ 在顶视图中选择"南立面"和"东立面"，单击工具栏中的 ⟳（旋转）按钮，将光标放在该按钮上面，单击鼠标右键，在弹出的【旋转变换输入】窗口中的 x 轴中输入 90，然后按 Enter 键，如图 21-24 所示。

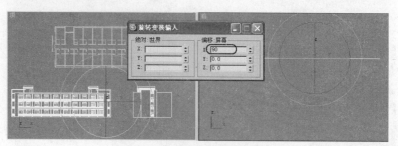

图 21-24　对"图纸"进行旋转 90°

步骤 5 在顶视图再将"东立面"沿 z 轴旋转-90°，在前视图及顶视图调整它们的位置，如图 21-25 所示。

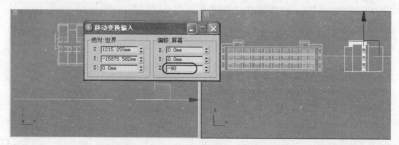

图 21-25　对"东立面"沿 z 轴旋转-90°

步骤 6 按 S 键将捕捉设置窗口打开，使用 捕捉模式，右击鼠标，在弹出的【栅格和捕捉设置】窗口中设置一下各项选项，如图 21-26 所示。

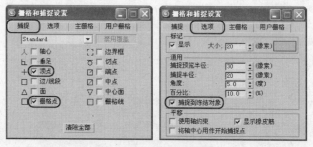

图 21-26　设置捕捉选项

技 | 在使用捕捉方式时，一般使用 （2.5 维捕捉），此方法可以准确地捕捉到图纸和已建立的墙体等
巧 | 构件，达到精确建模的目的。

步骤 7 在顶视图和前视图中分别将 3 个图纸进行对齐，移动的时候一定要使用捕捉，对齐后的效果如图 21-27 所示。

步骤 8 选择图纸，右击鼠标，选择【冻结当前选择】命令，将图纸冻结起来，这样在后面的操作中就不会选择和移动图纸。

步骤 9 单击 （创建）/ （线形）/ 矩形 按钮，在前视图中创建一个大矩形，矩形的大小与外墙相同，如图 21-28 所示。

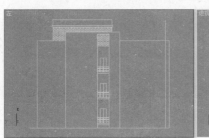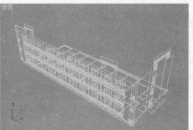

图 21-27　对齐图纸

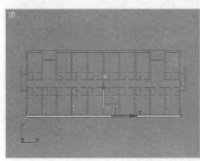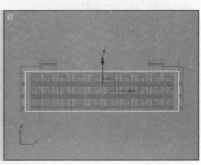

图 21-28　使用捕捉绘制的大矩形

步骤 ⑩ 将二维创建命令面板中 ▨▨▨ 开始新图形 ▨▨▨ □按钮右侧的勾选取消。

| 技 | 将 ▨▨ 开始新图形 ▨▨ □按钮右侧的勾选取消，可以使再次创建完成的矩形与处于被选择的矩形自动附 |
| 巧 | 加为一个整体，省略了去修改命令面板中执行【编辑样条线】命令。 |

步骤 ⑪ 使用同样的方式，在前视图每个窗户的位置创建矩形，使用捕捉沿图纸的窗洞的内墙尺寸进行绘制，共绘制 30 个，然后施加【挤出】修改命令，将数量设置为－240，即墙体厚度为 240 毫米，效果如图 21-29 所示。

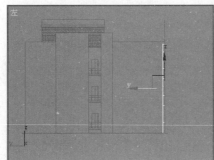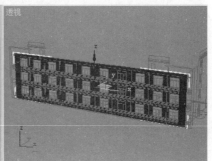

图 21-29　制作的墙体

下面我们来制作窗户。

步骤 ⑫ 在前视图中使用捕捉方式绘制一个大小与窗洞相同的矩形，执行【编辑样条线】命令进行调整，然后施加【挤出】修改命令，将数量设置为 60，即窗框的厚度为 60 毫米，将其放在墙体的中间，效果如图 21-30 所示。

步骤 ⑬ 通过捕捉功能，使用复制的方式将每一个窗洞复制一个窗框。

步骤 ⑭ 创建一个与整个墙体大小相似的矩形，然后对其施加【挤出】修改命令，作为"玻璃"，将数量设置为 5。

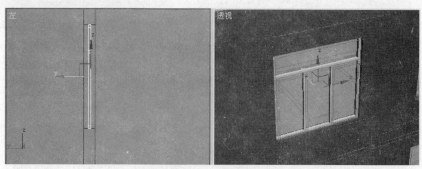

图 21-30　制作的窗户

技巧　对于在同一个平面上的玻璃，我们可以使用一个造型制作出来，这样便于面片数量的控制。

步骤 ⑮ 参照"南立面图"，将阳台及扶栏制作出来，阳台扶栏高度为 900 毫米，效果如图 21-31 所示。

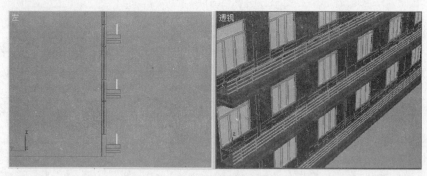

图 21-31　制作的阳台及扶栏

步骤 ⑯ 在顶视图中绘制 11 个矩形，然后为其施加【挤出】修改命令，设置挤出的数量为 10350，作为"阳台分隔墙"，效果如图 21-32 所示。

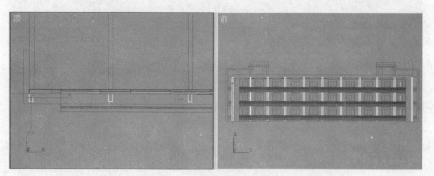

图 21-32　制作的阳台分隔墙

步骤 ⑰ 使用同样的方法将墙体的外框制作出来，将【挤出】的数量设置为 1000，效果如图 21-33 所示。

此时，办公楼的南立面就制作完成了，下面我们来制作出东立面效果。

步骤 ⑱ 参照平面图及两个立面图，制作出"东立面"的效果，如图 21-34 所示。

步骤 ⑲ 再将内部的阳台及细部结构制作出来，然后将"东立面"的效果图成为一组，使用工具栏中的【镜像】修改命令生成另一侧的墙体，最后将办公楼封顶，效果如图 21-35 所示。

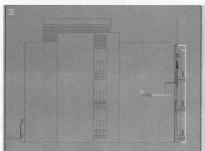
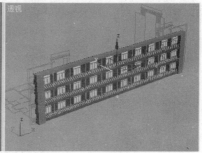

图 21-33　制作的外框墙

图 21-34　制作的"东立面"效果图　　　　图 21-35　制作完成的办公楼

步骤 ⑳ 将文件进行保存，命名为"实例 186.max"。

■ 办公楼材质的调制

　　材质的调制相对来说就比较简单了，场景中的主要材质包括：蓝乳胶漆、白乳胶漆、砖墙、玻璃、楼板等。地面是灰颜色的，台阶赋予大理石材质，赋予材质后的效果如图 21-36 所示。

图 21-36　赋予材质的效果

步骤 ❶ 按下 M 键，打开【材质编辑器】窗口，选择第 1 个材质球，将其指定为 VRayMtl 材质，将材质命名为"蓝乳胶漆"，参数设置如　　图 21-37 所示。

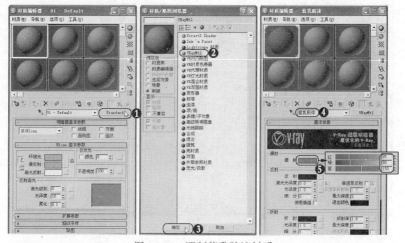

图 21-37　调制蓝乳胶漆材质

步骤 ② 将调制好的蓝乳胶漆材质赋予墙体造型，如图 21-38 所示。

步骤 ③ 使用同样的方法调制一种"白乳胶漆"，将其赋予顶及走廊，如图 21-39 所示。

图 21-38　将蓝乳胶漆赋予墙体

图 21-39　将白乳胶漆赋予顶及走廊

步骤 ④ 选择第 3 个材质球，使用默认的【标准】材质就可以了，将其命名为"玻璃"，颜色调整为灰蓝色，调整一下高光，最后在【贴图】卷展栏下的【反射】通道中添加一幅【VR 贴图】，参数设置如图 21-40 所示。

图 21-40　调制玻璃材质

步骤 ⑤ 将调制好的玻璃材质赋予玻璃造型。

步骤 ⑥ 选择一个新的材质球，命名为"楼板"，将其指定为【混合】材质，这是一种可以将多种材质进行合成的材质类型，如图 21-41 所示。

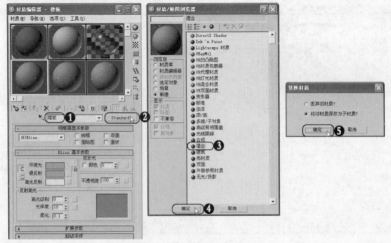

图 21-41　选择【混合】材质

步骤 7 在【混合基本参数】面板下方单击【遮罩】右面的小按钮，在弹出的【材质/贴图浏览器】窗口中选择【位图】，选择随书光盘"贴图"文件夹下的"light.jpg"，如图 21-42 所示。

步骤 8 单击 📄（转到父对象）按钮，返回到上级面板，单击【材质 1】右面的小按钮，将颜色调整为白色，再返回到上级面板，将【材质2】的颜色调整为白色，【自发光】调整为 100，此时的材质球效果如图 21-43 所示。

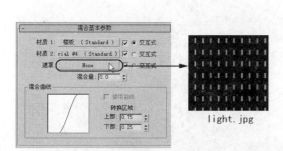

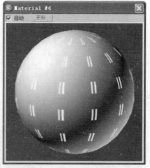

图 21-42　【混合】材质参数面板　　　　图 21-43　楼板的材质球效果

> **技巧** 如果感觉我们添加的这个长方形灯光效果不好，可以在 Photoshop 中制作一个圆形的灯光，来模拟筒灯的形状，这样效果也会很好。

步骤 9 选择一个新的材质球，将其指定为 VRayMtl 材质，材质命名为"砖墙"，单击【漫射】右面的小按钮，选择【位图】，在弹出的【选择位图图像文件】窗口中选择随书光盘"贴图"文件夹下的"砖.jpg"，在贴图通道中将【漫射】的贴图复制给【凹凸】通道中，如图 21-44 所示。

步骤 10 调制一种墨绿色作为扶栏的材质，再调制一种灰白色作为窗框的材质。

步骤 11 赋予材质后的效果如图 21-45 所示。

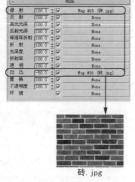

图 21-44　调整墙砖材质　　　　　　　图 21-45　赋予材质后的效果

至此，所有的材质已经调制完成了，为了得到好的渲染效果，我们使用了球天进行渲染，用以模拟真实的天空效果。

步骤 ⑫ 在顶视图中创建一个【半径】为30000的球体,然后将球体转换为【可编辑多边形】,进入 ■ (多边形)子对象层级,选择下面的面,将其删除,选择所有多边形,单击 **翻转** 按钮, 将法线进行翻转,效果如图 21-46 所示。

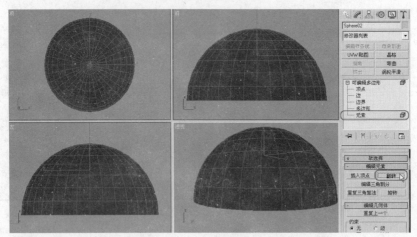

图 21-46 对半球【翻转】法线

步骤 ⑬ 选择球体,右击鼠标,选择【属性】,在弹出的【对象属性】对话框中设置各项参数,如 图 21-47 所示。

步骤 ⑭ 进入 ·· (顶点)子层级,在前视图中选择球体上面的顶点,使用移动工具调整一下,效果如 图 21-48 所示。

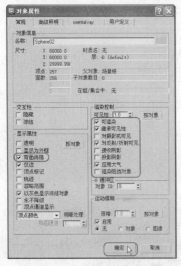

图 21-47 【对象属性】对话框

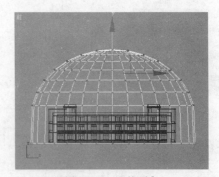

图 21-48 调整顶点

步骤 ⑮ 按下 M 键,快速打开【材质编辑器】窗口,选择一个新的材质球,使用默认的【标准】材质 就可以了,命名为"球天"。

步骤 ⑯ 将【自发光】设置为 100,在【漫反射】中添加一幅名为"sky.jpg"的位图,如图 21-49 所示。

步骤 ⑰ 将调制好的材质赋予半球体,然后为球体添加一个【UVW 贴图】修改器,在【贴图】下方选 择【柱形】贴图方式,如图 21-50 所示。

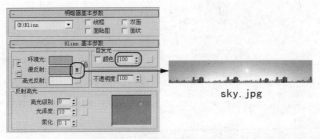

图 21-49　调制球天材质参数

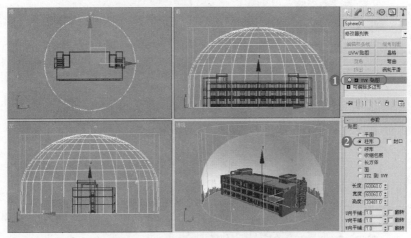

图 21-50　为半球添加【UVW 贴图】修改器

■　**办公楼摄影机、灯光的设置**

步骤① 单击创建命令面板中的 （摄影机）/ 目标 按钮，在顶视图中拖动鼠标创建出目标摄影机。

步骤② 激活透视图，按下 C 键，透视图即可变成摄影机视图，在前面视图选择中间的蓝线，也就是同时选择摄影机和目标点。

步骤③ 在前视图将摄影机移动到高度为 1100 左右的位置，将镜头设置为 35，位置如图 21-51 所示。

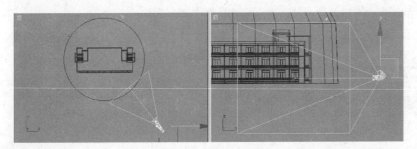

图 21-51　摄影机的位置

下面来创建太阳光效果。

步骤④ 单击 （灯光）/ 目标平行光 按钮，在顶视图中创建一盏【目标平行光】，进入修改面板，修改参数，然后调整一下位置，参数的设置及位置如图 21-52 所示。

■　**使用 VRay 进行渲染**

步骤① 按下 8 键，打开【环境和效果】窗口，调整背景的颜色为淡蓝色。

步骤② 按下 F10 键，打开【渲染设置】窗口，设置一下 VRay 的渲染参数，如图 21-53 所示。

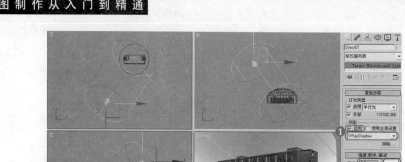

图 21-52 目标平行光的位置及参数

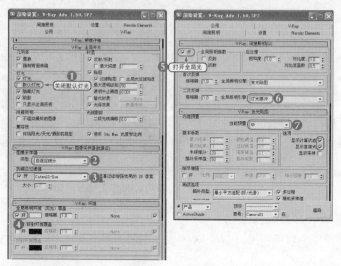

图 21-53 设置参数

步骤 ③ 设置完参数后单击 渲染 按钮，将输出的图纸尺寸设置为 1500×1125，单击 渲染 按钮，如图 21-54 所示。

步骤 ④ 经过半个小时的渲染，最终的渲染效果如图 21-55 所示。

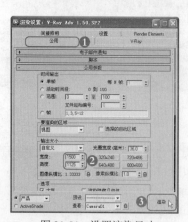

图 21-54 设置渲染尺寸

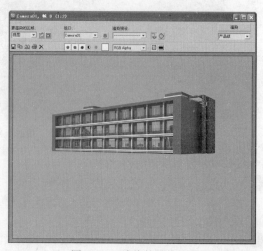

图 21-55 渲染的最终效果

步骤 ⑤ 渲染完成后，单击 ■（保存位图）按钮，在弹出的【浏览图像供输出】窗口中，将文件命名为 "办公楼.tif"，【保存类型】选择*.tif 格式，单击 保存(S) 按钮，就可以将渲染的图像保存起来。

步骤 ⑥ 按下键盘中的 Ctrl+S 键，将文件快速保存。

实例总结

本实例主要通过制作办公楼的效果图，学习【导入】CAD 图纸，然后使用 3ds Max 中的【挤出】修改命令生成三维造型，然后进行赋予材质、设置摄影机及灯光、进行 VRay 渲染，从而得到真实的效果。

Example 实例 **187** 住宅效果图的制作

实例目的

本实例我们通过制作一个住宅效果图来学习怎样将 AutoCAD 中的图纸【导入】到 3ds Max 中进行建立模型、赋予材质、设置灯光，最后使用 VRay 渲染出图。办公楼最终效果如图 21-56 所示。

图 21-56 住宅的效果

实例要点

- 【导入】CAD 图纸。
- 怎样将【导入】的 CAD 图纸对齐。
- 使用【挤出】命令参照图纸生成三维模型。
- 赋予各种材质。
- 设置摄影机及灯光。
- VRay 渲染器的使用。
- 使用【保存】命令将文件存盘。

操 作 步 骤

■ **住宅模型的制作**

步骤 ① 启动 3ds Max 2009 中文版，将单位设置为毫米。

步骤 ② 使用前面的方法将随书光盘中的 "源文件素材/第 21 章" 文件夹下的 "住宅图纸.dwg" 文件导入到 3ds Max 中，效果如图 21-57 所示。

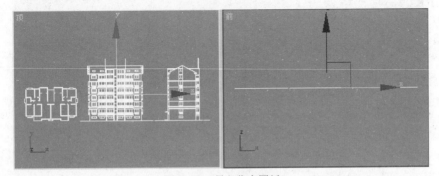

图 21-57 导入住宅图纸

我们导入的平面图已经在 AutoCAD 中修改好了，它们分别是标准层平面图、南立面、西立面，其目的是起到一个参照的作用，主要是参照生成三维模型。

步骤 ③ 按下 Ctrl+A 键，选择所有线形，指定一种便于观察的颜色，再按下 G 键将网格隐藏。

步骤 4 使用前面我们学过的方法将图纸进行旋转，再调整它们的位置，呈现出以图纸形式拼出的楼体造型，如图 21-58 所示。

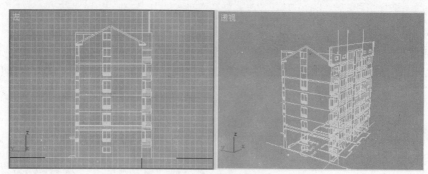

图 21-58 对齐图纸

步骤 5 为了便于管理，我们可以将导入的 CAD 图纸【冻结】起来。
首先，参照图纸来制作住宅的西立面。

步骤 6 设置捕捉模式，使用 捕捉模式绘制作为墙体和窗洞的矩形，将其附加为一体，执行【挤出】，生成墙体，再来制作窗框，如图 21-59 所示。

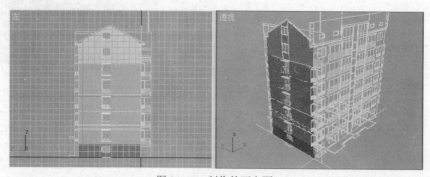

图 21-59 制作的西立面

步骤 7 在前视图中使用同样的方法将南立面制作出来，在制作的过程中一定要参考平面图及西立面，效果如图 21-60 所示。

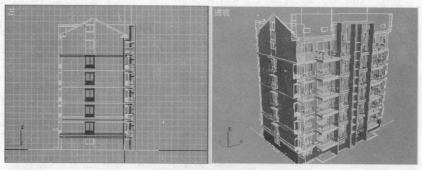

图 21-60 制作的南立面

步骤 8 最后制作出屋顶的造型，效果如图 21-61 所示。

技
巧
制作建筑效果图的重点是对图纸的理解，通过不同的图纸可以很清楚地理解设计师设计的建筑结构，只要弄清了结构，制作时用到的技巧及命令就不是很多了。

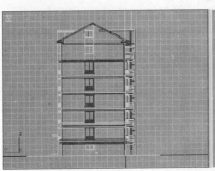

图 21-61　制作的屋顶

　　材质的调制我们就不讲述了，在制作过程中最好建立完成一个模型就为其赋予相应的材质，后面再进行调整就可以了。它们分别是：白乳胶漆、淡黄乳胶漆、蓝铝塑板材质、瓦、窗框和玻璃。赋予材质后的效果如图 21-62 所示。

　　为了得到好的效果，我们采用了球天进行渲染，用以模拟真实的天空效果。

步骤 ⑨ 在顶视图中创建一个【半径】为 16 000 的球体，然后将球体转换为【可编辑多边形】，进入 ■（多边形）子对象层级，选择下面的面将其删除，选择所有多边形，单击 翻转 按钮，将法线进行翻转，效果如图 21-63 所示。

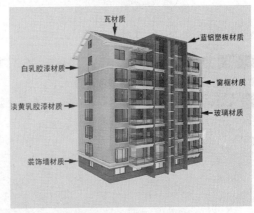

图 21-62　赋予材质的效果

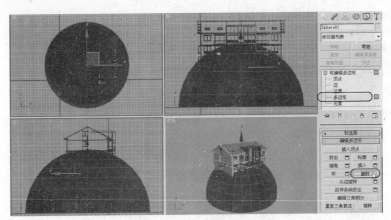

图 21-63　翻转法线

步骤 ⑩ 选择球体，右击鼠标，选择【属性】，在弹出的【对象属性】对话框中设置各项参数，如图 21-64 所示。

步骤 ⑪ 进入 ∴（顶点）子层级，在前视图中选择球体上面的顶点，再使用移动工具调整一下，效果如图 21-65 所示。

> **技巧** 对于很多有经验的绘图员，球天及灯光可以通过合并其他场景中的相关对象来获取，这样有很多参数就不需要重新设置了。

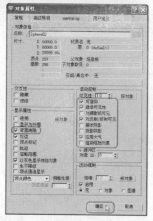

图 21-64 【对象属性】对话框

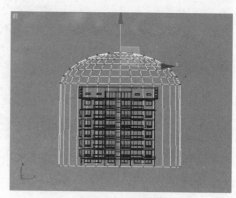

图 21-65 调整顶点

步骤 12 按下 M 键，快速打开【材质编辑器】窗口，选择一个新的材质球，使用默认的【标准】材质就可以了，命名为"球天"。

步骤 13 将【自发光】设置为 100，在【漫反射】中添加一幅名为"sky.jpg"的位图，如图 21-66 所示。

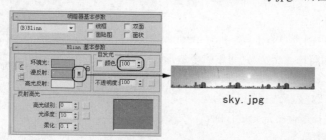

图 21-66 调制球天材质参数

步骤 14 将调制好的材质赋予半球体，然后为球体添加一个【UVW 贴图】修改器，在【贴图】下方选择【柱形】贴图方式，如图 21-67 所示。

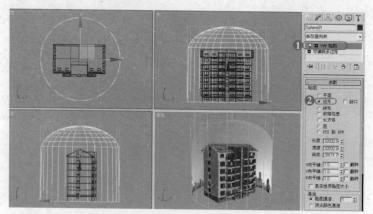

图 21-67 为半球添加【UVW 贴图】修改器

步骤 15 将文件进行保存，命名为"实例 187.max"。

■ **为住宅设置摄影机、灯光及 VRay 渲染**

步骤 1 单击创建命令面板中的 （摄影机）/ 目标 按钮。

步骤 2 激活透视图，按下键盘上的 C 键，透视图即可变成摄影机视图。在前视图中选择中间的蓝线，也就是同时选择摄影机和目标点。

步骤 ③ 在顶视图中创建一架【目标摄影机】，在前视图中将摄影机移动到高度为 1200 左右的位置，将镜头设置为 35，位置如图 21-68 所示。

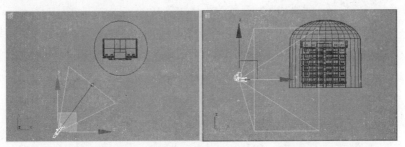

图 21-68 摄影机的位置

下面我们来创建太阳光效果。

步骤 ④ 单击 （灯光）/ 目标平行光 按钮，在顶视图中创建一盏【目标平行光】，进入修改面板，修改其参数，然后调整一下位置，参数的设置及位置如图 21-69 所示。

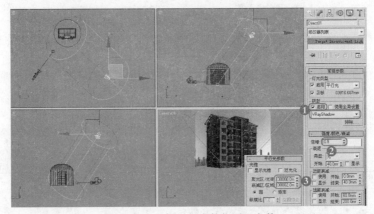

图 21-69 目标平行光的位置及参数

■ **使用 VRay 进行渲染**

步骤 ① 按下 8 键，打开【环境和效果】窗口，调整背景颜色为淡蓝色。

步骤 ② 按下 F10 键，打开【渲染设置】窗口，设置 VRay 的渲染参数，如图 21-70 所示。

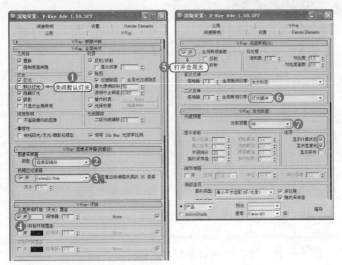

图 21-70 设置参数

步骤 ③ 为了得到更好的效果，可以将灯光的【VRay Shadows Params】（VR 阴影参数）设置一下，如图 21-71 所示。

步骤 ④ 这个场景我们采用垂直构图，设置渲染尺寸为 1200 × 1500，如图 21-72 所示。

图 21-71　修改【VR 阴影参数】　　　　图 21-72　设置渲染尺寸

步骤 ⑤ 单击 ▣（渲染帧窗口）按钮，在弹出的渲染窗口【要渲染的区域】下方窗口中选择【放大】渲染，如图 21-73 所示。

步骤 ⑥ 按下 Shift+F 键，显示【显示安全框】，此时在摄影机视图中会出现一个调节框，调整一下调节框的大小和位置，如图 21-74 所示。

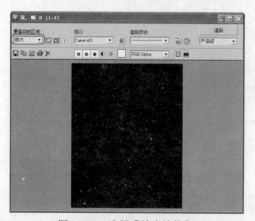

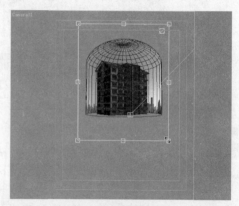

图 21-73　选择【放大渲染】　　　　　图 21-74　调整【调节框】的大小和位置

步骤 ⑦ 单击 ▣（渲染产品）按钮，快速渲染摄影机视图，经过 12 分钟的渲染，最终的渲染效果如图 21-75 所示。

步骤 ⑧ 渲染完成后，单击 ▣（保存位图）按钮，在弹出的【浏览图像供输出】窗口中，将文件命名为"住宅.tif"，【保存类型】选择*.tif 格式，单击 保存(S) 按钮，就可以将渲染的图像保存起来。

实例总结

本实例主要通过制作住宅效果图来学习【导入】AutoCAD 图纸，然后使用 3ds Max 中的【挤出】修改命令生成三维造型，再进行赋予材质、设置摄影机及灯光、最后使用 VRay 渲染出图。

图 21-75　渲染的最终效果

Example 实例 **188** 别墅效果图的表现

实例目的

本例我们来表现一个别墅效果图，重点学习球天的创建以及怎样将真实的材质及灯光效果表现出来，最后使用 VRay 渲染出图。别墅的最终效果如图 21-76 所示。

实例要点

- 打开"别墅.max"文件。
- 创建球天及风景。
- 设置灯光。
- VRay 渲染器的使用。
- 使用【保存】命令将文件存盘。

图 21-76　别墅的效果

操 作 步 骤

步骤 ❶ 启动 3ds Max 2009 中文版，将单位设置为毫米。

步骤 ❷ 打开随书光盘"源文件素材"/"第 21 章"/"实例 188.max"文件，如图 21-77 所示。

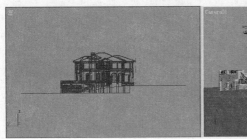 

图 21-77　打开的"实例 188.max"文件

这个场景的建模及材质已经制作完成了，我们主要来讲述灯光及球天材质的设置技巧。

> **技巧** 对于一些较简单的模型，尤其是别墅的效果图，如果感觉太过简单，可以布置一些室内的家具。但需要我们注意的是，所布置的家具一定要控制其面片数量。

下面我们就来创建球天，用以模拟天空的效果。

步骤 ❸ 在顶视图中创建一个【半径】为 25000 的球体，然后将球体转换为【可编辑多边形】，进入 ▣ （多边形）子对象层级选择下面的面，将其删除。按下 Ctrl+A 键，选择所有多边形，单击 `翻转` 按钮，将法线进行翻转，效果如图 21-78 所示。

步骤 ❹ 选择球体，右击鼠标，选择【属性】，在弹出的【对象属性】对话框中设置各项参数，如图 21-79 所示。

步骤 ❺ 按下 M 键，快速打开【材质编辑器】窗口，选择一个未使用的材质球，命名为"球天"，使用与前面同样的方法调制一种"球天"材质赋予半球体。

步骤 ❻ 为球体添加一个【UVW 贴图】修改器，在【贴图】下方选择【柱形】贴图方式，如图 21-80 所示。

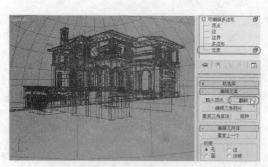

图 21-78　翻转法线

图 21-79　【对象属性】对话框

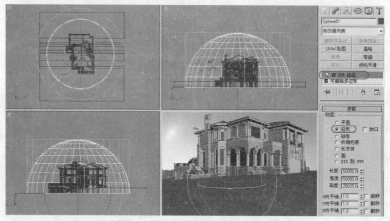

图 21-80　为半球添加【UVW 贴图】修改器

下面我们来设置场景中的灯光。

步骤 7　单击 （灯光）/ VR阳光 按钮，在顶视图中单击并拖动鼠标左键，创建一盏【VR 阳光】，在各个视图调整一下它的位置，将灯光的【强度倍增器】设置为 0.01，将【大小倍增器】设置为 3，目的是让阴影的边缘比较虚，参数及位置如图 21-81 所示。

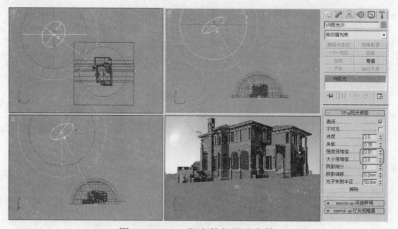

图 21-81　VR 阳光的位置及参数

■　使用 VRay 进行渲染

步骤 ① 按下 8 键，打开【环境和效果】窗口，调整背景的颜色为淡蓝色。

步骤 ② 按下 F10 键，打开【渲染设置】窗口，设置一下 VRay 的渲染参数，如图 21-82 所示。

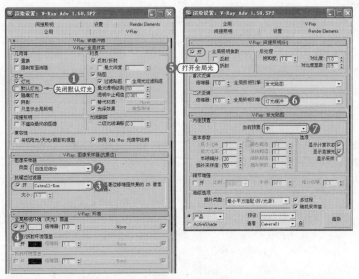

图 21-82　设置参数

下面我们可以先渲染小图，然后将这个渲染的小图作为光子图保存起来，再使用光子图渲染一张尺寸大的图，这样会提高渲染速度。

步骤 ③ 单击 （渲染设置）按钮，将渲染的尺寸设置得小一些，如图 21-83 所示。

步骤 ④ 单击 （渲染产品）按钮，快速渲染摄影机视图，效果如图 21-84 所示。

图 21-83　设置渲染尺寸

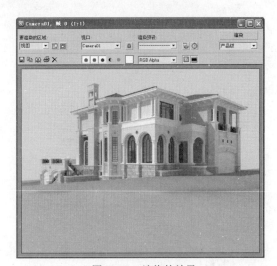

图 21-84　渲染的效果

步骤 ⑤ 在【发光贴图】卷展栏中单击 保存 按钮，在弹出的【保存发光贴图】对话框中选择一个路径，命名为"别墅光子图.vrmap"，单击 保存(S) 按钮，如图 21-85 所示。

现在这个【发光贴图】的光子图已经保存起来了，下面我们就将保存好的光子图加载过来。

步骤 ⑥ 在模式右侧的下拉列表中选择【从文件】，在弹出的【加载发光贴图】对话框中选择刚才保存的'别墅光子图.vrmap"文件，如图 21-86 所示。

图 21-85　保存光子图

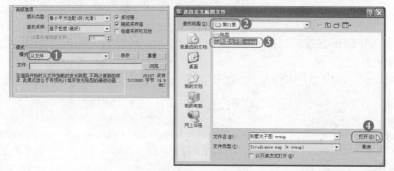

图 21-86　载入光子图

步骤 7 使用同样的方法将【灯光缓冲】下的光子图保存起来，然后再进行加载，加载后的效果，如图 21-87 所示。

步骤 8 单击【公用】选项卡，设置输出尺寸为 2000×1400，单击 渲染 按钮，如图 21-88 所示。

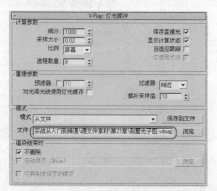

图 21-87　载入光子图

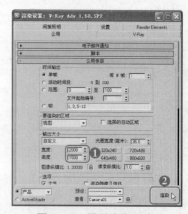

图 21-88　设置渲染尺寸

技巧 先渲染光子图再渲染大尺寸的图，可以大大地提高渲染的时间，作图公司一般都会将图渲染得尺寸比较大，所以如果渲染 2000 以上的图纸，最好渲染光子图。

步骤 9 等待 3 分多钟后渲染就完成了，最终的效果如图 21-89 所示。

步骤 10 单击 （保存位图）按钮，将渲染后的图进行保存，文件名为"别墅.tif"文件，如图 21-90 所示。

图 21-89 渲染的最终效果

图 21-90 对图像进行保存

步骤 ⑪ 在弹出的【TIF 图像控制】窗口中勾选【存储 Alpha 通道】，单击 确定 按钮，图像就保存起来了。

步骤 ⑫ 单击菜单栏中的【文件】/【另存为】命令，将此线架保存为"实例 188A.max"。

实例总结

本实例主要打开已经制作好的"别墅.max"文件，重点讲述材质及灯光的表现方法，再借助球天材质，表现出真实的玻璃反射折射质感，最后使用普通灯光来模拟全局光照的效果，最终完成别墅效果图。

Example 实例 **189** 商业大楼的表现

实例目的

本实例我们来表现一个商业大楼效果图，重点学习如何使用球天材质来表现真实的玻璃，以及怎样为环境添加一张真实的天空，最后使用 VRay 渲染出图。商业大楼的最终表现效果如图 21-91 所示。

实例要点

- 打开商业大楼.max 文件。
- 创建球天及风景。
- 背景天空的设置。
- 设置灯光。
- VRay 渲染器的使用。
- 使用【保存】命令将文件存盘。

图 21-91 商业大楼的效果

步骤 ① 启动 3ds Max 2009 中文版，将单位设置为毫米。

步骤 ② 打开随书光盘"源文件素材"/"第 21 章"/"实例 189.max"文件。

这个场景的模型、材质已经制作完成了，从整个楼来看，大部分都是玻璃幕墙的效果，所以如果我们想表现出真实的玻璃材质效果，还是必须使用球天进行渲染，为了让效果更加直观，可以为背景添加一个天空的图片。

下面我们就来创建球天，用以模拟天空的效果。

步骤 ③ 在顶视图中创建一个【半径】为 60 000 的球体，然后将球体转换为【可编辑多边形】，进入 ■（多边形）子对象层级，首先将法线进行翻转，然后选择下面的面，将其删除。

步骤 ④ 进入 ∴（顶点）子层级，在前视图中选择球体上面的顶点，然后使用移动工具调整 下，再将上面的面删除，效果如图 21-92 所示。

步骤 ⑤ 选择球体，右击鼠标，选择【属性】，在弹出的【对象属性】对话框中设置各项参数，在这里就不详细讲述了。

步骤 ⑥ 按下 M 键，快速打开【材质编辑器】窗口，选择一个未使用的材质球，调制一种"球天"材质赋予球体，然后为球体添加一个【UVW 贴图】修改器，在【贴图】下方选择【柱形】贴图方式。

下面我们为环境添加一个天空的图片。

步骤 ⑦ 按下 8 键，打开【环境和效果】窗口，单击 ___无___ 按钮，在弹出的【材质/贴图浏览器】窗口中选择【位图】，在弹出的【选择位图图像文件】窗口中选择随书光盘"源文件素材/第21章/贴图"文件夹下的"背景天空.jpg"文件，如图 21-93 所示。

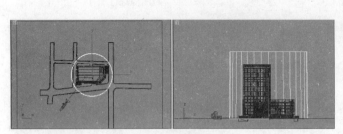

图 21-92　球体的效果　　　　　图 21-93　【环境和效果】窗口

> **技巧** 在 3ds Max 中添加天空及风景，主要是看整体的效果，想得到更好的效果，必须在 Photoshop 中添加，然后进行修改。

步骤 ⑧ 按下 Alt+B 键，打开【视口背景】对话框，勾选【使用环境背景】和【显示背景】，如图 21-94 所示。

步骤 ⑨ 按下 M 键，打开【材质编辑器】窗口，将【环境和效果】窗口中的贴图关联复制给一个未用的材质球，调整【偏移】项下的 V 为 0.36，【平铺】项下的 V 为 1.3，如图 21-95 所示。

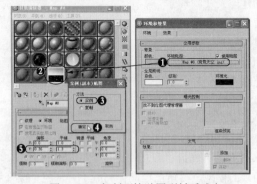

图 21-94　【视口背景】对话框　　　图 21-95　复制环境贴图到材质球中

下面我们来设置场景中的灯光。

步骤 ⑩ 单击 （灯光）/ VR阳光 按钮，在顶视图中单击并拖动鼠标左键，创建一盏 VR 阳光，在各个视图中调整一下它的位置，将灯光的【强度倍增器】设置为 0.01，将【大小倍增器】设置为 3，目的是让阴影的边缘比较虚，参数及位置如图 21-96 所示。

■ **使用 VRay 进行渲染**

步骤 ① 按下 F10 键，打开【渲染设置】窗口，设置一下 VRay 的渲染参数，如图 21-97 所示。

步骤 ❷ 当各项参数都调整完成后，就可以渲染光子图了，光子图采用的尺寸为 350×500，具体的过程我们就不讲述了。

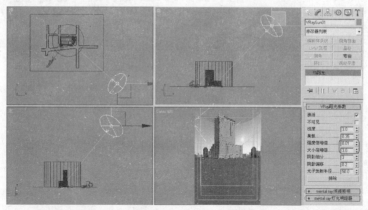

图 21-96　VR 阳光的位置及参数

步骤 ❸ 加载完光子图后，将成图渲染的图纸尺寸设置为 1400×2000，单击 渲染 按钮，如图 21-98 所示。

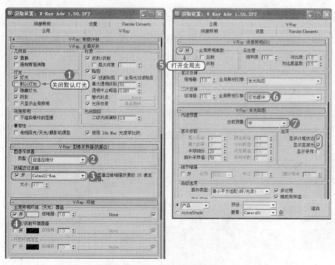

图 21-97　设置参数

图 21-98　设置渲染尺寸

步骤 ❹ 经过一个小时的渲染，最终的渲染效果如图 21-99 所示。

步骤 ❺ 渲染完成后，单击 🖫（保存位图）按钮，在弹出的【浏览图像供输出】对话框中，将文件命名为"商业大楼"，【保存类型】选择*.tif 格式，单击 保存(S) 按钮，就可以将渲染的图像保存起来。

步骤 ❻ 单击菜单栏中的【文件】/【另存为】命令，将此线架保存为"实例 189A.max"。

实例总结

　　本实例主要通过已经制作好的商业大楼文件，重点讲述了渲染的技巧，借助球天材质表现出了真实的玻璃幕墙质感，再给环境添加一幅天空图片，最终使用渲染完成了商业大楼效果图的表现。

图 21-99　渲染的最终效果

第22章 室内效果图的后期处理

■ 本章内容

➢ 客厅的后期处理　　　➢ 书房的后期处理　　　➢ 制作室内彩色平面图

➢ 卧室的后期处理　　　➢ 公共卫生间的后期处理

后期处理——作为效果图制作的最后一步，也是决定表现效果好坏的至关重要的一步，它能弥补在3ds Max中表现的不足之处，可以说其起到了扬长避短的作用！

在Photoshop中操作的最终目的是处理图像的色彩，对图像的色相、饱和度及透明度进行恰如其分地调整。在对效果图后期的背景及配景进行融合时，由于我们是从不同的资料上截取的图像，各配景的色调、对比度都不相同，如果它们同时出现在一个画面中，会使整个场景的氛围不统一，此时可以用Photoshop强大的色彩调节工具对配景进行处理。

下面我们就来学习它们的制作过程。

Example 实例 **190** 客厅的后期处理

实例目的

本实例我们来处理客厅渲染输出后的效果图片，重点学习使用Photoshop软件处理效果图过程中配合对应的通道进行快捷、方便修改的方法，我们将学习如何将渲染的图片和通道进行对齐，如何使用渲染的通道来快速地建立选区，可以有针对性地进行后期的修改调整，这些都是我们使用Photoshop可以实现的效果。客厅的处理前后效果对比如图22-1所示。

处理前的效果　　　　　　　处理后的效果

图22-1　客厅处理前后的效果对比

实例要点

■ 首先打开"客厅.tif"及"客厅通道.tif"文件。

■ 【曲线】、【亮度/对比度】命令的使用。

■ 使用通道进行局部细部处理。

■ 图层面板中【柔光】的使用。

■ 【照片滤镜】的运用。

■ 将处理后的文件另存。

操 作 步 骤

步骤 ❶ 启动Photoshop CS4中文版。

步骤 ❷ 打开随书光盘"源文件素材/第19章/客厅.tif"以及"客厅通道.tif"文件，这两张渲染图都是按照1500×1125的尺寸来渲染输出的，如图22-2所示。

图 22-2　打开渲染的"客厅"和"客厅通道"

技
巧　一般情况下，在专业的作图公司里，都会渲染一张通道图，这样进行后期处理就很方便了，无论我们想选择哪一部分材料都会很轻松。

步骤 3　单击工具箱中的 ➤ （移动）工具（或按下 V 键），激活移动命令，按住键盘中的 Shift 键，将"客厅通道"拖曳到"客厅"中，关闭"客厅通道.tif"文件，如图 22-3 所示。

图 22-3　关闭通道图层

技
巧　按住键盘中的 Shift 键，将渲染的"客厅通道.tif"和"客厅.tif"图片，同时在一个文件中进行对齐，这样便于快捷地借助通道进行修改和处理。

现在观察和分析渲染的客厅效果，可以看出图像稍微有些暗，并且有点灰，这就需要使用 Photoshop

先来调节该图整体的【亮度】和【对比度】。

步骤④ 在图层面板中按住背景层，拖动到下面的 ⬛ （创建新图层）按钮上，将背景图层复制一个，按下 Ctrl＋M 键，打开【曲线】对话框，调整参数，如图 22-4 所示。

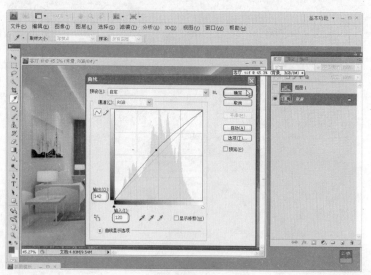

图 22-4　调整图像的亮度

步骤⑤ 接着按下 Alt＋I＋A＋C 键，打开【亮度/对比度】对话框，调整图片的亮度与对比度，如图 22-5 所示。

图 22-5　调整图像的对比度

> 注
> 意
> 在效果图后期处理过程中，【曲线】、【亮度/对比度】是使用比较频繁的命令，可以很方便、简单地修改图像的整体效果。

　　经过上面两部分的调整，图像还是有点灰，感觉整体画面比较平淡，如果想更好地进行修改，需要进行局部修饰。

步骤⑥ 确认当前图层在通道层上，单击工具箱中的 ✎ （魔棒）工具（或按下 W 键），激活魔棒命令。在图像中单击天花部位，此时的白乳胶漆材质全部处于选择状态，如图 22-6 所示。

图 22-6 在通道中选择白乳胶漆

步骤 ⑦ 从图层面板中回到"背景"层，按下快捷键 Ctrl＋J，将选区从图像中单独复制一个图层。

步骤 ⑧ 按下 Ctrl＋M 键，打开【曲线】对话框，调整它的亮度与对比度，如图 22-7 所示。

> **技巧** 我们在调整图像色彩时，也可以使用【色彩平衡】进行调整，效果也是不错的，快捷键为 Ctrl＋B。

步骤 ⑨ 单击工具箱中的 （减淡）工具（或按 O 键），激活减淡工具。调整曝光度为 5%～10%，将画笔的直径调大一些，在要加亮的位置拖动鼠标来回扫几下，效果就会比较理想了，如图 22-8 所示。

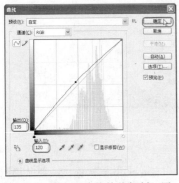

图 22-7 将白乳胶漆单独复制一层

图 22-8 局部进行调整明暗变化

步骤 ⑩ 使用同样的方法将壁纸、地面、沙发、家具及一些小的装饰物单独复制一层，进行【亮度/对比度】，以及色彩的调整，最后还要仔细调整明暗变化，直到效果满意为止，如图 22-9 所示。

> **技巧** 为了在处理的过程中更为方便，可以在图层面板中，任意图层名字上方，双击鼠标左键，可以在里面重新命名，将客厅通道所在的背景层重新命名为"通道"，渲染的客厅则改为"效果"，这样可以方便、直接地按照图层的名称选择图层。

图 22-9　对场景中的局部进行调整

步骤 ⑪ 将所有单独调整的图层及背景图层合并。

步骤 ⑫ 复制一个调整后的图层，在图层下面的下拉窗口中选择【柔光】，调整【不透明度】为 50 左右，效果如图 22-10 所示。

图 22-10　添加【柔光】效果

> 注
> 意
>
> 我们在实际工作中，无论使用 AutoCAD 还是使用 3ds Max、Photoshop 制作施工图或效果图，在绘制的过程中都使用了快捷键操作，以提高作图的速度，这也是专业作图的基本要求。

步骤 ⑬ 在图层面板下方单击 ●. 按钮，在弹出的菜单中选择【照片滤镜】，如图 22-11 所示。

步骤 ⑭ 在弹出的【照片滤镜】对话框中设置一下参数就可以了，如图 22-12 所示。

> 技
> 巧
>
> 使用相同的方法还可以为图像添加【亮度/对比度】、【色阶】及【曲线】，这样添加的好处是不需要对图像进行合层。

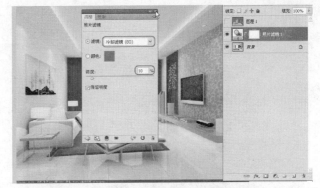

图 22-11 选择【照片滤镜】　　　　图 22-12 调整【照片滤镜】的参数

现在来观看整体的感觉就很舒服了，画面有了一个整体的色调。可以对整体的画面再调整一下【对比度】。

步骤 ⑮ 单击菜单栏中的【文件】/【存储为】命令，将处理后的文件另存为"实例 190.tif"。

此时，客厅的后期处理就完成了，读者可以根据自己的感受，对效果图的每一部分进行精细调整。这一项工作是很感性的过程，希望大家多加练习，提高自己的审美能力，为以后做出更好的作品打下坚实基础。

实例总结

本实例通过对客厅效果图的后期处理，学习了如何以不同的手段进行修饰、处理渲染来解决图片中的不足，同时也借助处理的手段进行了美化、丰富所渲染的图片。

Example **实例** **191** 卧室的后期处理

实例目的

本实例我们来处理卧室渲染输出后的效果图，重点学习如何使用 Photoshop 为渲染的场景添加窗外的风景图片，从室内可以看见窗外的蓝天、白云，产生通透的效果。客厅的处理前后效果如图 22-13 所示。

实例要点

■ 打开"卧室.tif"文件。
■ 【曲线】、【亮度/对比度】命令的使用。
■ 为窗外添加风景。
■ 【照片滤镜】的运用。
■ 将处理后的文件进行另存。

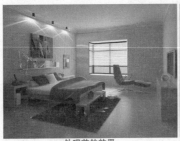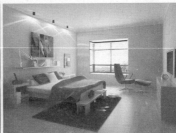

处理前的效果　　　　　　　　　　处理后的效果

图 22-13 卧室处理前后的效果

操 作 步 骤

步骤 ❶ 启动 Photoshop CS4，打开随书光盘"源文件素材/第 19 章/卧室.tif"文件，效果如图 22-14 所示。

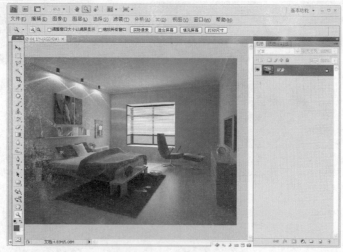

图 22-14　打开的卧室效果图

　　现在观察和分析渲染的图片，可以看出图像稍微有些暗，并且有点灰，这就需要使用 Photoshop 来调节该图的亮度和对比度。

步骤 ② 按下 Ctrl＋M 键，打开【曲线】对话框，调整参数，如图 22-15 所示。

步骤 ③ 接着再按下 Alt＋I＋A＋C 键，打开【亮度/对比度】对话框，调整它的亮度与对比度，如图 22-16 所示。

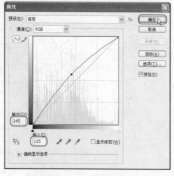

图 22-15　调整图像的亮度

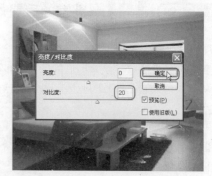

图 22-16　调整图像的对比度

> **技巧** 我们在使用【曲线】或者【亮度/对比度】时，在对话框中都会有一个【预览】选项，建议读者在调整数值时，可以通过【预览】看一下整体的效果。

步骤 ④ 经过这两步调整后的效果，如图 22-17 所示。

　　下面需要添加一张比较合适的外景图片来模拟窗外的风景，希望读者平时多收集比较好的照片作为工作中的素材。这里我们使用一张和场景比较匹配的风景。

步骤 ⑤ 双击 Photoshop 的灰色操作界面，打开本书配套光盘"源文件素材/第 23 章/风景.tif"文件，然后将其拖动到卧室中，如图 22-18 所示。

步骤 ⑥ 在【图层】面板中单击【通道】，然后按住 Ctrl 键单击【Alpha 1】，此时窗户之外的对象全部选择，

图 22-17　初步调节后的效果

效果如图 22-19 所示。

图 22-18　将"风景.jpg"拖到场景中

图 22-19　选择窗户

技巧　渲染输出保存时，在【TIF 图像控制】窗口中，必须勾选【存储 Alpha 通道】选项，这样在 Photoshop 【通道】面板中，才能有保存的通道。

步骤 7　回到【图层】中，激活风景图层，按下 Delete 键，删除多余的风景，效果如图 22-20 所示。

步骤 8　现在窗外的图片效果还可以，但是亮度不够，需要调整一下亮度，调整后的效果如图 22-21 所示。

图 22-20　删除多余的部分

图 22-21　调整窗外的风景

步骤 9　因为我们制作的是一个卧室效果图，整体应给人温馨舒适的感觉，所以在色调上应以暖色调为主，下面我们就为其添加一个【照片滤镜】命令，如图 22-22 所示。

步骤 10　卧室处理后的最终效果，如图 22-23 所示。

图 22-22　使用【照片滤镜】

图 22-23　卧室处理的最终效果

步骤 11　单击菜单栏中的【文件】/【存储为】命令，将处理完成的文件另存为"实例 191.tif"文件。

实例总结

本实例通过对卧室效果图的后期处理，熟练操作了前面所学的知识，同时学习了如何在窗户的外面添加风景，从而更真实地模拟出现实情景。

Example 实例 **192** 书房的后期处理

实例目的

本实例我们来处理书房渲染输出后的效果图片，学习如何使用 Photoshop 处理图片的亮度、对比度、色彩饱和度，使整个图片的色调符合该空间的使用功能和气氛。书房的处理前后效果如图 22-24 所示。

处理前的效果   处理后的效果

图 22-24　书房处理前后的效果

实例要点

- 打开"书房.tif"文件。
- 【曲线】、【亮度/对比度】命令的使用。
- 【照片滤镜】的运用。
- 将处理后的文件进行另存。

操 作 步 骤

步骤 ① 启动 Photoshop CS4 中文版。

步骤 ② 打开随书光盘"源文件素材/第 19 章/书房.tif 文件"，这张渲染图也是按照 2000×1500 的尺寸进行渲染的，效果如图 22-25 所示。

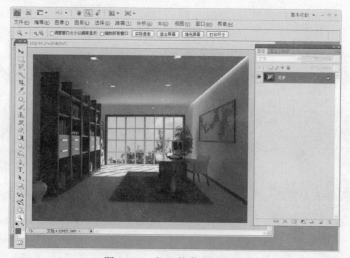

图 22-25　打开的书房效果图

现在观察和分析一下渲染的图片，可以看出图稍微有些暗，并且有点灰，这就需要使用 Photoshop 来调节该图的亮度和对比度。

步骤 3 在图层面板中按住背景层，拖动到下面的 🔳 （创建新图层）按钮上，将背景图层复制一个，按下 Ctrl＋M 键，打开【曲线】对话框，调整参数，如图 22-26 所示。

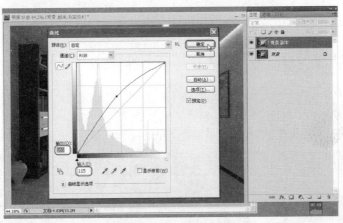

图 22-26　调整图像的亮度

步骤 4 接着再按下 Alt＋I＋A＋C 键，打开【亮度/对比度】对话框，调整图像的对比度，如图 22-27 所示。

步骤 5 经过这两步调节后的效果，如图 22-28 所示。

图 22-27　调整图像的对比度

图 22-28　初步调节后的效果

步骤 6 使用与上面同样的方法为图像添加一个【照片滤镜】命令，如图 22-29 所示。

因为我们在使用 3ds Max 建立模型时，已经为场景内添加了合适的植物和装饰花束，所以就不需要在 Photoshop 中添加植物了，否则，处理不好就会产生画蛇添足的效果。

在全部调整合适之后，就可以将所有的图层合并，将文件另存为一个.jpg 或.tif 格式的文件，书房最终的处理效果如图 22-30 所示。

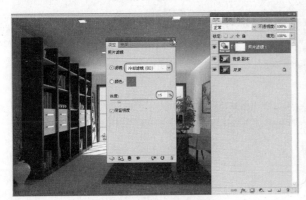

图 22-29　使用【照片滤镜】

图 22-30　书房效果图处理的最终效果

步骤 ⑦ 单击菜单栏中的【文件】/【存储为】命令,将处理完成后的文件另存为"实例 192. tif"。

实例总结

本实例通过对书房效果图的后期处理,学习了如何使用 Photoshop 来处理效果图的明暗度和对比度,以及通过色彩饱和度来修改渲染图片的整体色调,得到现实生活中应有的效果。

Example 实例 **193**　公共卫生间的后期处理

实例目的

本实例我们来处理公共卫生间渲染输出后的效果图,学习如何使用 Photoshop 处理图片的亮度、对比度、色彩饱和度,使整个图片的色调符合该空间的使用功能和气氛。公共卫生间的处理前后效果如图 22-31 所示。

处理前的效果　　　　　　　　处理后的效果

图 22-31　公共卫生间处理前后的效果

实例要点

- 打开"公共卫生间.tif"文件。
- 【曲线】、【亮度/对比度】命令的使用。
- 【照片滤镜】的运用。
- 将处理后的文件另存。

步骤 ❶ 启动 Photoshop CS4 中文版。

步骤 ❷ 打开随书光盘"源文件素材/第 19 章/公共卫生间.tif"文件,这张渲染图也是按照 1500×1125 的尺寸来渲染的,效果如图 22-32 所示。

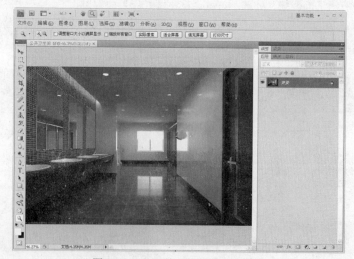

图 22-32　打开的公共卫生间效果图

现在观察和分析渲染的图片，可以看出图像稍微有些暗，并且有点灰，这就需要使用 Photoshop 来调节该图的亮度和对比度。

步骤 3 在图层面板中按住背景层，拖动到下面的 ⬛（创建新图层）按钮上，将背景图层复制一个，按下 Ctrl＋M 键，打开【曲线】对话框，调整参数，如图 22-33 所示。

步骤 4 接着再按下 Alt＋I＋A＋C 键，打开【亮度/对比度】对话框，调整图像的对比度，如图 22-34 所示。

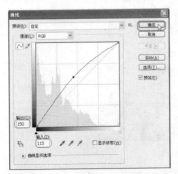

图 22-33 调整图像的亮度　　　　　　图 22-34 调整图像的对比度

步骤 5 经过这两步调节后的效果，如图 22-35 所示。

步骤 6 使用与上面同样的方法为图像添加一个【照片滤镜】命令，如图 22-36 所示。

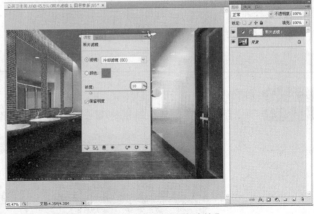

图 22-35 初步调节后的效果　　　　　　图 22-36 使用【照片滤镜】

技巧 在为场景调整色调时，也可以通过【色彩平衡】进行调整，单击【预览】观看调整前与调整后的对比效果。

步骤 7 单击菜单栏中的【文件】/【存储为】命令，将处理完成后的文件另存为"实例 193 tif"。

实例总结

本实例通过对公共卫生间效果图的后期处理，学习了如何使用 Photoshop 来处理效果图的明暗度和对比度，以及通过色彩饱和度来调整渲染图片的整体色调，得到现实生活中应有的效果。

Example **实例** **194** 制作室内彩色平面图

实例目的

本实例我们来处理一个套二双厅的彩色平面图，重点学习怎样将 CAD 图纸输出到 Photoshop 中进行调整。套二双厅的彩色平面图效果如图 22-37 所示。

图 22-37 套二双厅的彩色平面图

实例要点

- 打开"套二双厅.dwg"文件。
- 使用【打印】命令进行输出。
- 参照平面图对其进行摆放家具、填充图案。
- 将处理后的文件另存。

操 作 步 骤

步骤 ① 启动 AutoCAD 2009 中文版。

步骤 ② 打开随书光盘"源文件素材/第 22 章/套二双厅.dwg"文件，如图 22-38 所示。

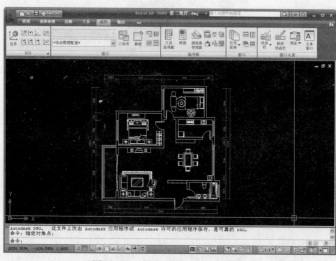

图 22-38 打开的套二双厅. Dwg

步骤 ③ 单击菜单栏中的【文件】/【打印】命令，在弹出的【打印-模型】对话框中选择【打印机】的名称为"PublishToWeb PNG.pc3"，单击 特性(R)... 按钮，如图 22-39 所示。

步骤 ④ 在弹出的【绘图仪配置编辑器】窗口中，选择"自定义图纸尺寸"，单击 添加(A)... 按钮，如图 22-40 所示。

图 22-39 打印窗口

图 22-40 绘图仪配置编辑器窗口

> **技巧** 在【打印】窗口中的【图纸尺寸】下方窗口中可以选择图纸，但是尺寸比较小，我们可以使用【自定义图纸尺寸】来定义一张比较大的纸，这样画面就清楚一些，最后还要根据打印的图纸尺寸来定。

步骤 ⑤ 此时会弹出【自定义图纸尺寸】对话框，单击 下一步(N) 按钮，如图 22-41 所示。

步骤 ⑥ 在弹出的【自定义图纸尺寸—介质边界】对话框中，将【宽度】设置为 3000，将【高度】设置为 2250，单击 下一步(N) 按钮，如图 22-42 所示。

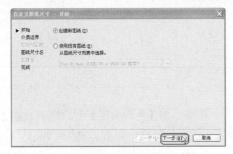

图 22-41 自定义图纸尺寸对话框

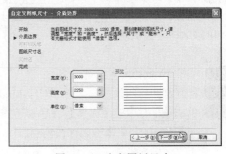

图 22-42 定义图纸尺寸

步骤 ⑦ 在【自定义图纸尺寸—图纸尺寸名】对话框中单击 下一步(N) 按钮，如图 22-43 所示。

步骤 ⑧ 在【自定义图纸尺寸—完成】对话框中单击 完成(F) 按钮，如图 22-44 所示。

图 22-43 自定义图纸尺寸对话框

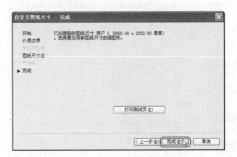

图 22-44 定义图纸尺寸

步骤 ⑨ 再回到的【绘图仪配置编辑器】对话框中，单击 确定 按钮，在【打印】对话框中【图纸尺寸】下方的下拉列表中选择【用户 1（3000×2500 像素）】图纸，然后勾选【居中打印】选项，如图 22-45 所示。

步骤 ⑩ 在【打印】对话框中【打印范围】下方的下拉列表中选择【窗口】选项，在窗口中拖出一个矩形框，将平面图选择，如图 22-46 所示。

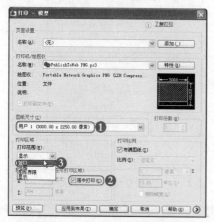

图 22-45　自定义图纸尺寸对话框

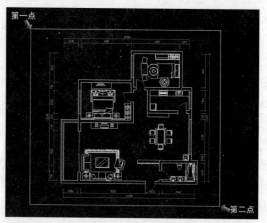

图 22-46　定义图纸尺寸

技巧　在打印之前，我们可以先单击 预览(P)… 按钮进行观看，如果打印图纸的方向不对，可以单击 ⊙ 按钮显示出更多的选项来设置打印图纸的方向。

步骤 ⑪ 在【打印】对话框中单击 确定 按钮，此时弹出【浏览打印文件】对话框，选择好文件的路径，单击 保存(S) 按钮，如图 22-47 所示。

此时的 CAD 平面图就打印输出为一张 3000×2250 的图片了，这时我们就可以使用 Photoshop 进行修改了。

步骤 ⑫ 启动 Photoshop CS4 中文版。

步骤 ⑬ 打开刚才打印输出的"套二双厅-Model.png"文件。

步骤 ⑭ 单击菜单栏中的【选择】/【色彩范围】命令，在弹出的【色彩范围】对话框中设置【颜色容差】为 100，将吸管放在白色上点一下，单击 确定 按钮，如图 22-48 所示。

图 22-47　浏览打印文件对话框

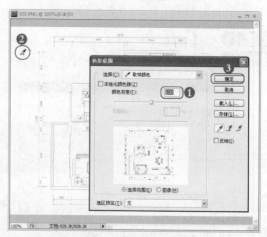

图 22-48　【色彩范围】窗口

步骤 ⑮ 此时白颜色全部被选中，按下 Ctrl+Shift+I 键反选，再按下 Ctrl+C 键复制选择的图纸，最后按下 Ctrl+V 键粘贴，复制出一个新的图层。将背景层（图层 0）填充为白色，如图 22-49 所示。

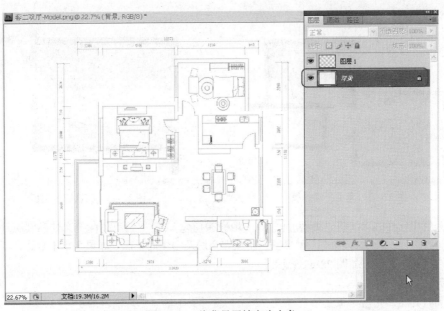

图 22-49　将背景层填充为白色

步骤 16 从图层面板上回到"图层 1"图层，单击工具箱中的 ✎ （魔棒）工具（或按下 W 键），激活魔棒命令，单击 ▣ （添加到选区）按钮，勾选【连续】选项，在窗口中连续单击墙体，将所有的墙体全部选择，如图 22-50 所示。

步骤 17 按下 D 键，将前景色转换为黑色，按下 Alt+Delete 键，填充前景色，此时墙体被填充为黑色，按下 Ctrl＋D 键取消选择，效果如图 22-51 所示。

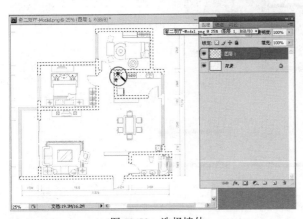

图 22-50　选择墙体

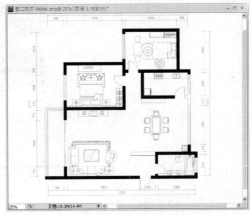

图 22-51　将墙体填充为黑色

下面我们来填充地面。

步骤 18 双击 Photoshop 的灰色操作界面，打开随书光盘"源文件素材/第 22 章"文件夹下的"彩坪地板.jpg"文件。

步骤 19 单击工具箱中的 ⊹ （移动）工具（或按下 V 键），激活移动命令，将打开的"彩坪地板.jpg"文件拖到场景中，作为"卧室"的地板，效果如图 22-52 所示。

步骤 20 将拖入的地板复制一个，放在儿童卧房里面，将多余的部分删除掉，效果如图 22-53 所示。

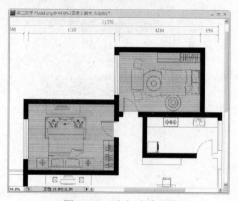

图 22-52　为主卧铺地板

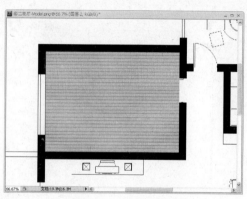

图 22-53　为次卧铺地板

步骤 ㉑ 使用同样的方法将"地砖.jpg"、"地砖 01.jpg"、"马赛克.jpg"文件拖到场景中，地砖放在客厅、餐厅及走廊里面，地砖 01 放在厨房及卫生间里面，如果大小不合适，可以复制几块拼起来，效果如图 22-54 所示。

下面我们来摆放家具。

步骤 ㉒ 打开随书光盘"源文件素材/第 22 章"/文件夹下的"彩坪图块.psd"文件。

步骤 ㉓ 在"彩坪图块.psd"文件中选择"卧室家具"，然后移动到卧室中，位置及大小参照平面图就可以了，最后将 CAD 线形删除，如图 22-55 所示。

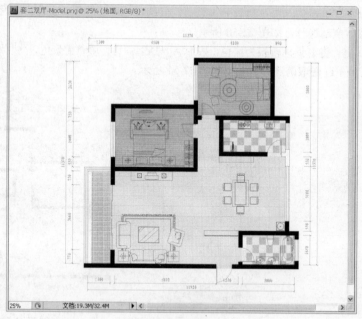

图 22-54　制作的地面

> **技巧**　房间里面的家具图块，如果没有阴影，就显得家具漂浮，所以读者自己在放置家具时一定要制作出阴影的效果，这样会显得更真实一些。

步骤 ㉔ 使用同样的方法将"儿童房"、"客厅"、"厨房"、"卫生间"里面的家具放上，效果如图 22-56 所示。

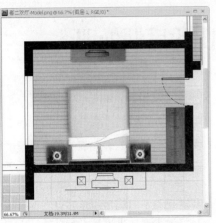

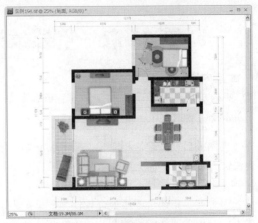

图 22-55 卧室摆放家具的效果　　　　　　　图 22-56 卧室摆放家具的效果

步骤 25 最后在每一个房间里面打上文字说明，复制多组后修改房间名称及材料，最后将细部及尺寸标注后再进行修改，最终效果如图 22-57 所示。

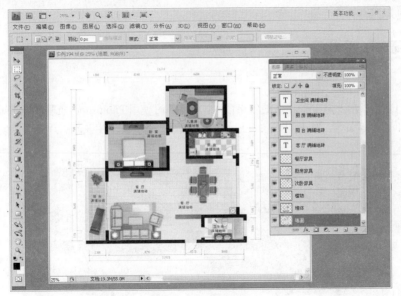

图 22-57 输入的文字

步骤 26 按下 Ctrl＋S 键，将文件保存为"实例 194 tif"。

实例总结

本例通过对"套二双厅.dwg"平面图输出到 Photoshop 中，详细地讲述了使用【打印】输出的方法与技巧，通过使用 Photoshop 这个强大的图像处理软件，将一个简单的线框图纸变成一个彩色的平面图。这样的平面图看起来更加美观、真实。

第 23 章　室外效果图的后期处理

　　室外效果图的后期处理，相对工作量要大一些，因为里面涉及的内容太多，不但要将建筑的整体感觉、色调修饰好，还要添加大量的配景（包括树木、人物、路面、天空等）。既要考虑到整体的效果，还要处理细节。

　　后期处理主要是指通过图像处理软件为效果图添加符合其透视关系的配景和光效等工作，这一步工作量一般不大，但要想让渲染的图片的确能在这个操作中有更好的表现效果也是不容易的，因为这是一个很感性的工作，需要创作者本身有较高的审美观和想象力，应知道加入什么样的图形是适合这个空间的，处理不好会画蛇添足，所以，这一部分的工作不可小视，它可以使场景显得更加真实、生动。后期中的配景主要包括装饰物、植物、人物等，但配景的添加不能过多或过于随意，过多会给人一种拥挤的感觉，过于随意会给人一种不协调的感觉。

Example 实例 **195**　门头的后期处理

实例目的

　　本实例我们来处理门头渲染输出后的效果图片，重点学习使用 Photoshop 处理效果图过程中所用到的最简单的移动和变换等命令，从而可以快速地修饰渲染图片的缺点，并学习图片色调、明暗的调整，门头的处理前后效果如图 23-1 所示。

Photoshop 处理前的效果　　　　　　　Photoshop 处理后的效果

图 23-1　门头后期处理前后的对比

实例要点
■ 打开渲染的"门头.tif"文件。
■ 【曲线】、【亮度/对比度】的使用。
■ 添加植物及地面。
■ 调整整体的色调。
■ 将处理后的文件【另存】。

操 作 步 骤

步骤 ❶ 启动 Photoshop CS4 中文版，打开随书光盘"源文件素材/第 21 章/门头.tif"文件，如图 23-2 所示。

步骤 ❷ 按下 Ctrl＋M 键，打开【曲线】对话框，调整参数，如图 23-3 所示。

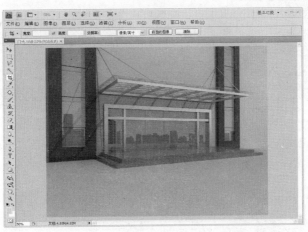

图 23-2　打开渲染的"门头.tif"文件

步骤 3 接着按下 Alt＋I＋A＋C 键，打开【亮度/对比度】对话框，调整图片的亮度与对比度，如图 23-4 所示。

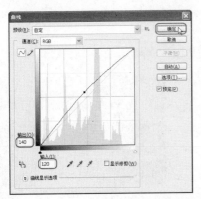

图 23-3　使用【曲线】调整图像的亮度

图 23-4　调整图像的【对比度】

步骤 4 按下 Ctrl+O 键，在弹出的【打开】对话框中，打开随书光盘"源文件素材/第 23 章"/文件夹下的"树枝.tif"文件，移动到场景中，位置如图 23-5 所示。

步骤 5 使用同样的方法将"地面. tif"文件打开，位置如图 23-6 所示。

图 23-5　树枝的位置

图 23-6　地面的效果

地面将台阶及墙体遮挡住了，下面我们来将多余的地面进行删除。

步骤 6 从图层面板中回到【背景】图层，使用工具箱中的 ▨（魔棒）工具或者使用 ▨（多边形套索工具）选择地面，如图 23-7 所示。

步骤 7 单击【选择】/【反选】命令（快捷键：Ctrl+Shift+I），从图层面板中回到"地面"图层，按下 Delete 键，将多余的地面删除，如图 23-8 所示。

图 23-7　选择地面

图 23-8　删除多余的地面

技巧

在选择地面时，为了方便看清地面的形态，可以先将地面图层关闭，选择完成后再将其打开。

步骤 8 按下 Ctrl+O 键，打开随书光盘"源文件素材/第 23 章"/文件夹下的"影子.tif"文件，拖到合适的位置，如图 23-9 所示。

步骤 9 确认位于图层面板最上方的图层是当前图层，在图层面板的下方单击 ◎. 按钮，在弹出的菜单中选择【照片滤镜】，如图 23-10 所示。

步骤 10 在弹出的【照片滤镜】对话框中设置一下参数就可以了，如图 23-11 所示。

图 23-9　添加树的"影子"

图 23-10　选择【照片滤镜】

图 23-11　调整【照片滤镜】的参数

技巧

通过图层面板中的 ◎. 按钮，在弹出的菜单中选择不同的命令，我们可以同时对全部的图层进行调整、修改。如果使用菜单栏中的命令，只是针对一个单独的图层进行调整。

此时我们已经对画面整体进行了调整，如果感觉不理想，还可以添加其他命令进行调整。这样操作的目的是不用合并图层就可以对整体画面进行调整。

步骤 11 单击菜单栏中的【文件】/【另存为】命令，将文件保存为"实例 195.tif"。

实例总结

本实例通过对门头效果图的后期处理，学习了如何以不同的手段进行修饰、处理，渲染得到的图片中的不足，同时也借助处理的手段进行美化、丰富所渲染的图片。

Example 实例 **196** 办公楼的后期处理

实例目的

本实例我们来处理办公楼渲染输出后的效果图片，重点熟悉使用 Photoshop 处理效果图过程中用快速蒙版工具制作一个柔和的过渡，从而更为方便地处理图片的不足之处，细致刻画渲染后的效果。办公楼处理前后的效果如图 23-12 所示。

Photoshop处理前的效果　　　　　　　Photoshop处理后的效果

图 23-12　办公楼后期处理前后的对比

实例要点

- 打开渲染的"办公楼.tif"文件。
- 【蒙版】的使用。
- 添加植物及地面。
- 调整整体的色调。
- 将处理后的文件【另存】。

操 作 步 骤

步骤 ① 启动 Photoshop CS4 中文版，打开随书光盘"源文件素材/第 21 章/办公楼.tif"文件（读者也可以打开自己渲染的作品）。

步骤 ② 按下 F7 键，打开【图层】面板，在背景层上双击，在弹出的【新建图层】对话框中单击 ▭ 确定 按钮，此时的图层变成【图层 0】。

技巧 我们在 Photoshop 中经常用到的调用【图层】面板快捷键为 F7，【动作】面板的调用快捷键为 F9。

步骤 ③ 单击工具箱中的 ✎（魔棒）工具（或按 W 键），在图像中单击空白处，然后将多余的部分删除，效果如图 23-13 所示。

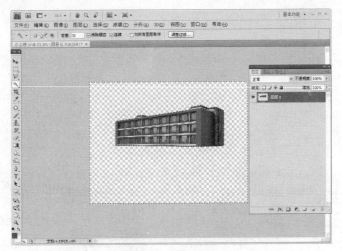

图 23-13　删除背景

我们可以使用【曲线】及【亮度/对比度】调整一下建筑，主要对其色调、亮度进行调整。

步骤④ 按下 Ctrl＋D 组合键取消选区。

步骤⑤ 按下 Ctrl+O 键，打开随书光盘"源文件素材/第 23 章"/文件夹下的"天空.jpg"文件，在【图层】面板中将其放在建筑的后面，位置如图 23-14 所示。

步骤⑥ 按下 Q 键，打开【蒙版】，使用渐变工具从上面往下拖动，此时上面的画面变成淡红色，如图 23-15 所示。

图 23-14　拖入的天空

图 23-15　使用【蒙版】

步骤⑦ 再按下 Q 键，就变为选区了，执行反选操作，对天空进行【亮度/对比度】调整，让上面稍微暗一点，效果如图 23-16 所示。

> **技巧** 通过快捷键 Q 来切换【蒙版】，借助【蒙版】的使用，可以在处理效果图的过程中，过渡更为自然，也可以更便利地对局部调整效果。

步骤⑧ 打开随书光盘"源文件素材/第 23 章"文件夹下的"配景.tif"文件，在【图层】面板中放在合适的位置，如图 23-17 所示。

图 23-16　调整亮度/对比度

图 23-17　配景的位置

步骤⑨ 使用同样的方法打开"地面 01.tif"文件，将其拖到场景中，位置如图 23-18 所示。

步骤⑩ 下面我们使用 （裁切）工具调整画面构图，将多余的部分删除，再调整一下建筑的【亮度/对比度】及色调，效果如图 23-19 所示。

图 23-18　拖入地面的效果

图 23-19　调整构图

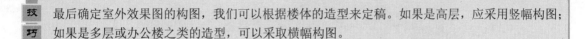

> **技巧** 最后确定室外效果图的构图，我们可以根据楼体的造型来定稿。如果是高层，应采用竖幅构图；如果是多层或办公楼之类的造型，可以采取横幅构图。

步骤 ⑪ 在画面的右上角添加一个树枝，这样可以很好地调整一下构图。

步骤 ⑫ 使用前面学过的方法为图像添加一个【照片滤镜】命令，整体色调调整为冷色调，处理后的最终效果如图 23-20 所示。

步骤 ⑬ 单击菜单栏中的【文件】/【另存为】命令，将文件保存为"实例 196.tif"文件。

实例总结

图 23-20　办公楼处理后的最终效果

　　本实例通过对办公楼效果图的后期处理，来学习如何为渲染的图片添加路面、花坛、植物、背景、天空等后期部件，使画面产生丰富的层次与前后关系，重点学习如何使用【快速蒙版】工具来处理渲染后的图片。

Example 实例 **197** 别墅的后期处理

实例目的

　　本实例我们来处理别墅渲染输出后的效果图片，重点学习使用 Photoshop 处理效果图过程中配合在 3ds Max 中渲染的通道来快速地选择选区，以进行方便、快捷地修改图片。别墅处理前后效果对比如图 23-21 所示。

Photoshop处理前的效果　　　　Photoshop处理后的效果

图 23-21　别墅后期处理前后的对比

实例要点

- 打开渲染的"别墅.tif"文件。
- 使用通道进行快速选择。
- 【曲线】、【亮度/对比度】的使用。
- 添加植物及地面。
- 调整整体效果。
- 将处理后的文件【另存】。

操 作 步 骤

步骤 ❶ 启动 Photoshop CS4 中文版，打开随书光盘"源文件素材/第 21 章/别墅.tif"文件，另外，我们为了更方便地进行选择，在 3D 中渲染了一张单色的别墅通道，再打开随书光盘"源文件素材/第 21 章/别墅通道.tif"文件，效果如图 23-22 所示。

图 23-22　打开的两个文件

　　这两张渲染图都是按照 2 000 × 1 500 的尺寸来渲染输出的，摄影机的角度是一样的。

步骤 ② 按住 Shift 键将"别墅通道.tif"拖动到"别墅. tif"中，拖动过去后会自动对齐，再将"别墅. tif"的背景都删除，关闭别墅通道图层，效果如图 24-23 所示。

步骤 ③ 单击工具箱中的 ☐（裁切）按钮（或按 C 键），激活裁切命令。在图像中拖出一个变形框，调整一下变形框的大小，然后双击就可以了，再使用 ▶⁺（移动）工具调整一下建筑的位置，这一步也是确定整体的构图，效果如图 23-24 所示。

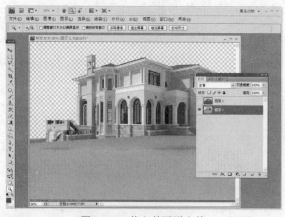

图 23-23　拖入的通道文件

图 23-24　调整构图

步骤 ④ 从【图层】面板中回到通道图层，单击工具箱中的 ☐（魔棒）工具（或按下 W 键），在玻璃的位置单击，此时玻璃全部处于选择状态，如图 23-25 所示。

步骤 ⑤ 从【图层】面板中回到 0 层，按下 Ctrl＋J 键，将选区从图像中单独复制一个图层，将玻璃单独复制出一层，这样可以更方便地进行调整，如图 23-26 所示。

图 23-25　选择玻璃

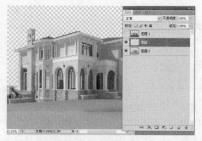

图 23-26　调整玻璃

步骤⑥ 对当前复制的玻璃图层进行【曲线】、【亮度/对比度】及【色彩平衡】的调整，直到色调修改满意为止，效果如图 23-27 所示。

步骤⑦ 将所有调整后的图层合并，再对其进行整体调整。

这样建筑调整完成以后，我们就为画面添加配景，天空、树木。

步骤⑧ 按下 Ctrl+O 键，打开随书光盘"源文件素材/第 23 章"/文件夹下的"天空 01.jpg"文件，在【图层】面板中放在建筑的后面，位置如图 23-28 所示。

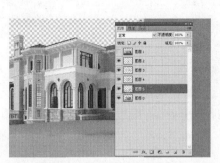 

图 23-27 局部调整的效果　　　　　　　　图 23-28 为场景添加天空

步骤⑨ 打开随书光盘"源文件素材/第 23 章"/文件夹下的"树 01.tif"文件，在【图层】面板中放在建筑的后面，效果如图 23-29 所示。

步骤⑩ 打开随书光盘"源文件素材/第 23 章"/文件夹下的"路及草地.tif"文件，在【图层】面板中放在建筑的后面，将别墅的地面删除，效果如图 23-30 所示。

图 23-29 添加树的效果　　　　　　　　图 23-30 添加路及草地的效果

为了得到真实的效果，我们可以在草地和建筑接触的位置添加一些花坛、灌木及树木。

步骤⑪ 打开随书光盘"源文件素材/第 23 章"/文件夹下的"灌木及花坛.tif"文件，在【图层】面板中将其放在合适的位置，效果如图 23-31 所示。

步骤⑫ 最后在右上角添加一个树枝，最终效果如图 23-32 所示。

图 23-31 添加灌木及花坛　　　　　　　　图 23-32 别墅的最终效果

技巧　为了得到更好的玻璃效果，可以在玻璃里面添加一些室内的资料，例如窗帘、室内效果图等。

步骤 ⑬ 单击菜单栏中的【文件】/【另存为】命令，将文件保存为"实例197.tif"。

实例总结

本实例通过对别墅效果图的后期处理，学习了如何使用通道进行更精细地调整建筑，根据不同的建筑类型来配合不同的配景，产生与建筑风格、类型、场景相吻合的效果，完成一幅完美的作品。

Example 实例 **198** 住宅的后期处理

实例目的

本实例我们来处理住宅渲染输出后的效果图片，重点学习整个住宅结构的后期处理，把握住整个图片的构图、意境和表现意图，结合整体的构思来添加合适的配景、植物等住宅周围的环境，从而使该效果图更饱满。住宅的处理前后效果如图23-33所示。

图23-33　住宅后期处理前后的对比

实例要点

- 打开渲染的"住宅.tif"文件。
- 调整画面构图。
- 【曲线】、【亮度/对比度】的使用。
- 添加植物及地面。
- 调整整体效果。
- 将处理后的文件【另存】。

操 作 步 骤

步骤 ❶ 启动Photoshop CS4中文版，打开随书光盘"源文件素材/第21章/住宅.tif"文件（读者也可以打开自己渲染的作品），如图23-34所示。

从整个画面来看，首先来调整一下构图，不但要将整个建筑好好地调整一下，还需要添加大量的人物、植物、建筑小品等配景，以达到小区的规划效果。

步骤 ❷ 按下F7键，打开【图层】面板，在背景层上双击，在弹出的【新建图层】窗口中单击 确定 按钮，此时的图层变成了【图层0】，如图23-35所示。

步骤 ❸ 单击【通道】标签，然后按住键盘上的Ctrl键，单击【Alpha】通道，此时的楼体全部被选择，如图23-36所示。

步骤 ❹ 按下Ctrl+Shift+I组合键，进行选区的反选，按Delete键删除，按下Ctrl+D组合键取消选区。回到【图层】面板标签，如图23-37所示。

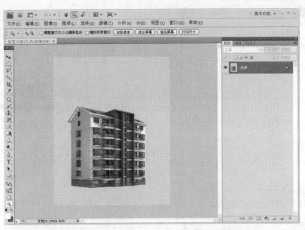

图 23-34　打开的"住宅.tif"效果图

图 23-35　将背景图层变成【图层 0】

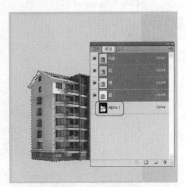

图 23-36　在【通道】中选择

步骤 ⑤ 单击工具箱中的 ☐（裁切）按钮（或按 C 键），激活裁切命令。在图像中拖出一个变形框来，调整变形框的大小，双击就可以了，再使用 ⊕（移动）工具调整一下建筑的位置，效果如图 23-38 所示。

图 23-37　删除背景

图 23-38　调整构图及建筑的位置

下面我们先来调整一下建筑的效果。

步骤 ⑥ 按下 Ctrl+M 键，打开【曲线】对话框，调整参数，如图 23-39 所示。

步骤 ⑦ 接着再按下 Alt＋I＋A＋C 键，打开【亮度/对比度】对话框，调整它的亮度与对比度，如图 23-40 所示。

步骤 ⑧ 将楼体复制两个，然后按下 Ctrl+T 键，调整楼体的大小，然后将其放置在主楼体的后方。在【图层】面板中调整【透明度】为 50～60 左右，效果如图 23-41 所示。

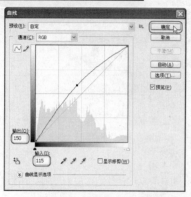

图 23-39　调整图像的亮度

图 23-40　调整图像的对比度

图 23-41　复制后的效果

步骤 ⑨ 在【图层】面板中复制一个新的图层，将复制后的图层放在最下方，使用【渐变】工具制作一个天空，效果如图 23-42 所示。

图 23-42　使用【渐变】工具制作天空

步骤 ⑩ 打开随书光盘"源文件素材/第 23 章"文件夹下的"风景.tif"文件,在【图层】面板中将其放在合适的图层位置,按下 Ctrl+T 键,调整风景的大小,效果如图 23-43 所示。

图 23-43　加入风景后的效果

步骤 ⑪ 使用同样的方法将"树.tif"及"灌木.tif"文件拖到场景中,在【图层】面板中将其放在合适的位置,将灌木复制几组,效果如图 23-44 所示。

步骤 ⑫ 再加入一些人物、树木、鸟,这样画面就非常丰富了,效果如图 23-45 所示。

图 23-44　加入树及灌木

图 23-45　加入配景的效果

步骤 ⑬ 最后再将"树枝 01.tif"文件打开,放在画面的左上角,按下 Ctrl+T 键,调整树枝的大小,效果如图 23-46 所示。

步骤 ⑭ 在【图层】面板的下方单击 ⊘.按钮,在弹出的右键菜单中选择【照片滤镜】,如图 23-47 所示。

图 23-46　加入树枝的效果

图 23-47　选择【照片滤镜】

步骤 ⑮ 在弹出的【照片滤镜】对话框中设置一下参数就可以了，如图 23-48 所示。

步骤 ⑯ 使用同样的方法可以对图像添加【亮度/对比度】命令，对图形再进行精细调整，最终的效果
如图 23-49 所示。

图 23-48　调整【照片滤镜】的参数

图 23-49　住宅效果图处理的最终效果

> **技巧** 我们对图片添加配景时，一定要把握好比例和尺寸，也就是需要参照已经渲染为图片的楼体高度进行变换修改。

步骤 ⑰ 单击菜单栏中的【文件】/【另存为】命令，将文件保存为"实例 198.tif"。

实例总结

本实例通过对办公楼效果图的后期处理，学习了如何以不同的手段进行修饰、处理渲染来解决图片中的不足，同时也借助处理的手段进行美化、丰富了所渲染的图片。

第 24 章　效果图漫游动画的设置

■ **本章内容**

➤ 客厅浏览动画的设置　　➤ 鸟瞰图浏览动画的设置

要想在效果图中连续观察场景中的细部和局部效果，就必须为其设置动画。制作简单的室内、外效果图浏览动画并不是很麻烦，关键是在建立场景模型时一定要仔细，室内的场景应该将房间的所有角落都制作出来，室外的建筑物就要将准备表现的建筑各个面都建立起来，最后通过各种方法将摄影机设置成动态的效果，从而得到表现整个空间的全面动画浏览文件。

Example 【实例】199　客厅浏览动画的设置

实例目的

本实例我们来为客厅设置动画浏览，重点学习怎样将整个房间使用动态的方式表现出来。客厅浏览动画的部分效果如图 24-1 所示。

图 24-1　客厅浏览动画的效果（部分截图）

实例要点

- 打开 "客厅浏览动画.max" 文件。
- 在顶视图及前视图中绘制路径。
- 设置【自由】摄影机。
- 渲染出图。

操　作　步　骤

步骤 ① 启动 3ds Max 2009 中文版。

步骤 ② 打开随书光盘 "源文件素材/第 24 章/客厅浏览动画.max" 文件。

步骤 ③ 在动画控制区内单击鼠标右键，弹出【时间配置】对话框，将动画总【长度】设置为 1000，如图 24-2 所示。

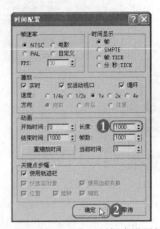

图 24-2　在【时间配置】对话框中设置长度参数

> **技巧** 设置长度数值决定了动画播放的长度。数值越大，渲染时间就会越长，动画中的内容和变化就可以越多、越饱满；数值越小，渲染时间越短、内容和变化就会相对变少。

步骤 ④ 在顶视图中绘制一条曲线，作为摄影机运动的轨迹，在前视图中移动到场景的中间位置，形态如图 24-3 所示。

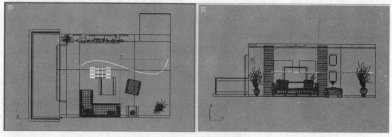

图 24-3　绘制的曲线

步骤 ⑤ 单击创建命令面板中的 ▧（摄影机）/ ▢ 自由 ▢ 按钮，在前视图中创建一架自由摄影机。

步骤 ⑥ 确认摄影机处于选择状态，单击菜单栏中的【动画】/【约束】/【路径约束】命令。

步骤 ⑦ 此时光标的上面出现了一条虚线，在顶视图中单击曲线，摄影机就会自动移动到曲线上，勾选命令面板中的【跟随】选项，单击工具栏中的 ↻（选择并旋转）按钮，在顶视图中将摄影机旋转得与线性的方向一致，如图 24-4 所示。

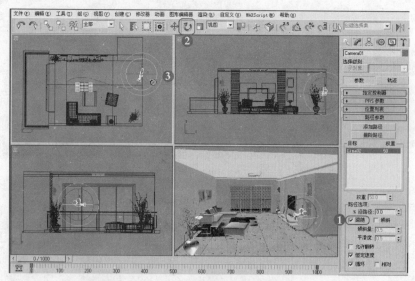

图 24-4　调整摄影机的选项

步骤 ⑧ 激活透视图，按下键盘上的 C 键，将透视图切换为摄影机视图。

步骤 ⑨ 选择摄影机，进入修改命令面板，将摄影机的【镜头】设置为 24，这样我们看到的空间就比较大了。

步骤 ⑩ 在动画控制区内单击 ▣（播放动画）按钮，在摄影机视图中观看效果。

为设置的浏览动画进行输出。

步骤 ⑪ 单击主工具栏中的 ▧（渲染设置）按钮，在弹出的对话框中，选择【活动时间段】选项，输出的尺寸可以小一点，选择 640×480 就可以了，单击【公用参数】卷展栏下的 ▢ 文件... ▢ 按钮，如图 24-5 所示。

技巧　对于浏览动画的渲染输出，我们采用的是先保存后渲染的方式，文件保存类型一般为 ".avi" 格式。

步骤⑫　在弹出的【渲染输出文件】对话框中选择一个路径，将输出的文件名设为"客厅动画"，并选择文件保存类型为 ".avi" 格式，如图 24-6 所示。

图 24-5　【渲染场景】对话框

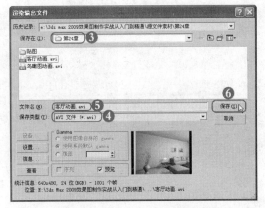

图 24-6　为文件选择一种保存类型

步骤⑬　单击【渲染输出文件】对话框中的 保存(S) 按钮，此时会弹出一个【AVI 文件压缩设置】对话框，单击 确定 按钮，如图 24-7 所示。

步骤⑭　关闭此对话框，再单击【渲染场景】对话框中的 渲染 按钮就可以渲染动画。

步骤⑮　单击菜单栏中的【文件】/【另存为】命令，将线架保存为"实例 199.max"。

图 24-7　【AVI 文件压缩设置】对话框

技巧　一般渲染动画的时间都比较长，这是因为它占用系统的资源比较大，有时要渲染几个小时或者几十个小时，渲染时间的长短由场景中造型的复杂程度而定。

实例总结

本实例通过为客厅设置浏览动画，来学习如何使用【时间配置】对话框设置帧数，通过使用【动画】/【约束】/【路径约束】命令，将通过绘制曲线产生摄影机的轨迹，创建【自由】摄影机来设置浏览动画，最后输出动画。

Example 实例 **200**　鸟瞰图浏览动画的设置

实例目的

本实例我们来为鸟瞰图设置动画浏览，重点学习如何创建【目标】摄影机，通过调整【轨迹】，更细致地调整相继的观看范围。鸟瞰图浏览动画的部分效果，如图 24-8 所示。

实例要点

- 打开"鸟瞰图浏览动画.max"文件。
- 创建【目标】摄影机。

- 调整【轨迹】的形态。
- 渲染出图。

图 24-8　鸟瞰图浏览动画的效果（部分截图）

操 作 步 骤

步骤 ❶　启动 3ds Max 2009 中文版。

步骤 ❷　打开随书光盘"源文件素材/第 24 章/鸟瞰图浏览动画.max"文件。

步骤 ❸　在动画控制区内单击鼠标右键，弹出【时间配置】对话框，将动画总【长度】设置为 2000。

步骤 ❹　单击创建命令面板中的 📷 （摄影机）/ 目标 按钮，在顶视图中创建一架目标摄影机。【镜头】设置为 30 左右，调整一下位置，如图 24-9 所示。

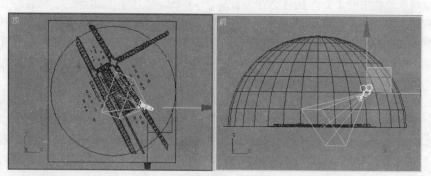

图 24-9　创建的目标摄影机

步骤 ❺　激活透视图，按下键盘上的 C 键，将透视图切换成摄影机视图，在动画控制区中激活 自动关键点 按钮，将时间滑块拖动到 400 帧的位置。在顶视图及前视图中调整摄影机的位置，如图 24-10 所示。

步骤 ❻　将时间滑块拖动到 800 帧的位置。在顶视图及前视图中沿 x、y 轴移动摄影机，位置如图 24-11 所示。

步骤 ❼　将时间滑块拖动到 1200 帧的位置。在顶视图及前视图中沿 x、y 轴移动摄影机，具体位置如图 24-12 所示。

步骤 ❽　将时间滑块拖动到 1600 帧的位置。在顶视图及前视图中沿 x、y 轴移动摄影机，具体位置如图 24-13 所示。

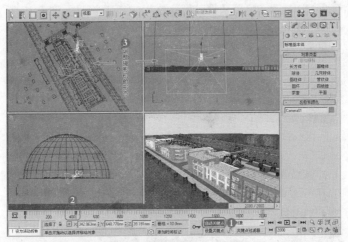

图 24-10　调整摄影机的位置

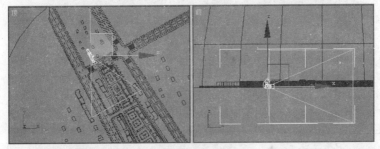

图 24-11　移动摄影机的位置

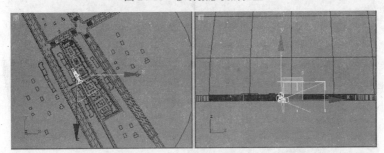

图 24-12　移动摄影机的位置

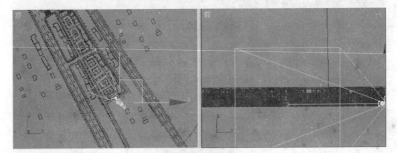

图 24-13　移动摄影机的位置

步骤 9 将时间滑块拖动到 2000 帧的位置。在顶视图及前视图中沿 x、y 轴移动摄影机，具体位置如图 24-14 所示。

步骤 10 在顶视图中选择摄影机，单击 ◎ （运动）按钮，再单击 轨迹 按钮，激活 子对象 按钮，在顶视图中调整轨迹的形态，如图 24-15 所示。

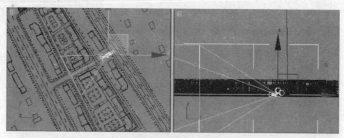

图 24-14　移动摄影机的位置

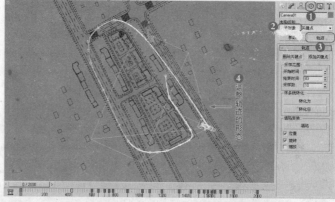

图 24-15　调整轨迹的形态

技
巧
我们可以通过单击 添加关键点 按钮，增加关键点，更好地控制轨迹的形态，还可以单击 删除关键点 按钮，删除多余的关键点。

步骤 ⑪ 在动画控制区内单击 ▶（播放动画）按钮，在摄影机视图中观看效果。

步骤 ⑫ 单击菜单栏中的【文件】/【另存为】命令，将文件保存为"鸟瞰图浏览动画 A.max"文件。

步骤 ⑬ 单击主工具栏中的 💿（渲染场景）按钮，在弹出的对话框中，选择【活动时间段】选项，输出的尺寸可以小一点，选择 640×480 就可以了，单击 文件.... 按钮进行保存。输出后的效果如图 24-16 所示。

图 24-16　渲染输出的效果（部分截图）

步骤 ⑭ 最后将场景另存为"   00.max"。

实例总结

本实例通过为鸟瞰图设置浏览动画来学习如何使用【时间配置】对话框设置帧数，通过调整摄影机的【轨迹】，更容易表现相继地观看范围，最后使用【目标】摄影机来设置浏览动画。